研究生入学数学考试教程

（非数学类专业）

吕新民　吴阔华　主编

华南理工大学出版社
·广州·

内 容 简 介

本书作为工科各专业考研的数学教材，内容严格按教育部制订的“数学考试大纲”编写.为了适应考生“提高”的特点，突出基本功和综合运用能力的训练，内容覆盖了数学一、数学二、数学三及数学四的所有考点和解题方法.

本书结构新颖，条理清楚，内容丰富，重点突出，可作为工科数学提高班的教材，也可用于考生自学.

图书在版编目(CIP)数据

研究生入学数学考试教程/吕新民，吴阔华主编.—广州：华南理工大学出版社，2008.7
ISBN 978-7-5623-2925-1

Ⅰ.研… Ⅱ.①吕…②吴… Ⅲ.高等数学-研究生-入学考试-教材 Ⅳ.O13

中国版本图书馆 CIP 数据核字（2008）第 070124 号

总 发 行：华南理工大学出版社（广州五山华南理工大学 17 号楼，邮编 510640）
营销部电话：020-87113487　87111048（传真）
E-mail：z2cb@scut.edu.cn　　http://www.scutpress.com.cn
责任编辑：张 颖
印 刷 者：广州市穗彩彩印厂
开　　本：787mm×1092mm　1/16　**印张**：9.75　**字数**：260 千
版　　次：2008 年 7 月第 1 版　2008 年 7 月第 1 次印刷
印　　数：1～3000 册
定　　价：16.00 元

目 录

第一部分 考点诠释

1《高等数学》部分 …… (2)

1.1 函数与极限 …… (2)

1.2 一元函数微分学 …… (6)

1.3 一元函数积分学 …… (13)

1.4 向量代数与空间解析几何 …… (20)

1.5 多元函数微分学 …… (23)

1.6 多元函数积分学 …… (28)

1.7 无穷级数 …… (38)

1.8 常微分方程 …… (42)

2《线性代数》部分 …… (48)

2.1 行列式 …… (48)

2.2 矩阵 …… (49)

2.3 向量 …… (52)

2.4 线性方程组 …… (54)

2.5 矩阵的特征值与特征向量 …… (58)

2.6 二次型 …… (62)

3《概率论与数理统计初步》部分 …… (64)

3.1 随机事件和概率 …… (64)

3.2 一维随机变量及其概率分布 …… (66)

3.3 二维随机变量及其概率分布 …… (68)

3.4 随机变量的数字特征 …… (70)

3.5 大数定律和中心极限定理 …… (73)

3.6 数理统计初步 …… (75)

第二部分 专题讲座

讲座一 无穷项的和与积的数列极限 …… (80)

讲座二 函数在某点处高阶导数的求法 …… (84)

讲座三 微分中值定理在条件等式中的应用 …… (87)

讲座四 定积分不等式的证明技巧 …… (90)

讲座五 方阵的三种一元运算 …… (93)

讲座六 方阵的相似对角化问题 …… (96)

讲座七 独立性及其判定 …… (100)

讲座八　随机变量函数的分布…………………………………………………………(102)

第三部分　全真模拟

一、选择题 ……………………………………………………………………………(109)
二、填空题 ……………………………………………………………………………(120)
三、综合题 ……………………………………………………………………………(125)
参考答案……………………………………………………………………………(131)

第一部分

考 点 诠 释

在这一部分里，我们主要就《高等数学》、《线性代数》及《概率论与数理统计初步》的整个内容结合考研大纲作一个全面的复习．当然，这里的“全面”并非面面俱到，有些熟知的内容我们只是点到为止．重点将放在以下几个方面：

1．透视某些核心概念的理解，如函数的极限、矩阵的秩与方阵的逆、随机变量的分布函数等．

2．阐述某些基本运算的解题技巧，如求极限、导数与积分，利用初等变换求矩阵的秩与方阵的逆，求随机变量的分布律与概率密度等．

3．强调某些重要结果的应用，如微分中值定理的应用、行列式展开式定理的应用、抽样分布定理的应用等．

1 《高等数学》部分

1.1 函数与极限

1.1.1 大纲考点

(1) 极限与连续的概念以及它们与左右极限的关系；

(2) 无穷小的概念、性质，无穷小的比较以及应用等价无穷小替换求极限的方法；

(3) 极限存在的两个准则及两个重要极限的应用；

(4) 闭区间上连续函数的性质及其应用.

1.1.2 重点释疑

(1) 等价条件 $\lim\limits_{x\to x_0}f(x)=A\Longleftrightarrow f(x_0-0)$与$f(x_0+0)$均存在，且$f(x_0-0)=f(x_0+0)=A$. 这一等价条件主要用来判断分段函数在分段点处极限的存在性，指数函数在自变量的某一变化过程中当指数趋向于无穷大时的极限的存在性及反三角正切、余切函数在自变量趋向于无穷大时函数极限的存在性.

注 $+\infty,-\infty,\infty$**作为某一运算的结果，我们是不加区别的. 但是，从下面的例 2 中我们可以看出：作为自变量的变化趋势而言，必须严格区分开来.**

例 1 设 $f(x)=\begin{cases}\cos\dfrac{\pi}{2}x & |x|\leqslant 1\\ |x-1| & |x|>1\end{cases}$，判断 $\lim\limits_{x\to -1}f(x)$是否存在？

解 因为

$$f(-1+0)=\lim_{x\to -1^+}f(x)=\cos\frac{\pi}{2}=0,$$

$$f(-1-0)=\lim_{x\to -1^-}f(x)=|-1-1|=2,$$

从而 $f(-1+0)\neq f(-1-0)$，故 $\lim\limits_{x\to -1}f(x)$不存在.

例 2 已知 $f(x)=\dfrac{x^2-1}{x-1}e^{\frac{1}{x-1}}$，求 $f(1-0)$，$f(1+0)$，并判断 $\lim\limits_{x\to 1}f(x)$是否存在？

解

$$f(1-0)=\lim_{x\to 1^-}\frac{x^2-1}{x-1}e^{\frac{1}{x-1}}=0,$$

$$f(1+0)=\lim_{x\to 1^+}\frac{x^2-1}{x-1}e^{\frac{1}{x-1}}=+\infty,$$

故 $\lim\limits_{x\to 1}f(x)$不存在.

(2) 利用等价无穷小替换求极限必须熟练记住以下等价关系：当 $x\to 0$ 时，$\sin x\sim x$；$\tan x\sim x$；$1-\cos x\sim\dfrac{x^2}{2}$；$\arcsin x\sim x$；$\arctan x\sim x$；$\ln(1+x)\sim x$；$a^x-1\sim x\ln a$ $(a>0,a\neq 1)$；$e^x-1\sim x$；$(1+x)^\lambda-1\sim\lambda x$ $(\lambda>0)$.

与此同时，我们必须把握如下替换原则：被替换部分必须是作为整个表达式的一个广义因子，或以和或差形式表示的因子替换后不能为零.

请从下面两个实例体会利用等价无穷小替换求极限的替换原则.

例3 求 $\lim\limits_{x\to0}\dfrac{e^{-x^2}-1}{\sin x\cdot\ln(1+3x)}$.

解 利用等价无穷小替换，我们有：当 $x\to0$ 时，

$$e^{-x^2}-1\sim-x^2,\quad \sin x\sim x,\quad \ln(1+3x)\sim3x,$$

进而，

$$原式=\lim_{x\to0}\frac{-x^2}{x\cdot(3x)}=-\frac{1}{3}.$$

例4 求 $\lim\limits_{x\to0}\dfrac{e^{2x}-e^{-3x}}{\sqrt{1-x}-1}$.

解 将 $e^{2x}-e^{-3x}$ 视为函数 $f(x)=\dfrac{e^{2x}-e^{-3x}}{\sqrt{1-x}-1}$ 的一个广义因子，因为

$$e^{2x}-e^{-3x}=(e^{2x}-1)-(e^{-3x}-1)\sim2x-(-3x)=5x\neq0,$$

因此，我们有

$$原式=\lim_{x\to0}\frac{e^{2x}-e^{-3x}}{\sqrt{1-x}-1}=\lim_{x\to0}\frac{(e^{2x}-1)-(e^{-3x}-1)}{\sqrt{1-x}-1}=\lim_{x\to0}\frac{2x-(-3x)}{-\dfrac{x}{2}}=-10.$$

(3) 作为极限存在的一种特殊情形，必须掌握函数在一点处连续的等价条件：

$$\lim_{x\to x_0}f(x)=f(x_0)\Longleftrightarrow f(x_0-0)$$

与 $f(x_0+0)$ 均存在，且

$$f(x_0-0)=f(x_0+0)=f(x_0).$$

(4) 求极限是本章的一种基本的运算，求极限的方法除了本章介绍的方法以外，还分散在以后的各章节中. 基本的方法主要有夹逼准则；两个重要极限；等价无穷小替换；罗必塔法则(数列极限必须转化为对应的函数情形)；Taylor 展开式法(数列极限必须转化为对应的函数情形)；求连续函数的极限(仅对函数极限而言)；单调有界法(仅对数列极限而言)；定积分法(仅对数列极限而言)；级数法(仅对数列极限而言)等. 这些方法并不是孤立的，具体在求一个极限时，应该灵活运用，有时需将某几种方法联合使用.

1.1.3 函数与极限典型实例

1. 填空题

(1) $\lim\limits_{x\to0}\dfrac{\int_0^x\ln(1+x-t)\mathrm{d}t}{(1-e^{x^2})(1+\cos x)}=$ __________.

(2) 设 $f(x)=\begin{cases}\dfrac{x-1}{1-\sqrt{2-x}} & x<1\\ \left(\dfrac{2x-1}{x}\right)^{\frac{a}{x-1}} & x>1\end{cases}$，若 $\lim\limits_{x\to1}f(x)$ 存在，则常数 $a=$ __________.

(3) 若 $\lim\limits_{x\to 0}\dfrac{\ln\left(1+\dfrac{f(x)}{\sin x}\right)}{2^x-1}=1$,则 $\lim\limits_{x\to 0}\dfrac{f(x)}{1-\cos x}=$ ________.

(4) $\lim\limits_{x\to\infty}x^2\left(1-x\sin\dfrac{1}{x}\right)=$ ________.

(5) 设 $a,b\in\mathbb{R}$,$f(x)=\dfrac{1}{a+e^{bx}}$ 在$\mathbb{R}$上连续,且 $\lim\limits_{x\to-\infty}f(x)=0$,则 a,b 应满足的条件是 ________.

(6) 已知 $\lim\limits_{x\to 0}\dfrac{\sqrt{1+f(x)\sin x}-1}{e^{2x}-1}=3$,则 $\lim\limits_{x\to 0}f(x)=$ ________.

(7) 已知 $f(x)=\begin{cases}(\cos x)^{\frac{1}{x}} & x\neq 0\\ a & x=0\end{cases}$,在 $x=0$ 处连续,则常数 $a=$ ________.

2. 选择题

(1)"对于任意给定的 $\varepsilon\in(0,1)$,总存在正整数$\mathbb{N}$,当 $n\geqslant\mathbb{N}$ 时,恒有 $|x_n-a|<2\varepsilon$"是数列 x_n 收敛于 a 的(　)条件.

A. 充分但不必要　　B. 必要但不充分

C. 充要　　D. 既非充分也不必要

(2) 当 $f(x)$满足条件(　)时, $\lim\limits_{x\to+\infty}\sin(\sqrt{x+1}-\sqrt{x})f(x)=0$.

A. 仅当 $\lim\limits_{x\to+\infty}f(x)=0$　　B. 仅当 $\lim\limits_{x\to+\infty}f(x)$存在

C. $f(x)$为有界函数　　D. $f(x)$为任意函数

(3) 已知 $\lim\limits_{x\to 0}\dfrac{f(x)}{\sqrt{1+x^2}-1}=2$, $\lim\limits_{x\to 0}[1+f(x)]^{g(x)}=e$,则 $g(x)$可取为(　).

A. $\sin^2 x$　　B. $\cos^2 x$　　C. $\tan^2 x$　　D. $\cot^2 x$

(4) 设 $f(x)=\int_0^x e^t\sin x^2\mathrm{d}t$,$g(x)=\int_0^x e^x\sin t^2\mathrm{d}t$,当 $x\to 0$ 时有(　).

A. $f(x)$与 $g(x)$为同阶无穷小　　B. $f(x)$与 $g(x)$是等价无穷小

C. $f(x)$是比 $g(x)$更低阶的无穷小　　D. $f(x)$是比 $g(x)$更高阶的无穷小

(5) 设 $f(x)$和 $g(x)$定义在$\mathbb{R}$上,$f(x)$为连续函数且 $f(x)\neq 0$,$g(x)$有间断点,则下列函数必有间断点的是(　).

A. $f[g(x)]$　　B. $g[f(x)]$　　C. $|g(x)|$　　D. $f(x)g(x)$

(6) 设正项数列$\{x_n\}$满足 $\lim\limits_{n\to\infty}\dfrac{x_{n+1}}{x_n}=\dfrac{1}{2}$,则 $\lim\limits_{n\to\infty}x_n=$(　).

A. 0　　B. $\dfrac{1}{2}$　　C. 1　　D. 可能存在,可能不存在

(7) 设数列$\{x_n\}$的通项为 $x_n=\begin{cases}\dfrac{n^2+\sqrt{n}}{n} & n\text{ 为奇数}\\ \dfrac{1}{n} & n\text{ 为偶数}\end{cases}$,当 $n\to\infty$时,x_n 是(　).

A. 无穷大量　　B. 无穷小量　　C. 有界变量　　D. 无界变量

3. 设 $f(x)$在闭区间$[a,b]$上连续,$f(a)=f(b)$,证明存在 $x_0\in[a,b]$,使 $f(x_0)=$

$f\left(x_0+\frac{b-a}{2}\right)$.

4. 设 $x_0>0, x_n=\frac{2(1+x_{n-1})}{2+x_{n-1}}$ $(n=1,2,\cdots)$，证明 $\lim\limits_{n\to\infty}x_n$ 存在并求此极限.

5. 设数列 $\{x_n\}$ 满足 $x_{n+1}=f(x_n)$，其中函数 $f(x)$ 在 $[a,b]$ 上满足：

(1) $a\leqslant f(x)\leqslant b$，对于任意 $x\in[a,b]$；

(2) $|f(x_2)-f(x_1)|\leqslant\alpha|x_2-x_1|$ $(0<\alpha<1)$，其中 x_1、x_2 是 $[a,b]$ 中任意两点.

证明：对于任意 $x_1\in[a,b]$，数列 $\{x_n\}$ 收敛于方程 $x=f(x)$ 在 $[a,b]$ 中唯一的解.

参考答案

1. (1) $-\frac{1}{4}$. 提示：令 $u=1+x-t$，则

$$\int_0^x\ln(1+x-t)\mathrm{d}t=-\int_{1+x}^1\ln u\mathrm{d}u=\int_1^{1+x}\ln u\mathrm{d}u,$$

对分母而言，当 $x\to0$ 时，$1-\mathrm{e}^{x^2}\sim-x^2$，$1+\cos x\to2$，替换后再用罗必塔法则求即可.

(2) ln2. 提示：由题设，$\lim\limits_{x\to1}f(x)$ 存在，则 $f(1+0)$ 与 $f(1-0)$ 均存在，且 $f(1+0)=f(1-0)$. 借助于此关系式即可求出 a.

(3) 2ln2. 提示：题设条件 $\lim\limits_{x\to0}\frac{\ln\left(1+\frac{f(x)}{\sin x}\right)}{2^x-1}=1$，结合当 $x\to0$ 时 $2^x-1\sim x\ln2$，我们有 $\ln\left(1+\frac{f(x)}{\sin x}\right)\sim x\ln2$. 当 $x\to0$ 时 $x\ln2\to0$，即 $\ln\left(1+\frac{f(x)}{\sin x}\right)\sim\frac{f(x)}{\sin x}$，也即 $\frac{f(x)}{\sin x}\sim x\ln2$.

(4) $\frac{1}{6}$. 提示：令 $t=\frac{1}{x}\to0$，再用罗必塔法则求即可.

(5) $a\geqslant0, b<0$. 提示：因为函数 $f(x)$ 在 $\mathbb{R}$ 上连续，故 $a+\mathrm{e}^{bx}>0$，而 $\mathrm{e}^{bx}>0$，所以 $a\geqslant0$. 又因为 $\lim\limits_{x\to-\infty}f(x)=\lim\limits_{x\to-\infty}\frac{x}{a+\mathrm{e}^{bx}}=0$，故只需当 $x\to-\infty$ 时，$\mathrm{e}^{bx}\to+\infty$，即 $b<0$.

(6) 12. 提示：当 $x\to0$ 时，$\mathrm{e}^{2x}-1\sim2x\to0$，于是 $\sqrt{1+f(x)\sin x}-1\to0$，从而 $f(x)\sin x\to0$ 且 $\sqrt{1+f(x)\sin x}-1\sim\frac{1}{2}f(x)\sin x$，进而有 $3=\lim\limits_{x\to0}\frac{\sqrt{1+f(x)\sin x}-1}{\mathrm{e}^{2x}-1}=\lim\limits_{x\to0}\frac{\frac{1}{2}f(x)\sin x}{2x}=\frac{1}{4}\lim\limits_{x\to0}f(x)$.

(7) 1. 提示：先求出 $\lim\limits_{x\to0}f(x)=1$，再利用函数在某点处连续的定义即可得.

2. (1) C. 提示：对于任意给定的充分小的正数 ε，2ε 依然还是一个充分小的正数，对照数列极限的定义，这是一个等价的充要条件.

(2) C. 提示：直接计算易得 $\lim\limits_{x\to+\infty}\sin(\sqrt{x+1}-\sqrt{x})=0$. 利用无穷小的性质：一个无穷小量与一个有界量的乘积还是一个无穷小量，即得.

(3) D. 提示：借助于重要极限，从第一个关系式可以推断：当 $x\to0$ 时，$f(x)\sim x^2$，再由第二个关系式可以推断 $g(x)$ 应该选取 $\cot^2x$.

(4) A. 提示：当 $x\to0$ 时，$f(x)=\int_0^x\mathrm{e}^t\sin x^2\mathrm{d}t=\sin x^2\int_0^x\mathrm{e}^t\mathrm{d}t=\sin x^2(\mathrm{e}^x-1)\sim x\sin x^2\sim x^3$，$g(x)=\int_0^x\mathrm{e}^x\sin t^2\mathrm{d}t=\mathrm{e}^x\int_0^x\sin t^2\mathrm{d}t$. 利用无穷小的比较，同时结合使用罗必塔法则即可得.

(5) D. 提示：用反证法结合连续函数的性质易知答案 D 是正确的.

(6) A. 提示：由题设知，$x_n>0$，该数列有下界. 又由 $\lim\limits_{n\to\infty}\frac{x_{n+1}}{x_n}=\frac{1}{2}$，知该数列是单调递减的(因为由数

列极限的保号性，必存在正整数N，使得当 $n>N$ 时，$\frac{x_{n+1}}{x_n}=\frac{1}{2}<1$)，故 $\lim_{n\to\infty}x_n$ 是存在的. 由此易知 $\lim_{n\to\infty}x_n=0$.

(7) D. 提示：注意到如下重要结论：$\lim_{n\to\infty}x_n=a\Leftrightarrow\lim_{n\to\infty}x_{2n},\lim_{n\to\infty}x_{2n+1}$均存在，且 $\lim_{n\to\infty}x_{2n}=\lim_{n\to\infty}x_{2n+1}=a$. 针对该题而言，$\lim_{n\to\infty}x_{2n}=0,\lim_{n\to\infty}x_{2n+1}=\infty$，因此，它既不是无穷小量，也不是无穷大量，当然也不是有界量.

3. 作辅助函数 $F(x)=f(x)-f\left(x+\frac{b-a}{2}\right)$. 由连续函数的性质知：$F(x)$在闭区间$\left[a,\frac{b+a}{2}\right]$上连续，且

$$F(a)=f(a)-f\left(\frac{a+b}{2}\right),\quad F\left(\frac{a+b}{2}\right)=f\left(\frac{a+b}{2}\right)-f(b).$$

若 $f(a)-f\left(\frac{a+b}{2}\right)=0$，由于 $f(a)=f(b)$，所以 $f\left(\frac{a+b}{2}\right)-f(b)=0$，此时我们只要取 $x_0=a$ 或$\frac{a+b}{2}$ 即可；

若 $F(a)=f(a)-f\left(\frac{a+b}{2}\right)\neq0$，由于 $f(a)=f(b)$，知 $F(a)$与 $F\left(\frac{a+b}{2}\right)$异号，因而由介值定理必存在 $x_0\in\left(a,\frac{a+b}{2}\right)\subset(a,b)$，使得 $F(x_0)=0$，即 $f(x_0)=f\left(x_0+\frac{b-a}{2}\right)$.

4. 因为

$$x_n=\frac{2(1+x_{n-1})}{2+x_{n-1}}=1+\frac{x_{n-1}}{2+x_{n-1}}=2-\frac{2}{2+x_{n-1}},$$

所以$1<x_n<2$，故数列$\{x_n\}$是有界的. 又因为

$$x_{n+1}-x_n=\left(2-\frac{2}{2+x_n}\right)-\left(2-\frac{2}{2+x_{n-1}}\right)=2\left(\frac{1}{2+x_{n-1}}-\frac{1}{2+x_n}\right)=\frac{2(x_n-x_{n-1})}{(2+x_n)(2+x_{n-1})},$$

不难知 $x_{n+1}-x_n$ 与x_1-x_0 具有相同的符号. 故当 $x_1>x_0$ 时，数列$\{x_n\}$是单调递增的；当 $x_1<x_0$ 时，数列$\{x_n\}$是单调递减的. 总之，数列$\{x_n\}$是单调有界的，从而其极限必存在，不妨令其为 a，进而有

$$a=\lim_{n\to\infty}x_{n+1}=\lim_{n\to\infty}\frac{2(1+x_n)}{2+x_n}=\frac{2(1+a)}{2+a},$$

故 $a=\sqrt{2}$.

5. 因为 $x_{n+1}=f(x_n)$，事实上，数列$\{x_n\}$收敛于方程 $x=f(x)$在$[a,b]$中的解，即是证明该数列存在极限. 由条件(2)易得：函数 $f(x)$在$[a,b]$上连续，从而

$$|x_{n+2}-x_{n+1}|=|f(x_{n+1})-f(x_n)|\leqslant\alpha|x_{n+1}-x_n|,$$

故由比值判别法知级数 $\sum_{n=1}^{\infty}(x_{n+1}-x_n)$ 绝对收敛，因此数列$\{x_n\}$必收敛. 这样一来，我们有 $\lim_{n\to\infty}x_{n+1}=\lim_{n\to\infty}f(x_n)=f(\lim_{n\to\infty}x_n)$，即极限值是方程 $x=f(x)$的根.

唯一性：假定还有 $y\in[a,b]$使得 $y=f(y)$，由条件(2)我们有

$$|x-y|=|f(x)-f(y)|\leqslant\alpha|x-y|,$$

这只能$|x-y|=0$，即 $x=y$.

1.2 一元函数微分学

1.2.1 大纲考点

(1) 导数与微分的概念；

(2) 显函数、复合函数、隐函数及由参数方程所确定的函数的一阶、二阶导数，简单函数

的 n 阶导数；

(3) 微分中值定理(包括 Rolle 定理，Lagrange 中值定理，Cauchy 中值定理，Taylor 展开式定理)及其应用；

(4) 微分学的几何应用(利用导数研究函数的性态，即作图)及分析应用(证明不等式，讨论方程根的个数等)；

(5) 了解曲率的计算公式.

1.2.2 重点释疑

(1) 熟练把握导数定义的如下两种形式：

$$f'(x_0)=\lim_{\Delta x\to 0}\frac{f(x_0+\Delta x)-f(x_0)}{\Delta x}=\lim_{x\to x_0}\frac{f(x)-f(x_0)}{x-x_0}.$$

依据导数的定义，导数事实上是一种特殊的极限. 同时，导数作为一种特殊的极限，自然有

$$f'(x_0)=A\Longleftrightarrow f'_-(x_0)=f'_+(x_0)=A,$$

这一事实通常用来判断分段函数在分段点或指数函数在某点处是否可导.

值得注意的是，一旦涉及抽象函数在某一点处的可导性或求某一点的导数时，往往需要借助于定义来求.

例 1 设 $f(x)$ 在 $x=1$ 处连续，已知 $\lim\limits_{x\to 1}\dfrac{f(x)+2}{x^3-1}=-\dfrac{1}{4}$，求 $f'(1)$.

解 因

$$\lim_{x\to 1}\frac{f(x)+2}{x^3-1}=-\frac{1}{4},$$

且

$$\lim_{x\to 1}(x^3-1)=0,$$

则

$$\lim_{x\to 1}(f(x)+2)=0.$$

注意到 $f(x)$ 在 $x=1$ 处连续，可得 $f(1)=-2$. 于是，依据导数的定义，我们有

$$\begin{aligned}f'(1)&=\lim_{x\to 1}\frac{f(x)-f(1)}{x-1}=\lim_{x\to 1}\frac{f(x)+2}{x^3-1}\cdot(x^2+x+1)\\&=\lim_{x\to 1}\frac{f(x)+2}{x^3-1}\cdot\lim_{x\to 1}(x^2+x+1)=-\frac{3}{4}.\end{aligned}$$

(2) 求曲线 $y=f(x)$ 在某点 x_0 处的切线，关键在于求 $f(x_0)$ 与 $f'(x_0)$. 即使对于某些抽象函数，只要知道了 $f(x_0)$ 与 $f'(x_0)$ 的值，同样也能写出所需的切线方程：

$$y-f(x_0)=f'(x_0)(x-x_0).$$

例 2 求下列曲线在指定点处的切线方程.

(1) 已知 $y=f(x)$ 为 $g(x)=e^x+\sin x$ 的反函数，求 $y=f(x)$ 在 $x=1$ 处的切线方程.

(2) 求曲线 $r=6\cos\theta-2$ 在 $r=1$ 处的切线方程.

(3) 求曲线 $\begin{cases}x=2t+|t|\\y=5t^2+4t|t|\end{cases}$ 在 $t=0$ 处的切线方程.

解 (1) 我们只需要求出 $f(1)$、$f'(1)$即可写出所需的切线方程. 由题设 $g(0)=1$,借助于 $y=f(x)$为 $g(x)=e^x+\sin x$ 的反函数,则 $f(1)=0$. 又由反函数的求导法则,知 $f'(1)=\frac{1}{g'(0)}=\frac{1}{2}$,故所求的切线方程为 $y=\frac{1}{2}(x-1)$.

(2) **注意在极坐标系下,导数$\frac{dr}{d\theta}$不代表曲线上点(r,θ)处的切线斜率(千万不能将此与直角坐标系下导数的几何意义混淆).**

欲求切线斜率,必须首先通过极坐标与直角坐标的如下关系

$$\begin{cases} x = r\cos\theta = 6\cos^2\theta - 2\cos\theta \\ y = 6\cos\theta\sin\theta - 2\sin\theta \end{cases}$$

转化为以 θ 为参数的参数方程进行.

当 $r=1$ 时,$\theta=\frac{1}{3}\pi$ 或$\frac{5}{3}\pi$,此时$\left(1,\frac{1}{3}\pi\right)$与$\left(1,\frac{5}{3}\pi\right)$对应点为$\left(\frac{1}{2},\frac{\sqrt{3}}{2}\right)$和$\left(\frac{1}{2},-\frac{\sqrt{3}}{2}\right)$.

因为

$$\frac{dy}{dx}=\frac{3\cos2\theta-\cos\theta}{-3\sin2\theta+\sin\theta},$$

所以

$$\left.\frac{dy}{dx}\right|_{\theta=\frac{\pi}{3}}=\frac{2}{3}\sqrt{3},\quad \left.\frac{dy}{dx}\right|_{\theta=\frac{5\pi}{3}}=-\frac{2}{3}\sqrt{3},$$

故所求切线方程为

$$\left(y\mp\frac{\sqrt{3}}{2}\right)=\pm\frac{2}{3}\sqrt{3}\left(x-\frac{1}{2}\right).$$

(3) 由于函数 $g(t)=|t|$在 $t=0$ 处不可导,因此,我们不能直接由参数方程的求导法则求$\left.\frac{dy}{dx}\right|_{t=0}$. 这里必须回到导数的定义(定义既可判断可导性,同时在可导的前提条件下还可求出其导数),

$$\left.\frac{dy}{dx}\right|_{t=0}=\lim_{\Delta t\to0}\frac{y(0+\Delta t)-y(0)}{x(0+\Delta t)-x(0)}=\lim_{\Delta t\to0}(5|\Delta t|+4\Delta t)\cdot\frac{1}{1+2\frac{\Delta t}{|\Delta t|}}.$$

因 $\lim\limits_{\Delta t\to0}(5|\Delta t|+4\Delta t)=0$,而$\left|\frac{1}{1+2\frac{\Delta t}{|\Delta t|}}\right|\leqslant1$(当 $\Delta t\neq0$ 时). 利用等价无穷小的性质,可得

$$\lim_{\Delta t\to0}(5|\Delta t|+4\Delta t)\cdot\frac{1}{1+2\frac{\Delta t}{|\Delta t|}}=0.$$

因 $t=0$ 所对应的点为$(0,0)$,故所求的切线方程为 $y=0$.

(3) 求导数是本章的一个基本运算. 首先必须熟记基本初等函数的求导公式及导数的运算法则,在此基础上,应熟练掌握显函数、复合函数、隐函数及由参数方程所决定的函数的一阶、二阶导数. 另外,关于简单函数的 n 阶导数及微分中值定理(包括 Rolle 定理,Lagrange 中值定理,Cauchy 中值定理,Taylor 展开式定理)及其应用,我们将在以后章节中专题探讨.

1.2.3 一元函数微分学典型实例

1. 填空题

(1) 已知 $f'(1)=4$,则 $\lim\limits_{x\to 1}\dfrac{x-1}{f(3-2x)-f(1)}=$____________.

(2) 设 $f(x)$可微,定义 $D^* f(x)=\lim\limits_{h\to 0}\dfrac{f^2(x+h)-f^2(x)}{h}$,则当 $f(x)=$________时,$D^* f(x)=f'(x)$.

(3) 设 $y=x^{100}\arctan x$,则 $y^{(101)}(0)=$____________.

(4) 设 R 为抛物线 $y=x^2$ 上任一点 $M(x,y)$处的曲率半径,s 为该曲线上某一定点 $M_0(x_0,y_0)$到 $M(x,y)$的弧长,则$\dfrac{\mathrm{d}R}{\mathrm{d}s}=$____________.

(5) 已知 $b>a>0$,$f'(a)=a$,则 $\lim\limits_{b\to a}\dfrac{f(b)-f(a)}{\ln^2 b-\ln^2 a}=$____________.

(6) 若$\dfrac{\mathrm{d}}{\mathrm{d}x}[f(x^4)]=\dfrac{1}{x}$,则 $f(x)=$____________.

(7) 曲线 $y=3x+\dfrac{\ln x}{2x}+1$ 的斜渐近线为____________.

(8) 曲线$\begin{cases}x=t-\ln(1+t^2)\\ y=\arctan t\end{cases}$在 $t=2$ 处的曲率为____________.

(9) 已知曲线 $f(x)=x^n$ 在点$(1,1)$处的切线与 x 轴的交点为$(\eta_n,0)$,则 $\lim\limits_{n\to\infty}\eta_n^n=$____________.

2. 选择题

(1) 设函数 $f(x)$对任何 x 均满足 $xf''(x)+3x[f'(x)]^2=1-\mathrm{e}^x$,又 $f'(x_0)=0$ ($x_0\neq 0$),则 $f(x)$在 x_0 处( ).

A. 必取极大值　　B. 必取极小值

C. 可能取极大值,也可能取极小值　　D. 不取极值

(2) 已知 $f(x)=\begin{cases}|x|^\lambda\sin\dfrac{1}{x} & x\neq 0\\ 0 & x=0\end{cases}$ 在 $x=0$ 处连续但不可导,则 $\lambda\in$( ).

A. $(0,1)$　　B. $[0,1)$　　C. $(0,1]$　　D. $[0,1]$

(3) 设 $f(x)=\sqrt[3]{x^4}\sin|x-2|$,则有( ).

A. 函数 $f(x)$在 $x=0$ 与 $x=2$ 处均可导

B. 函数 $f(x)$在 $x=0$ 与 $x=2$ 处均不可导

C. 函数 $f(x)$在 $x=0$ 处不可导,在 $x=2$ 处可导

D. 函数 $f(x)$在 $x=0$ 处可导,在 $x=2$ 处不可导

(4) 设 $f(x)=\dfrac{\ln x}{x}$,则使不等式$\dfrac{\ln a}{a}>\dfrac{\ln b}{b}$成立的条件是( ).

A. $0<a<b$　　B. $\mathrm{e}<a<b$　　C. $0<b<a$　　D. $\mathrm{e}<b<a$

(5) 设函数 $f(x)$对任何 x 均满足 $f\left(\dfrac{1}{2}+x\right)=2f(x)$. 已知 $f'\left(\dfrac{1}{2}\right)=1$,则 $f'(1)=$( ).

A. 0　　　B. 1　　　C. 2　　　D. 无法确定

(6) 设函数 $f(x)$ 可导, $F(x)=f(x)[1-|\ln(1+x)|]$, 则 $f(0)=0$ 是 $F(x)$ 在 $x=0$ 处可导的(　)条件.

A. 充分但不必要　B. 必要但不充分　C. 充要　D. 既不充分也不必要

(7) 函数 $f(x)$ 在 $(-\infty,+\infty)$ 内处处可导, 则(　).

A. 当 $\lim\limits_{x\to-\infty} f(x)=+\infty$ 时, 必有 $\lim\limits_{x\to-\infty} f'(x)=+\infty$

B. 当 $\lim\limits_{x\to-\infty} f'(x)=+\infty$ 时, 必有 $\lim\limits_{x\to-\infty} f(x)=+\infty$

C. 当 $\lim\limits_{x\to+\infty} f(x)=-\infty$ 时, 必有 $\lim\limits_{x\to+\infty} f'(x)=+\infty$

D. 当 $\lim\limits_{x\to+\infty} f'(x)=-\infty$ 时, 必有 $\lim\limits_{x\to+\infty} f(x)=-\infty$

(8) 设函数 $f(x)$ 在 $x=x_0$ 处二阶可导, 且 $f'(x_0)<0, f''(x_0)<0$, 若 $\Delta x>0$, 记 $\Delta y=f(x_0+\Delta x)-f(x_0)$, $\mathrm{d}y=f'(x_0)\Delta x$, 则有(　).

A. $\Delta y>\mathrm{d}y>0$　B. $\Delta y<\mathrm{d}y<0$　C. $\mathrm{d}y>\Delta y>0$　D. $\mathrm{d}y<\Delta y<0$

(9) 设函数 $f(x)$ 在 $(-a,a)$ $(a>0)$ 内有定义. 当 $x\in(-a,a)$ 时, $|f(x)|\leqslant x^2$, 则 $x=0$ 必是 $f(x)$ 的(　).

A. 间断点　　　B. 连续但不可导点

C. 可导点, 且 $f'(0)=0$　　　D. 可导点, 但 $f'(0)\neq0$

3. 设 $f(x)$ 在 $(-\infty,+\infty)$ 内有正的二阶导数, $A(a,f(a))$ 与 $B(b,f(b))$ 是曲线 $y=f(x)$ 上任意两点. 证明: 对于任意的 $x\in(a,b)$, 有 $f(x)<\dfrac{b-x}{b-a}f(a)+\dfrac{x-a}{b-a}f(b)$.

4. 设 $f(x)$ 在 $[a,+\infty)$ 上连续, 在 $(a,+\infty)$ 内可导, 且 $f'(x)>k>0$, 若 $f(a)<0$, 试证: 方程 $f(x)=0$ 在 $(a,+\infty)$ 内有唯一的实根.

5. 设在 $[0,1]$ 上, $|f'(x)|\leqslant1$, 且 $f(0)f(1)<0$, 试证: $|f(0)|+|f(1)|\leqslant1$.

6. 设 $f(x)$ 在 $[a,b]$ 上二阶可导, 且 $f''(x)>0$, 又 $f(a)=f(b)=0$, 试证: 在 (a,b) 内, $f(x)<0$.

7. 设 $f(x)$ 在 $[0,+\infty)$ 上可导, 且 $0\leqslant f(x)\leqslant\dfrac{x}{1+x^2}$, 证明: 存在 $\xi>0$, 使得

$$f'(\xi)=\frac{1-\xi^2}{(1+\xi^2)^2}.$$

8. k 为何值时, 方程 $x-\ln x+k=0$ 在区间 $0<x<+\infty$ 内: (1)有相异的两实根; (2)有唯一的实根; (3)无实根.

参考答案

1.(1) $-\dfrac{1}{8}$. 提示: 注意到当 $x\to1$ 时, $2-2x\to0$, 因此, 利用导数的定义, 我们有:

$$\lim_{x\to1}\frac{x-1}{f(3-2x)-f(1)}=\lim_{x\to1}\frac{1}{\dfrac{f(3-2x)-f(1)}{x-1}}$$

$$=\lim_{x\to1}\left(-\frac{1}{2}\right)\cdot\frac{1}{\dfrac{f(1+(2-2x))-f(1)}{2-2x}}=-\frac{1}{8}.$$

(2) 常数．提示：$f(x)$可微，必连续．由

$$f'(x)=D^*f(x)=\lim_{h\to0}\frac{f^2(x+h)-f^2(x)}{h}$$
$$=f'(x)\cdot\lim_{h\to0}(f(x+h)+f(x))=2f'(x)f(x),$$

故 $f(x)=$常数．

(3) 101!．提示：由 Netwon－Leibniz 公式，

$$y^{(101)}(0)=C_{101}^{100}(x^{100})^{(100)}(\arctan x)'\big|_{x=0}=101!.$$

(4) $6x$．提示：利用曲率半径公式 $R=\frac{(1+y'^2)^{\frac{3}{2}}}{|y''|}=\frac{1}{2}(1+y'^2)^{\frac{3}{2}}$，以及弧微分公式 $\mathrm{d}s=\sqrt{1+y'^2}\mathrm{d}x$，再由复合函数的求导法则，有

$$\frac{\mathrm{d}R}{\mathrm{d}s}=\frac{\mathrm{d}R}{\mathrm{d}x}\cdot\frac{1}{\frac{\mathrm{d}s}{\mathrm{d}x}}=\frac{3}{4}(1+y'^2)^{\frac{1}{2}}\cdot2y'\cdot y''\cdot(1+y'^2)^{-\frac{1}{2}}=6x.$$

(5) $\frac{a^2}{2\ln a}$．提示：由导数的定义．

(6) $\frac{1}{4}\ln x+C$．提示：由复合函数的求导法则，有$\frac{\mathrm{d}}{\mathrm{d}x}[f(x^4)]=f'(x^4)\cdot4x^3=\frac{1}{x}$，从而 $f'(x^4)=\frac{1}{4x^4}$，即 $f'(x)=\frac{1}{4x}$．故 $f(x)=\frac{1}{4}\ln x+C$．

(7) $y=3x+1$．提示：设所求的斜渐近线为 $y=ax+b$，则

$$a=\lim_{x\to+\infty}\frac{f(x)}{x}=\lim_{x\to+\infty}\left(3+\frac{\ln x}{2x^2}+\frac{1}{x}\right)=3,\quad b=\lim_{x\to+\infty}[f(x)-ax]=\lim_{x\to+\infty}\left(\frac{\ln x}{2x}+1\right)=1,$$

故 $y=3x+1$．

(8) $\frac{5}{\sqrt{2}}$．提示：由参数方程的求导法则，得

$$y'=\frac{\mathrm{d}y}{\mathrm{d}x}=\frac{1}{(t-1)^2},\quad y''=\frac{\mathrm{d}^2y}{\mathrm{d}x^2}=-\frac{2(1+t^2)}{(t-1)^5},$$

因而所求的曲率为

$$\frac{|y''|}{(1+y'^2)^{\frac{3}{2}}}\bigg|_{t=2}=\frac{5}{\sqrt{2}}.$$

(9) e^{-1}．提示：在点(1,1)处的切线斜率为 $k=f'(1)=n$，故切线方程为

$$y-1=n(x-1),$$

现令 $y=0$，得与 x 轴的交点 $\eta_n=1-\frac{1}{n}$，所以

$$\lim_{n\to\infty}\eta_n^n=\lim_{n\to\infty}\left(1-\frac{1}{n}\right)^n=\mathrm{e}^{-1}.$$

2.(1) A．提示：由关系式 $xf''(x)+3x[f'(x)]^2=1-\mathrm{e}^x$ 及 $f'(x_0)=0$，我们有 $f''(x_0)=\frac{1-\mathrm{e}^{x_0}}{x_0}$．不论 $x_0>0$，还是 $x_0<0$，显然 $f''(x_0)=\frac{1-\mathrm{e}^{x_0}}{x_0}<0$．故函数在 x_0 处必取极大值．

(2) C．提示：由定义知 $f(x)$在 $x=0$ 处连续导致 $\lambda>0$，又由 $f(x)$在 $x=0$ 处不可导，必导致 $\lambda\leqslant1$．

(3) D．提示：利用导数的定义直接进行验证．

(4) B．提示：考察函数 $f(x)=\frac{\ln x}{x}$的单调性即可．

(5) C．提示：由导数的定义有

$$f'(1)=\lim_{\Delta x\to0}\frac{f(1+\Delta x)-f(1)}{\Delta x}=2\lim_{\Delta x\to0}\frac{f\left(\frac{1}{2}+\Delta x\right)-f\left(\frac{1}{2}\right)}{\Delta x}=2f'\left(\frac{1}{2}\right).$$

(6) C. 提示：注意到函数 $F(x)$ 中含有 $|\ln(1+x)|$，因此讨论 $F(x)$ 在 $x=0$ 处的可导性应从 $F'_+(0)$ 和 $F'_-(0)$ 入手.

$$F'_+(0)=\lim_{x\to 0^+}\frac{F(x)-F(0)}{x-0}=\lim_{x\to 0^+}\left[\frac{f(x)-f(0)}{x}-\frac{f(x)\ln(1+x)}{x}\right]=f'(0)-f(0).$$

同样地，我们有 $F'_-(0)=f'(0)+f(0)$，可见 $f(0)=0$ 是 $F'_+(0)=F'_-(0)$ 的充要条件，即 $f(0)=0$ 是 $F(x)$ 在 $x=0$ 处可导的充要条件.

(7) D. 提示：一般地，当涉及一个函数与其导函数的关系时，应考虑使用中值定理建立其关系. 对于任意的 $x>0$，我们有 $f(x)=f(0)+f'(\eta)x, 0<\eta<x$. 据此易推出结果.

(8) B. 提示：一般地，当涉及一个函数的二阶导数及二阶以上导数时，我们应考虑使用 Taylor 中值定理：

$$f(x_0+\Delta x)=f(x_0)+f'(x_0)\Delta x+\frac{f''(x_0)}{2!}(\Delta x)^2+o(\Delta x),\ \text{即有}\ \Delta y-\mathrm{d}y=\frac{f''(x_0)}{2!}(\Delta x)^2+o(\Delta x).$$

当 $|\Delta x|$ 很小时，$\Delta y-\mathrm{d}y$ 的符号与 $\frac{f''(x_0)}{2!}$ 是一致的，从而 $\Delta y-\mathrm{d}y<0$，又因为 $\mathrm{d}y=f'(x_0)\Delta x<0$，故应选(B).

(9) C. 提示：由 $|f(x)|\leqslant x^2$，易得 $f(0)=0$. 又因为 $\left|\frac{f(x)-f(0)}{x-0}\right|=\left|\frac{f(x)}{x}\right|\leqslant|x|$，故

$$f'(0)=\lim_{x\to 0}\frac{f(x)-f(0)}{x-0}=0.$$

3. 由 Lagrange 中值定理有

$$f(x)=f(a)+f'(\xi_1)(x-a),\quad (a<\xi_1<x).$$

进而有

$$f(x)(b-x)=f(a)(b-x)+f'(\xi_1)(x-a)(b-x) \tag{Ⅰ}$$

同样地，我们有

$$f(x)=f(b)-f'(\xi_2)(b-x),\quad (x<\xi_2<b),$$

于是有

$$f(x)(x-a)=f(b)(x-a)-f'(\xi_2)(b-x)(x-a) \tag{Ⅱ}$$

由式(Ⅰ)+(Ⅱ)，再用一次 Lagrange 中值定理即得所需结论.

4. 存在性. 取 $x>a$，在 $[a,x]$ 上由 Lagrange 中值定理有

$$f(x)=f(a)+f'(\xi)(x-a)>f(a)+k(x-a).$$

欲使 $f(x)>0$，只要 $x>a-\frac{f(a)}{k}$ 即可. 由介值定理知，方程 $f(x)=0$ 必有根.

唯一性. 假定方程 $f(x)=0$ 在 $(a,+\infty)$ 内有两个不同的根 ξ_1,ξ_2，即 $f(\xi_1)=f(\xi_2)=0$. 不失一般性，设 $\xi_1<\xi_2$，由 Rolle 定理，必存在 $\xi\in(\xi_1,\xi_2)$，使得 $f'(\xi)=0$，这显然与 $f'(x)>k>0$ 是矛盾的.

5. 由题设 $f(0)f(1)<0$ 及介值定理，必存在 $\xi\in(0,1)$，使得 $f(\xi)=0$. 于是由中值定理，有

$$\begin{aligned}|f(0)|+|f(1)|&=|f(\xi)-f(0)|+|f(1)-f(\xi)|=|f'(\xi_1)(\xi-0)|+|f'(\xi_2)(1-\xi)|\\&\leqslant\xi+(1-\xi)=1\ (0<\xi_1<\xi<\xi_2<1).\end{aligned}$$

6. 因 $f''(x)>0$，则 $f'(x)$ 单增，又 $f(a)=f(b)=0$，从而由 Rolle 定理，必存在 $\xi\in(a,b)$，使得 $f'(\xi)=0$. 当 $a<x<\xi$ 时，$f'(x)<f'(\xi)=0$，则 $f(x)$ 单减，此时 $f(x)<f(a)=0$；当 $\xi<x<b$ 时，$f'(x)>f'(\xi)=0$，则 $f(x)$ 单增，此时 $f(x)<f(b)=0$.

利用 $f(x)$ 在 ξ 处的连续性，有 $f(\xi)\leqslant 0$. 现假定 $f(\xi)=0$，则必存在 $\eta\in(a,\xi)$，使得 $f'(\eta)=0$，这显然是个矛盾. 故有 $f(\xi)<0$.

综上所述，在 (a,b) 内，$f(x)<0$.

7. 令 $F(x)=\frac{x}{1+x^2}-f(x)$，由题设 $f(0)=0$，则必有 $F(0)=0$. 又由夹逼准则 $\lim\limits_{x\to+\infty}f(x)=0$ 必导致 $\lim\limits_{x\to+\infty}F(x)=0$. 于是对于充分大的实数 X，$F(x)$ 在 $[0,X]$ 上连续，必在 $(0,X)$ 内取到最大值，不妨令最大

值点为 ξ,然而对于可导函数 $F(x)$而言,必有 $F'(\xi)=0$,故结论成立.

8. 讨论方程根的个数,事实上可以转化为讨论相应函数的零点个数.

设 $f(x)=x-\ln x+k$,则 $f'(x)=1-\dfrac{1}{x}$,令 $f'(x)=0$,得唯一驻点 $x=1$. 又 $f''(x)=\dfrac{1}{x^2}$,$f''(1)>0$,所以 $f(1)=1+k$ 为$f(x)$的极小值,也是 $f(x)$在区间$(0,+\infty)$内的最小值. 在$(0,1)$内,$f'(x)<0$,即 $f(x)$单调减少;在$(1,+\infty)$内,$f'(x)>0$,即 $f(x)$单调增加,且 $\lim\limits_{x\to 0^+}f(x)=+\infty$,$\lim\limits_{x\to+\infty}f(x)=+\infty$. 于是,由连续函数零点定理可知:

(1) 当 $1+k<0$ 时,即 $k<-1$ 时,方程 $f(x)=0$ 有两相异实根;

(2) 当 $1+k=0$ 时,即 $k=-1$ 时,方程 $f(x)=0$ 有唯一实根;

(3) 当 $1+k>0$ 时,即 $k>-1$ 时,方程 $f(x)=0$ 无实根.

1.3 一元函数积分学

1.3.1 大纲考点

(1) 不定积分与定积分的概念;

(2) 不定积分与定积分的换元积分法(包括第一类换元法与第二类换元法)与分部积分法;

(3) 变限函数求导的基本公式与微积分基本公式;

(4) 积分学的几何应用及物理应用(应熟练掌握用微元法求非均匀量);

(5) 了解广义积分(包括无穷区间上的广义积分与无界函数的广义积分)敛散性的概念.

1.3.2 重点释疑

1. 变限函数求导的基本公式

$$\left[\int_{\psi(x)}^{\varphi(x)}f(t)\mathrm{d}t\right]'=f[\varphi(x)]\varphi'(x)-f[\psi(x)]\psi'(x).$$

变限函数是《高等数学》最为重要的一类函数,因此,相应的求导公式也是一个非常基本的公式,必须牢牢记住.

例 1 设 $F(x)=\int_0^{\sqrt{x}}tf(x+t^2)\mathrm{d}t$,求 $F'(x)$.

解 令 $u=x+t^2$,则 $\mathrm{d}u=2t\mathrm{d}t$. 当 $t=0$ 时,$u=x$;当 $t=\sqrt{x}$时,$u=2x$.

于是有
$$F(x)=\int_x^{2x}\frac{1}{2}f(u)\mathrm{d}u=\frac{1}{2}\int_x^{2x}f(u)\mathrm{d}u,$$

故 $F'(x)=f(2x)-\dfrac{1}{2}f(x)$.

例 2 设 $f(x)$在$[0,\pi]$上连续,且$\int_0^{\pi}f(x)\mathrm{d}x=\int_0^{\pi}f(x)\cos x\mathrm{d}x=0$. 试证:在$(0,\pi)$内至少存在两个不同的点 ξ_1,ξ_2,使得 $f(\xi_1)=f(\xi_2)=0$.

证明 这是一个涉及函数零点的问题,具体在解决此类问题时,要么针对 $f(x)$本身应用介值定理,要么针对 $f(x)$的原函数用 Rolle 定理.

注:如果 $f(x)$是一个抽象函数,其原函数通常可以设为

$$F(x)=\int_0^x f(t)\mathrm{d}t\ \ (0\leqslant x\leqslant\pi).$$

令 $F(x)=\int_0^x f(t)\mathrm{d}t$，这里 $x\in[0,\pi]$，显然 $F(0)=F(\pi)=0$. 又因为

$$0=\int_0^\pi f(x)\cos x\mathrm{d}x=F(x)\cos x\Big|_0^\pi+\int_0^\pi F(x)\sin x\mathrm{d}x=\int_0^\pi F(x)\sin x\mathrm{d}x,$$

所以必存在 $\xi\in(0,\pi)$，使得 $F(\xi)\sin\xi=0$（若不然，$F(x)\sin x$ 在 $(0,\pi)$ 内必恒为正或恒为负，二者均与 $\int_0^\pi F(x)\sin x\mathrm{d}x=0$ 是矛盾的），由此有 $F(\xi)=0$. 于是在 $[0,\xi]$ 与 $[\xi,\pi]$ 上分别应用 Rolle 定理即得结论.

2. 定积分恒等式的证明

通常用换元法或分部积分法，换元法所作的变换依赖于积分限或被积函数，而分部积分法主要适用于被积函数中含有 $f'(x)$ 或含有变限积分的等式.

例 3 设 $f(x)$ 连续，且 $a>0$. 证明：$\int_1^a f\left(x^2+\frac{a^2}{x^2}\right)\frac{\mathrm{d}x}{x}=\int_1^a f\left(x+\frac{a^2}{x}\right)\frac{\mathrm{d}x}{x}$.

证明 首先考察等式的左端，令 $u=x^2$，有

$$\text{左式}=\int_1^{a^2} f\left(u+\frac{a^2}{u}\right)\frac{\mathrm{d}u}{2u}=\frac{1}{2}\left[\int_1^a f\left(u+\frac{a^2}{u}\right)\frac{\mathrm{d}u}{u}+\int_a^{a^2} f\left(u+\frac{a^2}{u}\right)\frac{\mathrm{d}u}{u}\right].$$

又令 $u=\frac{a^2}{t}$，有

$$\int_a^{a^2} f\left(u+\frac{a^2}{u}\right)\frac{\mathrm{d}u}{u}=\int_a^1 f\left(\frac{a^2}{t}+t\right)\cdot\frac{t}{a^2}\cdot\left(-\frac{a^2}{t^2}\right)\mathrm{d}t=\int_1^a f\left(t+\frac{a^2}{t}\right)\frac{\mathrm{d}t}{t}.$$

由此可得左式 = 右式，故结论成立.

3. 定积分条件等式的证明

欲证在积分限中至少存在一个 ξ 使等式成立的命题，一般需要构作辅助函数. 辅助函数的构作方式：将 ξ 改成 x，移项使等式一端为 0，另一端即是（此时用介值定理），或寻求另一端的原函数（此时用 Rolle 定理）.

例 4 设 $f(x),g(x)$ 均在 $[a,b]$ 上连续. 证明：存在 $\xi\in(a,b)$，使得

$$f(\xi)\int_\xi^b g(x)\mathrm{d}x=g(\xi)\int_a^\xi f(x)\mathrm{d}x.$$

证明 作辅助函数 $F(x)=\int_a^x f(t)\mathrm{d}t\cdot\int_x^b g(t)\mathrm{d}t$，对 $F(x)$，我们只要在 $[a,b]$ 上应用 Rolle 定理即可得到所需结果.

4. 求不定积分与定积分是本章的一个基本运算，应熟练掌握不定积分与定积分的换元积分法（包括第一类换元法与第二类换元法），以及分部积分法

5. 定积分的应用

必须灵活把握微元法的基本思想（即把非均匀量的计算，通过分割在局部用均匀量替代，求和得到所求量的一个近似值，最后借助于取极限消除替代产生的误差）. 简而言之是：分割取近似，求和取极限. 这种方法在处理非均匀量的计算过程中具有一般性，必须牢牢把握，只有这样，才能以不变应万变.

1.3.3 一元函数积分学典型实例

1. 填空题

(1) 设 $f(x)$在$(0,+\infty)$内连续,且对于任意正数 a,b,积分 $\int_a^{ab} f(x)\mathrm{d}x$ 与 a 无关,又 $f(1)=\ln 2$,则 $f(x)=$________.

(2) 设连续函数 $f(x)$满足: $f(x)=\mathrm{e}^x-\int_0^1 xf(x)\mathrm{d}x$, 则 $\int_0^1 xf(x)\mathrm{d}x=$________.

(3) $\lim\limits_{x\to a}\sqrt{\dfrac{1}{x-a}\int_a^x (x-t)\cos t\,\mathrm{d}t}=$________.

(4) 当 $a=$____时,函数 $y=\ln x$ 在$[1,a]$上的平均值等于该区间上函数的平均变化速率.

(5) 设 $f(x)=\begin{cases} x\sin x & x>0 \\ -1 & x\leqslant 0\end{cases}$,则 $\int_0^{2\pi} f(x-\pi)\mathrm{d}x=$________.

(6) 若 e^{-x}是$f(x)$的原函数,则 $\int x^2 f(\ln x)\mathrm{d}x=$________.

(7) 设 $f(\ln x)=\dfrac{\ln(1+x)}{x}$,则 $\int f(x)\mathrm{d}x=$________.

(8) $\int_{-1}^1 \dfrac{2x^2+x\cos x}{1+\sqrt{1-x^2}}\mathrm{d}x=$________.

(9) 已知 $F(x)$是 $f(x)$的一个原函数,且 $f(x)=\dfrac{xF(x)}{1+x^2}$,则 $f(x)=$________.

(10) 设函数 $f(x)$是$[a,b]$上的连续函数,且 $f(x)>0$,则 $\lim\limits_{n\to\infty}\int_a^b \dfrac{\sqrt[n]{f(x)}}{\sqrt{(x-a)(b-x)}}\mathrm{d}x$ $=$________.

2. 选择题

(1) 设连续函数 $f(x)$满足 $f(x)=\int_0^{2x} f\left(\dfrac{t}{2}\right)\mathrm{d}t+\ln 2$, 则 $f(x)=(\quad)$.

A. $\mathrm{e}^x\ln 2$　　B. $\mathrm{e}^{2x}\ln 2$　　C. $\mathrm{e}^x+\ln 2$　　D. $\mathrm{e}^{2x}+\ln 2$

(2) 设 $f(x)$可导,为使广义积分 $\int_0^1 \dfrac{f'(\ln x)}{x}\mathrm{d}x$ 收敛,应要求下列极限中(　)存在.

A. $\lim\limits_{x\to 0+0} f(x)$　　B. $\lim\limits_{x\to 1-0} f(x)$　　C. $\lim\limits_{x\to -\infty} f(x)$　　D. $\lim\limits_{x\to +\infty} f(x)$

(3) 若函数 $f(x)$在$[a,b]$上连续,且 $M=\lim\limits_{h\to 0}\dfrac{1}{h}\int_a^x [f(t+h)-f(t)]\mathrm{d}t$, $N=f(x)-f(a)$ $(a<x<b)$,则有(　).

A. $M>N$　　B. $M=N$　　C. $M<N$　　D. A,B,C 均有可能

(4) 平面曲线 $y=\int_{-\frac{\pi}{2}}^x \sqrt{\cos t}\,\mathrm{d}t$ $\left(-\dfrac{\pi}{2}\leqslant x\leqslant\dfrac{\pi}{2}\right)$ 的弧长为(　).

A. $\int_0^{\frac{\pi}{2}}\sqrt{1+\cos x}\,\mathrm{d}x$　　B. $\int_{-\frac{\pi}{2}}^{\frac{\pi}{2}}\sqrt{1+\cos x}\,\mathrm{d}x$

C. $\int_0^{\frac{\pi}{2}}\sqrt{1+\sqrt{\cos x}}\,\mathrm{d}x$　　D. $\int_{-\frac{\pi}{2}}^{\frac{\pi}{2}}\sqrt{1+\sqrt{\cos x}}\,\mathrm{d}x$

(5) 下列结论中正确的是( ).

A. 若 $f(x)$在$[-1,1]$上连续,则$\int_{-1}^{1}|f(x)|\mathrm{d}x=2\int_{0}^{1}|f(x)|\mathrm{d}x$

B. $\int_{0}^{1}\mathrm{e}^{-x^2}\mathrm{d}x<\int_{-2}^{-1}\mathrm{e}^{-x^2}\mathrm{d}x$

C. $\int_{\pi}^{2\pi}\sin^2 x\mathrm{d}x>\int_{\pi}^{2\pi}|\sin x|\mathrm{d}x$

D. $\int_{-\mathrm{e}}^{0}\left(\frac{1}{\mathrm{e}}\right)^x\mathrm{d}x<\int_{-\mathrm{e}}^{0}\mathrm{e}^x\mathrm{d}x$

(6) 设 $f(x)$是连续函数,$F(x)$是 $f(x)$的原函数,则( ).

A. 当 $f(x)$是奇函数时,$F(x)$必是偶函数

B. 当 $f(x)$是偶函数时,$F(x)$必是奇函数

C. 当 $f(x)$是周期函数时,$F(x)$必是周期函数

D. 当 $f(x)$单调增函数时,$F(x)$必是单调增函数

(7) 方程$\int_{0}^{x}\sqrt{t^6+1}\mathrm{d}t-\int_{0}^{\cos x}\mathrm{e}^{-t^2}\mathrm{d}t=0$在区间$(0,+\infty)$内有实根个数为( ).

A. 3　　　　B. 2　　　　C. 1　　　　D. 0

3. 设 $f(x)$在$[a,b]$上连续,在(a,b)内 $f'(x)>0$. 证明:存在唯一的 $\xi\in(a,b)$,使得曲线 $y=f(x)$与两直线 $y=f(\xi)$, $x=a$ 所围图形的面积 S_1 是 $y=f(x)$与两直线 $y=f(\xi)$, $x=b$ 所围图形的面积S_2 的 2006 倍.

4. 设 $y=\mathrm{e}^{-x}$, $y=\mathrm{e}^{-2x}$ $(x\geqslant 0)$及直线 $x=\xi$ 所围平面图形绕 x 轴旋转得一旋转体. (a) 求此旋转体的体积 $V(\xi)$; (b) 求满足 $V(a)=\frac{1}{2}\lim\limits_{\xi\to+\infty}V(\xi)$的 a.

5. 设 P 为曲线$\begin{cases}x=\cos t\\ y=2\sin^2 t\end{cases}$ $\left(0\leqslant t\leqslant\frac{\pi}{2}\right)$上的点,设过原点及 P 的直线与 x 轴和此曲线所围的面积为S. 求$\frac{\mathrm{d}S}{\mathrm{d}t}$取得最大值时,点 P 的坐标.

6. 求 $f(x)$,使得$\int_{0}^{2}f(1+tx)\mathrm{d}t=2f(1+2x)-x\ln(1+x)$, 且 $f(1)=-\frac{1}{4}$.

7. 设函数 $y(x)(x\geqslant 0)$二阶可导,且 $y'(x)>0$, $y(0)=1$,过曲线 $y=y(x)$上任一点 $P(x,y)$作该曲线的切线及 x 轴的垂线,将上述两直线与 x 轴所围成的三角形面积记为 S_1,区间$[0,x]$上以 $y=y(x)$为曲边的曲边梯形面积记为 S_2,并设 $2S_1-S_2$ 恒为 1,求曲线 $y=y(x)$的方程.

8. 设函数 $f(x)$在$[-l,l]$上连续,在 $x=0$ 处可导,且 $f'(0)\neq 0$,

(1) 证明:对于任意 $x\in(0,l]$,至少存在一个 $\theta\in(0,1)$,使得

$$\int_{0}^{x}f(t)\mathrm{d}t+\int_{0}^{-x}f(t)\mathrm{d}t=x[f(\theta x)-f(-\theta x)];$$

(2) 求 $\lim\limits_{x\to 0^+}\theta$.

参考答案

1.(1) $\frac{\ln 2}{x}$. 提示:这里"积分$\int_{a}^{ab}f(x)\mathrm{d}x$与$a$ 无关",我们可取 $a=1$,则$\int_{a}^{ab}f(x)\mathrm{d}x=\int_{1}^{b}f(x)\mathrm{d}x$, 现将

其视为关于 b 的变限函数,两端对 b 求导得:$af(ab)=f(b)$,再令 $b=1$ 即可.

(2) $\frac{2}{3}$.提示:注意到 $\int_0^1 xf(x)\mathrm{d}x$ 事实上是一个常数,于是令 $a=\int_0^1 xf(x)\mathrm{d}x$,则 $f(x)=\mathrm{e}^x-a$,进而 $xf(x)=x\mathrm{e}^x-ax$.于是

$$a=\int_0^1 xf(x)\mathrm{d}x=\int_0^1 x\mathrm{e}^x\mathrm{d}x-a\int_0^1 x\mathrm{d}x.$$

(3) 0.提示:先变形,有

$$\begin{aligned}\lim_{x\to a}\sqrt{\frac{1}{x-a}\int_a^x(x-t)\cos t\mathrm{d}t}&=\sqrt{\lim_{x\to a}\frac{1}{x-a}\int_a^x(x-t)\cos t\mathrm{d}t}\\&=\sqrt{\lim_{x\to a}\frac{\int_a^x(x-t)\cos t\mathrm{d}t}{x-a}}=\sqrt{\lim_{x\to a}\frac{x\int_a^x\cos t\mathrm{d}t-\int_a^x t\cos t\mathrm{d}t}{x-a}},\end{aligned}$$

然后在根号内使用罗必塔法则即可.

(4) e.提示:函数 $y=\ln x$ 在 $[1,a]$ 上的平均值等于 $\frac{1}{a-1}\int_1^a\ln x\mathrm{d}x$,于是由题设,

$$\frac{1}{a-1}\int_1^a\ln x\mathrm{d}x=\frac{\ln a-\ln 1}{a-1},$$

借助于这个关系式即可求得.

(5) 0.提示:令 $t=x-\pi$,$\int_0^{2\pi}f(x-\pi)\mathrm{d}x=\int_{-\pi}^{\pi}f(t)\mathrm{d}t$,进一步计算即可.

(6) $-\frac{1}{2}x^2+C$.提示:$f(x)=(\mathrm{e}^{-x})'=-\mathrm{e}^{-x}$,$f(\ln x)=-\mathrm{e}^{-\ln x}=-\frac{1}{x}$,于是,

$$\int x^2f(\ln x)\mathrm{d}x=\int x^2\left(-\frac{1}{x}\right)\mathrm{d}x=-\frac{1}{2}x^2+C.$$

(7) $x-(1+\mathrm{e}^{-x})\ln(1+\mathrm{e}^x)+C$.提示:$\ln x=t$,$x=\mathrm{e}^t$,$f(t)=\frac{\ln(1+\mathrm{e}^t)}{\mathrm{e}^t}$,

$$\begin{aligned}\int f(x)\mathrm{d}x&=\int\frac{\ln(1+\mathrm{e}^x)}{\mathrm{e}^x}\mathrm{d}x=-\int\ln(1+\mathrm{e}^x)\mathrm{d}\mathrm{e}^{-x}=-\mathrm{e}^{-x}\ln(1+\mathrm{e}^x)+\int\frac{1}{1+\mathrm{e}^x}\mathrm{d}x\\&=-\mathrm{e}^{-x}\ln(1+\mathrm{e}^x)+\int\left(1-\frac{\mathrm{e}^x}{1+\mathrm{e}^x}\right)\mathrm{d}x=x-(1+\mathrm{e}^{-x})\ln(1+\mathrm{e}^x)+C.\end{aligned}$$

(8) $4-\pi$.提示:借助于奇偶性,有

$$\begin{aligned}&\int_{-1}^1\frac{2x^2+x\cos x}{1+\sqrt{1-x^2}}\mathrm{d}x=2\int_0^1\frac{2x^2}{1+\sqrt{1-x^2}}\mathrm{d}x=4\int_0^1(1-\sqrt{1-x^2})\mathrm{d}x\\&=4\int_0^1\mathrm{d}x-4\int_0^1\sqrt{1-x^2}\mathrm{d}x=4-\pi.\end{aligned}$$

(9) $\frac{Cx}{\sqrt{1+x^2}}$.提示:由题设 $F'(x)=f(x)$,将其代入 $f(x)=\frac{xF(x)}{1+x^2}$,得 $F'(x)=\frac{xF(x)}{1+x^2}$,即 $\frac{F'(x)}{F(x)}=\frac{x}{1+x^2}$,两端关于 x 积分得 $\ln F(x)=\frac{1}{2}\ln(1+x^2)+\ln C_1$,即 $F(x)=C\sqrt{1+x^2}$.

(10) π.提示:令 $g(x)=\frac{1}{\sqrt{(x-a)(b-x)}}$.由题设,函数 $f(x)$ 在 $[a,b]$ 上连续,则 $f(x)$ 在 $[a,b]$ 上有最小值 m 与最大值 M.注意到 $f(x)>0$,必然有 $M\geqslant m>0$.而 $g(x)>0$,那么 $\sqrt[n]{m}\int_a^b g(x)\leqslant\int_a^b\sqrt[n]{f(x)}g(x)\mathrm{d}x\leqslant\sqrt[n]{M}\int_a^b g(x)\mathrm{d}x$,又 $\lim_{n\to\infty}\sqrt[n]{m}=\lim_{n\to\infty}\sqrt[n]{M}=1$,故 $\lim_{n\to\infty}\int_a^b\sqrt[n]{f(x)}g(x)\mathrm{d}x=\int_a^b g(x)\mathrm{d}x$.现令 $x=a\cos^2t+b\sin^2t$,这里 $t\in\left(0,\frac{\pi}{2}\right)$,于是 $x-a=(b-a)\sin^2t$,$b-x=(b-a)\cos^2t$,所以 $\mathrm{d}x=2(b-a)\sin t\cos t\mathrm{d}t$,原式 $=2\int_0^{\frac{\pi}{2}}\mathrm{d}t=\pi$.

2.(1) B. 提示：令 $g(x)=\int_0^{2x} f\left(\frac{t}{2}\right)\mathrm{d}t$ 及 $u=\frac{t}{2}$，则 $g(x)=2\int_0^x f(u)\mathrm{d}u$，即 $f(x)=2\int_0^x f(u)\mathrm{d}u+\ln 2$，两端求导可得.

(2) C. 提示：若 $\int_0^1 \frac{f'(\ln x)}{x}\mathrm{d}x$ 收敛，必然 $f(\ln x)\Big|_0^1=f(0)-\lim\limits_{x\to 0^+}f(\ln x)$ 要存在，即 $\lim\limits_{x\to-\infty}f(x)$ 存在.

(3) B. 提示：通过罗必塔法则计算 M 可得 $M=N$.

(4) B. 提示：利用平面曲线的弧长计算公式可得.

(5) B. 提示：利用定积分的性质可得.

(6) A. 提示：令 $F(x)=\int_0^x f(t)\mathrm{d}t+C$. 若 $f(-t)=-f(t)$，令 $t=-u$，则

$$F(-x)=\int_0^{-x} f(t)\mathrm{d}t+C=-\int_0^x f(-u)\mathrm{d}u+C=\int_0^x f(t)\mathrm{d}t+C=F(x).$$

(7) C. 提示：作辅助函数 $f(x)=\int_0^x \sqrt{t^6+1}\,\mathrm{d}t-\int_0^{\cos x}\mathrm{e}^{-t^2}\mathrm{d}t$，当 $x>0$ 时，

$$f'(x)=\sqrt{1+x^6}+\frac{\sin x}{\mathrm{e}^{\cos^2 x}}\geqslant\sqrt{1+x^6}-\frac{1}{\mathrm{e}^{\cos^2 x}}>0,$$

可知 $f(x)$ 在 $(0,+\infty)$ 上单调增加，最多只有一个零点. 又因为

$$f(0)\cdot f\left(\frac{\pi}{2}\right)=\left(-\int_0^1 \mathrm{e}^{-t^2}\mathrm{d}t\right)\left(\int_0^{\frac{\pi}{2}}\sqrt{t^6+1}\,\mathrm{d}t\right)<0,$$

由连续函数零点定理知，在 $\left(0,\frac{\pi}{2}\right)$ 内至少有一个零点.

3. 存在性. 令

$$S_1=\int_a^t [f(t)-f(x)]\mathrm{d}x,\quad S_2=\int_t^b [f(x)-f(t)]\mathrm{d}x.$$

通过考虑辅助函数 $F(t)=S_1-2006S_2$，我们只需验证 $F(t)$ 存在零点 ξ 即可. 显然 $F(a)F(b)<0$，由介值定理，必存在 $\xi\in(a,b)$，使得 $F(\xi)=0$.

唯一性. 可由 $F'(t)=f'(t)[(t-a)+2006(b-t)]>0$ 得证.

4.(1) 直接由旋转体体积的计算公式，有

$$V(\xi)=\pi\int_0^{\xi}(\mathrm{e}^{-x})^2\mathrm{d}x-\pi\int_0^{\xi}(\mathrm{e}^{-2x})^2\mathrm{d}x=\frac{\pi}{4}-\frac{\pi}{2}\mathrm{e}^{-2\xi}+\frac{\pi}{4}\mathrm{e}^{-4\xi}.$$

(2) 由(1)得 $V(a)=\frac{\pi}{4}(1-\mathrm{e}^{-2a})^2$. 又显然 $\lim\limits_{\xi\to+\infty}V(\xi)=\frac{\pi}{4}$，于是 $\frac{1}{2}\cdot\frac{\pi}{4}=\frac{\pi}{4}(1-\mathrm{e}^{-2a})^2$，从而 $a=-\frac{1}{2}\ln\left(1-\frac{\sqrt{2}}{2}\right)$.

5. 如图所示，因 $S=S_1+S_2$，这里

$$S_1=\frac{1}{2}\cos t\cdot(2\sin^2 t)=\sin^2 t\cdot\cos t,$$

$$S_2=\int_{\cos t}^1 y\mathrm{d}x=\int_{\cos t}^1 2(1-x^2)\mathrm{d}x,$$

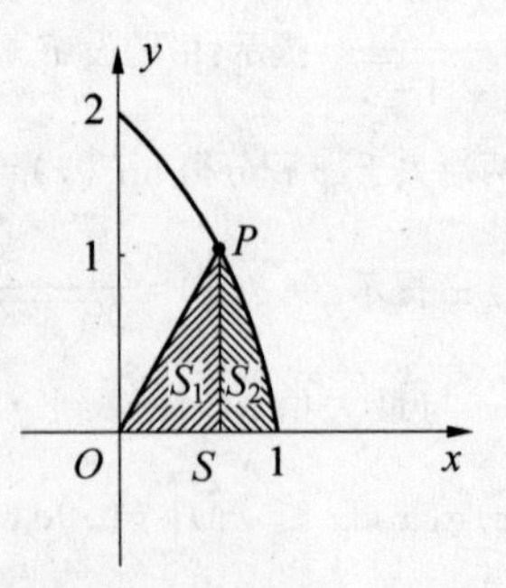

所以

$$\frac{\mathrm{d}S}{\mathrm{d}t}=\frac{\mathrm{d}S_1}{\mathrm{d}t}+\frac{\mathrm{d}S_2}{\mathrm{d}t}=2\sin t-\sin^3 t,$$

$$\frac{\mathrm{d}^2 S}{\mathrm{d}t^2}=2\cos t-3\sin^2 t\cos t.$$

现令 $\frac{\mathrm{d}^2 S}{\mathrm{d}t^2}=0$，可得 $t_1=\frac{\pi}{2}$，$t_2=\arcsin\sqrt{\frac{2}{3}}$.

比较$\left.\frac{\mathrm{d}S}{\mathrm{d}t}\right|_{t=0}=0$，$\left.\frac{\mathrm{d}S}{\mathrm{d}t}\right|_{t=\arcsin\sqrt{\frac{2}{3}}}=\frac{4}{3}\sqrt{\frac{2}{3}}$，以及$\left.\frac{\mathrm{d}S}{\mathrm{d}t}\right|_{t=\frac{\pi}{2}}=1$. 不难看出，只有当 $t=\arcsin\sqrt{\frac{2}{3}}$ 时，$\frac{\mathrm{d}S}{\mathrm{d}t}$ 取得最大值，此时 $P\left(\frac{\sqrt{3}}{3},\frac{4}{3}\right)$.

6. 令 $u=1+tx$，有

$$\int_0^2 f(1+tx)\mathrm{d}t=\int_1^{1+2x}f(u)\cdot\frac{1}{x}\mathrm{d}u=\frac{1}{x}\int_1^{1+2x}f(u)\mathrm{d}u,$$

则
$$\int_1^{1+2x}f(u)\mathrm{d}u=2xf(1+2x)-x^2\ln(1+x).$$

两端关于 x 求导，有

$$2f(1+2x)=2f(1+2x)+4xf'(1+2x)-2x\ln(1+x)-\frac{x^2}{1+x},$$

即
$$f'(1+2x)=\frac{1}{2}\ln(1+x)+\frac{x}{4(1+x)}.$$

再将等式两端对 x 积分，有

$$\frac{1}{2}f(1+2x)=\frac{1}{2}x\ln(1+x)-\frac{x}{4}+\frac{1}{4}\ln(1+x)+C.$$

由 $f(1)=-\frac{1}{4}$，令 $x=0$，得 $C=-\frac{1}{8}$；再令 $\beta=1+2x$，$x=\frac{1}{2}(\beta-1)$，得

$$f(\beta)=\frac{\beta-1}{2}\ln\frac{\beta+1}{2}-\frac{\beta-1}{4}+\frac{1}{2}\ln\frac{\beta+1}{2}-\frac{1}{4},$$

即得
$$f(x)=-\frac{x}{2}\left(\frac{1}{2}-\ln\frac{x+1}{2}\right).$$

7. 曲线 $y=y(x)$在点 $P(x,y)$处的切线方程为

$$Y-y=y'(x)(X-x),$$

它与 x 轴的交点为$\left(x-\frac{y}{y'},0\right)$，由于 $y'(x)>0$，$y(0)=1$，从而，当 $x>0$ 时，$y(x)>1$，由此知

$$S_1=\frac{1}{2}y\left[x-\left(x-\frac{y}{y'}\right)\right]=\frac{y^2}{2y'},$$

又 $S_2=\int_0^x y(t)\mathrm{d}t$，由条件 $2S_1-S_2=1$ 得 $\frac{y^2}{y'}-\int_0^x y(t)\mathrm{d}t=1$，两端关于 x 求导可得 $\frac{2y(y')^2-y^2y''}{(y')^2}-y=0$，即 $yy''=(y')^2$. 令 $p(y)=y'$，则方程化为 $yp\frac{\mathrm{d}p}{\mathrm{d}y}=p^2$，即$\frac{\mathrm{d}p}{p}=\frac{\mathrm{d}y}{y}$. 故 $p=C_1y$，这也即$\frac{\mathrm{d}y}{\mathrm{d}x}=C_1y$，进而 $y=\mathrm{e}^{C_1x+C_2}$. 由题设 $y(0)=1$，及等式 $\frac{y^2}{y'}-\int_0^x y(t)\mathrm{d}t=1$，可得 $y'(0)=1$，从而 $C_1=1,C_2=0$. 故所求的曲线方程为 $y=\mathrm{e}^x$.

8.(1) 作辅助函数 $F(x)=\int_0^x f(t)\mathrm{d}t+\int_0^{-x}f(t)\mathrm{d}t$，$x\in[-l,l]$. 显然 $F(x)$在$[0,x]$上连续，在$(0,x)$内可导，由微分中值定理，有

$$F(x)-F(0)=F'(\theta x)(x-0),\quad(0<\theta<1),$$

即

$$\int_0^x f(t)\mathrm{d}t+\int_0^{-x}f(t)\mathrm{d}t=x[f(\theta x)-f(-\theta x)],\quad(0<\theta<1).$$

(2) 利用(1)的结论，有

$$\frac{\int_0^x f(t)\mathrm{d}t+\int_0^{-x}f(t)\mathrm{d}t}{2x^2}=\frac{f(\theta x)-f(-\theta x)}{2x}.$$

由于 $f'(0)$存在且不为 0，在上式两端分别求极限，

左端有 $\lim\limits_{x\to 0^+}\dfrac{\int_0^x f(t)\mathrm{d}t+\int_0^{-x} f(t)\mathrm{d}t}{2x^2}=\lim\limits_{x\to 0^+}\dfrac{f(x)-f(-x)}{4x}$

$$=\frac{1}{4}\lim_{x\to 0^+}\left[\frac{f(x)-f(0)}{x-0}+\frac{f(-x)-f(0)}{-x-0}\right]=\frac{1}{2}f'(0);$$

右端有 $\lim\limits_{x\to 0^+}\dfrac{f(\theta x)-f(-\theta x)}{2x\theta}\theta=f'(0)\lim\limits_{x\to 0^+}\theta$.

于是有 $\dfrac{1}{2}f'(0)=f'(0)\lim\limits_{x\to 0^+}\theta$,故 $\lim\limits_{x\to 0^+}\theta=\dfrac{1}{2}$.

1.4 向量代数与空间解析几何

1.4.1 大纲考点

(1) 向量的运算(线性运算、数量积、向量积、混合积),及利用向量的运算表示向量之间的关系(垂直、平行、共面等),向量的坐标表达式及用坐标表达式简化向量的运算;

(2) 平面方程与直线方程的求法;

(3) 了解常用二次曲面的方程及其大致图形,会求以坐标轴为旋转轴的旋转曲面,会求空间曲线在坐标面上的投影.

1.4.2 重点释疑

(1) 设 $\boldsymbol{a}=\{a_x,a_y,a_z\}$,$\boldsymbol{b}=\{b_x,b_y,b_z\}$,$\boldsymbol{c}=\{c_x,c_y,c_z\}$,则

(a) $\boldsymbol{a}\perp\boldsymbol{b}\Longleftrightarrow\boldsymbol{a}\cdot\boldsymbol{b}=a_xb_x+a_yb_y+a_zb_z=0$.

(b) $\boldsymbol{a}\parallel\boldsymbol{b}\Longleftrightarrow\boldsymbol{a}\times\boldsymbol{b}=\boldsymbol{0}\Longleftrightarrow\dfrac{a_x}{b_x}=\dfrac{a_y}{b_y}=\dfrac{a_z}{b_z}$.

注意 $|\boldsymbol{a}\times\boldsymbol{b}|$ 在几何上表示以 $\boldsymbol{a}$, $\boldsymbol{b}$ 为邻边的平行四边形的面积.

(c) $\boldsymbol{a},\boldsymbol{b},\boldsymbol{c}$ 共面 $\Longleftrightarrow[\boldsymbol{a}\ \boldsymbol{b}\ \boldsymbol{c}]=(\boldsymbol{a}\times\boldsymbol{b})\cdot\boldsymbol{c}=\begin{vmatrix}a_x & a_y & a_z\\ b_x & b_y & b_z\\ c_x & c_y & c_z\end{vmatrix}=0$. 借助于这一条件,可以很方便地判定空间两直线是否异面.

注意 $[\boldsymbol{a}\ \boldsymbol{b}\ \boldsymbol{c}]$ 的绝对值 $|[\boldsymbol{a}\ \boldsymbol{b}\ \boldsymbol{c}]|$ 表示以 $\boldsymbol{a}$, $\boldsymbol{b}$, $\boldsymbol{c}$ 为棱的平行六面体的体积.

(2) 求平面方程应把握法向量,而求空间直线方程应把握方向向量.围绕法向量与方向向量,我们能较为方便地求出所需的平面方程与直线方程.除此之外,还应注重平面束方程的应用.

(3) 空间曲线在坐标面上投影曲线的求法:

已知空间曲线 $C:\begin{cases}F(x,y,z)=0\\ G(x,y,z)=0\end{cases}$,通过消去 z,可得关于 xOy 平面的投影柱面 $H(x,y)=0$,进而 C 在 xOy 平面上的投影曲线为 $\begin{cases}H(x,y)=0\\ z=0\end{cases}$. 注意,若 F 或 G 有一个不含 z,如 $F(x,y)=0$,此时曲线 C 关于 xOy 平面的投影柱面为 $F(x,y)=0$,在 xOy 平面上的投影曲线为 $\begin{cases}F(x,y)=0\\ z=0\end{cases}$.

1.4.3 向量代数与空间解析几何典型实例

1. 填空题

(1) 已知 $\boldsymbol{a}=\{4,-3,2\}$,轴 u 与三坐标轴构成相等的锐角,则 $Prj_u\boldsymbol{a}=$________.

(2) 设 $\boldsymbol{A}=2\boldsymbol{a}+\boldsymbol{b},\boldsymbol{B}=\lambda\boldsymbol{a}+\boldsymbol{b}$,且 $|\boldsymbol{a}|=1,|\boldsymbol{b}|=2,\boldsymbol{a}\perp\boldsymbol{b}$. 当 $\lambda=$________时,以 $\boldsymbol{A}$ 及 $\boldsymbol{B}$ 为邻边的平行四边形的面积为 6.

(3) 当 λ 连续变动时,直线族 $\begin{cases}\dfrac{x}{2}-\dfrac{\lambda}{3}y+\dfrac{z}{4}-\lambda=0\\ \dfrac{x}{2}+\dfrac{1}{3\lambda}y-\dfrac{z}{4}-\dfrac{1}{\lambda}=0\end{cases}$ 所生成的曲面方程为____________.

(4) 已知直线 $x-1=\dfrac{y+2}{n}=\dfrac{z-1}{p}$ 垂直于平面 $3x+6y+3z+25=0$,则该直线在平面 $x-y+z-2=0$ 上的投影方程为________________.

(5) 与已知平面 $x+y+z+1=0$ 平行且与三坐标面所构成的四面体的体积为 1 的平面方程为________________.

(6) 一条直线过点 $(2,-3,4)$ 且垂直于直线 $x-2=1-y=\dfrac{z+5}{2}$ 和 $\dfrac{x-4}{3}=\dfrac{y+2}{-2}=z-1$,则该直线方程是________________.

(7) 与两直线 $\begin{cases}x=1\\ y=3t-3\\ z=t-1\end{cases}$ 及 $\dfrac{x+2}{1}=\dfrac{y+1}{2}=\dfrac{z-1}{1}$ 都平行,且过原点的平面方程为________________.

2. 选择题

(1) 若直线 $\dfrac{x-1}{1}=\dfrac{y+1}{2}=\dfrac{z-1}{\lambda}$ 与 $\dfrac{x+1}{1}=\dfrac{y+1}{1}=\dfrac{z}{1}$ 相交,则 $\lambda=$( ).

A. $-\dfrac{3}{2}$　　B. $\dfrac{3}{2}$　　C. $-\dfrac{5}{2}$　　D. $\dfrac{5}{2}$

(2) 下列曲线中,绕 y 轴旋转可成椭球面 $3x^2+2y^2+3z^2=1$ 的曲线是( ).

A. $\begin{cases}2x^2+3y^2=1\\ y=0\end{cases}$　　B. $\begin{cases}3y^2+2z^2=1\\ x=0\end{cases}$

C. $\begin{cases}3x^2+2z^2=1\\ y=0\end{cases}$　　D. $\begin{cases}3x^2+2y^2=1\\ z=0\end{cases}$

(3) 设向量 $\boldsymbol{a},\boldsymbol{b},\boldsymbol{c}$ 满足:$(\boldsymbol{a}+2\boldsymbol{b}-\boldsymbol{c})\cdot[(\boldsymbol{a}-\boldsymbol{b})\times(\boldsymbol{a}-\boldsymbol{b}-\boldsymbol{c})]=1$,则以 $\boldsymbol{a},\boldsymbol{b},\boldsymbol{c}$ 为棱的平行六面体的体积为( ).

A. 1　　B. $\dfrac{1}{2}$　　C. $\dfrac{1}{3}$　　D. $\dfrac{1}{4}$

(4) 设柱面的母线平行于直线 $x=y=z$,其准线是曲线 $\Gamma:\begin{cases}x^2+y^2+z^2=1\\ x+y+z=0\end{cases}$,则柱面的方程为( ).

A. $x^2+y^2+(x+y)^2=1$　　B. $x^2+y^2+z^2-xy-yz-zx=\dfrac{3}{2}$

C. $x^2+y^2+z^2-xyz=1$　　D. $x^2+y^2+z^2-xy-yz-zx=1$

(5) 曲线$\begin{cases}z=-y^2+1\\x=0\end{cases}$绕 z 轴旋转一周所成旋转曲面与 xOy 平面所围成立体的体积为(　).

A. π　　B. $\frac{\pi}{2}$　　C. $\frac{\pi}{3}$　　D. $\frac{\pi}{4}$

(6) 设 $\boldsymbol{a},\boldsymbol{b}$ 为非零向量,且满足$(\boldsymbol{a}+3\boldsymbol{b})\perp(7\boldsymbol{a}-5\boldsymbol{b})$,$(\boldsymbol{a}-4\boldsymbol{b})\perp(7\boldsymbol{a}-2\boldsymbol{b})$,则 $\boldsymbol{a}$ 与 $\boldsymbol{b}$ 的夹角等于(　).

A. 0　　B. $\frac{\pi}{2}$　　C. $\frac{\pi}{3}$　　D. $\frac{2\pi}{3}$

(7) 设直线 L 为$\begin{cases}x+3y+z+1=0\\2x-y-10z+3=0\end{cases}$,平面 Π 为 $4x-2y+z-2=0$,则(　).

A. L 平行于Π　　B. L 在Π 上　　C. L 垂直于Π　　D. L 与Π 相交但不垂直

(8) 已知两直线$\frac{x-4}{2}=\frac{y+1}{3}=\frac{z+2}{5}$和$\frac{x+1}{-3}=\frac{y-1}{2}=\frac{z-3}{4}$,则它们是(　).

A. 两条相交的直线　　B. 两条异面的直线

C. 两条平行但不重合的直线　　D. 两条重合的直线

(9) 设有直线 L_1: $x+1=\frac{y-5}{-2}=z+8$ 与 L_2: $\begin{cases}x-y=6\\2y+z=3\end{cases}$,则 L_1 与 L_2 的夹角为(　).

A. $\frac{\pi}{6}$　　B. $\frac{\pi}{4}$　　C. $\frac{\pi}{3}$　　D. $\frac{\pi}{2}$

参考答案

1.(1) $\sqrt{3}$. 提示:$\boldsymbol{u}_0=\left\{\frac{1}{\sqrt{3}},\frac{1}{\sqrt{3}},\frac{1}{\sqrt{3}}\right\}$, $Prj_u\boldsymbol{a}=\boldsymbol{a}\cdot\boldsymbol{u}_0$.

(2) -1 或 5. 提示:由题设有$|\boldsymbol{A}\times\boldsymbol{B}|=6$.

(3) $\frac{x^2}{4}+\frac{y^2}{9}-\frac{z^2}{16}=1$. 提示:从方程组中消去 λ 所得到的方程即为直线族所生成的曲面.

(4) $x=\frac{y+2}{2}=z$. 提示:由条件直线 $x-1=\frac{y+2}{n}=\frac{z-1}{p}$垂直于平面 $3x+6y+3z+25=0$ 可得投影柱面方程,再与平面 $x-y+z-2=0$ 联立即得.

(5) $\frac{x}{\sqrt[3]{6}}+\frac{y}{\sqrt[3]{6}}+\frac{z}{\sqrt[3]{6}}=\pm1$. 提示:可令所求方程为$\frac{x}{a}+\frac{y}{a}+\frac{z}{a}=1$,由题设$|a^3|=6$,易得所需结果.

(6) $\frac{x-2}{3}=\frac{y+3}{5}=z-4$. 提示:$\boldsymbol{\alpha}_1=\{1,-1,2\}$,$\boldsymbol{\alpha}_2=\{3,-2,1\}$,所以 $\boldsymbol{\alpha}=\boldsymbol{\alpha}_1\times\boldsymbol{\alpha}_2=\{3,5,1\}$.

(7) $x+y-3z=0$. 提示:$\boldsymbol{\alpha}_1=\{0,3,1\}$,$\boldsymbol{\alpha}_2=\{1,2,1\}$,所以 $\boldsymbol{\alpha}=\boldsymbol{\alpha}_1\times\boldsymbol{\alpha}_2=\{1,1,-3\}$.

2.(1) B. 提示:由题设,三向量$\{1,2,\lambda\}$,$\{1,1,1\}$,$\{1-(-1),-1-(-1),1-0\}$共面,从而它们的混合积为零.

(2) D. 提示:依据旋转曲面的构作方式可得.

(3) C. 提示:以 $\boldsymbol{a},\boldsymbol{b},\boldsymbol{c}$ 为棱的平行六面体的体积即为它们的混合积的绝对值.

(4) B. 提示:设柱面上动点为 $M(x,y,z)$,该点所在的母线与 Γ 相交于点 $M_1(\xi,\eta,\zeta)$,则$\boldsymbol{M_1M}$平行于已知直线的方向向量 $\boldsymbol{\tau}=\{1,1,1\}$,从而$\frac{x-\xi}{1}=\frac{y-\eta}{1}=\frac{z-\zeta}{1}$,又 M_1 在 Γ 上,于是 $\xi^2+\eta^2+\zeta^2=1$,$\xi+\eta+\zeta=0$,消去 ξ,η,ζ,即得.

(5) B. 提示:旋转曲面方程为 $z=-(x^2+y^2)+1$,所求体积为 $V=\pi\int_0^1(1-z)\mathrm{d}z=\frac{\pi}{2}$.

(6) C. 提示:由题设,有

$$\begin{cases}(\boldsymbol{a}+3\boldsymbol{b})\cdot(7\boldsymbol{a}-5\boldsymbol{b})=0\\(\boldsymbol{a}-4\boldsymbol{b})\cdot(7\boldsymbol{a}-2\boldsymbol{b})=0\end{cases},\quad 即\quad \begin{cases}7|\boldsymbol{a}|^2+16\boldsymbol{a}\cdot\boldsymbol{b}-15|\boldsymbol{b}|^2=0\\7|\boldsymbol{a}|^2-30\boldsymbol{a}\cdot\boldsymbol{b}+8|\boldsymbol{b}|^2=0\end{cases},$$

由此 $\boldsymbol{a}\cdot\boldsymbol{b}=\frac{|\boldsymbol{b}|^2}{2}$,同时 $\boldsymbol{a}\cdot\boldsymbol{b}=\frac{|\boldsymbol{a}|^2}{2}$,故 $|\boldsymbol{a}|=|\boldsymbol{b}|$. 进而有

$$\cos(\boldsymbol{a},\boldsymbol{b})=\frac{\boldsymbol{a}\cdot\boldsymbol{b}}{|\boldsymbol{a}||\boldsymbol{b}|}=\frac{\frac{|\boldsymbol{a}|^2}{2}}{|\boldsymbol{a}||\boldsymbol{b}|}=\frac{1}{2}.$$

(7) D. 提示:直线 L 的方向向量为 $\boldsymbol{s}=\{-29,12,-7\}$, 而平面 Π 的法向量为 $\boldsymbol{n}=\{4,-2,1\}$,因此,$\boldsymbol{s}$ 与 $\boldsymbol{n}$ 既不平行也不垂直.

(8) B. 提示:因为 $\boldsymbol{\alpha}_1=\{2,3,5\}$,$\boldsymbol{\alpha}_2=\{-3,2,4\}$,所以

$$[\boldsymbol{M}_1\boldsymbol{M}_2\boldsymbol{\alpha}_1\boldsymbol{\alpha}_2]=\boldsymbol{\alpha}_1\times\boldsymbol{\alpha}_2\cdot\boldsymbol{M}_1\boldsymbol{M}_2=-9\neq 0.$$

(9) C. 提示:因为 $\boldsymbol{\alpha}_1=\{1,-2,1\}$,$\boldsymbol{\alpha}_2=\{1,-1,0\}\times\{0,2,1\}=\{-1,-1,2\}$,所以

$$\cos\langle\boldsymbol{\alpha}_1,\boldsymbol{\alpha}_2\rangle=\frac{\boldsymbol{\alpha}_1\cdot\boldsymbol{\alpha}_2}{|\boldsymbol{\alpha}_1||\boldsymbol{\alpha}_2|}=\frac{1}{2}.$$

1.5 多元函数微分学

1.5.1 大纲考点

(1) 二元函数的极限与连续的概念;

(2) 偏导数、全微分、方向导数与梯度的概念,全微分存在的必要、充分及充要条件;

(3) 复合函数、隐函数的一阶、二阶偏导数的计算;

(4) 多元函数微分学的分析应用(求极值与最值)、几何应用(求曲线的切线与法平面及曲面的切平面与法线).

1.5.2 重点释疑

(1) 注意理解以下几个概念之间的关系:可微、偏导数连续、偏导数存在、方向导数存在、连续及极限存在. 切记不要将它们与一元函数的情形混淆.

(2) 等价条件:若函数 $f(x,y)$在(x_0,y_0)处的两个偏导数 $f_x(x_0,y_0)$,$f_y(x_0,y_0)$均存在,则

$$f(x,y)在(x_0,y_0)处可微\Longleftrightarrow\lim_{(\Delta x,\Delta y)\to(0,0)}\frac{\Delta f-[f_x(x_0,y_0)\Delta x+f_y(x_0,y_0)\Delta y]}{\sqrt{(\Delta x)^2+(\Delta y)^2}}=0.$$

它是判断一个二元函数 $f(x,y)$在某点可微的最为有效的途径.

(3) 注意二元函数 $u=f(x,y)$的全微分 $\mathrm{d}u$、方向导数$\frac{\partial u}{\partial \boldsymbol{l}}$及梯度 $\mathrm{grad}u$ 各自的含义以及它们之间的形式比较:

$$\mathrm{d}u=\frac{\partial f}{\partial x}\mathrm{d}x+\frac{\partial f}{\partial y}\mathrm{d}y;$$

$$\frac{\partial u}{\partial \boldsymbol{l}}=\frac{\partial f}{\partial x}\cos\alpha+\frac{\partial f}{\partial y}\cos\beta,\boldsymbol{l}^0=\{\cos\alpha,\cos\beta\};$$

$$\mathrm{grad}u=\frac{\partial f}{\partial x}\boldsymbol{i}+\frac{\partial f}{\partial y}\boldsymbol{j}.$$

(4) 求复合函数或隐函数的一阶偏导数有两种主要的方法:一是链导法则,二是微分运算法则.使用链导法则必须弄清自变量、中间变量与因变量之间的关系.当某些问题很难弄清关系时,最好使用微分运算法则,借助于一阶全微分形式的不变性求解,因为在全微分形式的不变性中,自变量、中间变量与因变量之间的地位是完全平等的.

1.5.3 多元函数微分学典型实例

1. 填空题

(1) 设 $f(x+y,x-y)=x^2-y^2+\ln(1-2x^2-2y^2)$,则 $\mathrm{d}f(1,1)=$________.

(2) 设 $f(x,y,z)=xy^2z^3$,其中 $z=z(x,y)$是由方程 $x^5+y^5+z^5=3xyz$ 所确定的隐函数,则 $f'_x(1,1,1)=$________.

(3) $u=xyz$ 在点$M(1,1,1)$沿曲线 $x=t,y=t^2,z=t^3$ 在该点的切线方向上的方向导数为________.

(4) 曲线$\begin{cases}x^2+y^2+z^2=6\\x+y+z=0\end{cases}$在点$(1,-2,1)$处的法平面方程为________.

(5) 已知 $u(x,y)=xyf\left(\dfrac{x+y}{xy}\right)$,则 $G(x,y)=$________时,$x^2\dfrac{\partial u}{\partial x}-y^2\dfrac{\partial u}{\partial y}=G(x,y)u$.

(6) 设 $z=\int_0^{x^2y}f(t,\mathrm{e}^t)\mathrm{d}t$,其中 f 具有一阶连续偏导数,则$\dfrac{\partial^2 z}{\partial x\,\partial y}=$________.

(7) $\lim\limits_{(x,y)\to(0,0)}\dfrac{(xy)\sin xy}{x^2+y^2}=$________.

(8) 设函数 $f(x,y)=|x-y|\varphi(x,y)$,其中 $\varphi(x,y)$在$(0,0)$的邻域内连续,若$f(x,y)$在点$(0,0)$可微,则 $\varphi(0,0)=$________.

(9) 已知 z 对u,v 有二阶连续偏导数,设变换$\begin{cases}u=x-2y\\v=x+ay\end{cases}$可把方程 $6\dfrac{\partial^2 z}{\partial x^2}+\dfrac{\partial^2 z}{\partial x\partial y}-\dfrac{\partial^2 z}{\partial y^2}=0$ 简化为$\dfrac{\partial^2 z}{\partial u\partial v}=0$,则常数 $a=$________.

(10) 已知一个函数 $f(x,y)$满足:在原点处沿任意方向的方向导数存在,但在原点不可微,则 $f(x,y)=$________.

2. 选择题

(1) 设 $z=f(x,y)$,$\dfrac{\partial^2 f}{\partial y^2}=2$,$f(x,0)=1$,$f'_y(x,0)=x$,则 $f(x,y)=$( ).

A. $1-xy+y^2$ B. $1+xy+y^2$ C. $1-x^2y+y^2$ D. $1+x^2y+y^2$

(2) 曲面 $z=f(x-y^2)$上点(x_0,y_0,z_0)处与 z 轴正向夹角为锐角的法向量可取为( ).

A. $\{f'(x_0-y_0^2),-2y_0f'(x_0-y_0^2),1\}$ B. $\{-f'(x_0-y_0^2),2y_0f'(x_0-y_0^2),-1\}$

C. $\{f'(x_0-y_0^2),-2y_0f'(x_0-y_0^2),-1\}$ D. $\{-f'(x_0-y_0^2),2y_0f'(x_0-y_0^2),1\}$

(3) 设函数 $f(x,y)$在点(a,b)处具有连续的偏导数,则 $\lim\limits_{h\to 0}\dfrac{f(a+h,b+h)-f(a,b)}{h}$

=(   ).

A. $f_x(a,b)$　　B. $f_y(a,b)$　　C. $f_x(a,b)+f_y(a,b)$　　D. $f_x(a,b)-f_y(a,b)$

(4) 函数 $f(x,y)=\begin{cases}\dfrac{\sqrt{|xy|}}{x^2+y^2}\sin(x^2+y^2) & (x,y)\neq(0,0)\\ 0 & (x,y)=(0,0)\end{cases}$ 在点(0,0)处(   ).

A. 极限不存在　　B. 极限存在但不连续

C. 连续但两个偏导数不存在　　D. 两个偏导数存在但不可微

(5) 曲线 $\begin{cases}x=a\cos t\\ y=a\sin t\\ z=bt\end{cases}$ (a,b 为正的常数)上任意一点处的切线必与(   ).

A. x 轴成定角　　B. y 轴成定角　　C. xOy 平面成定角　　D. xOz 平面成定角

(6) 已知函数 $f(x,y)$ 在点(0,0)的某个邻域内连续,且 $\lim\limits_{(x,y)\to(0,0)}\dfrac{f(x,y)-xy}{(x^2+y^2)^2}=1$,则(   ).

A. 点(0,0)不是 $f(x,y)$ 的极值点

B. 点(0,0)是 $f(x,y)$ 的极大值点

C. 点(0,0)是 $f(x,y)$ 的极小值点

D. 无法判定点(0,0)是否为 $f(x,y)$ 的极值点

3. 已知 $z=u(x,y)e^{ax+by}$,其中 $u(x,y)$ 具有二阶偏导数且 $\dfrac{\partial^2 u}{\partial x\partial y}=0$,试确定常数 a,b,使得函数 $z=z(x,y)$ 满足 $\dfrac{\partial^2 z}{\partial x\partial y}-\dfrac{\partial z}{\partial x}-\dfrac{\partial z}{\partial y}+z=0$.

4. 设 $f(x)$ 在 $[1,+\infty)$ 上具有连续的二阶导数,$\lim\limits_{x\to1}\dfrac{\ln[1+f(x)]}{x-1}=1$,且

$$z=(x^2+y^2)f(x^2+y^2)$$

满足 $\dfrac{\partial^2 z}{\partial x^2}+\dfrac{\partial^2 z}{\partial y^2}=0$,求 $f(x)$.

5. 设 $u=f(x,y,xyz)$,函数 $z=z(x,y)$ 由方程 $e^{xyz}=\int_{xy}^{z}g(xy+z-t)\mathrm{d}t$ 确定,其中 f 具有一阶连续的偏导数,而 g 是连续函数,求 $x\cdot\dfrac{\partial u}{\partial x}-y\cdot\dfrac{\partial u}{\partial y}$.

6. 设 $f(x,y)$ 二阶偏导存在且连续,$f_{xx}''(x,2x)=f_{yy}''(x,2x)$,$f(x,2x)=x^2$,$f_x'(x,2x)=x$,求 $f_{xx}''(x,2x)$ 与 $f_{xy}''(x,2x)$.

7. 设函数 $\varphi(x,y)$ 连续,$f(x,y)-|x-y|\varphi(x,y)$,讨论 $f(x,y)$ 在原点的可微性.

参考答案

1.(1) $3(\mathrm{d}x+\mathrm{d}y)$. 提示:令 $u=x+y$,$v=x-y$,求出 $f(x,y)$ 的表达式,再求 $\mathrm{d}f(1,1)$.

(2) -2. 提示:$f_x'(x,y,z)=y^2z^3+3xy^2z^2\cdot\dfrac{\partial z}{\partial x}$,而 $\dfrac{\partial z}{\partial x}$ 可通过隐函数求出.

(3) $\dfrac{6}{\sqrt{14}}$. 提示:曲线过点 M,此时 $t_0=1$,则 $x'(t_0)=1$,$y'(t_0)=2$,$z'(t_0)=3$,切线的方向余弦是 $\left\{\dfrac{1}{\sqrt{14}},\dfrac{2}{\sqrt{14}},\dfrac{3}{\sqrt{14}}\right\}$,又 $u_x(1,1,1)=u_y(1,1,1)=u_z(1,1,1)=1$.

(4) $x-z=0$. 提示：法平面的法向量为$\left\{1,\left.\frac{\mathrm{d}y}{\mathrm{d}x}\right|_{(1,-2,1)},\left.\frac{\mathrm{d}z}{\mathrm{d}x}\right|_{(1,-2,1)}\right\}$.

(5) $x-y$. 提示：通过关系式 $x^2\frac{\partial u}{\partial x}-y^2\frac{\partial u}{\partial y}=G(x,y)u$ 来求 $G(x,y)$.

(6) $2xf+2x^3y(f'_1+\mathrm{e}^{x^2y}f'_2)$. 提示：利用变上限定积分的求导公式即可求得.

(7) 0. 提示：因 $\lim\limits_{(x,y)\to(0,0)}\sin xy=0$，又 $\left|\frac{xy}{x^2+y^2}\right|\leqslant\frac{1}{2}$. 依据一个无穷小量乘以一个有界量还是一个无穷小量解得.

(8) 0. 提示：利用 $f(x,y)$在点(0,0)处可微知，$f'_x(0,0)$必存在，由此可求得.

(9) 3. 提示：视 u,v 为中间变量，由链导法则，有

$$\frac{\partial^2 z}{\partial x^2}=\frac{\partial^2 z}{\partial u^2}+2\frac{\partial^2 z}{\partial u\partial v}+\frac{\partial^2 z}{\partial v^2},\quad \frac{\partial^2 z}{\partial x\partial y}=-2\frac{\partial^2 z}{\partial u^2}+(a-2)\frac{\partial^2 z}{\partial u\partial v}+a\frac{\partial^2 z}{\partial v^2},$$

$$\frac{\partial^2 z}{\partial y^2}=4\frac{\partial^2 z}{\partial u^2}-4a\frac{\partial^2 z}{\partial u\partial v}+a^2\frac{\partial^2 z}{\partial v^2}.$$

现将上述结果代入原方程，整理后得$(10+5a)\frac{\partial^2 z}{\partial u\partial v}+(6+a-a^2)\frac{\partial^2 z}{\partial v^2}=0$，由题设有 $\begin{cases}6+a-a^2=0\\10+5a\neq 0\end{cases}$，解之得 $a=3$.

(10) $\sqrt{x^2+y^2}$. 提示：$f(x,y)$在原点处沿任意方向的方向导数为1，但 $f'_x(0,0)$与 $f'_y(0,0)$均不存在，因此，$f(x,y)$在点(0,0)处不可微.

2. (1) B. 提示：对等式$\frac{\partial^2 f}{\partial y^2}=2$ 两端关于 y 积分应为$f_y(x,y)=2y+\varphi(x)$.

(2) D. 提示：利用曲面上任意一点法向量的计算公式即可求得.

(3) C. 提示：因为 $f(x)$可微，所以 $\Delta z=\mathrm{d}z+o(\rho)$.

(4) D. 提示：依据定义直接验证.

(5) C. 提示：求出曲线在任意一点处的切线即可看出.

(6) A. 提示：由极限与无穷小的关系，在(0,0)的充分小的邻域内有 $\frac{f(x,y)-xy}{(x^2+y^2)^2}=1+\alpha$，其中 $\lim\limits_{(x,y)\to(0,0)}\alpha=0$. 故 $f(x,y)=xy+(x^2+y^2)^2+\alpha(x^2+y^2)^2$. 从而在点(0,0)的足够小的邻域内，在 $xy>0$ 处 $f(x,y)>0$；在 $xy<0$ 处必存在点如$(x,-x)$使得 $f(x,y)<0$. 由此可见 $f(0,0)$不是极值.

3. 将$\frac{\partial z}{\partial x},\frac{\partial z}{\partial y}$以及$\frac{\partial^2 z}{\partial x\partial y}$代入所满足的方程中，化简后得

$$\left[(a-1)\frac{\partial u}{\partial y}+(b-1)\frac{\partial u}{\partial x}+(ab-a-b+1)u\right]\mathrm{e}^{ax+by}=0,$$

亦即

$$(a-1)\frac{\partial u}{\partial y}+(b-1)\frac{\partial u}{\partial x}+(ab-a-b+1)u=0,$$

故有 $a=b=1$.

4. 由题设易知 $f(1)=0,f'(1)=1$. 令 $r=\sqrt{x^2+y^2}$，则 $z=r^2f(r^2)$.

于是

$$\frac{\partial z}{\partial x}=x[2f(r^2)+2r^2f'(r^2)],\frac{\partial^2 z}{\partial x^2}=2f(r^2)+2f'(r^2)(r^2+4x^2)+4x^2r^2f''(r^2).$$

类似可得

$$\frac{\partial^2 z}{\partial y^2}=2f(r^2)+2f'(r^2)(r^2+4y^2)+4y^2r^2f''(r^2).$$

现将其代入方程$\frac{\partial^2 z}{\partial x^2}+\frac{\partial^2 z}{\partial y^2}=0$，可得 Euler 方程：

$$r^4 f''(r^2)+3r^2 f'(r^2)+f(r^2)=0.$$

现在令 $r^2=\mathrm{e}^t$，并记 $\varphi(t)=f(\mathrm{e}^t)$，得二阶常系数线性微分方程 $\varphi''+2\varphi'+\varphi=0$，由此有 $f(\mathrm{e}^t)=\varphi(t)=(C_1+C_2t)\mathrm{e}^{-t}$，即 $f(r^2)=\dfrac{C_1+C_2\ln r^2}{r^2}$，也即 $f(x)=\dfrac{C_1+C_2\ln x}{x}$. 利用 $f(1)=0$，$f'(1)=1$，可得 $C_1=0$，$C_2=1$，故 $f(x)=\dfrac{\ln x}{x}$.

5. 令 $v=xy+z-t$，则

$$\int_{xy}^{z} g(xy+z-t)\mathrm{d}t=\int_{xy}^{z} g(v)\mathrm{d}v.$$

现对方程 $\mathrm{e}^{xyz}=\int_{xy}^{z} g(v)\mathrm{d}v$ 两端关于 x 求偏导得

$$\mathrm{e}^{xyz}\left(yz+xy\frac{\partial z}{\partial x}\right)=g(z)\frac{\partial z}{\partial x}-yg(xy),$$

由此可得

$$\frac{\partial z}{\partial x}=\frac{yg(xy)+yz\mathrm{e}^{xyz}}{g(z)-xy\mathrm{e}^{xyz}}.$$

同理可得

$$\frac{\partial z}{\partial y}=\frac{xg(xy)+xz\mathrm{e}^{xyz}}{g(z)-xy\mathrm{e}^{xyz}}.$$

又因为

$$\frac{\partial u}{\partial x}=f'_1+f'_3\left(yz+xy\frac{\partial z}{\partial x}\right),\quad \frac{\partial u}{\partial y}=f'_2+f'_3\left(xz+xy\frac{\partial z}{\partial y}\right),$$

于是得到

$$x\frac{\partial u}{\partial x}-y\frac{\partial u}{\partial y}=xf'_1-yf'_2.$$

6. 对等式 $f(x,2x)=x^2$ 两端关于 x 求导得

$$f'_x(x,2x)+2f'_y(x,2x)=2x.$$

再对 x 求导得

$$f''_{xx}(x,2x)+2f''_{xy}(x,2x)+2f''_{yx}(x,2x)+4f''_{yy}(x,2x)=2.$$

结合题设有

$$5f''_{xx}(x,2x)+4f''_{xy}(x,2x)=2 \qquad (\text{Ⅰ})$$

对于等式 $f'_x(x,2x)=x$ 两端再对 x 求导得

$$f''_{xx}(x,2x)+2f''_{xy}(x,2x)=1 \qquad (\text{Ⅱ})$$

联立式(Ⅰ)与式(Ⅱ)，可得 $f''_{xx}(x,2x)=0$，$f''_{xy}(x,2x)=\dfrac{1}{2}$.

7. 首先考察 $f'_x(0,0)$与 $f'_y(0,0)$. 由定义有

$$f'_x(0,0)=\lim_{x\to0}\frac{f(x,0)-f(0,0)}{x}=\lim_{x\to0}\frac{|x|\varphi(x,0)}{x}.$$

注意到

$$\lim_{x\to0^+}\frac{|x|\varphi(x,0)}{x}=\varphi(0,0),\quad \lim_{x\to0^-}\frac{|x|\varphi(x,0)}{x}=-\varphi(0,0),$$

同样地，有

$$f'_y(0,0)=\lim_{y\to0}\frac{f(0,y)-f(0,0)}{y}=\lim_{y\to0}\frac{|y|\varphi(0,y)}{y}.$$

注意到

$$\lim_{y\to0^+}\frac{|y|\varphi(0,y)}{y}=\varphi(0,0),\quad \lim_{y\to0^-}\frac{|y|\varphi(0,y)}{y}=-\varphi(0,0),$$

因此，若 $\varphi(0,0)\neq0$，则函数 $f(x,y)$在原点偏导不存在，从而不可微.

若 $\varphi(0,0)=0$，则 $f'_x(0,0)=f'_y(0,0)=0$，此时

$$\left|\frac{f(x,y)-f(0,0)-0\cdot x-0\cdot y}{\sqrt{x^2+y^2}}\right|=\left|\frac{f(x,y)}{\sqrt{x^2+y^2}}\right|\leqslant\frac{|x|+|y|}{\sqrt{x^2+y^2}}\cdot|\varphi(x,y)|\leqslant 2|\varphi(x,y)|\to 0,\text{当 } x\to 0,y\to 0$$

时.故此时函数 $f(x,y)$在点$(0,0)$处可微.

1.6 多元函数积分学

1.6.1 大纲考点

(1) 二重积分、三重积分的概念、性质与计算;

(2) 两类曲线积分的概念、性质与计算以及它们之间的相互关系;

(3) Green 公式及其应用;

(4) 两类曲面积分的概念、性质与计算以及它们之间的相互关系;

(5) Gauss 公式及其应用;

(6) Stokes 公式及其应用;

(7) 多元函数的积分学的几何应用(体积、曲面面积、弧长)及物理应用(质量、重心、转动惯量、引力、功及流量);

(8) 了解散度、旋度的计算公式.

1.6.2 重点释疑

(1) 二重积分 $\iint_D f(x,y)\mathrm{d}\sigma$ 的计算主要取决于D,同时与 $f(x,y)$有关.计算的总体思路是化为两个累次积分,主要有两种方法:

(a) 直角坐标法:$\iint_D f(x,y)\mathrm{d}\sigma$, D 是X 型或 Y 型区域,或是有限多个 X 型或 Y 型区域之和;

(b) 极坐标法(若积分区域是圆域或其部分,环域或其部分,被积函数具有形式 $f(x^2+y^2)$):$\iint_D f(r\cos\theta,r\sin\theta)r\mathrm{d}r\mathrm{d}\theta$, D 是 R 型或 θ 型区域或是有限多个 R 型或 θ 型区域之和.

注:应用对称性定理,可以简化计算.对于二重积分 $\iint_D f(x,y)\mathrm{d}x\mathrm{d}y$,

(a) 如果 D 关于 x 轴对称,而 $f(x,y)$关于 y 是奇(偶)函数,则 $\iint_D f(x,y)\mathrm{d}x\mathrm{d}y=0$ $\left(2\iint_{D_1} f(x,y)\mathrm{d}x\mathrm{d}y\right.$,这里 D_1 为 D 在上半平面部分$)$.D 关于 y 轴对称时,有类似结论;

(b) 如果 D 关于原点对称,而 $f(x,y)$关于 x,y 同是奇(偶)函数,则 $\iint_D f(x,y)\mathrm{d}x\mathrm{d}y=0$ $\left(2\iint_{D_1} f(x,y)\mathrm{d}x\mathrm{d}y\right.$,这里 D_1 为 D 在上半平面部分$)$;

(c) 如果 D 关于直线 $y=x$ 轴对称,则 $\iint_D f(x,y)\mathrm{d}x\mathrm{d}y=\iint_D f(y,x)\mathrm{d}x\mathrm{d}y$.

(2) 三重积分 $\iiint_V f(x,y,z)\mathrm{d}v$ 的计算主要取决于 V,同时与 $f(x,y,z)$有关,计算的总体

思路是化为三个累次积分，主要有三种方法：

(a) 直角坐标法 $\iiint_V f(x,y,z)\mathrm{d}x\mathrm{d}y\mathrm{d}z$；

(b) 柱坐标法(若积分区域 V 在 xOy 面上的投影 D_{xy} 是圆域或其部分，环域或其部分，被积函数具有形式 $f(x^2+y^2,z)$) $\iiint_V f(r\cos\theta,r\sin\theta,z)r\mathrm{d}r\mathrm{d}\theta\mathrm{d}z$；

(c) 球坐标法(若积分区域 V 是球域或其部分或是由球面及以 z 轴为旋转轴，顶点在原点的锥面所围成的区域，被积函数具有形式 $f(x^2+y^2+z^2)$)

$$\iiint_V f(r\sin\varphi\cos\theta,r\sin\varphi\sin\theta,r\cos\varphi)r^2 sin\varphi\mathrm{d}r\mathrm{d}\varphi\mathrm{d}\theta.$$

注：利用直角坐标法计算三重积分可采用"先一后二"法；也可考虑用"先二后一"法，但这种方法有一定的适用条件，若能灵活运用，可使计算大大简化. 同时，对三重积分也可应用对称性定理.

(3) 对弧长的曲线积分 $\int_L f(x,y)\mathrm{d}s$ 或 $\int_\Gamma f(x,y,z)\mathrm{d}s$：主要取决于 L 或 Γ 的参数方程. 若 $L:\begin{cases}x=\varphi(t)\\y=\psi(t)\end{cases}$ $(\alpha\leqslant t\leqslant\beta)$，则 $\int_L f(x,y)\mathrm{d}s=\int_\alpha^\beta f[\varphi(t),\psi(t)]\sqrt{\varphi'^2(t)+\psi'^2(t)}\mathrm{d}t$. 对于 $\int_\Gamma f(x,y,z)\mathrm{d}s$，类似可得. 注意对弧长的曲线积分的计算也可考虑对称性.

(4) 对坐标的曲线积分 $\int_L P\mathrm{d}x+Q\mathrm{d}y$ 或 $\int_\Gamma P\mathrm{d}x+Q\mathrm{d}y+R\mathrm{d}z$：主要取决于 L 或 Γ 的参数方程. 若 $L:\begin{cases}x=\varphi(t)\\y=\psi(t)\end{cases}$，这里 L 起点 A 对应的参数值为 α，终点 B 对应的参数值为 β，则 $\int_L P\mathrm{d}x+Q\mathrm{d}y=\int_\alpha^\beta\{P[\varphi(t),\psi(t)]\varphi'(t)+Q[\varphi(t),\psi(t)]\psi'(t)\}\mathrm{d}t$. 对于 $\int_\Gamma P\mathrm{d}x+Q\mathrm{d}y+R\mathrm{d}z$，类似可得.

注：两类曲线积分可以通过 L 上任一点 (x,y) 处切线向量的方向余弦统一，即： $\int_L P\mathrm{d}x+Q\mathrm{d}y=\int_L(P\cos\alpha+Q\cos\beta)\mathrm{d}s$. **如果积分曲线是空间曲线，也有类似的结论.**

(5) Green 公式：$\oint_L P\mathrm{d}x+Q\mathrm{d}y=\pm\iint_D\left(\frac{\partial Q}{\partial x}-\frac{\partial P}{\partial y}\right)\mathrm{d}x\mathrm{d}y$. 借助于 Green 公式，一方面可以判断曲线积分 $\int_L P\mathrm{d}x+Q\mathrm{d}y$ 是否与路径无关(在路径无关的条件下，为简化路径，通常选取平行于坐标轴的折线段为新的路径，或依据被积函数的特点，重新选取有利于我们计算的新路径)；另一方面，可以判断 $P\mathrm{d}x+Q\mathrm{d}y$ 是否为某个二元函数的全微分(若是，用上面的方法，易得 $u(x,y)=\int_{x_0}^x P(x,y_0)\mathrm{d}x+\int_{y_0}^y Q(x,y)\mathrm{d}y$).

(6) 对面积的曲面积分 $\iint_\Sigma f(x,y,z)\mathrm{d}S$ 的计算：如果积分曲面 Σ 是由方程 $z=z(x,y)$ 给出，且 $z=z(x,y)$ 是单值函数，即平行于 z 轴的直线与 Σ 至多只有一个交点，则将 Σ 投影到 xOy 面，其投影域设为 D_{xy}，则

$$\iint_\Sigma f(x,y,z)\mathrm{d}S=\iint_{D_{xy}}f(x,y,z(x,y))\sqrt{1+z_x'^2(x,y)+z_y'^2(x,y)}\mathrm{d}x\mathrm{d}y.$$

若上述条件之一不满足,则可改投其它坐标面或将 Σ 进行剖分.

(7) 对坐标的曲面积分 $\iint_{\Sigma} P\mathrm{d}y\mathrm{d}z + Q\mathrm{d}z\mathrm{d}x + R\mathrm{d}x\mathrm{d}y$: 如果采用直接计算,则相当于计算三个积分 $\iint_{\Sigma} P\mathrm{d}y\mathrm{d}z + \iint_{\Sigma} Q\mathrm{d}z\mathrm{d}x + \iint_{\Sigma} R\mathrm{d}x\mathrm{d}y$. 对哪个坐标面的积分,$\Sigma$ 就必须向哪个坐标面投影,而此时曲面 Σ 的方程就必须将另外一个变量显化出来(如 $\iint_{\Sigma} R\mathrm{d}x\mathrm{d}y = \pm \iint_{D_{xy}} R[x,y,z(x,y)]\mathrm{d}x\mathrm{d}y$. 如果方程 $z=z(x,y)$不是单值的,则只能将 Σ 进行剖分);如果 Σ 中另一个变量没有出现,则这个积分值为零.

注:两类曲面积分可以通过 Σ 上任一点(x,y,z)处切平面的法向量的方向余弦统一, 即 $\iint_{\Sigma} P\mathrm{d}y\mathrm{d}z + Q\mathrm{d}z\mathrm{d}x + R\mathrm{d}x\mathrm{d}y = \iint_{\Sigma}(P\cos\alpha + Q\cos\beta + R\cos\gamma)\mathrm{d}S$.

(8) Gauss 公式:

$$\oiint_{\Sigma} P\mathrm{d}y\mathrm{d}z + Q\mathrm{d}z\mathrm{d}x + R\mathrm{d}x\mathrm{d}y = \pm \iiint_{V}\left(\frac{\partial P}{\partial x} + \frac{\partial Q}{\partial y} + \frac{\partial R}{\partial z}\right)\mathrm{d}x\mathrm{d}y\mathrm{d}z.$$

在对坐标的曲面积分时,为简化计算,应尽可能利用 Gauss 公式,必要时可以补充某些面以满足 Gauss 公式的条件.

(9) Stokes 公式:

$$\oint_{\Gamma} P\mathrm{d}y\mathrm{d}z + Q\mathrm{d}z\mathrm{d}x + R\mathrm{d}x\mathrm{d}y = \iint_{\Sigma}\begin{vmatrix} \mathrm{d}y\mathrm{d}z & \mathrm{d}z\mathrm{d}x & \mathrm{d}x\mathrm{d}y \\ \dfrac{\partial}{\partial x} & \dfrac{\partial}{\partial y} & \dfrac{\partial}{\partial z} \\ P & Q & R \end{vmatrix}.$$

其中 Γ 为光滑或分段光滑的空间有向闭曲线,Σ 是以 Γ 为边界的光滑或分片光滑的有向曲面,Γ 的正向与 Σ 的侧符合右手法则.

(10) 几个概念:设有一向量场 $\boldsymbol{A}(x,y,z)=P(x,y,z)\boldsymbol{i}+Q(x,y,z)\boldsymbol{j}+R(x,y,z)\boldsymbol{k}$.

(a) 若 P,Q,R 均可导,则 $\boldsymbol{A}$ 在点(x,y,z)处的散度定义为 $\mathrm{div}\boldsymbol{A}=\dfrac{\partial P}{\partial x}+\dfrac{\partial Q}{\partial y}+\dfrac{\partial R}{\partial z}$;

(b) 若 P,Q,R 有连续的一阶偏导数,则 $\boldsymbol{A}$ 的旋度定义为 $\mathrm{rot}\boldsymbol{A}=\begin{vmatrix} \boldsymbol{i} & \boldsymbol{j} & \boldsymbol{k} \\ \dfrac{\partial}{\partial x} & \dfrac{\partial}{\partial y} & \dfrac{\partial}{\partial z} \\ P & Q & R \end{vmatrix}$;

(c) 称沿有向曲面 Σ 某一侧的曲面积分 $\iint_{\Sigma} P\mathrm{d}y\mathrm{d}z+Q\mathrm{d}z\mathrm{d}x+R\mathrm{d}x\mathrm{d}y$ 为$\boldsymbol{A}$ 穿过曲面Σ 这一侧的通量,记作 Φ.

1.6.3 多元函数积分学典型实例

1. 填空题

(1) 将积分 $\int_0^{\frac{R}{\sqrt{1+R^2}}}\mathrm{d}x\int_0^{Rx} f\left(\dfrac{y}{x}\right)\mathrm{d}y + \int_{\frac{R}{\sqrt{1+R^2}}}^{R}\mathrm{d}x\int_0^{\sqrt{R^2-x^2}} f\left(\dfrac{y}{x}\right)\mathrm{d}y$ 改变积分次序后为____________,化为极坐标下的累次积分为____________.

(2) 将极坐标系下的累次积分 $\int_{-\frac{\pi}{4}}^{\frac{\pi}{2}}\mathrm{d}\theta\int_0^{2a\cos\theta} f(r\cos\theta,r\sin\theta)r\mathrm{d}r$ 转化为直角坐标系下先

对 x 后对 y 的累次积分________.

(3) 设 $f(x,y)$ 在由 $y=x, y=0$ 及 $x=1$ 所围区域 D 上连续，且 $f(x,y) = e^x + \iint_D xyf(u,v)\mathrm{d}u\mathrm{d}v$，则 $f(x,y)=$________.

(4) 已知方程 $F(x,y)=0$ 确立了一个可导函数 $y=y(x)$，且曲线积分 $\int_L F(x,y)(y\mathrm{d}x + x\mathrm{d}y)$ 与路径无关，则 $y=$________.

(5) $\oint_L \frac{\mathrm{d}x + \mathrm{d}y}{|x|+|y|} =$________. 这里 L 是以 $A(1,0), B(0,1), C(-1,0)$ 及 $D(0,-1)$ 为顶点的正方形的正向.

(6) 设曲线上任一点的线密度与该点至原点一段曲线的弧长成正比(比例系数为 $\frac{1}{2}$)，则曲线 $y=x$ 上从点(0,0)到(1,1)之间的一段弧的质量为________.

(7) 设 Γ 为球面 $x^2+y^2+z^2=a^2$ 被平面 $x+y+z=0$ 所截得的圆周，则 $\oint_\Gamma x^2\mathrm{d}s =$________.

(8) 将三重积分 $\iiint_V f(x,y,z)\mathrm{d}v$ (其中 V: $x^2+y^2+z^2\leqslant 4, z\geqslant\sqrt{3(x^2+y^2)}$)用柱面坐标化为累次积分为________.

(9) 给定一向量场 $\mathbf{A}(x,y,z) = x^2z\boldsymbol{i} - 3y^2\boldsymbol{j} + 2xy^3\boldsymbol{k}$，则 $\mathrm{grad}(\mathrm{div}\mathbf{A}(1,1,1)) =$________.

(10) 令 $F(t) = \iiint_{x^2+y^2+z^2\leqslant t^2} f(x^2+y^2+z^2)\mathrm{d}x\mathrm{d}y\mathrm{d}z$，这里 f 为连续函数，$t>0$，则 $F'(t)=$________.

(11) 积分 $\iint_{|x|+|y|\leqslant 1}(x+y)^2\mathrm{d}x\mathrm{d}y =$________.

(12) 密度为 1 的旋转抛物体：$x^2+y^2\leqslant z\leqslant 1$ 绕 z 轴的转动惯量 $I=$________.

(13) 设 L 是周长为 a 的椭圆 $\frac{x^2}{4}+\frac{y^2}{3}=1$，则 $\oint_L(2xy+3x^2+4y^2)\mathrm{d}s =$________.

2. 选择题

(1) 设 D: $x^2+y^2\leqslant r^2$，则 $\lim\limits_{r\to 0}\frac{1}{r^2}\iint_D e^{x^2+y^2}\cos(x-y)\mathrm{d}x\mathrm{d}y =$ (　).

A. 0　　B. 1　　C. π　　D. $\frac{1}{\pi}$

(2) 设 V_1: $x^2+y^2+z^2\leqslant R^2, z\geqslant 0$; V_2: $x^2+y^2+z^2\leqslant R^2, x\geqslant 0, y\geqslant 0, z\geqslant 0$，则 (　).

A. $\iiint_{V_1} x\mathrm{d}v = 4\iiint_{V_2} x\mathrm{d}v$　　B. $\iiint_{V_1} y\mathrm{d}v = 4\iiint_{V_2} y\mathrm{d}v$

C. $\iiint_{V_1} z\mathrm{d}v = 4\iiint_{V_2} z\mathrm{d}v$　　D. $\iiint_{V_1} xyz\mathrm{d}v = 4\iiint_{V_2} xyz\mathrm{d}v$

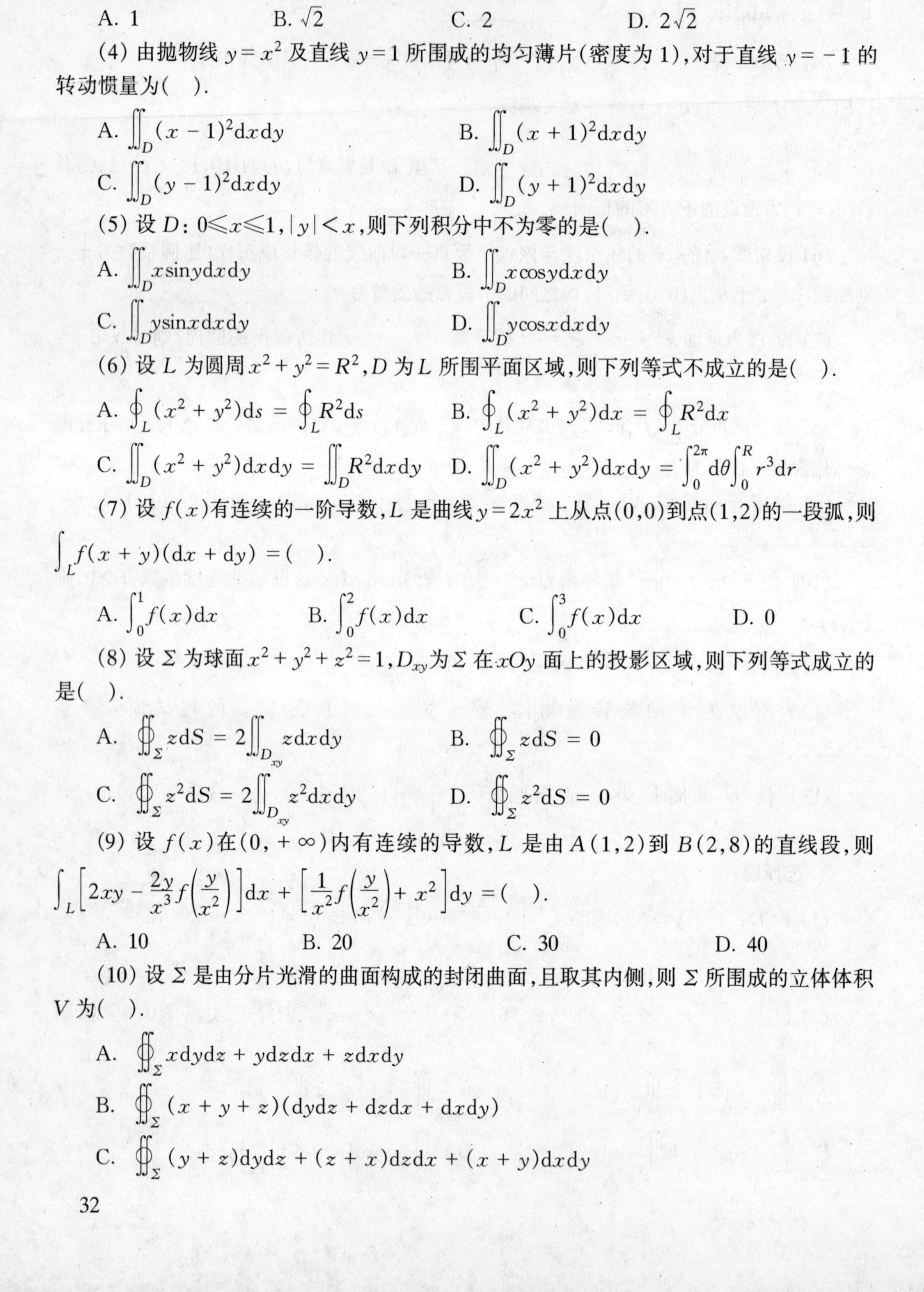

(3) 已知曲线积分 $I=\oint_C y^3\mathrm{d}x+(3x-x^3)\mathrm{d}y=0$，其中 C 为 $x^2+y^2=R^2(R>0)$ 的逆时针方向曲线，则 $R=$(　).

A. 1　　B. $\sqrt{2}$　　C. 2　　D. $2\sqrt{2}$

(4) 由抛物线 $y=x^2$ 及直线 $y=1$ 所围成的均匀薄片(密度为 1)，对于直线 $y=-1$ 的转动惯量为(　).

A. $\iint_D (x-1)^2\mathrm{d}x\mathrm{d}y$　　B. $\iint_D (x+1)^2\mathrm{d}x\mathrm{d}y$

C. $\iint_D (y-1)^2\mathrm{d}x\mathrm{d}y$　　D. $\iint_D (y+1)^2\mathrm{d}x\mathrm{d}y$

(5) 设 D：$0\leqslant x\leqslant 1,|y|<x$，则下列积分中不为零的是(　).

A. $\iint_D x\sin y\mathrm{d}x\mathrm{d}y$　　B. $\iint_D x\cos y\mathrm{d}x\mathrm{d}y$

C. $\iint_D y\sin x\mathrm{d}x\mathrm{d}y$　　D. $\iint_D y\cos x\mathrm{d}x\mathrm{d}y$

(6) 设 L 为圆周 $x^2+y^2=R^2$，D 为 L 所围平面区域，则下列等式不成立的是(　).

A. $\oint_L (x^2+y^2)\mathrm{d}s=\oint_L R^2\mathrm{d}s$　　B. $\oint_L (x^2+y^2)\mathrm{d}x=\oint_L R^2\mathrm{d}x$

C. $\iint_D (x^2+y^2)\mathrm{d}x\mathrm{d}y=\iint_D R^2\mathrm{d}x\mathrm{d}y$　　D. $\iint_D (x^2+y^2)\mathrm{d}x\mathrm{d}y=\int_0^{2\pi}\mathrm{d}\theta\int_0^R r^3\mathrm{d}r$

(7) 设 $f(x)$有连续的一阶导数，L 是曲线 $y=2x^2$ 上从点(0,0)到点(1,2)的一段弧，则 $\int_L f(x+y)(\mathrm{d}x+\mathrm{d}y)=$(　).

A. $\int_0^1 f(x)\mathrm{d}x$　　B. $\int_0^2 f(x)\mathrm{d}x$　　C. $\int_0^3 f(x)\mathrm{d}x$　　D. 0

(8) 设 Σ 为球面 $x^2+y^2+z^2=1$，D_{xy} 为 Σ 在 xOy 面上的投影区域，则下列等式成立的是(　).

A. $\oiint_\Sigma z\mathrm{d}S=2\iint_{D_{xy}} z\mathrm{d}x\mathrm{d}y$　　B. $\oiint_\Sigma z\mathrm{d}S=0$

C. $\oiint_\Sigma z^2\mathrm{d}S=2\iint_{D_{xy}} z^2\mathrm{d}x\mathrm{d}y$　　D. $\oiint_\Sigma z^2\mathrm{d}S=0$

(9) 设 $f(x)$在$(0,+\infty)$内有连续的导数，L 是由 $A(1,2)$ 到 $B(2,8)$ 的直线段，则 $\int_L\left[2xy-\frac{2y}{x^3}f\left(\frac{y}{x^2}\right)\right]\mathrm{d}x+\left[\frac{1}{x^2}f\left(\frac{y}{x^2}\right)+x^2\right]\mathrm{d}y=$(　).

A. 10　　B. 20　　C. 30　　D. 40

(10) 设 Σ 是由分片光滑的曲面构成的封闭曲面，且取其内侧，则 Σ 所围成的立体体积 V 为(　).

A. $\oiint_\Sigma x\mathrm{d}y\mathrm{d}z+y\mathrm{d}z\mathrm{d}x+z\mathrm{d}x\mathrm{d}y$

B. $\oiint_\Sigma (x+y+z)(\mathrm{d}y\mathrm{d}z+\mathrm{d}z\mathrm{d}x+\mathrm{d}x\mathrm{d}y)$

C. $\oiint_\Sigma (y+z)\mathrm{d}y\mathrm{d}z+(z+x)\mathrm{d}z\mathrm{d}x+(x+y)\mathrm{d}x\mathrm{d}y$

D. $\oiint_{\Sigma}(x-y-z)(\mathrm{d}y\mathrm{d}z+\mathrm{d}z\mathrm{d}x+\mathrm{d}x\mathrm{d}y)$

(11) 设 D 是第二象限的一个有界闭区域，且 $0<y<1$，记 $I_1=\iint_D yx^3\mathrm{d}x\mathrm{d}y$，$I_2=\iint_D y^2x^3\mathrm{d}x\mathrm{d}y$，$I_3=\iint_D y^{\frac{1}{2}}x^3\mathrm{d}x\mathrm{d}y$，则 I_1,I_2,I_3 的大小顺序是(　).

A. $I_1\leqslant I_2\leqslant I_3$　　B. $I_2\leqslant I_1\leqslant I_3$

C. $I_3\leqslant I_1\leqslant I_2$　　D. $I_3\leqslant I_2\leqslant I_1$

(12) 计算旋转抛物面 $z=1+\dfrac{x^2+y^2}{2}$ 在 $1\leqslant z\leqslant 2$ 那部分的曲面面积 $S=$(　).

A. $\iint_{x^2+y^2\leqslant 2}\sqrt{1-x^2-y^2}\mathrm{d}x\mathrm{d}y$　　B. $\iint_{x^2+y^2\leqslant 2}\sqrt{1+x^2+y^2}\mathrm{d}x\mathrm{d}y$

C. $\iint_{x^2+y^2\leqslant 4}\sqrt{1-x^2-y^2}\mathrm{d}x\mathrm{d}y$　　D. $\iint_{x^2+y^2\leqslant 4}\sqrt{1+x^2+y^2}\mathrm{d}x\mathrm{d}y$

(13) 设积分 $\int_L x\varphi(y)\mathrm{d}x+x^2y\mathrm{d}y$ 与路径无关，其中 $\varphi(0)=0$，$\varphi(y)$ 具有一阶连续导数，则 $\int_{(0,1)}^{(1,2)}x\varphi(y)\mathrm{d}x+x^2y\mathrm{d}y=$(　).

A. 2　　B. 1　　C. $\dfrac{1}{2}$　　D. 3

3. 试求参数 λ，使得 $\dfrac{x}{y}r^{\lambda}\mathrm{d}x-\dfrac{x^2}{y^2}r^{\lambda}\mathrm{d}y$（其中 $r=\sqrt{x^2+y^2}$）为某函数 $u(x,y)$ 的全微分，并求 $u(x,y)$.

4. 设 $f(x)$ 在 $(-\infty,+\infty)$ 内有连续的导函数，计算 $\int_L\dfrac{1}{y}[1+y^2f(xy)]\mathrm{d}x+\dfrac{x}{y^2}[y^2f(xy)-1]\mathrm{d}y$，其中 L 为从点 $A\left(3,\dfrac{2}{3}\right)$ 到点 $B(1,2)$ 的直线段.

5. 计算 $I=\iint_{\Sigma}(8y+1)x\mathrm{d}y\mathrm{d}z+2(1-y^2)\mathrm{d}z\mathrm{d}x-4yz\mathrm{d}x\mathrm{d}y$，其中 Σ 是曲线 $\begin{cases}z=\sqrt{y-1}\\x=0\end{cases}$ $(1\leqslant y\leqslant 3)$ 绕 y 轴旋转一周所成的曲面，它的法向量与 y 轴正向夹角恒大于 $\dfrac{\pi}{2}$.

6. 计算

$$I=\iint_{\Sigma}[f(x,y,z)+x]\mathrm{d}y\mathrm{d}z+[2f(x,y,z)+y]\mathrm{d}z\mathrm{d}x+[f(x,y,z)+z]\mathrm{d}x\mathrm{d}y,$$

其中 $f(x,y,z)$ 为连续函数，Σ 为平面 $x-y+z=1$ 在第四卦限部分的上侧.

7. 设 $I=\iiint_V z(x^2+y^2)\mathrm{d}x\mathrm{d}y\mathrm{d}z$，其中 V 是由 $z\geqslant\sqrt{x^2+y^2}$ 及 $1\leqslant x^2+y^2+z^2\leqslant 4$ 所围成的立体，将 I 分别在柱坐标系与球坐标系下化成累次积分，并任选一种方法计算 I.

8. 求 $\iint_{\Sigma}|xyz|\mathrm{d}S$，$\Sigma$ 为曲面 $z=x^2+y^2$ 被平面 $z=1$ 所割下部分.

9. 计算三重积分 $\iiint_{\Omega}(x^2+y^2)\mathrm{d}x\mathrm{d}y\mathrm{d}z$，其中 Ω 是由 yOz 平面内的直线 $z=0,z=2$，以及曲线 $y^2-(z-1)^2=1$ 所围成的平面区域绕 z 轴旋转而成的空间区域.

10. 设对于半空间 $x>0$ 内的任意光滑有向封闭曲面 Σ，都有 $\oiint_{\Sigma} xf(x)\mathrm{d}y\mathrm{d}z - xyf(x)\mathrm{d}z\mathrm{d}x - \mathrm{e}^{2x}z\mathrm{d}x\mathrm{d}y = 0$，其中函数 $f(x)$ 在 $(0,+\infty)$ 内具有连续的一阶导数，且 $\lim\limits_{x\to 0^+} f(x)=1$，求 $f(x)$.

11. 设 $f(t)$ 连续，常数 $a>0$，区域 $D=\left\{(x,y)\,\middle|\,|x|\leqslant\dfrac{a}{2},|y|\leqslant\dfrac{a}{2}\right\}$，证明

$$\iint_D f(x-y)\mathrm{d}x\mathrm{d}y = \int_{-a}^{a} f(t)(a-|t|)\mathrm{d}t.$$

12. 设 C 是圆周 $(x-1)^2+(y-1)^2=1$，取逆时针方向，$f(x)$ 是连续正值函数，证明

$$\oint_C xf(y)\mathrm{d}y - \frac{y}{f(x)}\mathrm{d}x \geqslant 2\pi.$$

参考答案

1.(1) $\int_0^{\frac{R^2}{\sqrt{1+R^2}}}\mathrm{d}y\int_{\frac{y}{R}}^{\sqrt{R^2-y^2}} f\left(\dfrac{y}{x}\right)\mathrm{d}x$；$\int_0^{\arctan R} f(\tan\theta)\mathrm{d}\theta\int_0^R r\mathrm{d}r$. 提示：不论是改变积分次序，还是改变积分的形式，解决此类问题必须首先依据原来的积分作出积分区域图，根据积分区域图，按要求解题，这是解决此类问题的关键.

(2) $\int_{-a}^0\mathrm{d}y\int_{-y}^{a+\sqrt{a^2-y^2}} f(x,y)\mathrm{d}x + \int_0^a\mathrm{d}y\int_{a-\sqrt{a^2-y^2}}^{a+\sqrt{a^2-y^2}} f(x,y)\mathrm{d}x$. 提示：依据原来的积分作出积分区域图，根据积分区域图，可以写出直角坐标系下的累次积分.

(3) $\mathrm{e}^x+\dfrac{8}{7}xy$. 提示：$f(x,y)=\mathrm{e}^x+\iint_D xyf(u,v)\mathrm{d}u\mathrm{d}v=\mathrm{e}^x+xy\iint_D f(u,v)\mathrm{d}u\mathrm{d}v$. 令 $A=\iint_D f(x,y)\mathrm{d}x\mathrm{d}y$，对 $f(x,y)=\mathrm{e}^x+xy\iint\limits_D f(u,v)\mathrm{d}u\mathrm{d}v$ 的两端在 D 上作二重积分，得 $A=\iint_D \mathrm{e}^x\mathrm{d}x\mathrm{d}y + A\iint_D xy\mathrm{d}x\mathrm{d}y$，由此可确定 A，从而也就确定了 $f(x,y)$.

(4) $\dfrac{C}{x}$. 提示：利用曲线积分与路径无关的条件.

(5) 0. 提示：在边界 L 上，$|x|+|y|=1$，故 $\oint_L \dfrac{\mathrm{d}x+\mathrm{d}y}{|x|+|y|}=\oint_L(\mathrm{d}x+\mathrm{d}y)$，再由 Green 公式即得.

(6) $\dfrac{1}{2}$. 提示：原点到点 (x,y) 的弧长为 $s=\int_0^x\sqrt{1+y'^2}\mathrm{d}x=\sqrt{2}x$，由题设，$\mu(x,y)=\dfrac{\sqrt{2}}{2}x$，于是

$$M=\int_L\frac{\sqrt{2}}{2}x\mathrm{d}s=\int_0^1\frac{\sqrt{2}}{2}x\cdot\sqrt{2}\mathrm{d}x.$$

(7) $\dfrac{2}{3}\pi a^3$. 提示：由对称性，$\oint_\Gamma x^2\mathrm{d}s=\dfrac{1}{3}\oint_\Gamma(x^2+y^2+z^2)\mathrm{d}s$.

(8) $\int_0^{2\pi}\mathrm{d}\theta\int_0^1 r\mathrm{d}r\int_{\sqrt{3}r}^{\sqrt{4-r^2}} f(r\cos\theta,r\sin\theta,z)\mathrm{d}z$. 提示：利用柱面坐标系的特点直接写出.

(9) **0**. 提示：利用散度与梯度的定义.

(10) $4\pi t^2 f(t^2)$. 提示：利用三重积分的球坐标法计算.

(11) $\dfrac{2}{3}$. 提示：被积函数 $(x+y)^2=x^2+2xy+y^2$，由积分域的对称性知

$$\iint_D xy\mathrm{d}x\mathrm{d}y=0,\iint_D x^2\mathrm{d}x\mathrm{d}y=\iint_D y^2\mathrm{d}x\mathrm{d}y=4\iint_{D_1}x^2\mathrm{d}x\mathrm{d}y,$$

其中 D_1 是 D 在第一象限的部分，故原积分 $=8\int_0^1\mathrm{d}x\int_0^{1-x}x^2\mathrm{d}y=\dfrac{2}{3}$.

(12) $\frac{\pi}{6}$. 提示:采用先二后一法.

$$I = \iiint_{\Omega}(x^2+y^2)\mathrm{d}v = \int_0^1 \mathrm{d}z\iint_{x^2+y^2\leqslant z}(x^2+y^2)\mathrm{d}x\mathrm{d}y = \frac{\pi}{2}\int_0^1 z^2\mathrm{d}z = \frac{\pi}{6}.$$

(13) $12a$. 提示:由对称性 $\oint xy\mathrm{d}s = 0$, 又 $3x^2+4y^2=12$,故原积分$=12a$.

2.(1) C. 提示:利用二重积分的中值定理再求极限即可.

(2) C. 提示:利用三重积分的对称性定理.

(3) B. 提示:利用 Green 公式.

(4) D. 提示:利用转动惯量的计算公式结合微元法的基本思想可得.

(5) B. 提示:利用二重积分的对称性定理.

(6) C. 提示:二重积分 $\iint_D(x^2+y^2)\mathrm{d}x\mathrm{d}y$ 中被积函数 $f(x,y)=x^2+y^2$ 的自变量(x,y)的取值是在范围 D: $x^2+y^2\leqslant R^2$ 内.

(7) C. 提示:利用对坐标的曲线积分的方法即可.

(8) B. 提示:利用对面积的曲面积分的计算公式结合二重积分的对称性定理即可.

(9) C. 提示:与路径无关,为方便起见,取 $y=2x^2$ 上从 A 到 B 的一段弧,可使 $f\left(\frac{y}{x^2}\right)$成为常数 $f(2)$.

(10) D. 提示:利用 Gauss 公式直接验证即可.

(11) C. 提示:因 $0<y<1$,所以 $y^2<y<y^{\frac{1}{2}}$,又 $x^3<0$,故 $x^3y^2>x^3y>x^3y^{\frac{1}{2}}$.

(12) B. 提示:注意到 $\mathrm{d}S=\sqrt{1+x^2+y^2}$,而抛物线在 xOy 面上投影为圆 $x^2+y^2\leqslant 2$.

(13) A. 提示:由 $x\varphi(y)\mathrm{d}x+x^2y\mathrm{d}y=\frac{1}{2}[\varphi(y)\mathrm{d}x^2+x^2\mathrm{d}y^2]$是全微分及 $\varphi(0)=0$ 知 $\varphi(y)=y^2$,从而 $x\varphi(y)\mathrm{d}x+x^2y\mathrm{d}y=\frac{1}{2}\mathrm{d}(x^2y^2)$,则 $\int_{(0,1)}^{(1,2)}\frac{1}{2}\mathrm{d}(x^2y^2) = 2$.

3. 由题设,有$\frac{\partial P}{\partial y}=\frac{\partial Q}{\partial x}$,又

$$\frac{\partial P}{\partial y} = \frac{xr^{\lambda-2}}{y^2}(\lambda y^2 - r^2), \quad \frac{\partial Q}{\partial x} = -\frac{xr^{\lambda-2}}{y^2}(2r^2+\lambda x^2),$$

从而有 $-(2r^2+\lambda x^2)=\lambda y^2-r^2$,得 $\lambda=-1$.

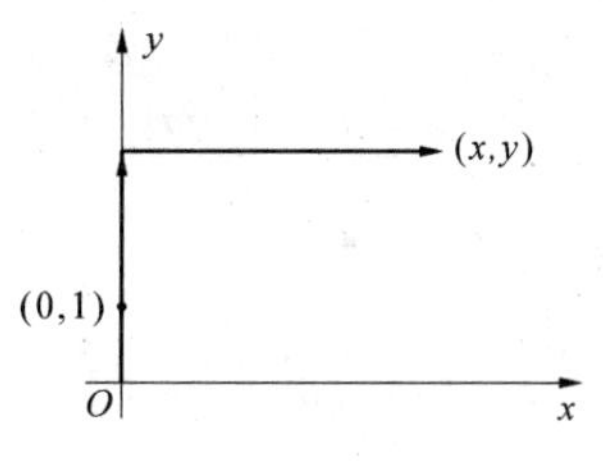

现取如图所示的积分路径,则

$$u(x,y) = \int_1^y \frac{0}{y^2\sqrt{0^2+y^2}}\mathrm{d}y + \int_0^x \frac{x}{y\sqrt{x^2+y^2}}\mathrm{d}x$$
$$= \frac{1}{y}\sqrt{x^2+y^2}+1,$$

故

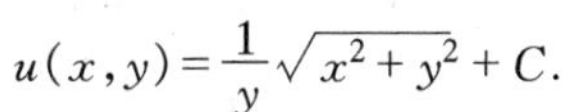
$$u(x,y)=\frac{1}{y}\sqrt{x^2+y^2}+C.$$

4. 令 $P=\frac{1}{y}[1+y^2f(xy)]$, $Q=\frac{x}{y^2}[y^2f(xy)-1]$,直接计算得

$$\frac{\partial P}{\partial y} = \frac{1}{y^2}[y^2f(xy)+xy^3f'(xy)-1] = \frac{\partial Q}{\partial x} \quad (y\neq 0).$$

故曲线积分与路径无关.

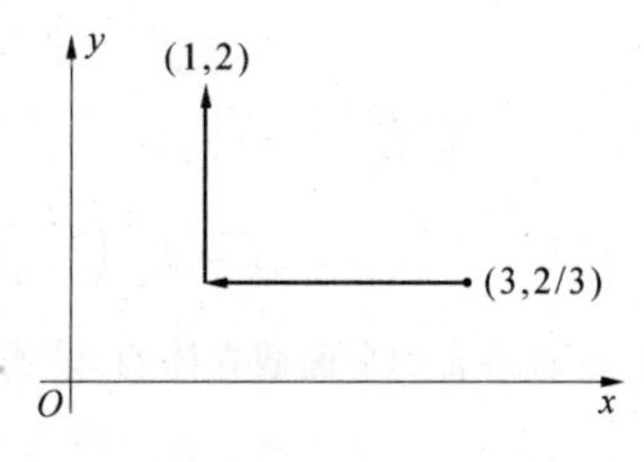

现选取如图所示的折线段为积分路径,有

$$原式=\int_3^1\frac{3}{2}\left[1+\frac{4}{9}f\left(\frac{2}{3}x\right)\right]\mathrm{d}x+\int_{\frac{2}{3}}^2\frac{1}{y^2}[y^2f(y)-1]\mathrm{d}y$$
$$=\frac{3}{2}\int_3^1\mathrm{d}x-\int_{\frac{2}{3}}^2 f(x)\mathrm{d}x+\int_{\frac{2}{3}}^2 f(y)\mathrm{d}y-\int_{\frac{2}{3}}^2\frac{1}{y^2}\mathrm{d}y$$
$$=-4.$$

5. 补充 Σ_1: $y=3$ 被旋转体所截部分,其法线方向与 y 轴正向一致. 在 $\Sigma+\Sigma_1$ 上,由 Gauss 公式,有

$$\oiint_{\Sigma+\Sigma_1}(8y+1)x\mathrm{d}y\mathrm{d}z+2(1-y^2)\mathrm{d}z\mathrm{d}x-4yz\mathrm{d}x\mathrm{d}y$$

$$=\iiint_{\Omega}\mathrm{d}x\mathrm{d}y\mathrm{d}z=\pi\int_1^3(\sqrt{y-1})^2\mathrm{d}y=2\pi;$$

又在 Σ_1 上,

$$\iint_{\Sigma_1}(8y+1)x\mathrm{d}y\mathrm{d}z+2(1-y^2)\mathrm{d}z\mathrm{d}x-4yz\mathrm{d}x\mathrm{d}y$$

$$=\iint_{\Sigma_1}2(1-3^2)\mathrm{d}z\mathrm{d}x=-16\iint_{x^2+z^2\leqslant 2}\mathrm{d}z\mathrm{d}x=-16\pi(\sqrt{2})^2=-32\pi.$$

故 $$原式=\oiint_{\Sigma+\Sigma_1}(8y+1)x\mathrm{d}y\mathrm{d}z+2(1-y^2)\mathrm{d}z\mathrm{d}x-4yz\mathrm{d}x\mathrm{d}y-$$

$$\iint_{\Sigma_1}(8y+1)x\mathrm{d}y\mathrm{d}z+2(1-y^2)\mathrm{d}z\mathrm{d}x-4yz\mathrm{d}x\mathrm{d}y=34\pi.$$

6. 被积函数中含有抽象函数 $f(x,y,z)$,直接计算或用 Gauss 公式都无法消除 $f(x,y,z)$,这里将借助于两类曲面积分之间的关系进行计算.

Σ 的法向量为 $\boldsymbol{n}=\{1,-1,1\}$,从而 $\boldsymbol{n}_0=\{\cos\alpha,\cos\beta,\cos\gamma\}=\left\{\frac{1}{\sqrt{3}},-\frac{1}{\sqrt{3}},\frac{1}{\sqrt{3}}\right\}$,于是

$$I=\iint_{\Sigma}\left\{\frac{1}{\sqrt{3}}[f(x,y,z)+x]-\frac{1}{\sqrt{3}}[2f(x,y,z)+y]+\frac{1}{\sqrt{3}}[f(x,y,z)+z]\right\}\mathrm{d}S$$

$$=\frac{1}{\sqrt{3}}\iint_{\Sigma}(x-y+z)\mathrm{d}S=\frac{1}{\sqrt{3}}\iint_{\Sigma}\mathrm{d}S=\frac{1}{\sqrt{3}}\iint_{D_{xy}}\sqrt{3}\mathrm{d}x\mathrm{d}y=\frac{1}{2}.$$

7. 在柱坐标系下,

$$I=\int_0^{2\pi}\mathrm{d}\theta\int_0^{\frac{\sqrt{2}}{2}}r^3\mathrm{d}r\int_{\sqrt{1-r^2}}^{\sqrt{4-r^2}}z\mathrm{d}z+\int_0^{2\pi}\mathrm{d}\theta\int_{\frac{\sqrt{2}}{2}}^{\sqrt{2}}r^3\mathrm{d}r\int_r^{\sqrt{4-r^2}}z\mathrm{d}z.$$

在球坐标系下

$$I=\int_0^{2\pi}\mathrm{d}\theta\int_0^{\frac{\pi}{4}}\cos\varphi\sin^3\varphi\mathrm{d}\varphi\int_1^2 r^5\mathrm{d}r=2\pi\cdot\frac{r^6}{6}\bigg|_1^2\cdot\int_0^{\frac{\pi}{4}}\sin^3\varphi\cos\varphi\mathrm{d}\varphi=\frac{21}{16}\pi.$$

8. $z=x^2+y^2$,则 $\sqrt{1+z_x'^2+z_y'^2}=\sqrt{1+4(x^2+y^2)}$,于是

$$I=\iint_{D_{xy}}|x||y|(x^2+y^2)\sqrt{1+4(x^2+y^2)}\mathrm{d}x\mathrm{d}y.$$

由极坐标法,结合对称性,令 $u=r^2$,有

$$I=4\int_0^{\frac{\pi}{2}}\mathrm{d}\theta\int_0^1 r^2\sin\theta\cdot\cos\theta\cdot r^2\cdot\sqrt{1+4r^2}\cdot r\mathrm{d}r$$

$$=\int_0^1 r^4\sqrt{1+4r^2}\mathrm{d}r^2=\int_0^1 u^2\sqrt{1+4u}\mathrm{d}u.$$

再令 $\sqrt{1+4u}=t$,进而有

$$I=\int_1^{\sqrt{5}}\left(\frac{t^2-1}{4}\right)^2\cdot t\cdot\frac{1}{2}t\mathrm{d}t=\frac{125\sqrt{5}-1}{420}.$$

9. 用与 z 轴垂直的平面截立体 Ω,设截面为 D_z,则

$$I=\int_0^2\mathrm{d}z\iint_{D_z}(x^2+y^2)\mathrm{d}x\mathrm{d}y=\int_0^2\mathrm{d}z\int_0^{2\pi}\mathrm{d}\theta\int_0^{\sqrt{1+(z-1)^2}}r^3\mathrm{d}r$$

$$= \frac{\pi}{2}\int_0^2 [1+(z-1)^2]^2 dz = \frac{28\pi}{15}.$$

10. 由 Gauss 公式有

$$0 = \oiint_\Sigma xf(x)dydz - xyf(x)dzdx - e^{2x}zdxdy$$
$$= \pm \iiint_\Omega [xf'(x) + f(x) - xf(x) - e^{2x}]dxdydz,$$

其中,Ω 为 Σ 所围成的有界闭区域. 当有向闭曲面 Σ 的法线向量指向外侧时,取"+"号,当有向闭曲面 Σ 的法线向量指向内侧时,取"-"号. 由 Σ 的任意性,有

$$xf'(x) + f(x) - xf(x) - e^{2x} = 0\ (x>0),\ 即\ f'(x) + \left(\frac{1}{x} - 1\right)f(x) - \frac{1}{x}e^{2x} = 0.$$

解这个微分方程,得

$$f(x) = e^{\int (1-\frac{1}{x})dx}\left[\int \frac{1}{x}e^{2x}e^{\int\left(\frac{1}{x}-1\right)dx}dx + C\right] = \frac{e^x}{x}(e^x + C).$$

注意到 $\lim\limits_{x\to 0^+} f(x) = \lim\limits_{x\to 0^+}\left[\frac{e^x}{x}(e^x + C)\right] = 1$,从而必有 $\lim\limits_{x\to 0^+} e^x(e^x + C) = 0$,进而 $C = -1$,故

$$f(x) = \frac{e^x}{x}(e^x - 1).$$

11. 因为

$$I = \iint_D f(x-y)dxdy = \int_{-\frac{a}{2}}^{\frac{a}{2}} dx \int_{-\frac{a}{2}}^{\frac{a}{2}} f(x-y)dy.$$

现令 $x - y = t$,则

$$\int_{-\frac{a}{2}}^{\frac{a}{2}} f(x-y)dy = \int_{x-\frac{a}{2}}^{x+\frac{a}{2}} f(t)dt,$$

故

$$I = \int_{-\frac{a}{2}}^{\frac{a}{2}} dx \int_{x-\frac{a}{2}}^{x+\frac{a}{2}} f(t)dt = \iint_{D_{xt}} f(t)dxdt.$$

现在将上述积分转化为先对 x 后对 t 的二次积分,得

$$I = \int_{-a}^0 f(t)dt \int_{-\frac{a}{2}}^{t+\frac{a}{2}} dx + \int_0^a f(t)dt \int_{t-\frac{a}{2}}^{\frac{a}{2}} dx$$
$$= \int_{-a}^0 f(t)(t+a)dt + \int_0^a f(t)(a-t)dt = \int_{-a}^a f(t)(a - |t|)dt,$$

故所证结论成立.

12. 由 Green 公式得

$$\oint_C xf(y)dy - \frac{y}{f(x)}dx = \iint_D \left[f(y) + \frac{1}{f(x)}\right]dxdy,$$

其中 $D = \{(x,y) \mid (x-1)^2 + (y-1)^2 \leqslant 1\}$,因为

$$\iint_D f(x)dxdy = \int_0^2 dx \int_{1-\sqrt{1-(x-1)^2}}^{1+\sqrt{1-(x-1)^2}} f(x)dy = \int_0^2 2f(x)\sqrt{2x - x^2}dx;$$

$$\iint_D f(y)dxdy = \int_0^2 dy \int_{1-\sqrt{1-(y-1)^2}}^{1+\sqrt{1-(y-1)^2}} f(y)dx = \int_0^2 2f(y)\sqrt{2y - y^2}dy,$$

所以 $\iint_D f(x)dxdy = \iint_D f(y)dxdy$,于是有

$$\oint_C xf(y)dy - \frac{y}{f(x)}dx = \iint_D \left[f(x) + \frac{1}{f(x)}\right]dxdy \geqslant 2\iint_D \sqrt{f(x)\cdot\frac{1}{f(x)}}dxdy = 2\pi.$$

1.7 无穷级数

1.7.1 大纲考点

(1) 正项级数的比较、比值、根值审敛法,交错级数的 Leibniz 审敛法,绝对收敛与条件收敛的概念;

(2) 幂级数的收敛半径、收敛区间的求法,熟练幂级数的分析运算,借此求幂级数的和函数,并由此计算某些数项级数的和;

(3) 掌握 e^x, $\sin x$, $\cos x$, $\ln(1+x)$ 及 $(1+x)^\alpha$ 的 Maclaurin 展开式,并能应用它们将一些简单函数间接展开为幂级数;

(4) Fourier 级数的概念,Dirichlet 定理的条件与结论,会将定义在 $[-l,l]$ 上的函数展开为 Fourier 级数,会将定义在 $[0,l]$ 的函数展开为正弦级数或余弦级数.

1.7.2 重点释疑

(1) 在使用幂级数的收敛半径公式 $R=\lim\limits_{n\to\infty}\left|\dfrac{a_n}{a_{n+1}}\right|=\dfrac{1}{\lim\limits_{n\to\infty}\sqrt[n]{|a_n|}}$ 求收敛半径时,必须注意其使用的前提是幂级数不缺项,否则,就只能使用比值审敛法.

(2) 熟练掌握幂级数的分析运算:

逐项求导:$\left(\sum\limits_{n=0}^{\infty}a_nx^n\right)'=\sum\limits_{n=1}^{\infty}na_nx^{n-1}$;

逐项积分:$\int_0^x\left(\sum\limits_{n=0}^{\infty}a_nt^n\right)\mathrm{d}t=\sum\limits_{n=0}^{\infty}\dfrac{a_n}{n+1}x^{n+1}$,

它们是求幂级数的和函数的关键.同时,还应熟记下列基本展开式:

$$e^x=\sum_{n=0}^{\infty}\frac{x^n}{n!}=1+\frac{x}{1!}+\frac{x^2}{2!}+\cdots+\frac{x^n}{n!}+\cdots,\ x\in(-\infty,+\infty);$$

$$\sin x=\sum_{n=0}^{\infty}(-1)^n\frac{x^{2n+1}}{(2n+1)!}=x-\frac{x^3}{3!}+\frac{x^5}{5!}+\cdots+(-1)^n\frac{x^{2n+1}}{(2n+1)!}+\cdots,\quad x\in(-\infty,+\infty);$$

$$\cos x=\sum_{n=0}^{\infty}(-1)^n\frac{x^{2n}}{(2n)!}=1-\frac{x^2}{2!}+\frac{x^4}{4!}+\cdots+(-1)^n\frac{x^{2n}}{(2n)!}+\cdots,\ x\in(-\infty,+\infty);$$

$$\ln(1+x)=\sum_{n=0}^{\infty}(-1)^n\frac{x^{n+1}}{n+1}=x-\frac{x^2}{2}+\frac{x^3}{3}+\cdots+(-1)^n\frac{x^{n+1}}{n+1}+\cdots,\ x\in(-1,1];$$

$$(1+x)^\alpha=1+\alpha x+\frac{\alpha(\alpha-1)}{2!}x^2+\cdots+\frac{\alpha(\alpha-1)\cdots(\alpha-n+1)}{n!}x^n+\cdots,\ x\in(-1,1).$$

1.7.3 无穷级数典型实例

1. 填空题

(1) 幂级数 $\sum\limits_{n=1}^{\infty}\left(1+\dfrac{1}{n}\right)^{n^2}(x-1)^n$ 的收敛半径是 $R=$________,收敛区间为________.

(2) 设 $f(x)$ 是以 2 为周期的函数，它在 $(-1,1]$ 的表达式是 $f(x)=\begin{cases}x-1 & -1<x\leqslant 0\\ x^2 & 0<x\leqslant 1\end{cases}$，则 $f(x)$ 的 Fourier 级数在 $x=1$ 处收敛于________.

(3) 设幂级数 $\sum\limits_{n=1}^{\infty}a_nx^{3n}$ 满足 $\lim\limits_{n\to\infty}\left|\dfrac{a_n}{a_{n+1}}\right|=2$，则幂级数的收敛半径 $R=$________.

(4) 级数 $\sum\limits_{n=1}^{\infty}\dfrac{1}{n\cdot 2^n}$ 的和为________.

(5) 把函数 $f(x)=\dfrac{1}{x^2-x-6}$ 展开为 $(x-1)$ 的幂级数，其收敛区间为________.

(6) 设 $\lim\limits_{n\to\infty}[n^p(\mathrm{e}^{\frac{1}{n}}-1)a_n]=1$，若级数 $\sum\limits_{n=1}^{\infty}a_n$ 收敛，则 p 的取值范围是________.

(7) 若幂级数 $\sum\limits_{n=1}^{\infty}a_n(x-1)^{2n}$ 在 $x=2$ 处条件收敛，则其收敛域为________.

(8) 已知 $f(x)=\sum\limits_{n=1}^{\infty}a_nx^n, x\in(-\infty,+\infty)$，且对任意的 x，$F'(x)=f(x)$，则 $F(x)$ 在原点的幂级数展开式为________.

2. 选择题

(1) 如果级数 $\sum\limits_{n=1}^{\infty}a_n(x-1)^n$ 在 $x=-1$ 处收敛，则在 $x=2$ 处(　).

A. 条件收敛　　B. 绝对收敛　　C. 发散　　D. A,B,C 均有可能

(2) 如果级数 $\sum\limits_{n=1}^{\infty}(-1)^{n-1}\dfrac{(x-a)^n}{n}$ 在 $x>0$ 时发散，在 $x=0$ 处收敛，则常数 $a=$(　).

A. -1　　B. 1　　C. -2　　D. 2

(3) 下列级数中收敛的是(　).

A. $\sum\limits_{n=1}^{\infty}(-1)^n\left(\dfrac{n}{n+2}\right)^n$　　B. $\sum\limits_{n=1}^{\infty}\dfrac{1}{n(\sqrt{2}-1)^n}$　　C. $\sum\limits_{n=1}^{\infty}(\mathrm{e}^{\frac{1}{n}}-1)$　　D. $\sum\limits_{n=1}^{\infty}\dfrac{\cos n\pi}{\sqrt{n}}$

(4) 将函数 $f(x)=-x^2+1\ (0\leqslant x\leqslant\pi)$ 展开成正弦级数，则下列系数中正确的是(　).

A. $a_n=\dfrac{2}{\pi}\int_0^{\pi}(-x^2+1)\cos nx\,\mathrm{d}x$　　B. $a_n=\dfrac{1}{\pi}\int_{-\pi}^{\pi}(-x^2+1)\cos nx\,\mathrm{d}x$

C. $b_n=\dfrac{2}{\pi}\int_0^{\pi}(-x^2+1)\sin nx\,\mathrm{d}x$　　D. $b_n=\dfrac{1}{\pi}\int_{-\pi}^{\pi}(-x^2+1)\sin nx\,\mathrm{d}x$

(5) 幂级数 $\sum\limits_{n=0}^{\infty}(-1)^n\dfrac{x^{2n+1}}{2n+1}, x\in(-1,1)$ 的和函数 $S(x)=$(　).

A. $\tan x$　　B. $\arctan x$　　C. $\cot x$　　D. $\operatorname{arccot} x$

(6) 若级数 $\sum\limits_{n=1}^{\infty}u_n, \sum\limits_{n=1}^{\infty}v_n$ 均发散，则(　).

A. $\sum\limits_{n=1}^{\infty}(u_n+v_n)$ 必发散　　B. $\sum\limits_{n=1}^{\infty}u_nv_n$ 必发散

C. $\sum_{n=1}^{\infty}(|u_n|+|v_n|)$ 必发散　　　　D. $\sum_{n=1}^{\infty}(u_n^2+v_n^2)$ 必发散

3. 判别级数 $\sum_{n=1}^{\infty}(-1)^n\frac{1}{2n-1}\left(\frac{3}{4}\right)^n$ 的敛散性. 若收敛,求其和.

4. 设有方程 $(1+x)y=\int_0^x[2y+(1+x)^2y'']\mathrm{d}x-\ln(1+x)\ (x\geqslant 0)$, 又 $y'(0)=0$. (1)求由此方程确定的函数 $y(x)$;(2)将 $y(x)$展开成 Maclaurin 级数.

5. 设级数 $\sum_{n=1}^{\infty}a_n$ 收敛,讨论级数 $\sum_{n=1}^{\infty}\frac{1+a_n}{1+a^n}(a\geqslant 0)$ 的敛散性.

6. 已知 $a_n>0$, 且 $a_{n+1}\leqslant a_n\ (n=1,2,\cdots)$, 若级数 $\sum_{n=1}^{\infty}(-1)^na_n$ 发散, 证明级数 $\sum_{n=1}^{\infty}\frac{1}{(1+a_n)^n}$ 收敛.

7. 设 $f(x)$是周期为 2 的周期函数,且 $f(x)=\begin{cases}x & 0\leqslant x\leqslant 1\\ 0 & 1<x<2\end{cases}$,求 $f(x)$的 Fourier 级数及和函数,并求级数 $\sum_{n=0}^{\infty}\frac{1}{(2n+1)^2}$ 的和.

参考答案

1.(1) $\frac{1}{\mathrm{e}}$;$\left(1-\frac{1}{\mathrm{e}},1+\frac{1}{\mathrm{e}}\right)$. 提示:使用幂级数的收敛半径公式 $R=\frac{1}{\lim\limits_{n\to\infty}\sqrt[n]{|a_n|}}$求其半径.

(2) $-\frac{1}{2}$. 提示:利用 Dirichlet 充分条件定理即可.

(3) $\sqrt[3]{2}$. 提示:幂级数缺项,使用比值判别法结合题设条件来求.

(4) ln2. 提示:先求级数 $\sum_{n=1}^{\infty}\frac{t^n}{n}$ 的和,再令 $t=\frac{1}{2}$.

(5) $(-1,3)$. 提示:利用$\frac{1}{1+x}$与$\frac{1}{1-x}$间接展开,注意它们各自成立的收敛范围.

(6) $(2,+\infty)$. 提示:当 $n\to\infty$时,$\mathrm{e}^{\frac{1}{n}}-1\sim\frac{1}{n}$,所以由 $\lim\limits_{n\to\infty}\frac{a_n}{\frac{1}{n^{p-1}}}=1$,可知 $\sum_{n=1}^{\infty}a_n$ 与 $\sum_{n=1}^{\infty}\frac{1}{n^{p-1}}$ 具有相同的收敛性.

(7) $[0,2]$. 提示:由收敛半径的定义, 在 $x=2$ 是条件收敛, 所以,原级数的收敛半径为 1, 又因为在 $x=0$ 时级数 $\sum_{n=1}^{\infty}a_n(x-1)^{2n}=\sum_{n=1}^{\infty}a_n$ 条件收敛,故应填$[0,2]$.

(8) $F(0)+\sum_{n=2}^{\infty}\frac{a_{n-1}}{n}x^n,x\in(-\infty,+\infty)$. 提示:由逐项积分的性质,由 $f(x)=\sum_{n=1}^{\infty}a_nx^n,x\in(-\infty,+\infty)$,得 $F(x)-F(0)=\int_0^xf(t)\mathrm{d}t=\int_0^x\left(\sum_{n=1}^{\infty}a_nt^n\right)\mathrm{d}x=\sum_{n=1}^{\infty}\frac{a_n}{n+1}x^{n+1}$.

2.(1) B. 提示:令 $t=x-1$,考察级数 $\sum_{n=1}^{\infty}a_nt^n$. 由题设,级数$\sum_{n=1}^{\infty}a_n(x-1)^n$ 在$x=-1$处收敛,则级数 $\sum_{n=1}^{\infty}a_nt^n$ 必在$t=-2$ 处收敛. 于是级数 $\sum_{n=1}^{\infty}a_nt^n$ 的收敛半径 R 至少是 2. 当 $x=2$ 时, $t=1\in(-2,2)\subseteq(-R,R)$.

(2) A. 提示：直接计算易得 $R=1$，故其收敛区间为$(a-1,a+1]$，注意到 $x=0$ 为最大收敛点.

(3) D. 提示：$\lim\limits_{n\to\infty}(-1)^n\left(\dfrac{n}{n+2}\right)^n$ 不存在；而$\dfrac{1}{n(\sqrt{2}-1)^n}>\dfrac{1}{n}$；当 $n\to\infty$时，$e^{\frac{1}{n}}-1\sim\dfrac{1}{n}$；注意到 $\dfrac{\cos n\pi}{\sqrt{n}}=(-1)^n\dfrac{1}{\sqrt{n}}$.

(4) C. 提示：由 Fourier 系数公式可得.

(5) B. 提示：借助于幂级数的分析运算，两端求导即可.

(6) C. 提示：取 $u_n=-\dfrac{1}{n}$，$v_n=\dfrac{1}{n}$，可以立刻排除(A)，(B)，(D).

3. 由比值审敛法，有

$$\lim_{n\to\infty}\left|\frac{u_{n+1}}{u_n}\right|=\lim_{n\to\infty}\frac{\dfrac{1}{2n+1}\cdot\left(\dfrac{3}{4}\right)^{n+1}}{\dfrac{1}{2n-1}\cdot\left(\dfrac{3}{4}\right)^n}=\frac{3}{4}<1,$$

故原级数收敛，且是绝对收敛.

现构作级数 $S(x)=\sum\limits_{n=1}^{\infty}(-1)^n\dfrac{1}{2n-1}\left(\dfrac{3}{4}\right)^n x^{2n-1}$，显然它的收敛区间为$\left[-\dfrac{2\sqrt{3}}{3},\dfrac{2\sqrt{3}}{3}\right]$. 于是

$$S(x)-S(0)=\int_0^x\left[\sum_{n=1}^{\infty}(-1)^n\frac{1}{2n-1}\left(\frac{3}{4}\right)^n x^{2n-1}\right]'\mathrm{d}x=\int_0^x\left[\frac{1}{x^2}\sum_{n=1}^{\infty}(-1)^n\left(\frac{3}{4}x^2\right)^n\right]\mathrm{d}x$$

$$=\int_0^x\frac{1}{x^2}\left(-\frac{3x^2}{4+3x^2}\right)\mathrm{d}x=-\frac{\sqrt{3}}{2}\arctan\frac{\sqrt{3}}{2}x.$$

注意到 $S(0)=0$，故所求的级数为 $S(1)=-\dfrac{\sqrt{3}}{2}\arctan\dfrac{\sqrt{3}}{2}$.

4. (1) 将方程两边对 x 求导，得

$$(1+x)^2y''-(1+x)y'+y=\frac{1}{1+x},$$

且

$$y(0)=0,\quad y'(0)=0.$$

这是一个 Euler 方程. 令 $1+x=e^t$，则方程变为

$$\frac{\mathrm{d}^2y}{\mathrm{d}t^2}-2\frac{\mathrm{d}y}{\mathrm{d}t}+y=e^{-t},$$

其通解为 $y=(C_1+C_2t)e^t+\dfrac{1}{4}e^{-t}$，也即

$$y=[C_1+C_2\ln(1+x)](1+x)+\frac{1}{4(1+x)}.$$

结合初始条件，得 $C_1=-\dfrac{1}{4}$，$C_2=\dfrac{1}{2}$，故

$$y=\left[-\frac{1}{4}+\frac{1}{2}\ln(1+x)\right](1+x)+\frac{1}{4(1+x)}.$$

(2) 由 $\ln(1+x)=\sum\limits_{n=1}^{\infty}(-1)^{n-1}\dfrac{x^n}{n}$ 及$\dfrac{1}{1+x}=\sum\limits_{n=0}^{\infty}(-1)^nx^n$，易得

$$y=\frac{1}{2}\sum_{n=1}^{\infty}(-1)^{n-1}\left[\frac{1}{2}+\frac{1}{n(n+1)}\right]x^{n+1},\text{这里 } x\in(-1,1).$$

5. 当$0\leqslant a<1$时，因 $\lim\limits_{n\to\infty}a^n=0$，又 $\sum\limits_{n=0}^{\infty}a_n$ 收敛，$\lim\limits_{n\to\infty}a_n=0$，从而$\lim\limits_{n\to\infty}\dfrac{1+a_n}{1+a^n}=1$，故此时原级数发散.

当 $a=1$ 时，$\lim\limits_{n\to\infty}\dfrac{1+a_n}{1+a^n}=\lim\limits_{n\to\infty}\dfrac{1+a_n}{2}=\dfrac{1}{2}$，此时原级数仍然发散.

当 $a>1$ 时，因 $\lim\limits_{n\to\infty}(1+a_n)=1<a$，由保号性，必存在 $N>0$，使得 $n>N$，有 $1+a_n<a$，

此时$\frac{1+a_n}{1+a^n}\leqslant\frac{a}{1+a^n}<\left(\frac{1}{a}\right)^{n-1}$. 因此 $\sum\limits_{n=1}^{\infty}\left(\frac{1}{a}\right)^{n-1}$ 收敛,原级数必收敛.

6. 因为$0<a_{n+1}\leqslant a_n$ $(n=1,2,\cdots)$,所以极限 $\lim\limits_{n\to\infty}a_n$ 存在,不失一般性令其值为 A. 由题设,级数 $\sum\limits_{n=1}^{\infty}(-1)^n a_n$ 发散,由 Leibniz 判别法知 $A>0$,所以必存在正整数 N,使得当 $n\geqslant N$ 时,$a_n>\frac{A}{2}$,故当 $n\geqslant N$ 时,有

$$\frac{1}{(1+a_n)^n}<\frac{1}{\left(1+\frac{A}{2}\right)^n}.$$

注意到级数 $\sum\limits_{n=1}^{\infty}\frac{1}{\left(1+\frac{A}{2}\right)^n}$ 收敛,故原级数必收敛.

7. 由 Fourier 系数的计算公式,有

$$a_n=\int_0^2 f(x)\cos n\pi x\mathrm{d}x=\int_0^1 x\cos n\pi x\mathrm{d}x=\frac{(-1)^n-1}{n^2\pi^2}\quad(n=1,2,\cdots),$$

$$a_0=\int_0^2 f(x)\mathrm{d}x=\int_0^1 x\mathrm{d}x=\frac{1}{2},$$

$$b_n=\int_0^2 f(x)\sin n\pi x\mathrm{d}x=\int_0^1 x\sin n\pi x\mathrm{d}x=\frac{(-1)^{n+1}}{n\pi}\quad(n=1,2,\cdots).$$

所以 $f(x)$的 Fourier 级数为

$$\frac{1}{4}+\sum_{n=1}^{\infty}\frac{1}{n\pi}\left[\frac{(-1)^n-1}{n\pi}\cos n\pi x+(-1)^{n+1}\sin n\pi x\right],$$

其和函数的周期为 2,且其和函数为

$$S(x)=\begin{cases}x & 0\leqslant x<1\\ \frac{1}{2} & x=1\\ 0 & 1<x<2\end{cases}.$$

现令 $x=0$,得

$$0=S(0)=\frac{1}{4}+\sum_{n=1}^{\infty}\frac{1}{n\pi}\left[\frac{(-1)^n-1}{n\pi}\right]=\frac{1}{4}-\sum_{n=0}^{\infty}\frac{2}{(2n+1)^2\pi^2},$$

故

$$\sum_{n=0}^{\infty}\frac{1}{(2n+1)^2}=\frac{\pi^2}{8}.$$

1.8 常微分方程

1.8.1 大纲考点

(1) 微分方程的解、通解及特解的含义,掌握可分离变量的方程、齐次方程、全微分方程、一阶线性方程及 Bernoulli 方程的解法;

(2) 形如

$$y^{(n)}=f(x),\quad y''=f(x,y')\quad 及\quad y''=f(y,y')$$

的高阶微分方程的解法;

(3) 一般线性微分方程解的性质及解的结构;

(4) 二阶常系数线性微分方程:

$$y''+py'+qy=f(x),$$

当 $$f(x)=P_n(x)e^{\lambda x}$$

或 $$f(x)=e^{\lambda x}[P_l(x)\cos\omega x+P_m(x)\sin\omega x]$$

时,其通解的求法;

(5) 利用微分方程解应用题.

1.8.2 重点释疑

(1) 方程的一般形式及求解

全微分方程的一般形式为

$$P(x,y)dx+Q(x,y)dy=0,$$

其解为 $$u(x,y)=\int_{x_0}^{x}P(x,y_0)dx+\int_{y_0}^{y}Q(x,y)dy;$$

一阶线性方程的一般形式为

$$y'+P(x)y=Q(x),$$

其解为 $$y=e^{-\int P(x)dx}\left[\int Q(x)\cdot e^{\int P(x)dx}dx+C\right];$$

Bernoulli 方程的一般形式为

$$y'+P(x)y=Q(x)y^n(n\neq 0,1),$$

通过令 $z=y^{1-n}$,方程可化为如下形式的一阶线性方程:

$$\frac{dz}{dx}+(1-n)P(x)z=(1-n)Q(x);$$

对于二阶常系数线性微分方程

$$y''+py'+qy=f(x),$$

当 $f(x)=P_n(x)e^{\lambda x}$时,其一个特解为 $y^*=x^kQ_n(x)e^{\lambda x}$,这里 k 依λ 相对于特征方程不是、是其单根或重根相应取 0、1 或 2;当

$$f(x)=e^{\lambda x}[P_l(x)\cos\omega x+P_m(x)\sin\omega x]$$

时,其一个特解为

$$y^*=x^ke^{\lambda x}[R_n^{(1)}(x)\cos\omega x+R_n^{(2)}(x)\sin\omega x],$$

其中 $n=\max(l,m)$,而 k 依$\lambda+i\omega$ 相对于特征方程不是或是其根相应取 0 或 1.

(2) 利用微分方程解应用题的关键是弄清实际问题中哪些量是与导数或微分有关联的,其次要找出相等的关系式.

1.8.3 常微分方程典型实例

1. 填空题

(1) 直线 $y=2x+1$ 与满足方程 $yy''-y'^2=0$ 的一条曲线在点(0,1)相切,则该曲线的方程为________.

(2) 设 $f(x)$可导,$f(0)=1$,且在 xOy 平面上的曲线积分$\int_L yf(x)dx+[f(x)-x^2]dy$与路径无关,则 $\int_0^1 xf(x)dx=$________.

(3) 方程 $y''-4y'+4y=\sin x\cdot\cos x$ 的通解为________.

(4) 设 $\varphi(x)=e^x-\int_0^x(x-u)\varphi(u)du$，其中 $\varphi(x)$ 为连续函数，则 $\varphi(x)=$ ________.

(5) 以 $y_1=e^t,y_2=2te^t,y_3=\cos 2t,y_4=3\sin 2t$ 为解的常系数线性微分方程是________.

(6) 过点 $\left(\frac{1}{2},0\right)$ 且满足关系式 $y'\arcsin x+\frac{y}{\sqrt{1-x^2}}=1$ 的曲线方程为________.

(7) 微分方程 $y''-4y=e^{2x}$ 的通解为________.

(8) 已知函数 $y=y(x)$ 在任意点 x 处的增量是 $\Delta y=\frac{y\Delta x}{1+x^2}+o(\Delta x)$，$y(0)=\pi$，则 $y(1)=$ ________.

2. 选择题

(1) 满足方程 $\int_0^1 f(tx)dt=3f(x)$ 的可导函数 $f(x)=$ ( ).

A. C B. $Cx^{-\frac{2}{3}}$ C. $C\sin 3x$ D. $C\cos 3x$

(2) 设微分方程 $y''-2y'+2y=e^x\sin x$，则其特解 y^* 具有形式( )(a,b 为常数).

A. $ae^x\sin x$ B. $axe^x\sin x$ C. $ae^x\sin x+be^x\cos x$ D. $axe^x\sin x+bxe^x\cos x$

(3) 已知方程 $y''+P(x)y'+Q(x)y=0$ 的一个特解为 y_1，则另一个特解为( ).

A. $y_1\int\frac{e^{-\int P(x)dx}}{y_1^2}dx$ B. $y_1\int\frac{e^{\int P(x)dx}}{y_1^2}dx$ C. $y_1\int\frac{e^{-\int P(x)dx}}{y_1}dx$ D. $y_1\int\frac{e^{\int P(x)dx}}{y_1}dx$

(4) 已知 y_1,y_2 是非齐次线性微分方程 $y'+P(x)y=Q(x)$ 的两个不同的解，且 $\alpha y_1+\beta y_2$ 也是该方程的解，则 α 与 β 应满足( ).

A. $\alpha=0,\beta\in R$ B. $\alpha=0,\beta=1$ C. $\alpha-\beta=0$ D. $\alpha+\beta=1$

(5) 已知可微函数 $f(x)$ 满足 $\int_1^x\frac{f(x)dx}{x^3f(x)+x}=f(x)-1$，则 $y=f(x)$ 应满足( ).

A. $\frac{y^2}{x^2}+\frac{2y^3}{3}=C$ B. $\frac{y^2}{x^2}+\frac{2y^3}{3}=\frac{5}{3}$ C. $\frac{y^2}{x^2}-\frac{2y^3}{3}=C$ D. $\frac{y^2}{x^2}-\frac{2y^3}{3}=\frac{5}{3}$

(6) 具有特解 $y_1=e^{-x},y_2=2xe^{-x},y_3=3e^x$ 的三阶线性常系数齐次微分方程是( ).

A. $y'''-y''-y'+y=0$ B. $y'''+y''-y'-y=0$

C. $y'''-2y''-y'+2y=0$ D. $y'''-6y''+11y'-6y=0$

3. 设函数 $u=\frac{1}{v}f(v)$ 二次可微，而 $v=\sqrt{x^2+y^2}$，又知 $f(1)=0,f(e)=e$，且 $\frac{\partial^2 u}{\partial x^2}+\frac{\partial^2 u}{\partial y^2}=0$. 试求函数 $u(x,y)$ 在 $x=1,y=1$ 处的值.

4. 已知 $y_1=x$ 是微分方程 $(1-x^2)y''-2xy'+2y=0$ 的一个解，求其通解.

5. 设函数 $f(x)$ 具有二阶连续导数，且 $f(1)=\frac{1}{8}$，$f'(1)=1$，求一个函数 $u(x,y)$，使得 $du(x,y)=[xf'(x)-4f(x)]dy+4yf'(x)dx$.

6. 设曲线上任一点 P 处的切线分别交 x 轴、y 轴于点 T、点 R，如果点 Q 是点 P 在 x

轴上的投影，且 $RQ\perp OP$，试求曲线的方程.

7. 已知函数 $f(x)$ 在 $[0,+\infty)$ 上可导，$f(0)=1$，且满足关系式

$$f'(x)+f(x)-\frac{1}{x+1}\int_0^x f(t)\mathrm{d}t=0,$$

求 $f'(x)$，并证明：$e^{-x}\leqslant f(x)\leqslant 1\ (x\geqslant 0)$.

8. 设 L 是一条平面曲线，其上任意一点 $P(x,y)\ (x>0)$ 到坐标原点的距离恒等于该点处的切线在 y 轴上的截距，且 L 经过点 $\left(\frac{1}{2},0\right)$.

(1) 求曲线 L 的方程；

(2) 求 L 位于第一象限的一条切线，使该切线与 L 以及两坐标轴所围成的面积最小.

参考答案

1.(1) $y=e^{2x}$. 提示：题设条件蕴涵 $y'(0)=2$，$y(0)=1$.

(2) $-\frac{2}{3}$. 提示：借助于曲线积分 $\int_L yf(x)\mathrm{d}x+[f(x)-x^2]\mathrm{d}y$ 与路径无关的条件先确定 $f(x)$.

(3) $y=(C_1+C_2x)e^{2x}+\frac{1}{16}\cos 2x$. 提示：先求对应齐次方程的通解，再根据特解形式求其特解即可.

(4) $\frac{1}{2}(\cos x+\sin x+e^x)$. 提示：$\varphi(x)=e^x-\int_0^x(x-u)\varphi(u)\mathrm{d}u=e^x-x\int_0^x\varphi(u)\mathrm{d}u+\int_0^x u\varphi(u)\mathrm{d}u$，两端关于 x 求导可得一个关于 x 的微分方程.

(5) $y^{(4)}-2y^{(3)}+5y''-8y'+4y=0$.

提示：$r_{1,2}=1$，$r_{3,4}=\pm 2i$，其特征方程为 $(r^2+4)(r-1)^2=0$.

(6) $y\arcsin x=x-\frac{1}{2}$. 提示：原方程是一个一阶线性非齐次微分方程，直接利用通解公式可得.

(7) $y=C_1e^{-2x}+C_2e^{2x}+\frac{1}{4}xe^{2x}$. 提示：对应齐次方程的通解为 $y=C_1e^{-2x}+C_2e^{2x}$，原方程的一个特解形式为 $y^*=Axe^{2x}$，代入原方程得 $A=\frac{1}{4}$.

(8) $\pi e^{\frac{\pi}{2}}$. 提示：根据微分与导数的关系得 $y'=\frac{y}{1+x^2}$，由此可以解得 $\ln y=\arcsin x+C$，结合条件 $y(0)=\pi$，得 $C=\ln\pi$.

2.(1) B. 提示：令 $g(x)=\int_0^1 f(tx)\mathrm{d}t=\frac{1}{x}\int_0^x f(u)\mathrm{d}u$. 再将关系式 $\frac{1}{x}\int_0^x f(u)\mathrm{d}u=3f(x)$ 的两端关于 x 求导即可.

(2) D. 提示：根据二阶常系数线性微分方程的特解形式.

(3) A. 提示：令 $y_2=uy_1$，代入原方程得 $y_1u''+[2y_1'+P(x)y_1]u'=0$. 再令 $z=u'$，得 $\frac{\mathrm{d}z}{\mathrm{d}x}=-\left[\frac{2y_1'}{y_1}+P(x)\right]z$，分离变量得 $zy_1^2=e^{-\int P(x)\mathrm{d}x}$.

(4) D. 提示：根据方程解的含义代入到原方程即可.

(5) B. 提示：两端关于 x 求导，可得一个微分方程.

(6) B. 提示：由题设 $1,-1$ 是其特征方程的根，且 -1 是重根，所以特征方程为 $(\lambda-1)(\lambda+1)^2=0$.

3. 直接计算，有

$$\frac{\partial u}{\partial x}=\frac{\mathrm{d}u}{\mathrm{d}v}\cdot\frac{\partial v}{\partial x}=\left[\frac{f'(v)}{v}-\frac{f(v)}{v^2}\right]\frac{x}{v},\ \frac{\partial^2 u}{\partial x^2}=\frac{x^2}{v^3}f''(v)+\frac{y^2-2x^2}{v^4}f'(v)+\frac{2x^2-y^2}{v^5}f(v).$$

同理可得

$$\frac{\partial^2 u}{\partial y^2}=\frac{y^2}{v^3}f''(v)+\frac{x^2-2y^2}{v^4}f'(v)+\frac{2y^2-x^2}{v^5}f(v).$$

现将其代入到$\frac{\partial^2 u}{\partial x^2}+\frac{\partial^2 u}{\partial y^2}=0$,有 $v^2f''(v)-vf'(v)+f(v)=0$,进而得 $f(v)=(C_1+C_2\ln v)v$,结合条件 $f(1)=0,f(\mathrm{e})=\mathrm{e}$,可得 $C_1=0,C_2=1$. 故 $f(v)=v\ln v$,从而 $u(x,y)=\ln v=\frac{1}{2}\ln(x^2+y^2)$,进而有 $u(1,1)=\frac{1}{2}\ln 2$.

4. 令 $y_2=xu(x)$,则 $y_2'=u+u'x,y_2''=xu''+2u'$. 现将其代入到原方程中得

$$x(1-x^2)u''+2(1-2x^2)u'=0,\quad 即\quad \frac{u''}{u'}+\frac{2}{x}-\frac{1}{1-x}+\frac{1}{1+x}=0.$$

积分得
$$u'=\frac{C_2}{x^2(1-x^2)}=C_2\left(\frac{1}{x^2}+\frac{1}{1-x^2}\right).$$

再对 x 积分得
$$u=C_2\left(-\frac{1}{x}+\frac{1}{2}\cdot\ln\frac{1+x}{1-x}\right)+C_1.$$

故原方程的通解为
$$y=C_1x+C_2\left(-1+\frac{x}{2}\cdot\ln\frac{1+x}{1-x}\right).$$

5. 由题设,有

$$\frac{\mathrm{d}[xf'(x)-4f(x)]}{\mathrm{d}x}=\frac{\partial[4yf'(x)]}{\partial y},\quad 即\quad xf''(x)-7f'(x)=0.$$

结合条件 $f(1)=\frac{1}{8},f'(1)=1$,易得 $f(x)=\frac{1}{8}x^8$. 故

$$u(x,y)=\int_0^x P(x,0)\mathrm{d}x+\int_0^y Q(x,y)\mathrm{d}y=\frac{1}{2}x^8y+C.$$

6. 设所求的曲线为 $y=f(x)$,则在点 $P(x,y)$的切线方程为 $Y-y=y'(x)(X-x)$,显然该直线与 y 轴的交点为$R(0,y-xy')$. 又有点 $Q(x,0)$,则直线 RQ 的斜率为$\frac{xy'-y}{x}$.

依据 $RQ\perp OP$,有$\frac{xy'-y}{x}\cdot\frac{y}{x}=-1$. 化简得一齐次方程 $y'=\frac{y}{x}-\frac{x}{y}$,解之得 $y^2=x^2\ln\frac{C}{x^2}$.

7. 先求 $f'(x)$. 由题设,有 $(1+x)[f'(x)+f(x)]-\int_0^x f(t)\mathrm{d}t=0$. 因为 $f(x)$在$[0,+\infty)$上可导,由上式,可进一步知 $f(x)$在$[0,+\infty)$上二阶可导,所以 $f''(x)+\left(1+\frac{1}{x+1}\right)f'(x)=0$. 这是 $f'(x)$ 满足的一个一阶线性齐次方程,解之得 $f'(x)=\frac{C\mathrm{e}^{-x}}{x+1}$,结合条件 $f'(0)=-f(0)=-1$,可得 $C=-1$,故

$$f'(x)=-\frac{\mathrm{e}^{-x}}{x+1}$$

再证 $\mathrm{e}^{-x}\leqslant f(x)\leqslant 1\ (x\geqslant 0)$. 当 $x\geqslant 0$ 时,因为 $f'(x)=-\frac{\mathrm{e}^{-x}}{x+1}<0$,所以 $f(x)$单调减少,从而 $f(x)\leqslant f(0)=1$. 又在 $x\geqslant 0$ 时,令 $\varphi(x)=f(x)-\mathrm{e}^{-x}$,则

$$\varphi'(x)=[f(x)-\mathrm{e}^{-x}]'=-\frac{\mathrm{e}^{-x}}{x+1}+\mathrm{e}^{-x}=\frac{x\mathrm{e}^{-x}}{x+1}\geqslant 0,$$

即 $\varphi(x)$单调增加,$\varphi(x)\geqslant\varphi(0)=0$,所以 $f(x)-\mathrm{e}^{-x}\geqslant f(0)-\mathrm{e}^0=0$.

综上所述,得 $\mathrm{e}^{-x}\leqslant f(x)\leqslant 1$.

8.(1) 设曲线 L 过点$P(x,y)$的切线方程为 $Y-y=y'(X-x)$. 令 $X=0$,则得该切线在 y 轴上的截距$y-xy'$. 由题设知

$$\sqrt{x^2+y^2}=y-xy',$$

令 $u=\frac{y}{x}$,则此方程可以化为$\frac{\mathrm{d}u}{\sqrt{1+u^2}}=-\frac{\mathrm{d}x}{x}$,解得 $y+\sqrt{x^2+y^2}=C$. 注意到 L 经过点$\left(\frac{1}{2},0\right)$,得

$C=\frac{1}{2}$.故所求 L 的方程为 $y+\sqrt{x^2+y^2}=\frac{1}{2}$,即 $y=\frac{1}{4}-x^2$.

(2) 设第一象限内曲线 $y=\frac{1}{4}-x^2$ 在点 $P(x,y)$处的切线方程为

$$Y-\left(\frac{1}{4}-x^2\right)=-2x(X-x),\quad 即\quad Y=-2xX+x^2+\frac{1}{4}\ \left(0<x\leqslant\frac{1}{2}\right).$$

它与 x 轴及 y 轴的交点分别为 $\left(\frac{x^2+\frac{1}{4}}{2x},0\right)$ 与 $\left(0,x^2+\frac{1}{4}\right)$.

由此所求的面积为

$$S(x)=\frac{1}{2}\cdot\frac{\left(x^2+\frac{1}{4}\right)^2}{2x}-\int_0^{\frac{1}{2}}\left(\frac{1}{4}-x^2\right)\mathrm{d}x.$$

现对 x 求导,得

$$S'(x)=\frac{1}{4}\cdot\frac{4x^2\left(x^2+\frac{1}{4}\right)-\left(x^2+\frac{1}{4}\right)^2}{x^2}=\frac{1}{4x^2}\left(x^2+\frac{1}{4}\right)\left(3x^2-\frac{1}{4}\right).$$

令 $S'(x)=0$,得 $x=\frac{\sqrt{3}}{6}$,且它是 $S(x)$在$\left(0,\frac{1}{2}\right)$内唯一的极小值点,即最小值点.故所求切线方程为

$$Y=-2\cdot\frac{\sqrt{3}}{6}X+\frac{1}{3},\quad 即\quad Y=-\frac{\sqrt{3}}{3}X+\frac{1}{3}.$$

2 《线性代数》部分

2.1 行列式

2.1.1 大纲考点

(1) 行列式的基本性质;

(2) 3 阶及 4 阶行列式的计算,以及具有一定特征的 n 阶行列式的计算.

2.1.2 重点释疑

(1) 行列式按任一行的展开式定理:

$$\begin{vmatrix} a_{11} & a_{12} & \cdots & a_{1n} \\ a_{21} & a_{22} & \cdots & a_{2n} \\ \vdots & \vdots & & \vdots \\ a_{n1} & a_{n2} & \cdots & a_{nn} \end{vmatrix} = \sum_{k=1}^{n} a_{ik}A_{ik} \quad (i = 1,2,\cdots,n).$$

这是一个最基本的结果,它不仅用于行列式的计算(降阶),在某些问题的证明中也经常用到.

(2) 行列式的计算是整个《线性代数》的一个基本运算,必须熟练掌握.

行列式的计算方法大体上分为两大类:一类是基本方法,包括三角化法(利用行列式的基本性质将行列式化成上三角行列式)、降阶法(行列式按行或列展开式定理依次降阶);另一类是辅助方法,包括求根法、升阶法、递推法、范氏法及数学归纳法等.一般而言,基本方法使用范围广,但计算较繁.辅助方法可以简化计算,但必须依赖所给行列式的特点.具体计算时,应首先分析所给行列式的特点,把两类方法有机地结合起来用.

2.1.3 行列式典型实例

计算下列行列式的值.

1. $\begin{vmatrix} 1 & 1 & 2 & 3 \\ 1 & 1-x^2 & 2 & 3 \\ 2 & 3 & 1 & 5 \\ 2 & 3 & 1 & 9-x^2 \end{vmatrix}$.

2. $\begin{vmatrix} a_1 & 1 & 1 & 1 \\ 1 & a_2 & 1 & 1 \\ 1 & 1 & a_3 & 1 \\ 1 & 1 & 1 & a_4 \end{vmatrix} \quad (a_i \neq 1,\ i=1,2,3,4)$.

3. $D_n=\begin{vmatrix} a & b & 0 & \cdots & 0 & 0 \\ 0 & a & b & \cdots & 0 & 0 \\ \vdots & \vdots & \vdots & & \vdots & \vdots \\ 0 & 0 & 0 & \cdots & a & b \\ b & 0 & 0 & \cdots & 0 & a \end{vmatrix}$.

4. $D_n=\Delta(a_{ij})$, $a_{ij}=|i-j|$.

参考答案

1. $-3x^2(x^2-4)$. 提示:利用求根法,考察 x^4 的系数即可.

2. $\left(1+\sum\limits_{i=1}^{4}\dfrac{1}{a_i-1}\right)\prod\limits_{i=1}^{4}(a_i-1)$. 提示:用升阶法.

3. $a^n+(-1)^{n+1}b^n$. 提示:用降阶法结合递推法.

4. $(-1)^{n-1}2^{n-2}(n-1)$. 提示:从最后一行起,后行依次减去前行,再用最后一列分别加到各列上即可.

2.2 矩阵

2.2.1 大纲考点

(1) 矩阵的运算(尤其是三种一元运算,即转置、伴随矩阵及求逆),方阵的行列式及其性质;

(2) 矩阵可逆的定义、性质及其判定;

(3) 矩阵的三种初等变换及其性质,利用初等变换求矩阵的秩和逆.

2.2.2 重点释疑

(1) 对于一个方阵 $\boldsymbol{A}$ 而言,要熟练掌握 $|\boldsymbol{A}|$、$|\boldsymbol{A}^{\mathrm{T}}|$、$|\lambda\boldsymbol{A}|$ 及 $|\boldsymbol{A}^*|$ 之间的关系,即 $|\boldsymbol{A}^{\mathrm{T}}|=|\boldsymbol{A}|$, $|\lambda\boldsymbol{A}|=\lambda^n|\boldsymbol{A}|$, $|\boldsymbol{AB}|=|\boldsymbol{A}||\boldsymbol{B}|\quad(\boldsymbol{A},\boldsymbol{B}\in\mathbb{R}^{n\times n})$.

特别地,对于一个 n 阶方阵 $\boldsymbol{A}$,在涉及 $\boldsymbol{A}$ 与 $\boldsymbol{A}^*$ 或 $|\boldsymbol{A}|$ 与 $|\boldsymbol{A}^*|$ 的关系时,常用到如下关系式: $\boldsymbol{AA}^*=\boldsymbol{A}^*\boldsymbol{A}=|\boldsymbol{A}|E$; $|\boldsymbol{A}^*|=|\boldsymbol{A}|^{n-1}$; $\mathrm{R}(\boldsymbol{A}^*)=\begin{cases} n & \mathrm{R}(A)=n \\ 1 & \mathrm{R}(A)=n-1 \\ 0 & \mathrm{R}(A)<n-1 \end{cases}$.

(2) 抽象矩阵 $\boldsymbol{A}$ 可逆的判定方法有三种:(a) $|\boldsymbol{A}|\neq 0$;(b) 反证法,即若 $|\boldsymbol{A}|=0$,则齐次线性方程组 $\boldsymbol{AX}=0$ 有非零解;(c) 定义.

注意:一般而言,方法(a)与方法(b)只是单纯地用来判别一个矩阵是否可逆.而方法(c)不仅可以用来判别一个矩阵是否可逆,同时在可逆的前提下,还能直接求出其逆.

(3) 熟练掌握矩阵的三种一元运算,即转置、伴随矩阵及求逆,它们之间既有区别,又有联系.

转置: $(\boldsymbol{A}^{\mathrm{T}})^{\mathrm{T}}=\boldsymbol{A}$, $(\boldsymbol{AB})^{\mathrm{T}}=\boldsymbol{B}^{\mathrm{T}}\boldsymbol{A}^{\mathrm{T}}$, $(\lambda\boldsymbol{A})^{\mathrm{T}}=\lambda\boldsymbol{A}^{\mathrm{T}}$;

逆运算 ($\boldsymbol{A},\boldsymbol{B}$ 均可逆, $\lambda\neq 0$): $(\boldsymbol{A}^{-1})^{-1}=\boldsymbol{A}$, $(\boldsymbol{AB})^{-1}=\boldsymbol{B}^{-1}\boldsymbol{A}^{-1}$, $(\lambda\boldsymbol{A})^{-1}=\dfrac{1}{\lambda}\boldsymbol{A}^{-1}$;

伴随阵($\boldsymbol{A},\boldsymbol{B}$ 均为方阵):$(\boldsymbol{A}^*)^*=|\boldsymbol{A}|^{n-2}\boldsymbol{A}$,$(\boldsymbol{AB})^*=\boldsymbol{B}^*\boldsymbol{A}^*$,$(\lambda\boldsymbol{A})^*=\lambda^{n-1}\boldsymbol{A}^*$.

注:三种一元运算在各自有意义的前提下是两两可换的,即

$$(\boldsymbol{A}^{\mathrm{T}})^*=(\boldsymbol{A}^*)^{\mathrm{T}},\quad (\boldsymbol{A}^{-1})^*=(\boldsymbol{A}^*)^{-1},\quad (\boldsymbol{A}^{\mathrm{T}})^{-1}=(\boldsymbol{A}^{-1})^{\mathrm{T}}.$$

(4) 初等变换(包括初等行变换和初等列变换)是本章的一个基本运算,它不仅可以用来求一个矩阵的秩,还可以用来求一个方阵的逆.用初等变换法求秩或逆的方法是较为简便的.

注意:求秩可同时采用初等行变换和初等列变换,而求逆要么用初等行变换,要么用初等列变换,不能同时采用.

2.2.3 矩阵典型实例

1. 填空题

(1) 设 $\boldsymbol{A}$ 为 n 阶可逆矩阵,$\boldsymbol{A}^2=|\boldsymbol{A}|\boldsymbol{E}$,则 $\boldsymbol{A}^*=$________.

(2) 设 $\boldsymbol{A}$ 是 4×3 矩阵,$R(\boldsymbol{A})=2$,$\boldsymbol{B}=\begin{bmatrix}1&0&2\\0&2&0\\-1&0&3\end{bmatrix}$,则 $\mathrm{R}(\boldsymbol{AB})=$________.

(3) 设 $\boldsymbol{A}=\begin{bmatrix}1&0&-1&2\\2&1&-2&5\\-1&2&\lambda&1\\1&-1&-1&\lambda+1\end{bmatrix}$,如果存在 4 阶非零方阵 $\boldsymbol{B}$,使得 $\boldsymbol{AB}=0$,则 $\lambda=$________.

(4) 设 $\boldsymbol{A}$ 为 n 阶方阵,$\boldsymbol{A}^2=\boldsymbol{E}$,则 $\mathrm{R}(\boldsymbol{A}+\boldsymbol{E})+\mathrm{R}(\boldsymbol{A}-\boldsymbol{E})=$________.

(5) 已知 $\boldsymbol{A}=\begin{bmatrix}1&0&0\\0&\frac{1}{2}&\frac{3}{2}\\0&1&\frac{5}{2}\end{bmatrix}$,则$[(\boldsymbol{A}^*)^{\mathrm{T}}]^{-1}=$________________.

(6) 设 $\boldsymbol{A}=\begin{bmatrix}1&0&0&0\\-2&3&0&0\\0&-4&5&0\\0&0&-6&7\end{bmatrix}$,$\boldsymbol{E}$ 为 4 阶单位矩阵,且 $\boldsymbol{B}=(\boldsymbol{E}+\boldsymbol{A})^{-1}(\boldsymbol{E}-\boldsymbol{A})$,则 $(\boldsymbol{E}+\boldsymbol{B})^{-1}=$________________.

2. 选择题

(1) 设 n 阶方阵 $\boldsymbol{A}$ 是非奇异的,则下列结论正确的是( ).

A. $(\boldsymbol{A}^*)^*=|\boldsymbol{A}|^{n-1}\boldsymbol{A}$　　B. $(\boldsymbol{A}^*)^*=|\boldsymbol{A}|^{n+1}\boldsymbol{A}$

C. $(\boldsymbol{A}^*)^*=|\boldsymbol{A}|^{n-2}\boldsymbol{A}$　　D. $(\boldsymbol{A}^*)^*=|\boldsymbol{A}|^{n+2}\boldsymbol{A}$

(2) 设 $\boldsymbol{A},\boldsymbol{B},\boldsymbol{A}+\boldsymbol{B},\boldsymbol{A}^{-1}+\boldsymbol{B}^{-1}$ 均为 n 阶可逆阵,则$(\boldsymbol{A}^{-1}+\boldsymbol{B}^{-1})^{-1}=$( ).

A. $\boldsymbol{A}^{-1}+\boldsymbol{B}^{-1}$　B. $\boldsymbol{A}+\boldsymbol{B}$　C. $\boldsymbol{A}(\boldsymbol{A}+\boldsymbol{B})^{-1}\boldsymbol{B}$　D. $(\boldsymbol{A}+\boldsymbol{B})^{-1}$

(3) 设矩阵 $\boldsymbol{B}$ 是方阵 $\boldsymbol{A}$ 经过一系列初等变换后得到的,则( ).

A. $|\boldsymbol{A}|=|\boldsymbol{B}|$　　B. $\boldsymbol{A}$ 与 $\boldsymbol{B}$ 同号

C. 若$|\boldsymbol{A}|=0$,则$|\boldsymbol{B}|=0$　　D. $\mathrm{R}(\boldsymbol{A})>\mathrm{R}(\boldsymbol{B})$

(4) 设 $\boldsymbol{A},\boldsymbol{B},\boldsymbol{C}$ 均为 n 阶方阵，$\boldsymbol{ABC}=\boldsymbol{E}$，则必有(　).

A. $\boldsymbol{ACB}=\boldsymbol{E}$　　B. $\boldsymbol{CBA}=\boldsymbol{E}$　　C. $\boldsymbol{BAC}=\boldsymbol{E}$　　D. $\boldsymbol{BCA}=\boldsymbol{E}$

(5) 设 $\boldsymbol{A},\boldsymbol{B}$ 均为 n 阶可逆阵，则 $\left|-2\begin{bmatrix}\boldsymbol{A}^{\mathrm{T}} & 0\\ 0 & 2\boldsymbol{B}^{-1}\end{bmatrix}\right|=$(　).

A. $(-2)^{n}|\boldsymbol{A}||\boldsymbol{B}|^{-1}$　　B. $(-2)^{2n}|\boldsymbol{A}||\boldsymbol{B}|^{-1}$

C. $(-2)^{3n}|\boldsymbol{A}||\boldsymbol{B}|^{-1}$　　D. $2^{3n}|\boldsymbol{A}||\boldsymbol{B}|^{-1}$

(6) 设 $\boldsymbol{A}$ 是 $m\times n$ 矩阵，$\boldsymbol{B}$ 是 $n\times m$ 矩阵，则(　).

A. 当 $m>n$ 时，必有行列式 $|\boldsymbol{AB}|\neq0$

B. 当 $m>n$ 时，必有行列式 $|\boldsymbol{AB}|=0$

C. 当 $n>m$ 时，必有行列式 $|\boldsymbol{AB}|\neq0$

D. 当 $n>m$ 时，必有行列式 $|\boldsymbol{AB}|=0$

(7) 设 $\boldsymbol{A}$ 与 $\boldsymbol{B}$ 是两个 n 阶方阵，则(　).

A. $\boldsymbol{AB}=0\Rightarrow\boldsymbol{BA}=0$　　B. $\boldsymbol{AB}=\boldsymbol{E}\Rightarrow\boldsymbol{BA}=\boldsymbol{E}$

C. $\mathrm{R}(\boldsymbol{AB})=0\Rightarrow\mathrm{R}(\boldsymbol{BA})=0$　　D. $\boldsymbol{A}^{*}\boldsymbol{B}^{*}=0\Rightarrow\boldsymbol{B}^{*}\boldsymbol{A}^{*}=0$

3. 证明：

(1) 设 $\boldsymbol{A}$ 是一个 n 阶方阵，若存在 $m\in\mathbb{N}$，使得 $(\boldsymbol{A}-\boldsymbol{E})^{m}=0$，则 $\boldsymbol{A}$ 必可逆.

(2) 设 $\boldsymbol{A},\boldsymbol{B}$ 均为 n 阶方阵，若 $\boldsymbol{A}+\boldsymbol{B}=\boldsymbol{AB}$，则 $\boldsymbol{A}-\boldsymbol{E}$ 必可逆.

(3) 设 $\boldsymbol{A},\boldsymbol{B}$ 均为 n 阶方阵，若 $\boldsymbol{E}-\boldsymbol{AB}$ 可逆，则 $\boldsymbol{E}-\boldsymbol{BA}$ 必可逆.

4. 设 $\boldsymbol{A}$ 为 n 阶非零矩阵，$\boldsymbol{A}^{*}$ 为 $\boldsymbol{A}$ 的伴随矩阵，证明：当 $\boldsymbol{A}^{*}=\boldsymbol{A}^{\mathrm{T}}$ 时，$\boldsymbol{A}$ 的行列式 $|\boldsymbol{A}|\neq0$.

参考答案

1.(1) $\boldsymbol{A}$. 提示：若 $\boldsymbol{A}$ 可逆，则由 $\boldsymbol{A}^{*}\boldsymbol{A}=|\boldsymbol{A}|\boldsymbol{E}$，有 $\boldsymbol{A}^{*}=|\boldsymbol{A}|\boldsymbol{A}^{-1}=|\boldsymbol{A}|\boldsymbol{E}\boldsymbol{A}^{-1}=\boldsymbol{A}^{2}\boldsymbol{A}^{-1}=\boldsymbol{A}$.

(2) 2. 提示：$\mathrm{R}(\boldsymbol{B})=3$. 注意到一个满秩矩阵无论左乘还是右乘其他矩阵(如果可乘的话)，所得矩阵的秩均与所乘的其他矩阵的秩相同. 事实上，一个满秩方阵可以表示成一些可逆方阵的乘积，一个矩阵乘以一个满秩方阵相当于对该矩阵作了一些初等变换.

(3) 0 或 1. 提示：$|\boldsymbol{A}|=0$，否则 $\boldsymbol{A}$ 可逆必导致 $\boldsymbol{B}=0$，矛盾.

(4) n. 提示：利用关系式若 $\boldsymbol{AB}=0$，则 $\mathrm{R}(\boldsymbol{A})+\mathrm{R}(\boldsymbol{B})\leqslant n$(其中 $\boldsymbol{A},\boldsymbol{B}\in\mathbb{R}^{n\times n}$)以及 $\mathrm{R}(\boldsymbol{A}+\boldsymbol{B})\leqslant\mathrm{R}(\boldsymbol{A})+\mathrm{R}(\boldsymbol{B})$，我们有

$$n\geqslant\mathrm{R}(\boldsymbol{A}+\boldsymbol{E})+\mathrm{R}(\boldsymbol{A}-\boldsymbol{E})=\mathrm{R}(\boldsymbol{E}+\boldsymbol{A})+\mathrm{R}(\boldsymbol{E}-\boldsymbol{A})\geqslant\mathrm{R}(\boldsymbol{E}+\boldsymbol{A}+\boldsymbol{E}-\boldsymbol{A})=\mathrm{R}(\boldsymbol{E})=n.$$

(5) $\begin{bmatrix}-4 & 0 & 0\\ 0 & -2 & -4\\ 0 & -6 & -10\end{bmatrix}$. 提示：注意到三种一元运算在各自有意义的前提下是两两可换的，于是 $(\boldsymbol{A}^{*})^{-1}=(|\boldsymbol{A}|\boldsymbol{A}^{-1})^{-1}=\dfrac{1}{|\boldsymbol{A}|}\boldsymbol{A}$，所以 $[(\boldsymbol{A}^{*})^{\mathrm{T}}]^{-1}=[(\boldsymbol{A}^{*})^{-1}]^{\mathrm{T}}$.

(6) $\begin{bmatrix}1 & 0 & 0 & 0\\ -1 & 2 & 0 & 0\\ 0 & -2 & 3 & 0\\ 0 & 0 & -3 & 4\end{bmatrix}$. 提示：此题不宜直接求. 因为 $\boldsymbol{B}=(\boldsymbol{E}+\boldsymbol{A})^{-1}(\boldsymbol{E}-\boldsymbol{A})$，则 $\boldsymbol{E}+\boldsymbol{B}=\boldsymbol{E}+(\boldsymbol{E}+\boldsymbol{A})^{-1}(\boldsymbol{E}-\boldsymbol{A})$，两端左乘 $\boldsymbol{E}+\boldsymbol{A}$，得

$$(\boldsymbol{E}+\boldsymbol{A})(\boldsymbol{E}+\boldsymbol{B})=(\boldsymbol{E}+\boldsymbol{A})\boldsymbol{E}+(\boldsymbol{E}-\boldsymbol{A})=2\boldsymbol{E},$$

进而有$(\boldsymbol{E}+\boldsymbol{B})^{-1}=\frac{1}{2}(\boldsymbol{E}+\boldsymbol{A})$.

2.(1) C. 提示:$(\boldsymbol{A}^*)^*=|\boldsymbol{A}^*|(\boldsymbol{A}^*)^{-1}=|\boldsymbol{A}|^{n-1}(|\boldsymbol{A}|\boldsymbol{A}^{-1})^{-1}=|\boldsymbol{A}|^{n-2}\boldsymbol{A}$.

(2) C. 提示:此题可直接求$(\boldsymbol{A}^{-1}+\boldsymbol{B}^{-1})^{-1}=[\boldsymbol{B}^{-1}(\boldsymbol{B}+\boldsymbol{A})\boldsymbol{A}^{-1}]^{-1}=\boldsymbol{A}(\boldsymbol{B}+\boldsymbol{A})^{-1}\boldsymbol{B}$.也可直接验证$(\boldsymbol{A}^{-1}+\boldsymbol{B}^{-1})[\boldsymbol{A}(\boldsymbol{A}+\boldsymbol{B})^{-1}\boldsymbol{B}]=\boldsymbol{E}$.

(3) C. 提示:由题设的条件可知:$\boldsymbol{R}(\boldsymbol{A})=\boldsymbol{R}(\boldsymbol{B})$.由条件可推知答案C成立.

(4) D. 提示:依据可逆的定义,由$\boldsymbol{ABC}=\boldsymbol{E}$,可以导出$\boldsymbol{BCA}=\boldsymbol{CAB}=\boldsymbol{E}$.

(5) D. 提示:对于一个n阶方阵$\boldsymbol{A}$来说,$|\lambda\boldsymbol{A}|=\lambda^n|\boldsymbol{A}|$.

(6) B. 提示:注意到$\boldsymbol{AB}$是一个m阶方阵,因此,当$m>n$时,由于$\mathrm{R}(\boldsymbol{AB})\leqslant\min\{\mathrm{R}(A),\mathrm{R}(B)\}\leqslant n<m$,所以$|\boldsymbol{AB}|=0$.

(7) B. 提示:注意到$\boldsymbol{AB}=\boldsymbol{E}$意味着$\boldsymbol{A}$可逆,且$\boldsymbol{B}$是$\boldsymbol{A}$的逆阵.

3.(1) 因$\boldsymbol{A}$与$\boldsymbol{E}$可换,利用二项式展开式定理;

(2) 由题设,有$(\boldsymbol{A}-\boldsymbol{E})(\boldsymbol{B}-\boldsymbol{E})=\boldsymbol{E}$即得.

(3) 证法一(反证法,只判定):若$\boldsymbol{E}-\boldsymbol{BA}$不可逆,则$|\boldsymbol{E}-\boldsymbol{BA}|=0$,于是必存在$\boldsymbol{X}\neq0$,使得$(\boldsymbol{E}-\boldsymbol{BA})\boldsymbol{X}=0$,即$\boldsymbol{X}=\boldsymbol{BAX}$.现令$\boldsymbol{Y}=\boldsymbol{AX}$, $\boldsymbol{X}=\boldsymbol{BY}$.显然$\boldsymbol{Y}\neq0$,否则与$\boldsymbol{X}=0$矛盾.又$(\boldsymbol{E}-\boldsymbol{AB})\boldsymbol{Y}=\boldsymbol{Y}-\boldsymbol{ABY}=\boldsymbol{Y}-\boldsymbol{AX}=0$,而$\boldsymbol{Y}\neq0$,这表明齐次方程$(\boldsymbol{E}-\boldsymbol{AB})\boldsymbol{Y}=0$有非零解,这将导致$|\boldsymbol{E}-\boldsymbol{AB}|=0$,这显然与$\boldsymbol{E}-\boldsymbol{AB}$可逆是矛盾的.

证法二(用定义,既判定,又求逆):由题设,$\boldsymbol{E}-\boldsymbol{AB}$可逆,则必存在$n$阶方阵$\boldsymbol{C}$,使得$\boldsymbol{C}(\boldsymbol{E}-\boldsymbol{AB})=(\boldsymbol{E}-\boldsymbol{AB})\boldsymbol{C}=\boldsymbol{E}$,从而$\boldsymbol{CAB}=\boldsymbol{ABC}=\boldsymbol{C}-\boldsymbol{E}$,即$\boldsymbol{B}(\boldsymbol{ABC})\boldsymbol{A}=\boldsymbol{B}(\boldsymbol{C}-\boldsymbol{E})\boldsymbol{A}$.由此有$\boldsymbol{E}+\boldsymbol{BCA}-\boldsymbol{BA}-\boldsymbol{BABCA}=\boldsymbol{E}$,这也即是$(\boldsymbol{E}-\boldsymbol{BA})(\boldsymbol{E}+\boldsymbol{BCA})=\boldsymbol{E}$,故$\boldsymbol{E}-\boldsymbol{BA}$必可逆.

4. 设$\boldsymbol{A}=[\boldsymbol{\alpha}_1,\boldsymbol{\alpha}_2,\cdots,\boldsymbol{\alpha}_n]$,其中$\boldsymbol{\alpha}_i(i=1,2,\cdots,n)$为$\boldsymbol{A}$的列向量,则$\boldsymbol{A}^{\mathrm{T}}=\begin{bmatrix}\boldsymbol{\alpha}_1^{\mathrm{T}}\\\boldsymbol{\alpha}_2^{\mathrm{T}}\\\vdots\\\boldsymbol{\alpha}_n^{\mathrm{T}}\end{bmatrix}$,于是由$\boldsymbol{A}^*\boldsymbol{A}=|\boldsymbol{A}|\boldsymbol{E}$和题设条件$\boldsymbol{A}^*=\boldsymbol{A}^{\mathrm{T}}$,得$\boldsymbol{A}^{\mathrm{T}}\boldsymbol{A}=|\boldsymbol{A}|\boldsymbol{E}$.现假定$|\boldsymbol{A}|=0$,有

$$0=\boldsymbol{A}^{\mathrm{T}}\boldsymbol{A}=\begin{bmatrix}\boldsymbol{\alpha}_1^{\mathrm{T}}\\\boldsymbol{\alpha}_2^{\mathrm{T}}\\\vdots\\\boldsymbol{\alpha}_n^{\mathrm{T}}\end{bmatrix}[\boldsymbol{\alpha}_1,\boldsymbol{\alpha}_2,\cdots,\boldsymbol{\alpha}_n]=\begin{bmatrix}\boldsymbol{\alpha}_1^{\mathrm{T}}\boldsymbol{\alpha}_1&\boldsymbol{\alpha}_1^{\mathrm{T}}\boldsymbol{\alpha}_2&\cdots&\boldsymbol{\alpha}_1^{\mathrm{T}}\boldsymbol{\alpha}_n\\\boldsymbol{\alpha}_2^{\mathrm{T}}\boldsymbol{\alpha}_1&\boldsymbol{\alpha}_2^{\mathrm{T}}\boldsymbol{\alpha}_2&\cdots&\boldsymbol{\alpha}_2^{\mathrm{T}}\boldsymbol{\alpha}_n\\\vdots&\vdots&&\vdots\\\boldsymbol{\alpha}_n^{\mathrm{T}}\boldsymbol{\alpha}_1&\boldsymbol{\alpha}_n^{\mathrm{T}}\boldsymbol{\alpha}_2&\cdots&\boldsymbol{\alpha}_n^{\mathrm{T}}\boldsymbol{\alpha}_n\end{bmatrix}.$$

由此,$\boldsymbol{\alpha}_i^{\mathrm{T}}\boldsymbol{\alpha}_i=0\ (i=1,2,\cdots)$,即$|\boldsymbol{\alpha}_i|=0$,也即$\boldsymbol{\alpha}_i=0$. 这表明$\boldsymbol{A}=0$,这与题设矛盾.

2.3 向量

2.3.1 大纲考点

(1) 给定一个向量和一个向量组,决定这个向量能或不能,或唯一地表示成为这个向量组的线性组合;

(2) 向量组线性相关,线性无关的定义及其判定;

(3) 极大线性无关组的求法:初等变换法.

2.3.2 重点释疑

(1) 一个向量$\boldsymbol{\beta}$是否能或不能,或唯一地表示成为一个向量组$\boldsymbol{\alpha}_1,\boldsymbol{\alpha}_2,\cdots,\boldsymbol{\alpha}_n$的线性组

合 $\boldsymbol{\beta}=k_1\boldsymbol{\alpha}_1+k_2\boldsymbol{\alpha}_2+\cdots+k_n\boldsymbol{\alpha}_n$,即是该方程组有解或无解,或有唯一解的判定.

(2) 抽象向量组的线性相关、线性无关的判定方法有两种:其一是定义;其二是转嫁到另一个与之等价的向量组上讨论.

具体向量组的线性相关、线性无关的判定:设 n 维向量组为 $\boldsymbol{\alpha}_1,\boldsymbol{\alpha}_2,\cdots,\boldsymbol{\alpha}_m$,如果 $n<m$,必线性相关;如果 $n=m$,构作 $|\boldsymbol{A}|=|\boldsymbol{\alpha}_1,\boldsymbol{\alpha}_2,\cdots,\boldsymbol{\alpha}_n|$,那么如果 $|\boldsymbol{A}|=0$,线性相关;如果 $|\boldsymbol{A}|\neq0$,则线性无关;如果 $n>m$,使用初等变换进行讨论.

注意以下三种形式的统一性:

(Ⅰ)线性方程组:
$$\begin{cases} a_{11}x_1+a_{12}x_2+\cdots+a_{1n}x_n=0 \\ a_{21}x_1+a_{22}x_2+\cdots+a_{2n}x_n=0 \\ \vdots \quad \vdots \quad \vdots \quad \vdots \quad \vdots \\ a_{m1}x_1+a_{m2}x_2+\cdots+a_{mn}x_n=0 \end{cases};$$

(Ⅱ)向量组的线性组合: $x_1\boldsymbol{\alpha}_1+x_2\boldsymbol{\alpha}_2+\cdots+x_n\boldsymbol{\alpha}_n=0$,**这里**
$$\boldsymbol{\alpha}_i=\begin{bmatrix} a_{1i} \\ a_{2i} \\ \vdots \\ a_{mi} \end{bmatrix} \quad (i=1,2,\cdots,n);$$

(Ⅲ)矩阵方程: $\boldsymbol{AX}=0$,**这里**
$$\boldsymbol{A}=\begin{bmatrix} a_{11} & a_{12} & \cdots & a_{1n} \\ a_{21} & a_{22} & \cdots & a_{2n} \\ \vdots & \vdots & & \vdots \\ a_{m1} & a_{m2} & \cdots & a_{mn} \end{bmatrix},$$
$$\boldsymbol{X}=\begin{bmatrix} x_1 \\ x_2 \\ \vdots \\ x_n \end{bmatrix}.$$

在具体处理问题时,应该依据问题的特点,转化为所需形式.

(3) 求一个向量组的极大线性无关组时,一般情况下不宜采用定义求,这样做比较麻烦,而是采用初等变换法.

2.3.3 向量典型实例

1. 填空题

(1) 设 $\boldsymbol{A}$ 为 5 阶方阵,$R(\boldsymbol{A})=4$,则 $R(\boldsymbol{A}^*)=$________.

(2) 若 $\boldsymbol{\beta}=\{0,k,k^2\}$ 能由 $\boldsymbol{\alpha}_1=\{1+k,1,1\}$,$\boldsymbol{\alpha}_2=\{1,1+k,1\}$,$\boldsymbol{\alpha}_3=\{1,1,1+k\}$ 唯一线性表示,则 $k=$________.

(3) 已知向量组 $\boldsymbol{A}:\boldsymbol{\alpha}_1,\boldsymbol{\alpha}_2,\boldsymbol{\alpha}_3$;$\boldsymbol{B}:\boldsymbol{\alpha}_1,\boldsymbol{\alpha}_2,\boldsymbol{\alpha}_3,\boldsymbol{\alpha}_4$;$\boldsymbol{C}:\boldsymbol{\alpha}_1,\boldsymbol{\alpha}_2,\boldsymbol{\alpha}_3,\boldsymbol{\alpha}_5$;$\boldsymbol{D}:\boldsymbol{\alpha}_1,\boldsymbol{\alpha}_2,\boldsymbol{\alpha}_3,\boldsymbol{\alpha}_5-\boldsymbol{\alpha}_1$,且 $R(\boldsymbol{A})=R(\boldsymbol{B})=3$,$R(\boldsymbol{C})=4$,则 $R(\boldsymbol{D})=$________.

(4) 设 $t_1,t_2,\cdots,t_r$ 是互不相等的数,则向量组 $\boldsymbol{\alpha}_i=\{1,t_i,\cdots,t_i^{r-1}\}(i=1,2,\cdots,r)$ 必是线性________关的.

(5) 向量组 $\boldsymbol{\alpha}_1=\{0,4,2-k\},\boldsymbol{\alpha}_2=\{2,3-k,1\},\boldsymbol{\alpha}_3=\{1-k,2,3\}$ 线性相关,则 $k=$ ________.

(6) 向量组 $\boldsymbol{\alpha}_1=\{1,-1,2,4\},\boldsymbol{\alpha}_2=\{0,3,1,2\},\boldsymbol{\alpha}_3=\{3,0,7,14\}$, $\boldsymbol{\alpha}_4=\{1,-2,2,0\}$, $\boldsymbol{\alpha}_5=\{2,1,5,10\}$ 极大线性无关组为________.

2. 设 $\boldsymbol{A}$ 是 $n\times m$ 矩阵,$\boldsymbol{B}$ 是 $m\times n$ 矩阵,$n<m$,而 $\boldsymbol{E}$ 是 n 阶单位矩阵. 如果 $\boldsymbol{AB}=\boldsymbol{E}$,则 $\boldsymbol{B}$ 的列向量组必线性无关.

3. 设 $\boldsymbol{\alpha}_1,\boldsymbol{\alpha}_2,\cdots,\boldsymbol{\alpha}_n$ 是 n 维线性无关向量组,$\boldsymbol{\alpha}_{n+1}=k_1\boldsymbol{\alpha}_1+k_2\boldsymbol{\alpha}_2+\cdots+k_n\boldsymbol{\alpha}_n$,其中 $k_1,k_2,\cdots,k_n$ 均不为零. 证明:$\boldsymbol{\alpha}_1,\boldsymbol{\alpha}_2,\cdots,\boldsymbol{\alpha}_n,\boldsymbol{\alpha}_{n+1}$ 中任意 n 个向量均线性无关.

参考答案

1.(1) 1. 提示:因为 $\mathrm{R}(\boldsymbol{A})=4$,$\boldsymbol{A}^*$ 至少有一个非零元,所以 $\mathrm{R}(\boldsymbol{A}^*)\geqslant 1$. 又因为 $\boldsymbol{AA}^*$ 是一个 5 阶方阵,且 $\boldsymbol{AA}^*=|\boldsymbol{A}|\boldsymbol{E}=0$, 于是齐次线性方程组 $\boldsymbol{AX}=0$ 的基础解系只含一个解向量,故 $\mathrm{R}(\boldsymbol{A}^*)=1$.

(2) $(-\infty,-3)\cup(-3,0)\cup(0,+\infty)$. 提示:由题设,方程组 $\boldsymbol{\beta}=k_1\boldsymbol{\alpha}_1+k_2\boldsymbol{\alpha}_2+k_3\boldsymbol{\alpha}_3$ 具有唯一解. 依据方程组具有唯一解的条件可得系数行列式不等于零.

(3) 4. 提示:$\boldsymbol{C}$ 与 $\boldsymbol{D}$ 等价,而等价的向量组具有相同的秩.

(4) 无. 提示:由向量组 $\boldsymbol{\alpha}_i=\{1,t_i,\cdots,t_i^{r-1}\}(i=1,2,\cdots,r)$ 构成的行列式是一个范氏行列式. 由题设知,$t_1,t_2,\cdots,t_r$ 是互不相等的数,故该行列式不等于零.

(5) 6. 提示:向量组 $\boldsymbol{\alpha}_1=\{0,4,2-k\},\boldsymbol{\alpha}_2=\{2,3-k,1\},\boldsymbol{\alpha}_3=\{1-k,2,3\}$ 线性相关,则它们构成的行列式等于零.

(6) $\boldsymbol{\alpha}_1,\boldsymbol{\alpha}_2,\boldsymbol{\alpha}_4$ 或 $\boldsymbol{\alpha}_1,\boldsymbol{\alpha}_3,\boldsymbol{\alpha}_4$ 或 $\boldsymbol{\alpha}_1,\boldsymbol{\alpha}_4,\boldsymbol{\alpha}_5$. 提示:将相应的矩阵化成阶梯形矩阵,注意答案不唯一.

2. 记 $\boldsymbol{B}=(\boldsymbol{\beta}_1,\boldsymbol{\beta}_2,\cdots,\boldsymbol{\beta}_n)$,其中 $\boldsymbol{\beta}_i(i=1,2,\cdots,n)$ 为 $\boldsymbol{B}$ 的列向量. 现假定存在 $k_1,k_2,\cdots,k_n$,使得 $k_1\boldsymbol{\beta}_1+k_2\boldsymbol{\beta}_2+\cdots+k_n\boldsymbol{\beta}_n=0$,即

$$(\boldsymbol{\beta}_1,\boldsymbol{\beta}_2,\cdots,\boldsymbol{\beta}_n)\begin{pmatrix}k_1\\k_2\\\vdots\\k_n\end{pmatrix}=0,\text{也即 }\boldsymbol{BK}=0.$$

在上式两端左乘 $\boldsymbol{A}$,得 $\boldsymbol{ABK}=\boldsymbol{EK}=\boldsymbol{K}=0$,故向量组 $\boldsymbol{\beta}_1,\boldsymbol{\beta}_2,\cdots,\boldsymbol{\beta}_n$ 线性无关.

3. 任取 n 个向量 $\boldsymbol{\alpha}_1,\cdots,\boldsymbol{\alpha}_s,\boldsymbol{\alpha}_{s+1},\cdots,\boldsymbol{\alpha}_n,\boldsymbol{\alpha}_{n+1}$,这里 $s=1,2,\cdots,n$. 显然 $\boldsymbol{\alpha}_1,\cdots,\boldsymbol{\alpha}_s,\boldsymbol{\alpha}_{s+1},\cdots,\boldsymbol{\alpha}_n,\boldsymbol{\alpha}_{n+1}$ 可由 $\boldsymbol{\alpha}_1,\boldsymbol{\alpha}_2,\cdots,\boldsymbol{\alpha}_n$ 线性表出. 由于 $\alpha_{n+1}=k_1\alpha_1+\cdots+k_s\alpha_s+k_n\alpha_n$ 中 $k_1,k_2,\cdots,k_n$ 均不为零,故 $\alpha_1,\alpha_2,\cdots,\alpha_n$ 中的 α_s 也可由向量组 $\alpha_1,\alpha_2,\cdots,\alpha_n,\alpha_{n+1}$ 线性表出,从而这两个向量组等价,即 $\alpha_1,\alpha_2,\cdots,\alpha_n,\alpha_{n+1}$ 中任意 n 个向量均线性无关.

2.4 线性方程组

2.4.1 大纲考点

(1) 齐次线性方程组 $\boldsymbol{AX}=0$ 有非零解的充要条件:$\mathrm{R}(\boldsymbol{A})<n$ (这里 n 为方程组中未知量的个数),以及基础解系的求法;

(2) 非齐次线性方程组 $\boldsymbol{AX}=b$ 有解的充要条件是 $\mathrm{R}(\boldsymbol{A},b)=\mathrm{R}(\boldsymbol{A})$,以及通解的结构.

2.4.2 重点释疑

(1) 掌握齐次线性方程组解的性质与通解结构以及非齐次线性方程组解的性质与通解结构.

(2) 含参变量的线性方程组 $\boldsymbol{AX}=b$ 解的个数的讨论:如果 $\mathrm{R}(\boldsymbol{A},b)\neq\mathrm{R}(\boldsymbol{A})$,则 $\boldsymbol{AX}=b$ 无解;如果 $\mathrm{R}(\boldsymbol{A},b)=\mathrm{R}(\boldsymbol{A})$,方程组 $\boldsymbol{AX}=b$ 有解:当 $\mathrm{R}(\boldsymbol{A},b)=\mathrm{R}(\boldsymbol{A})=n$ 时,方程组 $\boldsymbol{AX}=b$ 有唯一解;当 $\mathrm{R}(\boldsymbol{A},b)=\mathrm{R}(\boldsymbol{A})=r<n$ 时,方程 $\boldsymbol{AX}=b$ 有无穷多个解.

2.4.3 线性方程组典型实例

1. 填空题

(1) 设线性方程组 $\begin{cases}x_1+2x_2-2x_3=0\\2x_1-x_2+\lambda x_3=0\\3x_1+x_2-x_3=0\end{cases}$ 的系数矩阵为 $\boldsymbol{A}$,三阶矩阵 $\boldsymbol{B}\neq 0$ 且 $\boldsymbol{AB}=0$,则 $\lambda=$________.

(2) 当 $\lambda=$________时,方程组 $\begin{cases}\lambda x_1+x_2+x_3=1\\x_1+\lambda x_2+x_3=\lambda\\x_1+x_2+\lambda x_3=\lambda^2\end{cases}$ 有无穷多个解.

(3) 设有一个 4 元齐次线性方程组 $\boldsymbol{AX}=0$,$\mathrm{R}(\boldsymbol{A})=2$,$\boldsymbol{\alpha}_1,\boldsymbol{\alpha}_2,\boldsymbol{\alpha}_3$ 为其解向量,且 $\boldsymbol{\alpha}_1=\begin{pmatrix}1\\9\\9\\9\end{pmatrix}$,$\boldsymbol{\alpha}_2+\boldsymbol{\alpha}_3=\begin{pmatrix}2\\0\\0\\0\end{pmatrix}$,则方程组的通解为________.

(4) 已知线性方程组 $\begin{pmatrix}1&2&1\\2&3&a+2\\1&a&-2\end{pmatrix}\cdot\begin{pmatrix}x_1\\x_2\\x_3\end{pmatrix}=\begin{pmatrix}1\\3\\0\end{pmatrix}$ 无解,则 $a=$________.

(5) 设 $A=\begin{pmatrix}1&2&1&2\\0&1&a&a\\1&a&0&1\end{pmatrix}$,且方程组 $\boldsymbol{AX}=0$ 的解空间的维数为 2,则 $a=$________.

2. 选择题

(1) 设 $\boldsymbol{A}$ 是 $m\times n$ 矩阵,$\boldsymbol{AX}=0$ 是 $\boldsymbol{AX}=b(b\neq 0)$所对应的齐次线性方程组,则正确的结论是( ).

A. 若 $\boldsymbol{AX}=0$ 仅有零解,则 $\boldsymbol{AX}=\boldsymbol{b}$ 有唯一解

B. 若 $\boldsymbol{AX}=0$ 有非零解,则 $\boldsymbol{AX}=\boldsymbol{b}$ 有无穷多个解

C. 若 $\boldsymbol{AX}=\boldsymbol{b}$ 有无穷多个解,则 $\boldsymbol{AX}=0$ 仅有零解

D. 若 $\boldsymbol{AX}=\boldsymbol{b}$ 有无穷多个解,则 $\boldsymbol{AX}=0$ 有非零解

(2) 设 $\boldsymbol{A}$ 为 $m\times n$ 矩阵,$m<n$,$\boldsymbol{A}$ 的行向量组线性无关,则( ).

A. $\boldsymbol{AX}=b$ 有无穷多个解　　B. $\boldsymbol{AX}=b$ 仅有零解

C. $\boldsymbol{AX}=b$ 无解　　D. $\boldsymbol{AX}=0$ 仅有零解

(3) 设 $\boldsymbol{A}$ 为 n 阶方阵,$\mathrm{R}(\boldsymbol{A})=n-3$,且 $\boldsymbol{\alpha}_1,\boldsymbol{\alpha}_2,\boldsymbol{\alpha}_3$ 是方程组 $\boldsymbol{AX}=0$ 的三个线性无关

的解向量,则 $\boldsymbol{AX}=0$ 的基础解系是(　).

A. $\boldsymbol{\alpha}_1+\boldsymbol{\alpha}_2,\boldsymbol{\alpha}_2+\boldsymbol{\alpha}_3,\boldsymbol{\alpha}_3+\boldsymbol{\alpha}_1$　　B. $\boldsymbol{\alpha}_2-\boldsymbol{\alpha}_1,\boldsymbol{\alpha}_3-\boldsymbol{\alpha}_2,\boldsymbol{\alpha}_1-\boldsymbol{\alpha}_3$

C. $2\boldsymbol{\alpha}_2-\boldsymbol{\alpha}_1,\frac{1}{2}\boldsymbol{\alpha}_3-\boldsymbol{\alpha}_2,\boldsymbol{\alpha}_1-\boldsymbol{\alpha}_3$　　D. $\boldsymbol{\alpha}_1+\boldsymbol{\alpha}_2+\boldsymbol{\alpha}_3,\boldsymbol{\alpha}_3-\boldsymbol{\alpha}_2,-\boldsymbol{\alpha}_1-2\boldsymbol{\alpha}_3$

(4) 要使 $\xi_1=(1,0,2)^{\mathrm{T}},\xi_2=(0,1,-1)^{\mathrm{T}}$ 均是线性方程组 $\boldsymbol{AX}=0$ 的解,只要 $\boldsymbol{A}$ 为(　).

A. $(-2,1,1)$　B. $\begin{pmatrix}2&0&-1\\0&1&1\end{pmatrix}$　C. $\begin{pmatrix}-1&0&2\\0&1&-1\end{pmatrix}$　D. $\begin{bmatrix}0&1&-1\\4&-2&-2\\0&1&1\end{bmatrix}$

3. 齐次线性方程组

$$\begin{cases}a_{11}x_1+a_{12}x_2+\cdots+a_{1n}x_n=0\\a_{21}x_1+a_{22}x_2+\cdots+a_{2n}x_n=0\\\quad\vdots\qquad\quad\vdots\qquad\qquad\vdots\qquad\vdots\\a_{n-1,1}x_1+a_{n-1,2}x_2+\cdots+a_{n-1,n}x_n=0\end{cases}$$

的系数矩阵为 $\boldsymbol{A}_{(n-1)\times n}$,$M_i(i=1,2,\cdots,n)$是在矩阵 $\boldsymbol{A}$ 中划去第 i 列所得到的 $n-1$ 阶子式.

(1) 证明:$(M_1,-M_2,\cdots,(-1)^{n-1}M_n)$是该方程组的一个解.

(2) 若 $\mathrm{R}(\boldsymbol{A})=n-1$,求该方程组的通解.

4. 已知线性方程组

$$\begin{cases}x_1+x_2+x_3+x_4+x_5=a\\3x_1+2x_2+x_3+x_4-3x_5=0\\x_2+2x_3+2x_4+6x_5=b\\5x_1+4x_2+3x_3+3x_4-x_5=2\end{cases},$$

问 a,b 为何值时,方程组有解.在有解的情况下,求其通解.

5. 已知线性方程组

$$(\text{Ⅰ})\begin{cases}x_1+x_2-2x_4=-6\\4x_1-x_2-x_3-x_4=1\\3x_1-x_2-x_3=3\end{cases}\text{与}(\text{Ⅱ})\begin{cases}x_1+mx_2-x_3-x_4=-5\\nx_2-x_3-2x_4=-11\\x_3-2x_4=-t+1\end{cases}.$$

(1) 求方程组(Ⅰ)的通解;

(2) 当方程组(Ⅱ)中参数 m,n,t 为何值时, 方程组(Ⅰ)与方程组(Ⅱ)同解.

参考答案

1.(1) 1. 提示:由条件 $\boldsymbol{B}\neq0$ 且 $\boldsymbol{AB}=0$ 可知:$\boldsymbol{A}$ 必不可逆,故$|\boldsymbol{A}|=0$.

(2) 1. 提示:依据一个方程组有无穷多个解的条件可求出.

(3) $\begin{bmatrix}1\\9\\9\\9\end{bmatrix}+k\begin{bmatrix}2\\0\\0\\0\end{bmatrix}$, $k\in\mathbb{R}$. 提示:依据齐次线性方程组的解的性质与通解的结构.

(4) -1. 提示:方程组无解,则 $\mathrm{R}(\boldsymbol{A})\neq\mathrm{R}(\boldsymbol{A},b)$.

$$[\boldsymbol{A},b]=\begin{bmatrix}1&2&1&1\\2&3&a+2&3\\1&a&-2&0\end{bmatrix}\longrightarrow\begin{bmatrix}1&2&1&1\\0&-1&a&1\\0&0&(a+1)(a-3)&a-3\end{bmatrix},$$

由此即可求出.

(5) 1. 提示:方程组 $\boldsymbol{AX}=0$ 的解空间的维数为 2, 意味着系数矩阵 $\boldsymbol{A}$ 的秩为 $\mathrm{R}(\boldsymbol{A})=4-2=2$.

2.(1) D. 提示:$\boldsymbol{AX}=b$ 有解$\Longrightarrow\boldsymbol{AX}=0$ 有解,但反之不成立.

(2) A. 提示:$\mathrm{R}(\boldsymbol{A},b)$的最大值只能为 m,而 $\mathrm{R}(\boldsymbol{A})=\mathrm{R}(\boldsymbol{A},b)=m<n$.

(3) A. 提示:找出与向量组 $\boldsymbol{\alpha}_1,\boldsymbol{\alpha}_2,\boldsymbol{\alpha}_3$ 等价的向量组即可.

(4) A. 提示:因为 $3-\mathrm{R}(\boldsymbol{A})\geqslant 2$,所以 $\mathrm{R}(\boldsymbol{A})\leqslant 1$.

3.(1) 将$(M_1,-M_2,\cdots,(-1)^{n-1}M_n)$代入第 i 个方程中,有

$$a_{i1}M_1-a_{i2}M_2+\cdots+(-1)^{n-1}a_{in}M_n=\begin{vmatrix} a_{i1} & a_{i2} & \cdots & a_{in}\\ a_{11} & a_{12} & \cdots & a_{1n}\\ \vdots & \vdots & & \vdots\\ a_{i1} & a_{i2} & \cdots & a_{in}\\ \vdots & \vdots & & \vdots\\ a_{n-1,1} & a_{n-1,2} & \cdots & a_{n-1,n} \end{vmatrix}=0\,.$$

故$(M_1,-M_2,\cdots,(-1)^{n-1}M_n)$是该方程组的一个解.

(2) 若 $\mathrm{R}(\boldsymbol{A})=n-1$,则$(M_1,-M_2,\cdots,(-1)^{n-1}M_n)\neq 0$,同时,该方程组的基础解系所含向量的个数只有一个.故该方程组的通解为 $k(M_1,-M_2,\cdots,(-1)^{n-1}M_n)$ $(k\in\mathbb{R})$.

4. 依据含参变量的线性方程组 $\boldsymbol{AX}=b$ 解的讨论,可得 $a=1$, $b=3$. 此时通解为

$$\boldsymbol{X}=k_1(-1,1,1,0,0)^{\mathrm{T}}+k_2(-1,1,0,1,0)^{\mathrm{T}}+k_3(3,-3,0,0,1)^{\mathrm{T}},\text{其中 } k_1,k_2,k_3\in\mathbb{R}.$$

5.(1) 设方程组(Ⅰ)的系数矩阵为 $\boldsymbol{A}_1$, 增广矩阵为 $\boldsymbol{B}_1=[\boldsymbol{A}_1,b_1]$, 现对 $\boldsymbol{B}_1$ 作初等行变换:

$$\boldsymbol{B}_1=\begin{bmatrix}1 & 1 & 0 & -2 & -6\\ 4 & -1 & -1 & -1 & 1\\ 3 & -1 & -1 & 0 & 3\end{bmatrix}\longrightarrow\begin{bmatrix}1 & 1 & 0 & -2 & -6\\ 1 & 0 & 0 & -1 & -2\\ 0 & -4 & -1 & 6 & 21\end{bmatrix}$$

$$\longrightarrow\begin{bmatrix}1 & 0 & 0 & -1 & -2\\ 1 & 1 & 0 & -2 & -6\\ 0 & -4 & -1 & 6 & 21\end{bmatrix}\longrightarrow\begin{bmatrix}1 & 0 & 0 & -1 & -2\\ 0 & 1 & 0 & -1 & -4\\ 0 & -4 & -1 & 6 & 21\end{bmatrix}$$

$$\longrightarrow\begin{bmatrix}1 & 0 & 0 & -1 & -2\\ 0 & 1 & 0 & -1 & -4\\ 0 & 0 & -1 & 2 & 5\end{bmatrix}\longrightarrow\begin{bmatrix}1 & 0 & 0 & -1 & -2\\ 0 & 1 & 0 & -1 & -4\\ 0 & 0 & 1 & -2 & -5\end{bmatrix}.$$

故方程组(Ⅰ)的通解为

$$\begin{bmatrix}x_1\\ x_2\\ x_3\\ x_4\end{bmatrix}=\begin{bmatrix}-2\\ -4\\ -5\\ 0\end{bmatrix}+k\begin{bmatrix}1\\ 1\\ 2\\ 1\end{bmatrix}\quad(k\text{ 为任意常数}).$$

(2) 将通解代入方程组(Ⅱ)的第 1 个方程,得 $(-2+k)+m(-4+k)-(-5+2k)-k=-5$,故 $m=2$. 将通解代入方程组(Ⅱ)的第 2 个方程,得 $n(-4+k)-(-5+2k)-2k=-11$,故 $n=4$. 将通解代入方程组(Ⅱ)的第 3 个方程,得 $(-5+2k)-2k=-t+1$, 故 $t=6$. 因此,当方程组(Ⅱ)中的参数 m,n,t 分别为 2,4,6 时,方程组(Ⅰ)的全部解都是方程组(Ⅱ)的解.以下只需证明:当 $m=2,n=4,t=6$ 时, 方程组(Ⅱ)的通解也是

$$\begin{bmatrix}x_1\\ x_2\\ x_3\\ x_4\end{bmatrix}=\begin{bmatrix}-2\\ -4\\ -5\\ 0\end{bmatrix}+k\begin{bmatrix}1\\ 1\\ 2\\ 1\end{bmatrix}\quad(k\text{ 为任意常数})$$

即可. 注意到方程组(Ⅱ)现在为

$$\begin{cases}x_1+2x_2-x_3-x_4=-5\\4x_2-x_3-2x_4=-11\\x_3-2x_4=-5\end{cases}$$

同样对其增广矩阵作初等行变换:

$$B_2=\begin{bmatrix}1&2&-1&-1&-5\\0&4&-1&-2&-11\\0&0&1&-2&-5\end{bmatrix}\longrightarrow\begin{bmatrix}1&2&-1&-1&-5\\0&4&0&-4&-16\\0&0&1&-2&-5\end{bmatrix}$$

$$\longrightarrow\begin{bmatrix}1&2&-1&-1&-5\\0&1&0&-1&-4\\0&0&1&-2&-5\end{bmatrix}\longrightarrow\begin{bmatrix}1&0&-1&1&3\\0&1&0&-1&-4\\0&0&1&-2&-5\end{bmatrix}$$

$$\longrightarrow\begin{bmatrix}1&0&0&-1&-2\\0&1&0&-1&-4\\0&0&1&-2&-5\end{bmatrix}$$

故方程组(Ⅱ)的通解也是

$$\begin{bmatrix}x_1\\x_2\\x_3\\x_4\end{bmatrix}=\begin{bmatrix}-2\\-4\\-5\\0\end{bmatrix}+k\begin{bmatrix}1\\1\\2\\1\end{bmatrix}\quad(k\text{ 为任意常数}),$$

即方程组(Ⅰ)与方程组(Ⅱ)同解.

2.5 矩阵的特征值与特征向量

2.5.1 大纲考点

(1) 矩阵的特征值与特征向量的概念、性质及其求法;

(2) 矩阵相似的概念、性质及矩阵可相似对角化的充分条件、充要条件;

(3) 熟练掌握用相似变换化实对称阵为对角阵的方法.

2.5.2 重点释疑

(1) 熟练掌握特征值的性质: $|\boldsymbol{A}-\lambda\boldsymbol{E}|=|\boldsymbol{A}^{\mathrm{T}}-\lambda\boldsymbol{E}|$. 若 λ 是 $\boldsymbol{A}=(a_{ij})$ 的特征值, $f(x)=a_0+a_1x+\cdots+a_mx^m$, 则 $f(\lambda)$ 是 $f(\boldsymbol{A})$ 的特征值; 若矩阵 $\boldsymbol{A}$ 可逆, 则 $\frac{1}{\lambda}$ 是 $\boldsymbol{A}^{-1}$ 的特征值. 设 $\lambda_1,\lambda_2,\cdots,\lambda_n$ 是 $\boldsymbol{A}$ 的 n 个特征值, 则有

$$\lambda_1+\lambda_2+\cdots+\lambda_n=a_{11}+a_{22}+\cdots+a_{nn}=\operatorname{tr}(\boldsymbol{A}),\quad \lambda_1\lambda_2\cdots\lambda_n=|\boldsymbol{A}|.$$

这是两个非常重要的关系式.

(2) 涉及矩阵 $\boldsymbol{A}$ 的特征值与特征向量的问题时, 若 $\boldsymbol{A}$ 为抽象矩阵, 一般可由定义进行分析, 或是借助相关性质. 当题设条件可以转化为 $|\boldsymbol{A}-\lambda\boldsymbol{E}|=0$ 时, 也可通过 $|\boldsymbol{A}-\lambda\boldsymbol{E}|=0$ 进行分析. 当 $\boldsymbol{A}$ 为具体矩阵时, 一般利用 $|\boldsymbol{A}-\lambda\boldsymbol{E}|=0$ 进行分析.

(3) 矩阵可对角化的条件: 对于两个 n 阶矩阵 $\boldsymbol{A},\boldsymbol{B}$, 若存在可逆矩阵 $\boldsymbol{P}$, 使得

$\boldsymbol{B}=\boldsymbol{P}^{-1}\boldsymbol{AP}$,则称 $\boldsymbol{A}$ 与 $\boldsymbol{B}$ 是相似的,而 $\boldsymbol{P}$ 称为是相似变换矩阵.一个矩阵能否对角化,可通过如下条件判断:

充分条件:对于一个 n 阶矩阵 $\boldsymbol{A}$,看它是否有 n 个互不相等的特征值;

充要条件:对于一个 n 阶矩阵 $\boldsymbol{A}$,看它是否有 n 个线性无关的特征向量.

一般而言,充分条件只是用来判断一个矩阵可否对角化,当一个矩阵不满足充分条件时,就只能借助于充要条件判定.充要条件不仅可以判断,同时还能求出其相似变换矩阵.对于一个实对称矩阵而言,必可相似对角化,且只要对其特征向量正交单位化,所得到的相似变换矩阵事实上还是正交矩阵,即 $\boldsymbol{P}^{-1}=\boldsymbol{P}^{\mathrm{T}}$.因此,实对称矩阵可正交相似对角化,相应的相似变换矩阵称为正交相似变换矩阵.

2.5.3 矩阵的特征值与特征向量典型实例

1. 填空题

(1) 设 4 阶方阵 $\boldsymbol{A}$ 满足条件 $|\boldsymbol{A}+2\boldsymbol{E}|=0$, $\boldsymbol{AA}^{\mathrm{T}}=3\boldsymbol{E}$, $|\boldsymbol{A}|>0$,则________必是 $\boldsymbol{A}^*$ 的一个特征值.

(2) 设 3 阶方阵 $\boldsymbol{A}$ 的特征值是 0,1,2,又 $\boldsymbol{B}=\boldsymbol{A}^2+\boldsymbol{A}+\boldsymbol{E}$,则 $|\boldsymbol{B}|=$________.

(3) 若 n 阶可逆阵 $\boldsymbol{A}$ 的每行元素之和均为 1,则 ________必是矩阵 $2\boldsymbol{A}^{-1}+3\boldsymbol{E}$ 的一个特征值.

(4) 设 n 阶方阵 $\boldsymbol{A}$ 满足条件 $\boldsymbol{A}^3=\boldsymbol{A}$,则 $\boldsymbol{A}$ 的特征值只能是 ________.

(5) 已知 $\boldsymbol{\alpha}=\begin{bmatrix}1\\k\\1\end{bmatrix}$ 是 $\boldsymbol{A}=\begin{bmatrix}2&1&1\\1&2&1\\1&1&2\end{bmatrix}$ 的逆阵 $\boldsymbol{A}^{-1}$的特征向量,则 $k=$________.

(6) 设 $\boldsymbol{A}=\begin{bmatrix}0&0&1\\x&1&y\\1&0&0\end{bmatrix}$ 有三个线性无关的特征向量,则 x 和 y 应满足的条件是________.

(7) 设 0 是 $\boldsymbol{A}=\begin{bmatrix}1&0&1\\0&2&0\\1&0&a\end{bmatrix}$ 的特征值,则 $a=$________, $\boldsymbol{A}$ 的另一个特征值为________.

(8) 若方阵 $\boldsymbol{A}=\begin{bmatrix}1&-2&-4\\-2&x&-2\\-4&-2&1\end{bmatrix}$ 可对角化为 $\begin{bmatrix}5&0&0\\0&y&0\\0&0&-4\end{bmatrix}$,则 $x=$________, $y=$________.

(9) 设 $\boldsymbol{A}$ 为 4 阶可逆方阵,若 $\boldsymbol{A}$ 有特征值 4,则 $(\boldsymbol{A}^*)^4$ 必有特征值________.

2. 选择题

(1) 设 n 阶方阵 $\boldsymbol{A}$ 满足 $\boldsymbol{A}^2=\boldsymbol{E}$,则 $\boldsymbol{A}$ 的特征值只能是(   ).

A. 1   B. -1 C. ± 1 D. 0

(2) 设 $\boldsymbol{A}$ 为 $n(\geqslant 2)$ 阶实对称矩阵,且 $\boldsymbol{A}^2=\boldsymbol{A}$, $\mathrm{R}(\boldsymbol{A})=n-1$,则 $|2\boldsymbol{E}-\boldsymbol{A}|=$(   ).

A. 1   B. 2   C. 2^n D. 0

(3) 设 3 是矩阵 $\boldsymbol{A}=\begin{bmatrix}0&1&0&0\\1&0&0&0\\0&0&y&1\\0&0&1&2\end{bmatrix}$ 的一个特征值，则 $y=$( ).

A. 0　　B. 1　　C. 2　　D. 3

(4) 若 n 阶矩阵 $\boldsymbol{A}$ 与 $\boldsymbol{B}$ 等价，则( ).

A. $\lambda\boldsymbol{E}-\boldsymbol{A}=\lambda\boldsymbol{E}-\boldsymbol{B}$　　B. 存在可逆矩阵 $\boldsymbol{P},\boldsymbol{Q}$，使得 $\boldsymbol{B}=\boldsymbol{PAQ}$

C. $|\boldsymbol{A}|=|\boldsymbol{B}|$　　D. 存在对角矩阵 $\boldsymbol{C}$ 与 $\boldsymbol{A}$，$\boldsymbol{B}$ 都相似

(5) 若 n 阶矩阵 $\boldsymbol{A}$ 与 $\boldsymbol{B}$ 相似，则( ).

A. 存在正交矩阵 $\boldsymbol{P}$，使得 $\boldsymbol{B}=\boldsymbol{P}^{-1}\boldsymbol{AP}$

B. $\boldsymbol{A}$ 与 $\boldsymbol{B}$ 有相同的特征值和特征向量

C. $\boldsymbol{A}$ 与 $\boldsymbol{B}$ 都相似于一个对角矩阵

D. 对于任意一个常数 λ，$\boldsymbol{A}-\lambda\boldsymbol{E}$ 与 $\boldsymbol{B}-\lambda\boldsymbol{E}$ 相似

(6) 设 λ_1,λ_2 是 n 阶矩阵 $\boldsymbol{A}$ 的特征值，$\boldsymbol{\alpha}_1,\boldsymbol{\alpha}_2$ 分别是 $\boldsymbol{A}$ 的对应于 λ_1,λ_2 的特征向量，则( ).

A. 当 $\lambda_1=\lambda_2$ 时，$\boldsymbol{\alpha}_1$ 与 $\boldsymbol{\alpha}_2$ 必成比例

B. 当 $\lambda_1=\lambda_2$ 时，$\boldsymbol{\alpha}_1$ 与 $\boldsymbol{\alpha}_2$ 必不成比例

C. 当 $\lambda_1\neq\lambda_2$ 时，$\boldsymbol{\alpha}_1$ 与 $\boldsymbol{\alpha}_2$ 必成比例

D. 当 $\lambda_1\neq\lambda_2$ 时，$\boldsymbol{\alpha}_1$ 与 $\boldsymbol{\alpha}_2$ 必不成比例

(7) 下列矩阵不能相似于一个对角矩阵的是( ).

A. $\begin{bmatrix}1&1&0\\0&2&1\\0&0&3\end{bmatrix}$　　B. $\begin{bmatrix}1&1&0\\0&1&0\\0&0&2\end{bmatrix}$

C. $\begin{bmatrix}1&0&1\\0&1&0\\1&0&1\end{bmatrix}$　　D. $\begin{bmatrix}1&0&0\\0&1&1\\0&0&2\end{bmatrix}$

3. 设方阵 $\boldsymbol{A}$ 满足 $\boldsymbol{AA}^{\mathrm{T}}=\boldsymbol{E}$，则 $\boldsymbol{A}$ 的实特征向量所对应的特征值的绝对值恒为 1.

4. 设 1,1,-2 是三阶实对称阵 $\boldsymbol{A}$ 的特征值，对应于 -2 的特征向量是 $\boldsymbol{\xi}=(1,-1,-1)^{\mathrm{T}}$，求 $\boldsymbol{A}$.

参考答案

1.(1) $-\frac{9}{2}$. 提示：-2 是 $\boldsymbol{A}$ 的特征值，$|\boldsymbol{A}|=9$，$\boldsymbol{A}^*=|\boldsymbol{A}|\boldsymbol{A}^{-1}$，$-\frac{9}{2}$ 必是 $\boldsymbol{A}^*$ 的一个特征值.

(2) 21. 提示：先求出 $\boldsymbol{B}$ 的特征值，再由特征值与行列式的关系即可求得.

(3) 5. 提示：若 $\boldsymbol{A}$ 的各行元素之和为 a，则 a 必是 $\boldsymbol{A}$ 的一个特征值，这可直接由特征多项式 $|\lambda\boldsymbol{E}-\boldsymbol{A}|$ 结合 $\boldsymbol{A}$ 的特点导出.

(4) 0 或 -1 或 1. 提示：根据特征值的定义结合条件 $\boldsymbol{A}^3=\boldsymbol{A}$ 即可求得.

(5) -2 或 1. 提示：$\boldsymbol{A}^{-1}$ 的特征值为 $1,\frac{1}{4}$ 可由 $\boldsymbol{A}$ 的特征值得出. 当 $\lambda=1$ 时，$\boldsymbol{A}^{-1}\boldsymbol{\alpha}=1\cdot\boldsymbol{\alpha}$，即 $\boldsymbol{\alpha}=\boldsymbol{A\alpha}$. 比较得 $k=-2$，类似可得 $k=1$.

(6) $x+y=0$. 提示：$\boldsymbol{A}$ 的特征值直接由 $|\lambda\boldsymbol{E}-\boldsymbol{A}|=0$ 得 $\lambda_{1,2}=1$，$\lambda_3=-1$. $\mathrm{R}(\lambda_3\boldsymbol{E}-\boldsymbol{A})=2$，则

$R(\lambda_{1,2}\boldsymbol{E}-\boldsymbol{A})=1$，即$(\boldsymbol{E}-\boldsymbol{A})\boldsymbol{X}=0$有两个线性无关的特征向量.由$R(\boldsymbol{E}-\boldsymbol{A})=1$得.

(7) 1;2. 提示:由$|\lambda\boldsymbol{E}-\boldsymbol{A}|=0$得.

(8) 4;5. 提示:$|\lambda\boldsymbol{E}-\boldsymbol{A}|=(1-\lambda)^2(x-\lambda)-16(x-\lambda)-8(1-\lambda)-32=0$. 将$\lambda=4$代入可得$x=4$，又$\lambda_1+\lambda_2+\lambda_3=\mathrm{tr}\boldsymbol{A}$.

(9) $\left(\frac{|\boldsymbol{A}|}{4}\right)^4$. 提示:由定义，$\boldsymbol{A}\boldsymbol{\xi}=4\boldsymbol{\xi}$得$\boldsymbol{A}^{-1}\boldsymbol{\xi}=\frac{1}{4}\boldsymbol{\xi}$.又因为$\boldsymbol{A}^*=|\boldsymbol{A}|\boldsymbol{A}^{-1}$得$\boldsymbol{A}^*\boldsymbol{\xi}=|\boldsymbol{A}|\boldsymbol{A}^{-1}\boldsymbol{\xi}=\frac{|\boldsymbol{A}|}{4}\boldsymbol{\xi}$，即$\boldsymbol{A}^*$必有特征值$\frac{|\boldsymbol{A}|}{4}$.

2.(1) C. 提示：根据特征值的定义可以转化为关于特征值λ的方程$\lambda^2=1$.

(2) B. 提示:由$\boldsymbol{A}^2=\boldsymbol{A}$可知$\boldsymbol{A}$的特征值只能是1或0，又因为$\boldsymbol{A}$是实对称矩阵，故必存在正交矩阵$\boldsymbol{P}$使得$\boldsymbol{P}^{\mathrm{T}}\boldsymbol{A}\boldsymbol{P}=\begin{bmatrix}\boldsymbol{E}_{n-1} & 0\\ 0 & 0\end{bmatrix}$，于是

$$|2\boldsymbol{E}-\boldsymbol{A}|=|2\boldsymbol{P}^{\mathrm{T}}\boldsymbol{P}-\boldsymbol{P}^{\mathrm{T}}\boldsymbol{A}\boldsymbol{P}|=\left|2\boldsymbol{E}-\begin{bmatrix}\boldsymbol{E}_{n-1} & 0\\ 0 & 0\end{bmatrix}\right|=\begin{vmatrix}\boldsymbol{E}_{n-1} & 0\\ 0 & 2\end{vmatrix}=2.$$

(3) C. 提示：特征方程为$|\lambda\boldsymbol{E}-\boldsymbol{A}|=(\lambda^2-1)[\lambda^2-(y+2)\lambda+2y-1]=0$，将$\lambda=3$代入即得.

(4) B. 提示:根据两个矩阵相似的定义即得.

(5) D. 提示:根据两个矩阵相似的定义，存在可逆矩阵$\boldsymbol{P}$使得$\boldsymbol{B}=\boldsymbol{P}^{-1}\boldsymbol{A}\boldsymbol{P}$，于是对于任意的常数$t$，有$\boldsymbol{P}^{-1}(\boldsymbol{A}-t\boldsymbol{E})\boldsymbol{P}=\boldsymbol{B}-t\boldsymbol{E}$.

(6) D. 提示:属于不同特征值的特征向量是线性无关的.

(7) B. 提示:根据可对角化的充分或充要条件判别.

3. 令$\boldsymbol{\alpha}$为$\boldsymbol{A}$的实特征向量，$\boldsymbol{\lambda}$是$\boldsymbol{\alpha}$所对应的特征向量，则由定义有:$\boldsymbol{A}\boldsymbol{\alpha}=\lambda\boldsymbol{\alpha}$，进而$\boldsymbol{\alpha}^{\mathrm{T}}\boldsymbol{A}^{\mathrm{T}}=\lambda\boldsymbol{\alpha}^{\mathrm{T}}$，于是$\boldsymbol{\alpha}^{\mathrm{T}}\boldsymbol{A}^{\mathrm{T}}(\boldsymbol{A}\boldsymbol{\alpha})=\lambda\boldsymbol{\alpha}^{\mathrm{T}}(\lambda\boldsymbol{\alpha})$，即$\boldsymbol{\alpha}^{\mathrm{T}}(\boldsymbol{A}^{\mathrm{T}}\boldsymbol{A})\boldsymbol{\alpha}=\lambda^2\boldsymbol{\alpha}^{\mathrm{T}}\boldsymbol{\alpha}$. 因$\boldsymbol{A}\boldsymbol{A}^{\mathrm{T}}=\boldsymbol{E}$，所以$\boldsymbol{\alpha}^{\mathrm{T}}\boldsymbol{\alpha}=\lambda^2\boldsymbol{\alpha}^{\mathrm{T}}\boldsymbol{\alpha}$，即$(\lambda^2-1)\boldsymbol{\alpha}^{\mathrm{T}}\boldsymbol{\alpha}=0$. 注意到$\boldsymbol{\alpha}$是特征向量，$\boldsymbol{\alpha}\neq 0$，又$\boldsymbol{\alpha}$是实的，则$\boldsymbol{\alpha}^{\mathrm{T}}\boldsymbol{\alpha}\neq 0$，这就导致$\lambda^2-1=0$，即$|\lambda|=1$.

4. 令$\boldsymbol{\eta}=(x_1,x_2,x_3)$是对应于1的特征向量.由实对称阵的性质，$\boldsymbol{\eta}$与$\boldsymbol{\xi}$必正交，则$x_1-x_2-x_3=0$. 进而得$\boldsymbol{\xi}_1=(1,1,0)$，$\boldsymbol{\xi}_2=(1,-1,2)$. 显然它们是正交的. 经单位化得正交矩阵

$$\boldsymbol{P}=\begin{bmatrix}\frac{1}{\sqrt{2}} & \frac{1}{\sqrt{6}} & \frac{1}{\sqrt{3}}\\ \frac{1}{\sqrt{2}} & -\frac{1}{\sqrt{6}} & -\frac{1}{\sqrt{3}}\\ 0 & \frac{2}{\sqrt{6}} & -\frac{1}{\sqrt{3}}\end{bmatrix}$$

使得

$$\boldsymbol{P}^{\mathrm{T}}\boldsymbol{A}\boldsymbol{P}=\begin{bmatrix}1 & 0 & 0\\ 0 & 1 & 0\\ 0 & 0 & -2\end{bmatrix}$$

于是有

$$\boldsymbol{A}=\boldsymbol{P}\boldsymbol{\Lambda}\boldsymbol{P}^{\mathrm{T}}=\frac{1}{\sqrt{6}}\begin{bmatrix}\sqrt{3} & 1 & \sqrt{2}\\ \sqrt{3} & -1 & -\sqrt{2}\\ 0 & 2 & -\sqrt{2}\end{bmatrix}\cdot\begin{bmatrix}1 & 0 & 0\\ 0 & 1 & 0\\ 0 & 0 & -2\end{bmatrix}\cdot\frac{1}{\sqrt{6}}\begin{bmatrix}\sqrt{3} & \sqrt{3} & 0\\ 1 & -1 & 2\\ \sqrt{2} & -\sqrt{2} & -\sqrt{2}\end{bmatrix}$$

$$=\begin{bmatrix}0 & 1 & 1\\ 1 & 0 & -1\\ 1 & -1 & 0\end{bmatrix}.$$

2.6 二次型

2.6.1 大纲考点

(1) 用正交变换化二次型 $f=\boldsymbol{X}^{\mathrm{T}}\boldsymbol{A}\boldsymbol{X}$ 为标准形;

(2) 实对称阵正定的定义及其判定.

2.6.2 重点释疑

(1) 用正交变换化二次型 $f=\boldsymbol{X}^{\mathrm{T}}\boldsymbol{A}\boldsymbol{X}$ 为标准形. 二次型的正交变换标准化过程其实质就是对 f 所对应的实对称阵 $\boldsymbol{A}$ 而言的,因此将 $\boldsymbol{A}$ 对角化的过程也即是将 f 正交标准化的过程. 其步骤为:

(a) 求对称阵 $\boldsymbol{A}$ 的特征值;(b) 求特征值相对应的特征向量;(c) 将所求的特征向量进行正交、单位化,即得正交阵.

(2) 实对称阵正定的判定方法有三种:(a)定义(针对抽象矩阵);(b)特征值全为正(针对具体矩阵);(c)霍尔维茨定理(针对具体矩阵).

2.6.3 二次型典型实例

1. 填空题

(1) 二次型 $f(x_1,x_2,x_3)=x_1^2+2x_1x_2+2x_2x_3$ 的正惯性指数是________.

(2) 已知二次曲面 $x^2+y^2+z^2+2axy+2xz+2byz=1$ 经过正交变换 $\begin{bmatrix}x\\y\\z\end{bmatrix}=\boldsymbol{Q}\begin{bmatrix}x_1^{\mathrm{T}}\\y_1^{\mathrm{T}}\\z_1^{\mathrm{T}}\end{bmatrix}$ 化成椭圆柱面 $(y_1^{\mathrm{T}})^2+2(z_1^{\mathrm{T}})^2=1$,则常数 a 与 b 应满足的条件是________.

(3) 二次型 $f(x_1,x_2,x_3)=x_1x_2+x_1x_3+x_2x_3$ 的标准形为________.

(4) 已知二次型 $f(x_1,x_2,x_3)=2x_1^2+3x_2^2+3x_3^2+4x_2x_3$,通过正交变换 $\boldsymbol{X}=\boldsymbol{Q}\boldsymbol{Y}$ 化为标准形 $f=y_1^2+2y_2^2+5y_3^2$,则正交变换矩阵 $\boldsymbol{Q}$ 为 ________.

2. 已知 $f=2x_1^2+3x_2^2+3x_3^2+2ax_2x_3(a>0)$,通过正交变换化成标准形为 $f=y_1^2+2y_2^2+5y_3^2$,求参数 a 及所用的正交变换阵.

3. 已知 $f=5x_1^2+5x_2^2+cx_3^2-2x_1x_2+6x_1x_3-6x_2x_3$ 的秩为 2,求参数 c 及 f 所对应的矩阵的特征值.

4. 已知 $f=x_1^2+2x_2^2+(1-k)x_3^2+2kx_1x_2+2x_1x_3$,求使 f 为正定二次型的 k 的取值范围.

参考答案

1.(1) 2. 提示:正惯性指数即是其标准形正平方项的项数,可配方得到标准形.

(2) $a=b=0$. 提示:变换前后二次型对应的矩阵分别为 $\boldsymbol{A}=\begin{bmatrix}1&a&1\\a&1&b\\1&b&1\end{bmatrix}$, $\boldsymbol{\Lambda}=\begin{bmatrix}0&0&0\\0&1&0\\0&0&2\end{bmatrix}$. 显然它

们正交相似，即$|A-\lambda E|=|A-\lambda E|$，从而$-\lambda^3+3\lambda^2+(a^2+b^2-2)\lambda-(a-b)^2=-\lambda^3+3\lambda^2-2\lambda$.比较等式两端$\lambda$的同次幂的系数即可得.

(3) $f=y_1^2-\frac{1}{2}y_2^2-\frac{1}{2}y_3^2$. 提示：只需求出对应实对称矩阵的特征值即可.

(4) $\begin{bmatrix} 0 & 1 & 0 \\ \frac{1}{\sqrt{2}} & 0 & \frac{1}{\sqrt{2}} \\ -\frac{1}{\sqrt{2}} & 0 & \frac{1}{\sqrt{2}} \end{bmatrix}$. 提示:先求出对应矩阵的特征值,相应于每一个特征值求出特征向量,然后再单位化与正交化即可.

2. f所对应的矩阵为$A=\begin{bmatrix} 2 & 0 & 0 \\ 0 & 3 & a \\ 0 & a & 3 \end{bmatrix}$,从而$|A|=2(9-a^2)$.利用特征值的性质有$|A|=\lambda_1\lambda_2\lambda_3=10$,则$a=2$.

当$\lambda_1=1$时,由$\begin{bmatrix} 1 & 0 & 0 \\ 0 & 2 & 2 \\ 0 & 2 & 2 \end{bmatrix}\begin{bmatrix} x_1 \\ x_2 \\ x_3 \end{bmatrix}=0$,得$\boldsymbol{\xi}_1=\begin{bmatrix} 0 \\ 1 \\ -1 \end{bmatrix}$.

当$\lambda_2=2$时,由$\begin{bmatrix} 0 & 0 & 0 \\ 0 & 1 & 2 \\ 0 & 2 & 1 \end{bmatrix}\begin{bmatrix} x_1 \\ x_2 \\ x_3 \end{bmatrix}=0$,得$\boldsymbol{\xi}_2=\begin{bmatrix} 1 \\ 0 \\ 0 \end{bmatrix}$.

当$\lambda_3=5$时,由$\begin{bmatrix} -3 & 0 & 0 \\ 0 & -2 & 2 \\ 0 & 2 & -2 \end{bmatrix}\begin{bmatrix} x_1 \\ x_2 \\ x_3 \end{bmatrix}=0$,得$\boldsymbol{\xi}_3=\begin{bmatrix} 0 \\ 1 \\ 1 \end{bmatrix}$.

各自单位化,即得所求的正交变换矩阵$P=\begin{bmatrix} 0 & 1 & 0 \\ \frac{1}{\sqrt{2}} & 0 & \frac{1}{\sqrt{2}} \\ -\frac{1}{\sqrt{2}} & 0 & \frac{1}{\sqrt{2}} \end{bmatrix}$.

3. 由$|A|=0$,易得$c=3$. 再由$|\lambda E-A|=0$求得特征值为0,4,9.

4. 写出f所对应的矩阵A,再由霍尔维茨定理即可求得$-1<k<0$.

3 《概率论与数理统计初步》部分

3.1 随机事件和概率

3.1.1 大纲考点

(1) 概率的公理化定义、性质及应用性质进行概率的计算；

(2) 条件概率的定义，加法公式、乘法公式、全概率公式、Bayes 公式及应用这些公式进行概率的计算；

(3) 事件独立性的含义及 Bernoulli 概型的计算.

3.1.2 重点释疑

(1) 理解两个事件互斥($AB=\varnothing$)，对立($AB=\varnothing$, $A\cup B=\Omega$)及独立($P(AB)=P(A)P(B)$)的含义，掌握条件概率定义式的各种形式及相关的关系式，如 $P(A)=P(AB)+P(A\overline{B})$等.

(2) 运用古典概率与全概率公式计算概率的区别：古典概率公式：单原因$\Longrightarrow$单结果；全概率公式：多原因$\Longrightarrow$单结果.

例 一袋球有 6 红 4 白 10 个，无放回摸球 3 次，求摸得 1 红 2 白的概率；如摸球两次，求第二次摸得白球的概率.

解 前者属于古典概型. 后者属于全概型，因为第二次摸白球受第一次摸球两种情况的影响.

3.1.3 随机事件和概率典型实例

1. 填空题

(1) 设 $P(A)=a, P(B)=b, P(A\cup B)=c$，则 $P(A\overline{B})=$________.

(2) 袋中有 3 新 2 旧 5 个球，每次取一个，无放回抽取两次，则第二次取到新球的概率为________.

(3) 某射手在三次射击中至少命中一次的概率为 0.875，则该射手在一次射击中命中的概率是________.

(4) 假设一批产品中一、二、三等品各 60%、30%、10%，现从中随意取出一件，结果不是三等品，则取到的是一等品的概率是________.

(5) 甲乙两人投篮，命中率分别为 0.7、0.6，每人投三次，则甲比乙进球数多的概率为________.

(6) 随机地向半圆 $\{(x,y)\mid 0<y<\sqrt{2ax-x^2}\}$ $(a>0)$内掷一点，则原点和该点的连线与 x 轴的夹角小于$\frac{\pi}{4}$的概率为________.

(7) 设 A,B 是两个随机事件，且 $P(A)=0.7$，$P(B)=0.5$，则 $P(B|A)$的最小值与最大值分别是________.

2. 选择题

(1) 设 $0<P(A),P(B)<1$,且 $P(A|B)+P(\overline{A}|\overline{B})=1$,则(　).

A. A 与 B 互不相容　　B. A 与 B 互相独立

C. A 与 B 互不独立　　D. A 与 B 互相排斥

(2) A 与 B 互不相容,且 $P(A)\neq 0$, $P(B)\neq 0$,则(　).

A. $\overline{A}$与$\overline{B}$互不相容　　B. $P(B|A)>0$

C. $P(AB)=P(A)P(B)$　　D. $P(A-B)=P(A)$

(3) 设 $P(AB)=0$,则(　).

A. AB 是不可能事件　　B. A 与 B 互不相容

C. $P(A)=0$ 或 $P(B)=0$　　D. $P(A-B)=P(A)$

(4) 试验 E 为掷二颗骰子观察出现的点数,每种结果以(x_1,x_2)记之,其中 x_1,x_2 分别表示第一颗与第二颗骰子的点数,设 $A=\{(x_1,x_2)|\ x_1+x_2=10\}$,$B=\{(x_1,x_2)|\ x_1>x_2\}$,则 $P(B|A)=$(　).

A. $\frac{1}{15}$　　B. $\frac{1}{2}$　　C. $\frac{1}{3}$　　D. $\frac{1}{6}$

(5) 已知 $0<P(A)<1$,且 $P[(A_1+A_2)|B]=P(A_1|B)+P(A_2|B)$,则(　).

A. $P(A_1+A_2)=P(A_1)+P(A_2)$

B. $P[(A_1+A_2)|\overline{B}]=P(A_1|\overline{B})+P(A_2|\overline{B})$

C. $P(A_1B+A_2B)=P(A_1B)+P(A_2B)$

D. $P(B)=P(A_1)P(B|A_1)+P(A_2)P(B|A_2)$

(6) 如果事件 A 和事件 B 发生时，事件 C 必发生,则(　).

A. $P(C)\leqslant P(A)+P(B)-1$　　B. $P(C)\geqslant P(A)+P(B)-1$

C. $P(C)=P(AB)$　　D. $P(C)=P(A\cup B)$

参考答案

1.(1) $c-b$. 提示:先求 $P(AB)=P(A)+P(B)-P(A\cup B)=a+b-c$，又 $P(A\overline{B})=P(A)-P(AB)=c-b$.

(2) $\frac{3}{5}$. 提示:全概型.

(3) 0.5. 提示:Bernoulli 概型.

(4) $\frac{2}{3}$. 提示:几何概型. 令 A_i 为取到一件产品为 i 等品,则

$$P(A_1\mid\overline{A_3})=\frac{P(A_1\overline{A_3})}{P(\overline{A_3})}=\frac{P(A_1)}{P(A_1\cup A_2)}.$$

(5) 0.436. 提示:设 A_i 表示事件“甲在三次投篮中投进 i 个球”($i=0,1,2,3$)，B_j表示事件“乙在三次投篮中投进 j 个球”($j=0,1,2,3$)，又设 A 表示事件“在每人 3 次投篮中甲比乙进球数多,则

$$A=A_1B_0\cup A_2B_0\cup A_3B_0\cup A_2B_1\cup A_3B_1\cup A_3B_2,$$

$$\begin{aligned}P(A)&=P(A_1B_0)+P(A_2B_0)+P(A_3B_0)+P(A_2B_1)+P(A_3B_1)+P(A_3B_2)\\&=P(A_1)P(B_0)+P(A_2)P(B_0)+P(A_3)P(B_0)+P(A_2)P(B_1)+P(A_3)P(B_1)+P(A_3)P(B_2).\end{aligned}$$

(6) $\frac{1}{2}+\frac{1}{\pi}$. 提示：所求的概率 $=\dfrac{\frac{1}{2}a^2+\frac{1}{4}\pi a^2}{\frac{1}{2}\pi a^2}=\frac{1}{2}+\frac{1}{\pi}$.

(7) $\frac{2}{7}$，$\frac{5}{7}$. 提示：由定义，$P(B\mid A)=\dfrac{P(AB)}{P(A)}=\dfrac{P(AB)}{0.7}$. 显然，当 $A\supset B$ 时，AB 最大. 而 $P(AB)=P(A)+P(B)-P(A\cup B)$，故当 $A\cup B$ 最大时，AB 最小. 因此

$$0.5+0.7-1=0.2\leqslant P(AB)\leqslant P(B)=0.5,$$

$$\frac{2}{7}=\frac{0.2}{0.7}\leqslant P(B\mid A)=\frac{P(AB)}{0.7}\leqslant\frac{0.5}{0.7}=\frac{5}{7}.$$

2.(1) B. 提示：由题设 $P(A\mid B)=P(A\mid\overline{B})$，故 $P(AB)=P(A)P(B)$.

(2) D. 提示：$AB=\varnothing$，$P(AB)=0$，$P(A-B)=P(A\overline{B})=P(A)-P(AB)=P(A)$.

(3) D. 提示：A 是不可能事件 $\Longrightarrow P(A)=0$，反之未必成立. A 与 B 互不相容 $\Longrightarrow P(AB)=0$，反之未必成立. 直接计算易知 D 是对的.

(4) C. 提示：由条件概率的定义直接计算即可得.

(5) C. 提示：依据条件概率的定义化简可得.

(6) B. 提示：由题设，$AB\subseteq C$，故有

$$P(C)\geqslant P(AB)=P(A)+P(B)-P(A\cup B)\geqslant P(A)+P(B)-1.$$

3.2 一维随机变量及其概率分布

3.2.1 大纲考点

(1) 分布函数的概念及性质；

(2) 离散型随机变量的分布律、性质及计算，掌握二项分布 $B(n,p)$ 及泊松分布 $\pi(\lambda)$ 的概率特性；

(3) 连续型随机变量的密度函数、性质及计算，掌握均匀分布 $U(a,b)$、指数分布 $\exp(\lambda)$ 及正态分布 $N(\mu,\sigma^2)$ 的概率特性；

(4) 随机变量函数的分布.

3.2.2 重点释疑

(1) 分布函数的定义：$F(x)=P\{X\leqslant x\}$，必须熟练其性质：

(a) 不降性，$x_1<x_2\Longrightarrow F(x_1)\leqslant F(x_2)$；

(b) $0\leqslant F(x)\leqslant 1$，$F(-\infty)=0$，$F(+\infty)=1$；

(c) 右连续性：$F(x+0)=F(x)$.

(2) 熟练掌握离散型随机变量分布律的定义：$P\{X=x_k\}=p_k\ (k=1,2,\cdots)$ 及性质：$\sum\limits_k p_k=1$，此时分布函数为 $F(x)=\sum\limits_{x_k\leqslant x}P\{X=x_k\}$.

(3) 熟练掌握连续型随机变量的密度函数 $f(x)$ 及分布函数 $F(x)$ 的性质：$\int_{-\infty}^{+\infty}f(x)\mathrm{d}x=1$，$F(x)=\int_{-\infty}^{x}f(t)\mathrm{d}t\ (x\in\mathbb{R})$，如果 $f(x)$ 连续，则 $F'(x)=f(x)$.

(4) 求连续型随机变量的密度函数，一般是先通过求分布函数再求导得之.

注:分布函数的定义是本章的一个核心概念,也是求连续型随机变量的密度函数的一个有力工具.

3.2.3 一维随机变量及其概率分布典型实例

1. 填空题

(1) 设随机变量 X 的密度函数为 $\varphi(x)=Ae^{-|x|}$, $-\infty<x<+\infty$,则 $A=$________, $P(|X|<1)=$________.

(2) 设随机变量 $X\sim N(3,4)$,且 $P(X>a)=P(X<a)$,则 $a=$________.

(3) 设离散型随机变量 X 的分布律为 $P\{X=k\}=b\lambda^k(k=1,2,3,\cdots)$,且 $b>0$, 则 $\lambda=$________.

(4) 设每一个飞机引擎在飞行中正常运行的概率为 p,且各引擎是否正常运行是相互独立的.如果有至少 50% 的引擎能正常运行,飞机就可以成功飞行,欲保证 4 引擎飞机比 2 引擎飞机更为可取,则 p 至少应为 ________.

(5) 设随机变量 X 与 Y 同分布,概率密度为 $f(x)=\begin{cases}\frac{3}{8}x^2 & x\in(0,2)\\ 0 & x\in(-\infty,0]\cup[2,+\infty)\end{cases}$,

且 $A=\{X>a\}$ 和 $B=\{Y>a\}$ 相互独立,$P(A\cup B)=\frac{3}{4}$,则 $a\leqslant$________.

(6) 设随机变量 X 在区间$[1,6]$上服从均匀分布, 则关于 t 的方程 $t^2+Xt+1=0$ 有实根的概率是________.

2. 选择题

(1) 下列函数中是某一个随机变量的分布函数的是(　).

A. $F(x)=\begin{cases}0 & x<0\\ 4e^{4x} & x\geqslant 0\end{cases}$　　B. $F(x)=\begin{cases}0 & x<0\\ \frac{1}{3} & 0\leqslant x\leqslant 1\\ 1 & x>1\end{cases}$

C. $F(x)=\begin{cases}0 & x<0\\ \frac{1-x}{2} & 0\leqslant x<1\\ 1 & x\geqslant 1\end{cases}$　　D. $F(x)=\begin{cases}0 & x<0\\ \sin x & 0\leqslant x<\frac{\pi}{2}\\ 1 & x\geqslant\frac{\pi}{2}\end{cases}$

(2) 设随机变量 X 的密度函数 $f(x)$是偶函数, 则分布函数 $F(x)$满足(　).

A. 奇函数　　B. 偶函数　　C. $F(x)+F(-x)=1$　　D. $2F(x)-F(-x)=1$

(3) 设随机变量 $X\sim N(\mu,\sigma^2)$, 当 σ 增大时, 概率 $P\{|X-\mu|<\sigma\}$(　).

A. 增大　　B. 减小　　C. 保持不变　　D. 无法确定

(4) 设随机变量 X 的分布函数为 $F(x)$, 密度函数为 $f(x)$. 如果 X 与 $-X$ 有相同的分布函数, 则(　).

A. $F(x)=F(-x)$　　B. $F(x)=-F(-x)$

C. $f(x)=f(-x)$　　D. $f(x)=-f(-x)$

(5) 设 $F_1(x)$与 $F_2(x)$分别是随机变量 X_1 与 X_2 的分布函数, 为使 $F(x)=aF_1(x)$

$-bF_2(x)$是某一随机变量的分布函数,则(　).

A. $a=\frac{3}{5}$, $b=-\frac{2}{5}$　　B. $a=\frac{2}{3}$, $b=\frac{2}{3}$

C. $a=-\frac{1}{2}$, $b=\frac{3}{2}$　　D. $a=\frac{1}{2}$, $b=-\frac{3}{2}$

参考答案

1.(1) $\frac{1}{2}$;$1-e^{-1}$. 提示:利用密度函数的性质求 A,$P(|X|<1)=\int_{-1}^{1}\varphi(x)dx$.

(2) 3. 提示:对于标准正态分布 $N(0,1)$,如果 $P(X>a)=P(X<a)$,则 $a=0$,即 $x=0$ 是对称轴.注意到若 $X\sim N(\mu,\sigma^2)$, $\frac{X-\mu}{\sigma}\sim N(0,1)$.

(3) $\frac{1}{1+b}$. 提示:利用分布律的性质即可得.

(4) $\frac{2}{3}$. 提示:设4引擎飞机正常运行的引擎个数为 X,2引擎为 Y 个,则

$$P\{X\geqslant 2\}=C_4^2p^2(1-p)^2+C_4^3p^3(1-p)+C_4^4p^4=6p^2-8p^3+3p^4,$$

$$P\{Y\geqslant 1\}=C_2^1p(1-p)+C_2^2p^2=2p-p^2.$$

欲使4引擎更可取,必须满足:$6p^2-8p^3+3p^4\geqslant 2p-p^2$.

(5) $\sqrt[3]{4}$. 提示:$P(A)=P(B),P(A\cup B)=2P(A)-P(A)^2=\frac{3}{4},P(A)=\frac{1}{2}=\int_a^{+\infty}f(x)dx$.

(6) $\frac{4}{5}$. 提示:方程有实根的充分必要条件是 $\Delta=X^2-4\geqslant 0$,相应的概率为

$$P\{X^2-4\geqslant 0\}=P\{X\leqslant -2\}+P\{X\geqslant 2\}.$$

2.(1) D. 提示:利用分布函数的性质进行判定.

(2) C. 提示:利用关系式 $F(x)=\int_{-\infty}^{x}f(t)dt$ 结合 $f(x)$ 是偶函数可得.

(3) C. 提示:$P\{|x-\mu|<\sigma\}=P\{\mu-\sigma<x<\mu+\sigma\}$

$$=\Phi\left(\frac{\mu+\sigma-\mu}{\sigma}\right)-\Phi\left(\frac{\mu-\sigma-\mu}{\sigma}\right)=\Phi(1)-\Phi(-1).$$

(4) C. 提示:显然(B)与(D)是不对的.又 $P(X\leqslant x)=P(-X\leqslant x)$,而

$$P(-X\leqslant x)=P(X\geqslant -x)=1-P(X<-x),$$

所以 $P(X\leqslant x)=1-P(X<-x)$,故 $F(x)=1-F(-x)$,两端求导即得.

(5) A. 提示: $\lim\limits_{x\to+\infty}F(x)=\lim\limits_{x\to+\infty}[aF_1(x)-bF_2(x)]=a\lim\limits_{x\to+\infty}F_1-b\lim\limits_{x\to+\infty}F_2(x)=a-b$.

3.3　二维随机变量及其概率分布

3.3.1　大纲考点

(1) 二维随机变量的分布函数、分布律、概率密度及其性质,灵活运用这些性质计算有关事件的概率;

(2) 边缘分布的计算,随机变量独立性的含义以及应用独立性进行概率的计算;

(3) 两个随机变量的函数的分布计算.

3.3.2　重点释疑

(1) 分布函数的定义:$F(x,y)=P\{X\leqslant x, Y\leqslant y\}$.必须熟练其性质:

(a) 关于单个变量是不降的；

(b) $0 \leqslant F(x,y) \leqslant 1$, $F(-\infty,y)=F(x,-\infty)=F(-\infty,-\infty)=0, F(+\infty,+\infty)=1$;

(c) 关于单个变量是右连续的.

(2) 熟练掌握离散型随机变量的分布律：$P\{X=x_i,\ Y=y_j\}=p_{ij}(i,j=1,2,\cdots)$及性质：$\sum_i \sum_j p_{ij}=1$. 此时分布函数为：

$$F(x,y)=\sum_{x_i \leqslant x}\sum_{y_j \leqslant y} P\{X=x_i, Y=y_j\}.$$

(3) 熟练掌握连续型随机变量的密度函数 $f(x,y)$的性质：$\int_{-\infty}^{+\infty}\int_{-\infty}^{+\infty} f(x,y)\mathrm{d}x\mathrm{d}y=1$. 特别地，$f(x,y)$与 $F(x,y)$具有如下关系：

$$F(x,y)=\int_{-\infty}^{y}\int_{-\infty}^{x} f(u,v)\mathrm{d}u\mathrm{d}v \quad (x,y \in \mathbb{R}),$$

如果 $f(x,y)$在(x,y)处连续，则 $f(x,y)=\dfrac{\partial^2 F(x,y)}{\partial x \partial y}$.

(4) 掌握随机变量 X 与 Y 独立的条件：$F(x,y)=F_X(x)F_Y(y)$. 特别地，如果(X,Y)是离散型的，上述条件等价于 $P\{X=x_i,\ Y=y_j\}=P\{X=x_i\}P\{Y=y_j\}$. 如果$(X,Y)$是连续型的，上述条件等价于 $f(x,y)=f_X(x)f_Y(y)$.

(5) 求连续型随机变量的密度函数一般是先通过求分布函数，再求二阶混合偏导得之.

注：对于二维随机变量(X,Y)而言，分布函数的定义依然是一个核心的概念，它也是求连续型随机变量的密度函数的一个有力的工具.

3.3.3 二维随机变量及其概率分布典型实例分析

1. 设 X,Y 是两个相互独立的随机变量，它们均匀地分布在$(0,b)$内，试求方程 $t^2+Xt+Y=0$ 有实根的概率.

2. 在某一分钟内的任何时刻，信号进入收音机是等可能的. 若收到两个相互独立的这种信号的时间间隔小于 0.5 秒，则信号将产生相互干扰，求两信号互相干扰的概率.

参考答案

1. 由题设，

$$f_X(x)=\begin{cases}\dfrac{1}{b} & x\in(0,b)\\ 0 & x\in(-\infty,0]\cup[b,+\infty)\end{cases},\quad f_Y(y)=\begin{cases}\dfrac{1}{b} & y\in(0,b)\\ 0 & y\in(-\infty,0]\cup[b,+\infty)\end{cases}$$

因 X 与 Y 是相互独立的，则

$$f(x,y)=f_X(x)f_Y(y)=\begin{cases}\dfrac{1}{b^2} & x\in(0,b),\ y\in(0,b)\\ 0 & \text{其他}\end{cases}$$

当方程满足条件 $X^2-4Y \geqslant 0$ 时才有实根，即所求的概率为 $P\{X^2 \geqslant 4Y\}$.

当 $b \leqslant 4$ 时，$P\{X^2 \geqslant 4Y\}=\int_0^b \mathrm{d}x \int_0^{\frac{x^2}{4}} \dfrac{1}{b^2}\mathrm{d}y=\dfrac{b}{12}$;

当 $b>4$ 时，$P\{X^2 \geqslant 4Y\}=\int_0^b \mathrm{d}y \int_{2\sqrt{y}}^{b} \dfrac{1}{b^2}\mathrm{d}x=1-\dfrac{4}{3}b^{-\frac{1}{2}}$.

故所求的概率为

$$P\{X^2 \geqslant 4Y\} = \begin{cases} \dfrac{b}{12} & b \leqslant 4 \\ 1 - \dfrac{4}{3}b^{-\frac{1}{2}} & b > 4 \end{cases}.$$

2. 设两信号在 1 分钟内从 $t=0$ 时刻开始算起分别在 X 与 Y 时刻(单位:分)进入收音机,则

$$f_X(x) = \begin{cases} 1 & x \in (0,1) \\ 0 & x \in (-\infty, 0] \cup [1, +\infty) \end{cases}, \quad f_Y(y) = \begin{cases} 1 & y \in (0,1) \\ 0 & y \in (-\infty, 0] \cup [1, +\infty) \end{cases}.$$

因 X 与 Y 是相互独立的,则

$$f(x,y) = f_X(x)f_Y(y) = \begin{cases} 1 & x \in (0,1),\ y \in (0,1) \\ 0 & 其他 \end{cases}.$$

故所求的概率为

$$P\{|X - Y| < \frac{1}{120}\} = \iint_D f(x,y)\mathrm{d}x\mathrm{d}y = S_D = 0.0166.$$

3.4 随机变量的数字特征

3.4.1 大纲考点

(1) 随机变量有四个数字特征:期望与方差(对一维随机变量而言),协方差与相关系数(对二维随机变量而言);

(2) 随机变量函数的数学期望;

(3) 熟练记住常见随机变量的期望与方差.

3.4.2 重点释疑

1. 熟练四个数字特征的概念及性质是进行相关计算的关键

(1) 期望的定义:如果 X 是离散型随机变量,则 $E(X) = \sum\limits_i x_i p_i$,如果 X 是连续型随机变量,则 $E(X) = \int_{-\infty}^{+\infty} xf(x)\mathrm{d}x$. 其性质:

(a) $E(\lambda X \pm \mu Y) = \lambda E(X) \pm \mu E(Y)$;

(b) 如果 X 与 Y 独立,则 $E(XY) = E(X)E(Y)$.

(2) 方差的定义:如果 X 是离散型随机变量,则 $D(X) = E[X - E(X)]^2 = E(X^2) - E^2(X)$;如果 X 是连续型随机变量,则 $D(X) = \int_{-\infty}^{+\infty}(x - E(X))^2 f(x)\mathrm{d}x$. 其性质:

(a) $D(\lambda X) = \lambda^2 D(X)$;

(b) 如果 X 与 Y 独立,则 $D(X \pm Y) = D(X) + D(Y)$. 如果 X 与 Y 不相互独立,则 $D(X \pm Y) = D(X) + D(Y) \pm 2\mathrm{Cov}(X, Y)$.

(3) 协方差的定义:$\mathrm{Cov}(X, Y) = E[(X - E(X))(Y - E(Y))] = E(XY) - E(X)E(Y)$. 其性质:

(a) $\mathrm{Cov}(\lambda X,\ \mu Y) = \lambda\mu\mathrm{Cov}(X, Y)$;

(b) $\text{Cov}(X+Y,Z)=\text{Cov}(X,Z)+\text{Cov}(Y,Z)$.

(4) 相关系数的定义：$\rho_{XY}=\dfrac{\text{Cov}(X,Y)}{\sqrt{D(X)}\sqrt{D(Y)}}$. 其性质：

(a) $|\rho_{XY}|\leqslant 1$;

(b) $|\rho_{XY}|=1 \Longleftrightarrow P\{Y=a+bX\}=1$.

2. 随机变量函数的数学期望的计算

对一维而言，$Y=g(X)$，如果 X 是离散型随机变量，则 $E(Y)=\sum\limits_i g(x_i)p_i$；如果 X 是连续型随机变量，则 $E(Y)=\int_{-\infty}^{+\infty}g(x)f(x)\mathrm{d}x$.

对二维而言，$Z=g(X,Y)$，如果 X,Y 均为离散型变量，则 $E(Z)=\sum\limits_i\sum\limits_j g(x_i,y_j)p_{ij}$；如果 X,Y 均为连续型变量，则 $E(Z)=\int_{-\infty}^{+\infty}\int_{-\infty}^{+\infty}g(x,y)f(x,y)\mathrm{d}x\mathrm{d}y$.

3. 熟练记住常见随机变量的期望与方差

$B(n,p)$: np, npq; $\pi(\lambda)$: λ,λ; $U(a,b)$: $\dfrac{a+b}{2}$, $\dfrac{(b-a)^2}{12}$; $\exp(\lambda)$: $\dfrac{1}{\lambda}$, $\dfrac{1}{\lambda^2}$; $N(\mu,\sigma^2)$: μ, σ^2.

4. 弄清几个关系

独立$\Longrightarrow$不相关，但反之并不成立. 不相关是指两个随机变量不具有线性关系，可能具有非线性关系，但独立是指两个随机变量不具有线性或非线性关系. 当 X 与 Y 不相互独立时，则 $D(X\pm Y)=D(X)+D(Y)\pm 2\text{Cov}(X,Y)$. 但对于二维正态变量$(X,Y)$而言，$X$ 与 Y 独立$\Longleftrightarrow X$ 与 Y 不相关.

3.4.3 随机变量的数字特征典型实例

1. 填空题

(1) 设随机变量 X,Y,Z 相互独立，$X\sim U(1,5)$，$Y\sim N(0,4)$，$Z\sim\pi(3)$，则 $D(X-3Y+2Z)=$________.

(2) 设 $X\sim\pi(\lambda)$，且 $P(X=2)=P(X=4)$，则 $E(X)=$________.

(3) 已知 X 与 Y 线性相关，且 $D(X)=4$，$D(Y)=9$，则 $D(X-2Y)=$________.

(4) 设 $X\sim N(1,9)$，$Y=3X-2$，则 $Y\sim$________.

(5) 已知 $X\sim B(n,p)$，且 $E(X)=2.4$，$D(X)=1.44$，则 $n=$________，$p=$________.

(6) 设离散型随机变量 X 仅取两个可能的值 x_1,x_2，且 $x_1<x_2$，$P\{X=x_1\}=0.6$，又已知 $E(X)=1.4$，$D(X)=0.24$，则 X 的分布律为________.

(7) 设 $X\sim N(1,9)$，$Y\sim N(0,16)$，$\rho_{XY}=-\dfrac{1}{2}$，$Z=\dfrac{X}{3}+\dfrac{Y}{2}$，则 $\rho_{XZ}=$________.

2. 选择题

(1) 如果 X 与 Y 满足 $D(X+Y)=D(X-Y)$，则(　).

A. X 与 Y 独立　　B. X 与 Y 不相关　　C. X 与 Y 相关　　D. $D(X)\cdot D(Y)=0$

(2) 如果 X 与 Y 满足 $E(XY)=E(X)E(Y)$，则(　).

A. X 与 Y 独立　　　　B. X 与 Y 不相容

C. $D(XY)=D(X)D(Y)$　　　　D. $D(X+Y)=D(X)+D(Y)$

(3) 设 X 与 Y 为两个随机变量,则(　).

A. $E(X+Y)=E(X)+E(Y)$　　　　B. $D(X+Y)=D(X)+D(Y)$

C. $E(XY)=E(X)E(Y)$　　　　D. $D(XY)=D(X)D(Y)$

(4) 设 $X\sim N(\mu,4^2)$, $Y\sim N(\mu,5^2)$,记 $p_1=P\{X\leqslant\mu-4\}$, $p_2=P\{Y\geqslant\mu+5\}$,则(　).

A. 对于任何 μ, $p_1=p_2$　　　　B. 对于任何 μ, $p_1<p_2$

C. 对于任何 μ, $p_1>p_2$　　　　D. 对于 μ 的个别值, $p_1=p_2$

3. 设随机变量 X 的概率密度为 $f(x)=A\mathrm{e}^{-|x-a|}(-\infty<x<+\infty)$,且 $E(X)=1$,求参数 A,a 的值及 $D(X)$.

4. 设 $X\sim N(0,1)$, $Y\sim N(0,4)$, X 与 Y 是相互独立的,又设 $\xi=X+\lambda Y$, $\eta=X-\lambda Y$ $(\lambda\in\mathbb{R})$. (1)求 $D(\xi)$, $D(\eta)$, $\rho_{\xi\eta}$;(2)求使 ξ 与 η 线性相关的条件.

5. 设二维随机变量 (X,Y) 在区域 D: $0<x<1$, $|y|<x$ 内服从均匀分布,求 $Z=|2Y-1|$ 的方差 $D(Z)$.

6. 设随机变量 X 的密度函数为 $f(x)=\frac{1}{2}\mathrm{e}^{-|x|}(-\infty<x<+\infty)$. (1) 求 $E(X)$ 与 $D(X)$; (2) 求 $\mathrm{Cov}(X,|X|)$,问 X 与 $|X|$ 是否相关? (3) X 与 $|X|$ 是否独立? 为什么?

参考答案

1.(1) $\frac{148}{3}$. 提示: $D(X-3Y+2Z)=D(X)+9D(Y)+4D(Z)$.

(2) $\sqrt{12}$. 提示:依据关系式 $P(X=2)=P(X=4)$,求出 λ 即可.

(3) 28 或 52. 提示:题设条件蕴涵 $\rho_{XY}=\pm1$,结合 $D(\lambda X\pm\mu Y)=\lambda^2D(X)+\mu^2D(Y)\pm2\lambda\mu\,\mathrm{Cov}(X,Y)$ 易得.

(4) $N(1,81)$. 提示:注意到 $Y\sim N(\mu,\sigma^2)$,于是只需求出 $E(X)$, $D(X)$ 即可.

(5) 6;0.4. 提示:由题设可得 n 与 p 的方程组,解之即可.

(6) $P\{X=x_1\}=0.6$, $P\{X=x_2\}=0.4$. 提示:解方程组 $\begin{cases}0.6x_1+0.4x_2=1.4\\0.6x_1^2+0.4x_2^2-(1.4)^2=0.24\end{cases}$,可得

$$\begin{cases}x_1=1\\x_2=2\end{cases}\text{或}\begin{cases}x_1=\frac{9}{5}\\x_2=\frac{4}{5}\end{cases}.$$

(7) 0. 提示:由相关系数的性质计算可得.

2.(1) B. 提示:对于任意两个随机变量 X 与 Y, $D(X\pm Y)=D(X)+D(Y)\pm2\mathrm{Cov}(X,Y)$.

(2) D. 提示:如果 X 与 Y 满足 $E(XY)=E(X)E(Y)$,则 $D(X+Y)=D(X)+D(Y)$.

(3) A. 提示:由期望的性质可得.

(4) A. 提示: $p_1=P\{X\leqslant\mu-4\}=\Phi(-1)=1-\Phi(1)$,

$p_2=P\{Y\geqslant\mu+5\}=1-P\{Y\leqslant\mu+5\}=1-\Phi(1)$.

3. 由密度函数的性质,有

$$1=\int_{-\infty}^{+\infty}A\mathrm{e}^{-|x-a|}\mathrm{d}x=2A,\text{即 }A=\frac{1}{2}.$$

又

$$1=E(X)=\frac{1}{2}\int_{-\infty}^{+\infty}x\mathrm{e}^{-|x-a|}\mathrm{d}x=\frac{1}{2}\cdot2a=a,$$

而$D(X)=E(X^2)-E^2(X)$,又

$$E(X^2)=\frac{1}{2}\int_{-\infty}^{+\infty}x^2e^{-|x-1|}dx=3,$$

故$D(X)=2$.

4.(1) 由性质有:$E(\xi)=E(\eta)=0$. 又由 X 与 Y 相互独立,则 $D(\xi)=D(X)+\lambda^2D(Y)=1+4\lambda^2$. 同理可得 $D(\eta)=1+4\lambda^2$. 故有

$$\rho_{\xi\eta}=\frac{E(\xi\eta)-E(\xi)E(\eta)}{\sqrt{D(\xi)}\sqrt{D(\eta)}}=\frac{E(X^2-\lambda^2Y^2)}{1+4\lambda^2}=\frac{1-4\lambda^2}{1+4\lambda^2}.$$

(2) 欲使 ξ 与 η 线性相关,必须 $\rho_{\xi\eta}=1$,此时应满足 $\lambda=0$.

5. 因 $f(x,y)=\begin{cases}1 & (x,y)\in D\\ 0 & 其他\end{cases}$, 可得

$$f_Y(y)=\int_{-\infty}^{+\infty}f(x,y)dx=\begin{cases}\int_y^1 1dx & y\in(0,1)\\ \int_{-y}^1 1dx & y\in(-1,0)\\ 0 & 其他\end{cases}=\begin{cases}1-y & y\in(0,1)\\ 1+y & y\in(-1,0)\\ 0 & 其他\end{cases}.$$

于是有
$$E(|2Y-1|)=\int_{-\infty}^{+\infty}|2y-1|f_Y(y)dy$$
$$=\int_{-1}^0|2y-1|(1+y)dy+\int_0^1|2y-1|(1-y)dy=\frac{13}{12},$$
$$E[(2Y-1)^2]=\int_{-\infty}^{+\infty}(2y-1)^2f_Y(y)dy$$
$$=\int_{-1}^0(2y-1)^2(1+y)dy+\int_0^1(2y-1)^2(1-y)dy=\frac{5}{3},$$

故
$$D(Z)=E[(2Y-1)^2]-E^2(|2Y-1|)=\frac{71}{144}.$$

6. 由定义有

(1) $E(X)=\int_{-\infty}^{+\infty}xf(x)dx=\frac{1}{2}\int_{-\infty}^{+\infty}xe^{-|x|}dx=0$,

$D(X)=E(X^2)=\frac{1}{2}\int_{-\infty}^{+\infty}x^2e^{-|x|}dx=\int_0^{+\infty}x^2e^{-x}dx=2$.

(2) $\mathrm{Cov}(X,|X|)=E(X|X|)-E(X)E(|X|)=E(X|X|)=\frac{1}{2}\int_{-\infty}^{+\infty}x|x|e^{-|x|}dx=0$,由此易得 $\rho_{X|X|}=0$,故 X 与$|X|$ 不相关.

(3) 不独立.假定 X 与$|X|$独立,则

$$P\{|X|\leqslant1\}=P\{X\leqslant1,\ |X|\leqslant1\}=P\{X\leqslant1\}\cdot P\{|X|\leqslant1\}.$$

这表明事件 $A=\{X\leqslant1\}$发生的概率为1,然而直接计算易知:$P(A)<1$,故 X 与$|X|$是不独立的.

3.5 大数定律和中心极限定理

3.5.1 大纲考点

(1) 切比雪夫不等式、贝努利大数定律、切比雪夫大数定律及辛钦大数定律成立的条件及结论;

(2) 棣莫弗—拉普拉斯中心极限定理成立的条件及结论,并用该定理对二项分布进行近似计算.

3.5.2 重点释疑

棣莫弗—拉普拉斯中心极限定理是针对二项分布 $B(n,p)$ 作近似计算的,解题时必须弄清二项分布 $B(n,p)$ 里的参数 n,p,然后通过公式

$$P\{\alpha < X < \beta\} = \Phi\left(\frac{\beta - np}{\sqrt{npq}}\right) - \Phi\left(\frac{\alpha - np}{\sqrt{npq}}\right)$$

进行近似计算.

3.5.3 大数定律和中心极限定理典型实例

1. 填空题

(1) 一射手射击的命中率为$\frac{1}{2}$,现射击 900 次,则命中次数介于 400 至 500 次之间的概率为 ________.

(2) 设随机变量 $X \sim N(\mu,\sigma^2)$,则当 σ 增大时,概率 $P\{|X-\mu|>\sigma\}=$ ________.

(3) 某螺丝钉厂的不合格品率为 0.01,当一盒中装________只螺丝钉时才能使其中含有 100 只合格品的概率不小于 0.95.

2. 一个复杂系统由 100 个相互独立的元件组成,在系统运行期间每个元件损坏的概率为 0.10,为使系统正常运行,至少必须有 85 个元件正常工作,求系统正常运行的概率是多少?假如上述系统有 n 个相互独立的元件组成,而且至少要求 80% 的元件正常工作才能使整个系统正常运行,问 n 至少多大时才能保证系统正常运行的概率为 0.95?

参考答案

1.(1) 0.91. 提示:用切比雪夫不等式估计概率的界时,仅当偏差区间是以 μ 为中心的对称区间时才能使用,即 $X \sim B(n,p)$,欲对某区间 (a,b) 进行估计,必须满足 $np=\frac{a+b}{2}$.

(2) 不变. 提示:$P\{|X-\mu|<\sigma\}=\Phi(1)-\Phi(-1)$,即 $P\{|X-\mu|<\sigma\}$ 不随 σ 的变化而变化,自然其逆事件也不随 σ 的变化而变化.

(3) 103. 提示:通过公式 $P\{\alpha<X<\beta\}=\Phi\left(\frac{\beta-np}{\sqrt{npq}}\right)-\Phi\left(\frac{\alpha-np}{\sqrt{npq}}\right)$ 进行计算.

2. 设 X 为系统正常运行时正常工作的元件数,则 $X \sim B(100,0.90)$. 故

$$P\{X > 85\} = 1 - P\left\{\frac{X-90}{\sqrt{9}} \leqslant \frac{85-90}{\sqrt{9}}\right\} = \Phi\left(\frac{5}{3}\right) = 0.952.$$

若系统由 n 个元件组成,此时 $X \sim B(n,0.90)$. 由题设,有 $P\{X \geqslant 0.8n\}=0.95$. 于是

$$P\{X \geqslant 0.8n\} = 1 - P\left\{\frac{X-0.9n}{\sqrt{0.09n}} \leqslant \frac{0.8n-0.9n}{\sqrt{0.09n}}\right\} = \Phi\left(\frac{\sqrt{n}}{3}\right), \text{即 } \Phi\left(\frac{\sqrt{n}}{3}\right) = 0.95,$$

从而 $\frac{\sqrt{n}}{3}=1.645$,故 $n=25$.

3.6 数理统计初步

3.6.1 大纲考点

(1) 单个正态总体的抽样分布定理;

(2) 点估计的概念,点估计的两种方法:矩估计法和极大似然估计法,以及估计量的评选标准;

(3) 区间估计的概念,会求单个正态总体的均值和方差的置信区间;

(4) 掌握假设检验的基本步骤,熟练单个正态总体的均值及方差的假设检验.

3.6.2 重点释疑

(1) 单个正态总体的抽样分布定理:设总体 $X\sim N(\mu,\sigma^2)$, $X_1,X_2,\cdots,X_n$ 是总体 X 的一个样本,则

(a) $\overline{X}\sim N\left(\mu,\dfrac{\sigma^2}{n}\right)$,进而$\dfrac{\overline{X}-\mu}{\sigma/\sqrt{n}}\sim N(0,1)$;

(b) $\dfrac{(n-1)S^2}{\sigma^2}\sim\chi^2(n-1)$;

(c) $\dfrac{\overline{X}-\mu}{S/\sqrt{n}}\sim t(n-1)$.

(2) 点估计的概念,点估计的两种方法:矩估计法和极大似然估计法,以及估计量的评选标准.

定义 设 θ 是总体 X 的一个未知参数,用样本 $X_1,X_2,\cdots,X_n$ 的某个统计量去估计 θ,称为点估计法.点估计法主要有两种:一是矩估计法,依据于样本矩≈总体矩进行估计;另一个是极大似然估计法,依据于似然函数 $L(\theta)=\prod\limits_{i=1}^{n}f(x_i,\theta)$ 而进行估计.

评选标准 无偏性,即 $E(\hat{\theta})=\theta$;有效性:若 $D(\hat{\theta}_1)\leqslant D(\hat{\theta}_2)$,此时,我们说$\hat{\theta}_1$比$\hat{\theta}_2$更为有效.

(3) 区间估计的概念,会求单个正态总体的均值和方差的置信区间.

定义 设总体 X 的分布函数$F(x,\theta)$(θ 未知),对于给定的 $\alpha(0<\alpha<1)$,由样本 X_1, $X_2,\cdots,X_n$ 确定了两个统计量 $\underline{\theta}$和 $\overline{\theta}$,且满足 $p\{\underline{\theta}<\theta<\overline{\theta}\}=1-\alpha$,称 $1-\alpha$ 为置信度,$(\underline{\theta},\overline{\theta})$ 为 θ 的置信度为 $1-\alpha$ 的置信区间.事实上,参数的区间估计,就是求参数 θ 的置信度为 $1-\alpha$ 的置信区间.

设总体 $X\sim N(\mu,\sigma^2)$, $X_1,X_2,\cdots,X_n$ 为 X 的一个样本.

(a) 均值 μ 的置信区间.若 σ^2 已知,由抽样分布定理$\dfrac{\overline{X}-\mu}{\sigma/\sqrt{n}}\sim N(0,1)$,此时,若 α 预先给定,由标准正态分布的上 α 分位点 z_α 的定义,有

$$p\left\{\left|\frac{\overline{X}-\mu}{\sigma/\sqrt{n}}\right|<z_{\frac{\alpha}{2}}\right\}=1-\alpha,$$

故 μ 的置信度为 $1-\alpha$ 的置信区间为 $\left(\overline{X}-\frac{\sigma}{\sqrt{n}}z_{\frac{\alpha}{2}},\overline{X}+\frac{\sigma}{\sqrt{n}}z_{\frac{\alpha}{2}}\right)$;

若 σ^2 未知,由抽样分布定理 $\frac{(n-1)S^2}{\sigma^2}\sim\chi^2(n-1)$,此时,若 α 预先给定,由 t 分布的上 α 分位点 $t_\alpha(n-1)$ 的定义,有

$$p\left\{\left|\frac{\overline{X}-\mu}{S/\sqrt{n}}\right|<t_{\frac{\alpha}{2}}(n-1)\right\}=1-\alpha,$$

故 μ 的置信度为 $1-\alpha$ 的置信区间为 $\left(\overline{X}-\frac{S}{\sqrt{n}}t_{\frac{\alpha}{2}}(n-1),\overline{X}+\frac{S}{\sqrt{n}}t_{\frac{\alpha}{2}}(n-1)\right)$.

(b) 方差 σ^2 的置信区间.由抽样分布定理 $\frac{(n-1)S^2}{\sigma^2}\sim\chi^2(n-1)$,若 α 预先给定,由分布的上 α 分位点 $\chi^2_\alpha(n-1)$ 的定义,有

$$p\left\{\chi^2_{1-\frac{\alpha}{2}}(n-1)<\frac{(n-1)S^2}{\sigma^2}<\chi^2_{\frac{\alpha}{2}}(n-1)\right\}=1-\alpha,$$

故 σ^2 的置信度为 $1-\alpha$ 的置信区间为 $\left[\frac{(n-1)S^2}{\chi^2_{\frac{\alpha}{2}}(n-1)},\frac{(n-1)S^2}{\chi^2_{1-\frac{\alpha}{2}}(n-1)}\right]$.

(4) 掌握假设检验的基本步骤,熟练单个正态总体的均值及方差的假设检验.

假设检验的基本步骤:①根据问题的要求提出假设 H_0(单边或双边);②确定检验统计量(以抽样分布定理为依据),显著性水平 α;③按拒绝 H_0 但 H_0 为真的概率 $=\alpha$ 求出拒绝域;④作出判断.

注:抽样分布定理是本章的核心,要熟练掌握抽样分布定理中某些常用统计量的分布,它是解决本章问题的关键所在.

3.6.3 数理统计初步典型实例

1. 选择题

(1) 设 $X\sim N(1,4)$,$X_1,X_2,\cdots,X_9$ 为 X 的样本,则(　).

A. $\frac{\overline{X}-1}{2}\sim N(0,1)$　　B. $\frac{\overline{X}-1}{n}\sim N(0,1)$

C. $\frac{3(\overline{X}-1)}{2}\sim N(0,1)$　　D. $\frac{\overline{X}-1}{2/\sqrt{n}}\sim N(0,1)$

(2) 设 $X\sim N(\mu,\sigma^2)$,X_1,X_2,X_3 是 X 的一个样本,则(　)不是 μ 的无偏估计量.

A. $\hat{\mu}_1=\frac{1}{3}(X_1+X_2+X_3)$　　B. $\hat{\mu}_2=\frac{1}{2}X_1+\frac{1}{3}X_2+\frac{1}{63}X_3$

C. $\hat{\mu}_3=X_1+\frac{1}{2}X_2+\frac{1}{3}X_3$　　D. $\hat{\mu}_4=2X_1-\frac{1}{2}X_2-\frac{1}{2}X_3$

(3) 设 $X\sim N(\mu,\sigma^2)$,其中 σ^2 已知,则 μ 的置信区间长度 l 与置信度 $1-\alpha$ 的关系是(　).

A. 当 $1-\alpha$ 缩小时,l 缩短　　B. 当 $1-\alpha$ 缩小时,l 增大

C. 当 $1-\alpha$ 缩小时,l 不变　　D. 以上说法均不对

2. 设总体 X 的密度函数为 $f(x)=\begin{cases}(\theta+1)x^\theta & 0<x<1\\0 & 其他\end{cases}$,其中 $\theta>-1$ 未知. $X_1,X_2,$

$\cdots, X_n$ 是 X 的一个样本,分别用矩估计法和极大似然法求 θ 的估计量.

3. 从一批钉子中随机抽取 16 枚,测得其长度(cm)分别为 2.14, 2.10, 2.13, 2.15, 2.13, 2.12, 2.13, 2.10, 2.15, 2.12, 2.14, 2.10, 2.13, 2.11, 2.14, 2.11. 假设钉子的长度 $X \sim N(\mu, \sigma^2)$,求 μ 的置信度为 90%的置信区间.

4. 食品厂用自动装罐机装罐头食品,每罐标准重量为 500(g),每隔一定时间需要检验机器的工作情况,现抽取 10 罐,测得其重量(g)分别为 495, 510, 505, 498, 503, 492, 502, 512, 497, 506. 假设重量 $X \sim N(\mu, \sigma^2)$,试问机器工作是否正常?($\alpha = 0.02$).

5. 从一正态总体中抽取容量为 10 的样本,假定有 2%的样本均值与总体均值之差的绝对值在 4 以上,求总体的标准差.

参考答案

1.(1) C. 提示:利用抽样分布定理.

(2) C. 提示:当 $E(\hat{\mu}) = \mu$ 时, $\hat{\mu}$ 即是 μ 的无偏估计量.

(3) A. 提示:从置信区间的定义理解置信区间的长度与置信度之间的关系.

2.(1) 矩估计法:总体的一阶矩为 $E(X) = \int_{-\infty}^{+\infty} x f(x) \mathrm{d}x = \int_0^1 (\theta + 1) x^{\theta+1} = \frac{\theta + 1}{\theta + 2}$,

而样本的一阶矩为 $\overline{X} = \frac{1}{n} \sum_{i=1}^{n} X_i$. 令 $E(X) = \overline{X}$,得 θ 的矩估计量为 $\hat{\theta} = \frac{2\overline{X} - 1}{1 - \overline{X}}$.

(2) 极大似然法: 令 $x_1, x_2, \cdots, x_n$ 是样本的观察值,则似然函数为

$$L(\theta) = \begin{cases} (\theta + 1)^n \left(\prod_{i=1}^{n} x_i\right)^{\theta} & 0 < x_i < 1 \ (i = 1, 2, \cdots, n) \\ 0 & \text{其他} \end{cases},$$

当 $0 < x_i < 1 \ (i = 1, 2, \cdots, n)$时, $L > 0$,且 $\ln L = n \ln(\theta + 1) + \theta \sum_{i=1}^{n} x_i$.

现令 $\frac{\mathrm{d}\ln L}{\mathrm{d}\theta} = 0$,得 θ 的极大似然估计值为 $\hat{\theta} = 1 - \frac{n}{\sum_{i=1}^{n} \ln x_i}$. 故所求 θ 的极大似然估计量为

$$\hat{\theta} = 1 - \frac{n}{\sum_{i=1}^{n} \ln X_i}.$$

3. 由题设: $n = 16$, $\alpha = 0.1$, $z_{0.05} = 1.645$, $\sigma = 0.01$,简单计算得 $\overline{x} = 2.125$. 将这些数据代入到下列公式

$$\left(\overline{X} - \frac{\sigma}{\sqrt{n}} z_{\frac{\alpha}{2}}, \overline{X} + \frac{\sigma}{\sqrt{n}} z_{\frac{\alpha}{2}}\right),$$

于是得所求的置信区间为 (2.121, 2.129).

4.(1) H_0: $\mu = 500$;

(2) 选取 $t = \frac{\overline{X} - \mu}{S / \sqrt{n}} = \frac{\overline{X} - 500}{S / \sqrt{10}} \sim t(9)$,经查表得 $t_{\frac{\alpha}{2}}(n - 1) = t_{0.01}(9) = 2.82$;

(3) 利用抽样数据得 $\overline{x} = 502$, $S = 6.5$, $t_0 = \frac{502 - 500}{6.4 \sqrt{10}} = 0.97 < 2.82$. 故认为自动罐装机工作正常.

5. 因 $X \sim N(\mu, \sigma^2)$,由抽样分布定理有 $\frac{\overline{X} - \mu}{\sigma} \sqrt{10} \sim N(0, 1)$. 于是

$$0.02 = P\{|\overline{X}-\mu|>4\} = P\left\{\frac{|\overline{X}-\mu|}{\sigma}\sqrt{10} > \frac{4}{\sigma}\sqrt{10}\right\}$$

$$= 2P\left\{\frac{\overline{X}-\mu}{\sigma}\sqrt{10} > \frac{4}{\sigma}\sqrt{10}\right\} = 2\left[1-\Phi\left(\frac{4}{\sigma}\sqrt{10}\right)\right].$$

即得 $\Phi\left(\frac{4}{\sigma}\sqrt{10}\right)=0.99$,经查表得 $\frac{4}{\sigma}\sqrt{10}=2.33$,则 $\sigma=5.43$.

第二部分

专 题 讲 座

这一部分介绍几个专题讲座.内容包括:无穷项的和与积的数列极限;函数在某点处高阶导数的求法;微分中值定理在条件等式中的应用;定积分不等式的证明技巧;方阵的三种一元运算;方阵的相似对角化问题;随机事件、随机变量的独立性及其判定;随机变量函数的分布.

每一个专题主要就某一类问题在解题的方法与技巧上作一些归纳与比较.我们介绍这些专题不仅仅要求大家对这些专题本身的内容有一个透彻的理解,更为重要的是通过这些专题,能够开拓大家在解决某些问题上的解题思路以及加强对某些问题更深层次的认识,以达融会贯通之效.

讲座一　无穷项的和与积的数列极限

一、和的极限

求无穷项的和的极限不能直接应用极限的运算法则，一般可以考虑以下几种方法：

1. 夹逼准则

设数列$\{a_n\}$，$\{b_n\}$及$\{c_n\}$满足：

(1) $b_n \leqslant a_n \leqslant c_n$（从某$N$项起）；

(2) $\lim\limits_{n\to\infty} b_n = \lim\limits_{n\to\infty} c_n = a$，则数列$\{a_n\}$的极限存在，且$\lim\limits_{n\to\infty} a_n = a$.

应用夹逼准则的关键在于对所求的数列进行适当的放大与缩小. 这里所谓的“适当”，就是既要保证放大与缩小后的数列极限存在，还要相等. 为便于放缩后的数列求极限，一般而言，放缩是相对于原数列的分母进行的，其目的是借助于放缩将原数列的分母变成相同.

例 1　求极限 $\lim\limits_{n\to\infty}\left(\dfrac{n+1}{n^2+1}+\dfrac{n+2}{n^2+2}+\cdots+\dfrac{n+n}{n^2+n}\right)$.

解　当 $n>1$ 时，有

$$\frac{n+1}{n^2+1}+\frac{n+2}{n^2+2}+\cdots+\frac{n+n}{n^2+n}<\frac{(n+1)+(n+2)+\cdots+(n+n)}{n^2+1}=\frac{n(3n+1)}{2(n^2+1)},$$

$$\frac{n+1}{n^2+1}+\frac{n+2}{n^2+2}+\cdots+\frac{n+n}{n^2+n}>\frac{(n+1)+(n+2)+\cdots+(n+n)}{n^2+n}=\frac{3n+1}{2(n+1)}.$$

又因 $\lim\limits_{n\to\infty}\dfrac{n(3n+1)}{2(n^2+1)}=\dfrac{3}{2}$，且 $\lim\limits_{n\to\infty}\dfrac{3n+1}{2(n+1)}=\dfrac{3}{2}$，故由夹逼准则，原式$=\dfrac{3}{2}$.

注　在原数列分母已经相同的情况下，放缩仅针对分子即可.

例 2　求极限 $\lim\limits_{n\to\infty}\dfrac{\sqrt{1\cdot 2}+\sqrt{2\cdot 3}+\cdots+\sqrt{n\cdot(n+1)}}{n^2}$.

解　对于任何正整数 n，显然 $n+1>\sqrt{n\cdot(n+1)}>n$，由此有

$$\frac{n+1}{2n}=\frac{1+2+\cdots+n}{n^2}<\frac{\sqrt{1\cdot 2}+\sqrt{2\cdot 3}+\cdots+\sqrt{n\cdot(n+1)}}{n^2}$$

$$<\frac{2+3+\cdots+(n+1)}{n^2}=\frac{n+3}{2n}.$$

又因 $\lim\limits_{n\to\infty}\dfrac{n+1}{2n}=\dfrac{1}{2}$，且 $\lim\limits_{n\to\infty}\dfrac{n+3}{2n}=\dfrac{1}{2}$，故由夹逼准则，原式$=\dfrac{1}{2}$.

2. 定积分的定义

欲求 $\lim\limits_{n\to\infty}\sum\limits_{k=1}^{n} a_k$，如果能从每个 a_k 中提出一个公因子$\dfrac{1}{n}$，而 a_k 中剩余部分可以写成 $f\left(\dfrac{k-1}{n}\right)$或 $f\left(\dfrac{k}{n}\right)$的形式，这里 k 从 1 到 n，则原式$=\int_0^1 f(x)\mathrm{d}x$.

例 3　求极限 $\lim\limits_{n\to\infty}\left(\dfrac{1}{\sqrt{4n^2-1}}+\dfrac{1}{\sqrt{4n^2-2^2}}+\cdots+\dfrac{1}{\sqrt{4n^2-n^2}}\right)$.

解 原式 $= \lim_{n\to\infty}\sum_{k=1}^{n}\frac{1}{n}\frac{1}{\sqrt{4-\left(\frac{k}{n}\right)^2}} = \int_0^1\frac{1}{\sqrt{4-x^2}}\mathrm{d}x = \arcsin\frac{x}{2}\Big|_0^1 = \frac{\pi}{6}$.

注 如果 a_k 中剩余部分不能写成 $f\left(\frac{k-1}{n}\right)$ 或 $f\left(\frac{k}{n}\right)$ 的形式,但可以通过适当的放缩写成该形式,则可以结合夹逼准则求极限.

例 4 求极限 $\lim_{n\to\infty}\left(\frac{n}{n^2+1^2+1}+\frac{n}{n^2+2^2+1}+\cdots+\frac{n}{n^2+n^2+1}\right)$.

解 注意到

$$a_k = \frac{n}{n^2+k^2+1} = \frac{1}{n}\frac{1}{1+\frac{k^2+1}{n^2}}.$$

对于任意正整数 n,k,因为 $\frac{k^2}{n^2}<\frac{k^2+1}{n^2}<\frac{(k+1)^2}{n^2}$,从而有

$$\sum_{k=1}^{n}\frac{1}{n}\frac{1}{1+\frac{(k+1)^2}{n^2}} < \sum_{k=1}^{n}\frac{1}{n}\frac{1}{1+\frac{k^2+1}{n^2}} < \sum_{k=1}^{n}\frac{1}{n}\frac{1}{1+\frac{k^2}{n^2}}.$$

又

$$\text{左端的极限} = \int_0^1\frac{1}{1+x^2}\mathrm{d}x + \lim_{n\to\infty}\frac{n}{n^2+(n+1)^2} - \lim_{n\to\infty}\frac{n}{n^2+1}$$

$$= \arctan x\Big|_0^1 = \frac{\pi}{4};$$

$$\text{右端的极限} = \int_0^1\frac{1}{1+x^2}\mathrm{d}x = \frac{\pi}{4}.$$

故由夹逼准则,原式 $=\frac{\pi}{4}$.

3. 幂级数求和法

欲求 $\lim_{n\to\infty}\sum_{k=1}^{n}a_k$,即求级数 $\sum_{n=1}^{\infty}a_n$ 之和. 可通过构造特殊的幂级数,借助于幂级数的和函数在某特殊点的值求出级数 $\sum_{n=1}^{\infty}a_n$ 之和,即 $\lim_{n\to\infty}\sum_{k=1}^{n}a_k$.

例 5 求极限 $\lim_{n\to\infty}\left[1^2\left(-\frac{1}{3}\right)+2^2\left(-\frac{1}{3}\right)^2+\cdots+n^2\left(-\frac{1}{3}\right)^n\right]$.

解 所求极限即为级数 $\sum_{n=1}^{\infty}n^2\left(-\frac{1}{3}\right)^n$ 之和. 现构造幂级数 $\sum_{n=1}^{\infty}n^2x^n$,该级数在区间 $(-1,1)$ 内收敛. 令 $S(x)=\sum_{n=1}^{\infty}n^2x^n$,于是

$$S(x) = x\left(\sum_{n=1}^{\infty}\int_0^x n^2x^{n-1}\mathrm{d}x\right)' = x\left(\sum_{n=1}^{\infty}nx^n\right)' = x\left[x\left(\sum_{n=1}^{\infty}\int_0^x nx^{n-1}\mathrm{d}x\right)'\right]'$$

$$= x\left[x\left(\sum_{n=1}^{\infty}x^n\right)'\right]' = \frac{x(1+x)}{(1-x)^3}.$$

故

$$\text{原式} = \sum_{n=1}^{\infty}n^2\left(-\frac{1}{3}\right)^n = S\left(-\frac{1}{3}\right) = -\frac{3}{32}.$$

注 利用幂级数求和法求无穷项和的极限具有一般性,因此必须灵活掌握.

二、积的极限

求无穷项的积的极限也不能直接应用极限的运算法则，一般可以考虑以下几种方法：

1. 夹逼准则

涉及到无穷项的积的极限在用夹逼准则时，应注重分子分母中各因子之间的关系．通过放缩，目的是使分子分母变成相同的因子，约去相同的因子使无穷变成有限．

例 6 求极限 $\lim\limits_{n\to\infty}\dfrac{1\cdot 3\cdot 5\cdot\cdots\cdot(2n-1)}{2\cdot 4\cdot 6\cdot\cdots\cdot(2n)}$．

解 注意到三个相邻自然数 $k-1$，k，$k+1$ 之间有如下关系：

$$k^2 > k^2 - 1 = (k-1)(k+1),$$

即 $k>\sqrt{(k-1)(k+1)}$．由此有

$$0<\frac{1\cdot 3\cdot 5\cdot\cdots\cdot(2n-1)}{2\cdot 4\cdot 6\cdot\cdots\cdot(2n)}<\frac{1\cdot 3\cdot 5\cdot\cdots\cdot(2n-1)}{\sqrt{1\cdot 3}\cdot\sqrt{3\cdot 5}\cdot\cdots\cdot\sqrt{(2n-1)(2n+1)}}=\frac{1}{\sqrt{2n+1}}.$$

显然，$\lim\limits_{n\to\infty}\dfrac{1}{\sqrt{2n+1}}=0$．故由夹逼准则，原式$=0$．

2. 单调有界法则

如果数列$\{a_n\}$是单调有界的，则必存在极限 $\lim\limits_{n\to\infty}a_n$．具体而言，如果数列$\{a_n\}$是单调递增有上界或单调递减有下界，则必存在极限 $\lim\limits_{n\to\infty}a_n$．

利用单调有界法则求 $\lim\limits_{n\to\infty}a_n$ 时，首先必须弄清 a_n 与 a_{n-1}之间的关系：$a_n=f(n)a_{n-1}$．在确保 a_n 有界及单调($f(n)>1$ 或<1)的同时，必须保证 $\lim\limits_{n\to\infty}f(n)\neq 1$，否则不宜用单调有界法则求．

例 7 求极限 $\lim\limits_{n\to\infty}\dfrac{1\cdot 2\cdot\cdots\cdot n}{1\cdot 3\cdot\cdots\cdot(2n-1)}$．

解 令 $a_n=\dfrac{1\cdot 2\cdot\cdots\cdot n}{1\cdot 3\cdot\cdots\cdot(2n-1)}$．显然 $a_n>0$，且 $a_n=\dfrac{n}{2n-1}a_{n-1}<a_{n-1}$(当 $n>1$ 时)．由单调有界法则知$\lim\limits_{n\to\infty}a_n$ 存在，不妨令其为 a．在关系式 $a_n=\dfrac{n}{2n-1}a_{n-1}$的两端取 $n\to\infty$时的极限，得 $a=\dfrac{1}{2}a$，于是 $a=0$，故原式$=0$．

3. 定积分的定义

利用定积分的定义求无穷项的积的极限，必须通过先对数列取对数转化为无穷项的和的极限，然后借助于上述方法求其极限．

例 8 求极限 $\lim\limits_{n\to\infty}\dfrac{\sqrt[n]{n!}}{n}$．

解 令 $I=\dfrac{\sqrt[n]{n!}}{n}$，两边取对数得 $\ln I=\ln\dfrac{\sqrt[n]{n!}}{n}=\sum\limits_{k=1}^{n}\dfrac{1}{n}\ln\dfrac{k}{n}$．

故
$$\lim_{n\to\infty}\ln I=\lim_{n\to\infty}\sum_{k=1}^{n}\frac{1}{n}\ln\frac{k}{n}=\int_0^1\ln x\,\mathrm{d}x=-1,$$

故
$$\text{原式}=\lim_{n\to\infty}I=\mathrm{e}^{-1}.$$

4. 级数收敛的必要条件

欲求 $\lim\limits_{n\to\infty}a_n$，可先考察级数 $\sum\limits_{n=1}^{\infty}a_n$. 若级数 $\sum\limits_{n=1}^{\infty}a_n$ 收敛，则由级数收敛的必要条件得

$$\lim_{n\to\infty}a_n = 0.$$

例 9 求极限 $\lim\limits_{n\to\infty}\dfrac{n^n}{(n!)^2}$.

解 先考察级数 $\sum\limits_{n=1}^{\infty}\dfrac{n^n}{(n!)^2}$，由比值审敛法，有

$$\lim_{n\to\infty}\frac{a_{n+1}}{a_n} = \lim_{n\to\infty}\frac{1}{n+1}\cdot\left(1+\frac{1}{n}\right)^n = 0 < 1.$$

故级数收敛，由级数收敛的必要条件得原式 $=0$.

三、注记

无穷项的和与积的极限有时也可通过简单的初等变形求得.

1. 对于无穷项的和的极限有两种初等变形的方法

(1) 拆项相消法. 如求极限 $\lim\limits_{n\to\infty}\sum\limits_{k=1}^{n}(\sqrt{k+2}-2\sqrt{k+1}+\sqrt{k})$，注意到 $\sqrt{k+2}-2\sqrt{k+1}+\sqrt{k}=(\sqrt{k+2}-\sqrt{k+1})-(\sqrt{k+1}-\sqrt{k})$ 可得.

(2) 倍和相消法. 如求极限 $\lim\limits_{n\to\infty}\sum\limits_{k=1}^{n}\dfrac{k\mathrm{e}}{\pi^k}$，只需令 $S_n=\sum\limits_{k=1}^{n}\dfrac{k\mathrm{e}}{\pi^k}$，易得 $\pi S_n - S_n$，从而得解.

2. 对于无穷项的积的极限也有两种初等变形的方法

(1) 约分法. 即将各因子化成最简式，再进行约分. 如求极限 $\lim\limits_{n\to\infty}\prod\limits_{k=2}^{n}\left(1-\dfrac{2}{k(k+1)}\right)$，注意到 $1-\dfrac{2}{k(k+1)}=\dfrac{(k-1)(k+2)}{k(k+1)}$，则

$$\begin{aligned}\text{原式} &= \lim_{n\to\infty}\frac{1\cdot4}{2\cdot3}\cdot\frac{2\cdot5}{3\cdot4}\cdot\cdots\cdot\frac{(n-1)(n+2)}{n(n+1)}\\ &= \lim_{n\to\infty}\frac{[1\cdot2\cdot\cdots\cdot(n-1)]\cdot[4\cdot5\cdot\cdots\cdot(n+2)]}{[2\cdot3\cdot\cdots\cdot n]\cdot[3\cdot4\cdot\cdots\cdot(n+1)]} = \lim_{n\to\infty}\frac{n+2}{3n} = \frac{1}{3}.\end{aligned}$$

(2) 因子法. 即选取一个恰当的因子相乘，依照某个运算公式将各因子依次连起来. 如求极限 $\lim\limits_{n\to\infty}\prod\limits_{k=1}^{n}\cos2^kx\ \left(0<x<\dfrac{\pi}{2}\right)$. 令 $S_n=\prod\limits_{k=1}^{n}\cos2^kx$，等式两端同时乘以 $2^n\sin2x$，则

$$2^n\sin2x\cdot S_n = 2^{n-1}\sin4x\cdot\cos4x\cdot\cdots\cdot\cos2^nx=\cdots=\sin2^{n+1}x,$$

从而

$$\text{原式}=\frac{1}{\sin2x}\lim_{n\to\infty}\frac{\sin2^{n+1}x}{2^n}=0.$$

四、练习

1. 设 $a_1,a_2,\cdots,a_m$ 均为正数($m\geqslant2$)，求 $\lim\limits_{n\to\infty}(a_1^n+a_2^n+\cdots+a_m^n)^{\frac{1}{n}}$.

提示：应用夹逼准则.

2. 求 $\lim\limits_{n\to\infty}\left[\sqrt{1+\cos\dfrac{\pi}{n}}+\sqrt{1+\cos\dfrac{2\pi}{n}}+\cdots+\sqrt{1+\cos\dfrac{n\pi}{n}}\right]$.

提示：应用定积分的定义.

3. 求$\lim\limits_{n\to\infty}\left[\dfrac{\sin\frac{\pi}{n}}{n+1}+\dfrac{\sin\frac{2\pi}{n}}{n+1}+\cdots+\dfrac{\sin\frac{n\pi}{n}}{n+1}\right]$.

提示：先把和式中的项适当缩放，使左右两端可以化为可用定积分定义的形式，再用夹逼准则求其极限.

4. 求$\lim\limits_{n\to\infty}\sqrt[n]{\dfrac{1}{2}\cdot\dfrac{3}{4}\cdot\dfrac{5}{6}\cdot\cdots\cdot\dfrac{2n-1}{2n}}$.

提示：$1\geqslant\sqrt[n]{\dfrac{1}{2}\cdot\dfrac{3}{4}\cdot\dfrac{5}{6}\cdot\cdots\cdot\dfrac{2n-1}{2n}}=\sqrt[n]{1\cdot\dfrac{3}{2}\cdot\dfrac{5}{4}\cdot\dfrac{7}{6}\cdot\cdots\cdot\dfrac{2n-1}{2n-2}}\cdot\sqrt[n]{\dfrac{1}{2n}}\geqslant\sqrt[n]{\dfrac{1}{2n}}$.

5. 求$\lim\limits_{n\to\infty}\left[\left(1+\dfrac{1}{n^2}\right)\cdot\left(1+\dfrac{2^2}{n^2}\right)\cdot\cdots\cdot\left(1+\dfrac{n^2}{n^2}\right)\right]^{\frac{1}{n}}$.

提示：两边取对数转化为和的极限，然后再用定积分的定义求.

讲座二　函数在某点处高阶导数的求法

求函数在某点处的高阶导数，可以考虑应用如下几种方法.

一、直接法

利用某些简单函数的 n 阶导数间接求复杂函数的 n 阶导数，或是由所给函数的低阶导数，逐步分析所得结果的规律性，从而找出 n 阶导数的一般形式，最后用数学归纳法验证即可.

例 1　设 $y=\ln\sqrt{4-9x^2}$，求 $y^{(n)}$.

解　当$|x|<\dfrac{2}{3}$时，此时 $y=\dfrac{1}{2}\ln(4-9x^2)=\dfrac{1}{2}\ln(2+3x)+\dfrac{1}{2}\ln(2-3x)$，故

$$y'=\frac{1}{2}\left(\frac{3}{2+3x}-\frac{3}{2-3x}\right).$$

进而有

$$y^{(n)}=\frac{3}{2}\left[\frac{(-1)^{n-1}(n-1)!3^{n-1}}{(3x+2)^n}+\frac{(-1)^{n-1}(n-1)!3^{n-1}}{(3x-2)^n}\right]$$

$$=\frac{(-1)^{n-1}(n-1)!3^n}{2}\left[\frac{1}{(3x+2)^n}+\frac{1}{(3x-2)^n}\right].$$

例 2　设 $y=\mathrm{e}^x\cos x$，求 $y^{(n)}(1)$.

解　$y'=\mathrm{e}^x\cos x-\mathrm{e}^x\sin x=\sqrt{2}\mathrm{e}^x\cos\left(x+\dfrac{\pi}{4}\right)$,

$$y''=\sqrt{2}\left[\mathrm{e}^x\cos\left(x+\frac{\pi}{4}\right)-\mathrm{e}^x\sin\left(x+\frac{\pi}{4}\right)\right]=(\sqrt{2})^2\mathrm{e}^x\cos\left(x+2\cdot\frac{\pi}{4}\right),$$

简单地作数学归纳可得

$$y^{(n)}=(\sqrt{2})^n\mathrm{e}^x\cos\left(x+n\cdot\frac{\pi}{4}\right).$$

即得 $$y^{(n)}(1)=(\sqrt{2})^n \mathrm{e}\cdot\cos\left(1+n\cdot\frac{\pi}{4}\right).$$

注 熟练记住以下一些简单函数的 n 阶导数对直接求高阶导数是非常有益的.

(1) $(a^x)^{(n)}=a^x\ln^n a$;

(2) $(\sin kx)^{(n)}=k^n\sin\left(kx+n\cdot\frac{\pi}{2}\right)$;

(3) $(\cos kx)^{(n)}=k^n\cos\left(kx+n\cdot\frac{\pi}{2}\right)$;

(4) $(x^m)^{(n)}=m(m-1)(m-2)\cdot\cdots\cdot(m-n+1)x^{m-n}$;

(5) $(\ln x)^{(n)}=(-1)^{n-1}\frac{(n-1)!}{x^n}$.

二、Leibniz 公式法

Leibniz 公式:若函数 $u(x)$, $v(x)$在 x 处均存在n 阶导数,则

$$(uv)^{(n)}=\sum_{k=0}^{n}C_n^k u^{(k)}v^{(n-k)}.$$

例 3 设 $y=x^3\ln(2+x)$,求 $y^{(n)}(0)(n\geqslant 4)$.

解 由 Leibniz 公式 $(uv)^{(n)}=\sum\limits_{k=0}^{n}C_n^k u^{(k)}v^{(n-k)}$,这里取 $u(x)=x^3$, $v(x)=\ln(2+x)$. 于是

$$y^{(n)}=x^3\cdot[\ln(2+x)]^{(n)}+3nx^2\cdot[\ln(2+x)]^{(n-1)}+3n(n-1)x\cdot[\ln(2+x)]^{(n-2)}+n(n-1)(n-2)\cdot[\ln(2+x)]^{(n-3)},$$

又$[\ln(2+x)]^{(k)}=(-1)^{k-1}\frac{(k-1)!}{(2+x)^k}$,故得

$$y^{(n)}(0)=n(n-1)(n-2)\cdot\frac{(-1)^{n-4}(n-4)!}{(2+0)^{n-3}}=(-1)^{n-4}\frac{n!}{2^{n-3}(n-3)}.$$

三、幂级数展开法

欲求函数 $y=f(x)$在 $x=x_0$ 处的 n 阶导数$f^{(n)}(x_0)$,可以先通过间接展开法将函数 $y=f(x)$在 $x=x_0$ 处展开成泰勒级数,然后再与函数 $y=f(x)$在 $x=x_0$ 处的泰勒级数的一般式 $\sum\limits_{n=0}^{\infty}\frac{f^{(n)}(x_0)}{n!}(x-x_0)^n$ 进行比较,即可求出 $f^{(n)}(x_0)$.

例 4 设 $y=x\arctan x-\ln\sqrt{1+x^2}$,求 $y^{(n)}(0)$.

解 先将 $y=x\arctan x-\ln\sqrt{1+x^2}$展开成麦克劳林级数:

$$y'=\arctan x+x\cdot\frac{1}{1+x^2}-\frac{1}{2}\cdot\frac{2x}{1+x^2}=\arctan x=\int_0^x\frac{1}{1+x^2}\mathrm{d}x$$
$$=\int_0^x\sum_{n=0}^{\infty}(-1)^n\cdot x^{2n}\mathrm{d}x=\sum_{n=0}^{\infty}(-1)^n\frac{x^{2n+1}}{2n+1},$$

两端再从 0 到 x 积分,得

$$y(x)-y(0)=\sum_{n=0}^{\infty}\int_0^x(-1)^n\frac{x^{2n+1}}{2n+1}\mathrm{d}x=\sum_{n=0}^{\infty}(-1)^n\frac{x^{2n+2}}{(2n+1)(2n+2)}.$$

又 $y(0)=0$,则

$$y=\sum_{n=0}^{\infty}(-1)^n\frac{x^{2n+2}}{(2n+1)(2n+2)}.$$

而函数的麦克劳林级数的一般式为 $y=\sum\limits_{n=0}^{\infty}\frac{y^{(n)}(0)}{n!}x^n$.

比较上述两式中的 x^n 的系数知

$$y^{(n)}(0)=\begin{cases}0 & n=2k+1\\(-1)^{k-1}(2k-2)! & n=2k\end{cases}\quad(k=1,2,\cdots).$$

注 利用幂级数展开法求函数 $y=f(x)$在 $x=x_0$ 处的 n 阶导数$f^{(n)}(x_0)$,必须熟练记住某些函数[e^x,$\sin x$,$\cos x$,$\ln(1+x)$,$(1+x)^\alpha$]的泰勒级数.这类方法在解决某些函数的高阶导数时是非常有益的.

四、递推法

通过 $y=f(x)$逐阶求导,寻找 $y^{(n)}$与 $y^{(n-1)}$,或 $y^{(n-2)}$之间的递推关系,借助该递推关系及 $y=f(x)$的低阶导数归纳出 $y^{(n)}$之值.

例 5 设 $y=\frac{1}{\sqrt{1-x^2}}\arcsin x$,求 $y^{(n)}(0)$.

解 $y'=\frac{x}{1-x^2}\cdot\frac{1}{\sqrt{1-x^2}}\arcsin x+\frac{1}{1-x^2}$.

整理上式得 $(1-x^2)y'-xy-1=0$.

两端继续对 x 求导得 $(1-x^2)y''-3xy'-y=0$.

两端再对 x 求导得 $(1-x^2)y'''-5xy''-4y'=0$.

由此简单地数学归纳易得

$$(1-x^2)y^{(n)}-(2n-1)xy^{(n-1)}-(n-1)^2y^{(n-2)}=0\quad(n\geqslant 2).$$

现令 $x=0$,则

$$y^{(n)}(0)=\begin{cases}0 & n=2k\\4^k(k!)^2 & n=2k+1\end{cases}\quad(k=0,1,2,\cdots).$$

五、练习

1. 设 $y=\mathrm{e}^{2x}\cos^2 x$,求 $y^{(n)}(0)$.

提示:$y=\mathrm{e}^{2x}\frac{1+\cos 2x}{2}$.

2. 设 $y=x^{10}\arctan x$,求 $y^{(n)}(0)$.

提示:取 $u=x^{10}$,$v=\arctan x$,由 Leibniz 公式 $y^{(n)}=\sum\limits_{k=0}^{n}C_n^k(x^{10})^{(k)}(\arctan x)^{(n-k)}$ 易得.

3. 设 $y=\frac{1}{2}\arctan x+\frac{1}{4}\ln\frac{1+x}{1-x}$,求 $y^{(n)}(0)$.

提示:仿例 3.

4. 设函数 $y=f(x)$在 $x=0$ 处可以展开成泰勒级数,且 $f^{(n)}(0)=\frac{n!}{3^n}$,求 $f^{(n)}(1)$.

提示：$f(x)=\sum_{n=0}^{\infty}\frac{f^{(n)}(0)}{n!}x^n=\sum_{n=0}^{\infty}\left(\frac{x}{3}\right)^n=\frac{3}{3-x}$，再将 $f(x)$ 在 $x=1$ 处展开成泰勒级数，与 $f(x)$ 在 $x=1$ 处的泰勒级数的一般形式进行比较即可.

5. 设 $f(x)=x^2\ln(1+x)$，求 $f^{(n)}(0)(n\geqslant 3)$.

提示：用 Leibniz 公式.

讲座三　微分中值定理在条件等式中的应用

微分中值定理包括 Rolle 定理、Lagrange 中值定理、Cauchy 中值定理及 Taylor 展开式定理. 这些定理从根本上建立了函数与其导函数之间的内在联系. 因此，一旦涉及到一个函数与其导函数的某种关系的问题时，应该很自然地用到这些基本的定理. 以下就微分中值定理在条件等式的证明的证题技巧作一些说明.

一、欲证结论：至少存在一点 $\xi\in(a,b)$，使得 $f^{(n)}(\xi)=0$.

证法：此种类型命题的证明一般不需构作辅助函数，只需验证 $f^{(n-1)}(x)$ 在 $[a,b]$ 或其某个子区间上满足 Rolle 定理即可. 特别地，当 $n\geqslant 3$ 时，使用 Taylor 展开式定理可使问题的证明简化.

例 1　设函数 $f(x)$ 在 $[0,1]$ 上连续，在 $(0,1)$ 内可导，且 $f(0)=1, f\left(\frac{1}{2}\right)=-1$，$\int_{\frac{1}{2}}^{1}f(x)\mathrm{d}x=0$. 证明：存在 $\xi\in(0,1)$，使得 $f'(\xi)=0$.

证明　由题设 $f(0)=1, f\left(\frac{1}{2}\right)=-1$ 及介值定理，存在 $\xi_1\in\left(0,\frac{1}{2}\right)$，使得 $f(\xi_1)=0$. 又由积分中值定理，存在 $\xi_2\in\left[\frac{1}{2},1\right]$，使得 $0=\int_{\frac{1}{2}}^{1}f(x)\mathrm{d}x=\left(1-\frac{1}{2}\right)f(\xi_2)=\frac{1}{2}f(\xi_2)$，即 $f(\xi_2)=0$.

现在 $[\xi_1,\xi_2]$ 上应用 Rolle 定理，必存在 $\xi\in(\xi_1,\xi_2)$，使得 $f'(\xi)=0$，故命题得证.

例 2　设 $f(x)$ 在 $[0,1]$ 上有三阶导数，$f(0)=f(1)=0$，$F(x)=x^3f(x)$. 证明：存在 $\xi\in(0,1)$，使得 $F'''(\xi)=0$.

证明　涉及三阶或三阶以上的导数时，为使证明简化，我们通常使用 Taylor 展开式定理.

显然，$F(0)=F'(0)=F''(0)=0$，且 $F(x)=x^3f(x)$ 在 $[0,1]$ 上有三阶导数. 于是可将函数 $F(x)$ 在 $x=0$ 处运用二阶 Taylor 公式，可得

$$F(x)=F(0)+F'(0)x+\frac{1}{2}F''(0)x^2+\frac{1}{6}F'''(\xi)x^3=\frac{1}{6}F'''(\xi)x^3, \xi\in(0,1).$$

现令 $x=1$，则

$$F'''(\xi)=6F(1)=0.$$

二、欲证结论：至少存在一点 $\xi\in(a,b)$，使得 $f^{(n)}(\xi)=k\neq 0$（k 未必是常数，但可以是关于 ξ 的函数）.

证法：此种类型命题的证明一般需构作辅助函数 $F(x)$，然后验证 $F(x)$ 满足 Rolle 定理

即可.辅助函数的构作方式一般有两种:

1. 原函数法

先将欲证结论中的 ξ 换成 x,对等式作适当变形以化成易积分的形式,然后两端求不定积分,积分常数始终取作零(有时也可直接通过观察得到原函数),最后移项,使等式一端为0,另一端即为 $F(x)$.

例 3 设函数 $f(x)$在$[0,1]$上可导,且 $f(1)=0$,证明:存在 $\xi\in(0,1)$,使得

$$f'(\xi)=-\frac{f(\xi)}{\xi}.$$

证明 辅助函数的构作:将 ξ 换成 x,变形为 $xf'(x)+f(x)=0$,由等式左端直接观察易知,$xf(x)$为其原函数,从而 $F(x)=xf(x)$.由题设,$F(x)$在$[0,1]$上满足 Rolle 定理,由此即得所证结论.

例 4 设 $f(x)$在$[a,b]$上连续,在(a,b)内可导 $(b>a>0)$,证明:存在 $\xi\in(a,b)$,使得

$$f(b)-f(a)=\left(\ln\frac{b}{a}\right)\xi f'(\xi).$$

证明 辅助函数的构作:将 ξ 换成 x,变形为

$$\frac{f(b)-f(a)}{\ln b-\ln a}\cdot\frac{1}{x}=f'(x).$$

两端积分得

$$\frac{f(b)-f(a)}{\ln b-\ln a}\ln x=f(x),$$

于是辅助函数为

$$F(x)=f(x)-\frac{f(b)-f(a)}{\ln b-\ln a}\ln x.$$

然后直接验证 $F(x)$在$[a,b]$上满足 Rolle 定理.

2. 常数 k 值法

使用该法的前提是常数部分可以分离出来且关于端点的表达式为对称式或轮换对称式.在此种前提下,可将常数部分令作 k,然后将常数 $=k$ 恒等变形,使等式一端为 a 及 $f(a)$ 构成的表达式,另一端为 b 及 $f(b)$构成的表达式.这样一来,只要把 a 及 $f(a)$分别改成 x 及 $f(x)$,即得辅助函数 $F(x)$.

例 5 设 $f(x)$在$[a,b]$上连续,在(a,b)内可导,证明:存在 $\xi\in(a,b)$,使得

$$\frac{bf(b)-af(a)}{b-a}=f(\xi)+\xi f'(\xi).$$

证明 辅助函数的构作:常数部分关于 a,b 对称.令 $\frac{bf(b)-af(a)}{b-a}=k$,变形为 $af(a)-ka=bf(b)-kb$,于是辅助函数为

$$F(x)=xf(x)-kx=xf(x)-\frac{bf(b)-af(a)}{b-a}x,$$

然后验证 $F(x)$在$[a,b]$上满足 Rolle 定理即可.

三、欲证结论:存在 $\xi,\eta\in(a,b)$,满足某关系式

证法 此种类型命题的证明一般不需构作辅助函数,但需连续两次使用 Lagrange 中值

定理或 Cauchy 中值定理或各交叉使用一次,这样才能产生 ξ,η.

1. 若题证结论并未要求 $\xi\neq\eta$,一般而言,可以在整个区间上连续使用两次中值定理.

例 6 设 $f(x)$在$[a,b]$上连续,在(a,b)内可导,证明:存在 $\xi,\eta\in(a,b)$,使得

$$f'(\xi)=\frac{a+b}{2\eta}f'(\eta)\quad(b>a>0).$$

证明 令 $g(x)=x^2$,则 $g'(x)=2x\neq0$. 由 Cauchy 中值定理,有

$$\frac{f(b)-f(a)}{b^2-a^2}=\frac{f'(\eta)}{2\eta},\quad 即\quad \frac{f(b)-f(a)}{b-a}=\frac{a+b}{2\eta}f'(\eta),\eta\in(a,b).$$

再对 $f(x)$在$[a,b]$上应用 Lagrange 中值定理即可.

2. 若题证结论要求 $\xi\neq\eta$,一般而言,为了保证 $\xi\neq\eta$,需将整个区间分成两个不相容的子区间,然后在两个子区间上分别应用中值定理.

例 7 设 $f(x)$在$[0,1]$上连续,在$(0,1)$内可导,且 $f(0)=0,f(1)=1$. 证明:对于任意的正数 a,b,存在 $\xi,\eta\in(0,1),\xi\neq\eta$,使得$\dfrac{a}{f'(\xi)}+\dfrac{b}{f'(\eta)}=a+b$.

证明 显然 $0<\dfrac{a}{a+b}<1$,由介值定理可知,存在 $\tau\in(0,1)$,使得 $f(\tau)=\dfrac{a}{a+b}$. $f(x)$在$[0,\tau]$与$[\tau,1]$上分别应用 Lagrange 中值定理得

$$f(\tau)-f(0)=(\tau-0)f'(\xi),\quad 即\quad \tau(a+b)=\frac{a}{f'(\xi)},\xi\in(0,\tau);$$

$$f(1)-f(\tau)=(1-\tau)f'(\eta),\quad 即\quad (1-\tau)(a+b)=\frac{b}{f'(\eta)},\eta\in(\tau,1).$$

显然 $\xi\neq\eta$,将以上两式相加即得结论.

四、练习

1. 设 $f(x)$在$[0,1]$上连续, 在$(0,1)$内可导, 且 $f(1)=0$. 证明:至少存在一点 $\xi\in(0,1)$使得$(2\xi+1)f(\xi)+\xi f'(\xi)=0$.

提示:将 ξ 换成 x 得$(2x+1)f(x)+xf'(x)=0$, 这是一个一阶微分方程,解之得 $f(x)=C\dfrac{\mathrm{e}^{-2x}}{x}$, 于是可得辅助函数 $F(x)=xf(x)\mathrm{e}^{2x}$. 验证 $F(x)$在$[0,1]$上满足 Roll 定理即可.

2. 设 $f(x),g(x)$在$[a,b]$上连续, 在(a,b)内可导, 试证至少存在 $\xi\in(a,b)$, 使得

$$\begin{vmatrix} f(a) & g(a) \\ f(b) & g(b) \end{vmatrix}=(b-a)\begin{vmatrix} f(a) & g(a) \\ f'(\xi) & g'(\xi) \end{vmatrix}.$$

提示: 用常数 k 值法构造辅助函数 $F(x)=\begin{vmatrix} f(a) & g(a) \\ f(x) & g(x) \end{vmatrix}$,然后再使用中值定理即可.

3. 设 $f(x)$在$[0,3]$上连续, 在$(0,3)$内可导, 且 $f(0)+f(1)+f(2)=3$, $f(3)=1$, 证明:存在 $\xi\in(0,3)$, 使得 $f'(\xi)=0$.

提示:先使用介值定理,然后再使用 Roll 定理即可.

4. 设 $f(x)$在$[0,1]$上连续, 在$(0,1)$内二阶可导, $f(0)=f(1)=0$, 证明:存在 $\xi\in(0,1)$,使得 $f''(\xi)=\dfrac{2f'(\xi)}{1-\xi}$.

提示:将 ξ 换成 x 得 $(1-x)f''(x)=2f'(x)$,两端积分得 $\int(1-x)\mathrm{d}f'(x)=2\int\mathrm{d}f(x)$,即 $(1-x)f'(x)=f(x)+C_1$. 令 $C_1=0$,两端继续积分得 $(1-x)f(x)=C_2$,于是辅助函数为 $F(x)=(1-x)f(x)$. 连续两次使用 Roll 定理.

5. 设 $f(x)$ 在 $[-a,a]$ 上连续,在 $(-a,a)$ 内可导,且 $f(-a)=f(a)$,$a>0$,证明:存在 $\xi\in(-a,a)$,使得 $f'(\xi)=2\xi f(\xi)$.

提示:构作辅助函数 $F(x)=\mathrm{e}^{-x^2}f(x)$,然后在 $[-a,a]$ 上使用 Roll 定理.

讲座四　定积分不等式的证明技巧

定积分不等式的证明取决于命题提供的条件,根据命题提供的条件,归纳为:

一、仅知被积函数连续

证法:此种类型命题的证明一般需构作辅助函数. 其构作方法:将欲证结论中的积分上限(或下限)换成 x,式中与之相关的字母也换成 x,移项使不等式一端为 0,另一端即为所求的辅助函数 $F(x)$. 再讨论函数 $F(x)$ 的单调性即可.

例 1　设 $f(x)$ 在 $[a,b]$ 上连续,证明:$\left(\int_a^b f(x)\mathrm{d}x\right)^2\leqslant(b-a)\int_a^b f^2(x)\mathrm{d}x$.

证明　作辅助函数 $F(x)=\left(\int_a^x f(t)\mathrm{d}t\right)^2-(x-a)\int_a^x f^2(t)\mathrm{d}t$,则

$$F'(x)=2f(x)\int_a^x f(t)\mathrm{d}t-\int_a^x f^2(t)\mathrm{d}t-f^2(x)(x-a)=-\int_a^x[f(x)-f(t)]^2\mathrm{d}t<0.$$

则 $F(x)$ 在 $[a,b]$ 上单调递减,$F(b)\leqslant F(a)=0$,也即

$$\left(\int_a^b f(x)\mathrm{d}x\right)^2\leqslant(b-a)\int_a^b f^2(x)\mathrm{d}x.$$

例 2　设 $f(x)$ 在 $[0,1]$ 上连续,且单调减少,$f(x)>0$,证明:对于满足 $0<\alpha<\beta<1$ 的任何实数 α、β,有 $\beta\int_0^\alpha f(x)\mathrm{d}x>\alpha\int_\alpha^\beta f(x)\mathrm{d}x$.

证明　令 $F(x)=x\int_0^\alpha f(t)\mathrm{d}t-\alpha\int_\alpha^x f(t)\mathrm{d}t$,$x\in[\alpha,\beta]$,则

$$\begin{aligned}F'(x)&=\int_0^\alpha f(t)\mathrm{d}t-\alpha f(x)=\alpha f(\eta)-\alpha f(x)\\&=\alpha[f(\eta)-f(x)]\geqslant 0,\eta\in[0,\alpha],x\in[\alpha,\beta].\end{aligned}$$

从而 $F(x)$ 在 $[\alpha,\beta]$ 上单调递增,$F(\beta)\geqslant F(\alpha)>0$,也即

$$\beta\int_0^\alpha f(x)\mathrm{d}x>\alpha\int_\alpha^\beta f(x)\mathrm{d}x.$$

二、已知被积函数 $f(x)$ 一阶可导,又至少在一个端点处的函数值为 0

证法　此种类型命题的证明一般不需构作辅助函数. 可以通过先写出含该点的

Lagrange中值公式或微积分基本公式,然后据题设进行不等式的放缩,结合定积分性质进行处理.

(1) 若题设告知 $f'(x)$有界,一般是通过 Lagrange 中值公式解题.

例 3 设 $f(x)$在$[a,b]$上可导,$f(a)=0$,$f'(x)\leqslant M$,证明:

$$\int_a^b f(x)\mathrm{d}x \leqslant \frac{M}{2}(b-a)^2.$$

证明 对于任意 $x\in[a,b]$,由 Lagrange 中值定理,有

$$f(x)=f(x)-f(a)=f'(\xi)(x-a)\leqslant M(x-a),$$

两端从 a 到 b 积分即得结论.

例 4 设 $f(x)$ 在$[a,b]$上不恒为0,且 $f'(x)$ 连续,又 $f(a)=f(b)=0$,证明:存在一个 $\xi\in[a,b]$,使得 $|f'(\xi)|>\dfrac{4}{(b-a)^2}\displaystyle\int_a^b f(x)\mathrm{d}x$.

证明 当$\displaystyle\int_a^b f(x)\mathrm{d}x\leqslant 0$ 时,$[a,b]$ 上任何点均可取作 ξ. 现设$\displaystyle\int_a^b f(x)\mathrm{d}x>0$,由题设,$|f'(x)|$ 在$[a,b]$ 上可取最大值 M. 于是存在 $\xi\in[a,b]$,使得 $|f'(\xi)|=M$.

又 $$f(x)=f(x)-f(a)=f'(\xi_1)(x-a)\ (a<\xi_1<x),$$

且 $$f(x)=f(x)-f(b)=f'(\xi_2)(x-b)\ (x<\xi_2<b),$$

则 $$|f(x)|\leqslant M(x-a),\ |f(x)|\leqslant M(b-x).$$

于是有

$$\int_a^b|f(x)|\mathrm{d}x=\int_a^{\frac{a+b}{2}}|f(x)|\mathrm{d}x+\int_{\frac{a+b}{2}}^b|f(x)|\mathrm{d}x$$

$$\leqslant M\int_a^{\frac{a+b}{2}}(x-a)\mathrm{d}x+M\int_{\frac{a+b}{2}}^b(b-x)\mathrm{d}x=\frac{(b-a)^2}{4}M.$$

由此 $$\int_a^b f(x)\mathrm{d}x\leqslant\int_a^b|f(x)|\mathrm{d}x<\frac{(b-a)^2}{4}M,$$

命题得证.

(2) 若题设未告知 $f'(x)$有界,或虽然告知 $f'(x)$有界,但所证结论中含有关于 $f'(x)$ 的表达式,一般需通过微积分基本公式解题.

例 5 设 $f(x)$在$[a,b]$上连续,$f'(x)$在$[a,b]$上存在且可积,$f(a)=f(b)=0$,证明:

$$|f(x)|\leqslant\frac{1}{2}\int_a^b|f'(x)|\mathrm{d}x.$$

证明 利用微积分基本公式,有

$$f(x)=f(x)-f(a)=\int_a^x f'(t)\mathrm{d}t,$$

则 $$|f(x)|\leqslant\int_a^x|f'(t)|\mathrm{d}t.$$

类似可得 $$|f(x)|\leqslant\int_x^b|f'(t)|\mathrm{d}t.$$

两式相加即得结论.

例 6 设 $f(x)$在$[0,1]$有连续的导数. 证明:对于任意 $x\in[0,1]$,

$$|f(x)| \leqslant \int_0^1 (|f(x)| + |f'(x)|)\mathrm{d}x.$$

证明　由题设 $|f(x)|$ 连续,及积分中值定理 $\int_0^1 |f(x)|\mathrm{d}x = |f(\xi)|, 0 \leqslant \xi \leqslant 1$.

又
$$f(x) - f(\xi) = \int_\xi^x f'(t)\mathrm{d}t, \quad f(x) = f(\xi) + \int_\xi^x f'(t)\mathrm{d}t,$$

于是

$$|f(x)| \leqslant |f(\xi)| + \int_\xi^x |f'(t)|\mathrm{d}t \leqslant |f(\xi)| + \int_0^1 |f'(x)|\mathrm{d}x = \int_0^1 (|f(x)| + |f'(x)|)\mathrm{d}x.$$

三、已知被积函数 $f(x)$ 二阶或二阶以上可导,且又知最高阶导数的符号

证法　此种类型命题的证明一般不需构作辅助函数.只需写出 $f(x)$ 的 Taylor 展开式,然后结合题设对展开式进行放缩即可.

例 7　设 $f''(x) < 0, x \in [0,1]$,证明:$\int_0^1 f(x^2)\mathrm{d}x \leqslant f\left(\frac{1}{3}\right)$.

证明　$f(x)$ 在 $x = \frac{1}{3}$ 处的 Taylor 展开式为

$$f(x) = f\left(\frac{1}{3}\right) + f'\left(\frac{1}{3}\right)\left(x - \frac{1}{3}\right) + \frac{1}{2}f''(\xi)\left(x - \frac{1}{3}\right)^2 \leqslant f\left(\frac{1}{3}\right) + f'\left(\frac{1}{3}\right)\left(x - \frac{1}{3}\right).$$

以 x^2 取代 x,再在 $[0,1]$ 上两端积分即可.

例 8　设 $f(x)$ 在 $[a,b]$ 上单调增加,且 $f''(x) > 0$,证明:

$$\int_a^b f(x)\mathrm{d}x < (b - a)\frac{f(a) + f(b)}{2}.$$

证明　对于任意的 $t \in [a,b]$,$f(t)$ 在 x 处的 Taylor 展开式为

$$f(t) = f(x) + f'(x)(t - x) + \frac{1}{2}f''(\xi)(t - x)^2 > f(x) + f'(x)(t - x).$$

令 $t = a$ 及 $t = b$ 代入上式并将两式相加得

$$f(b) + f(a) > 2f(x) + (a + b)f'(x) - 2xf'(x),$$

再将两端积分即可.

注　如何写出 Taylor 展式,应结合题设所证的结论.如果结论中只出现函数在某一点的值,可直接在该点处展开,如果结论中出现两点的值,且又知两点处的一阶导数,可分别在两点处展开.否则,只能按例 8 的形式展开.

四、练习

1. 设 $f(x)$ 在 $[a,b]$ 上连续,且单调增加,证明:$\int_a^b xf(x)\mathrm{d}x \geqslant \frac{a + b}{2}\int_a^b f(x)\mathrm{d}x$.

提示:$F(x) = \int_a^x tf(t)\mathrm{d}t - \frac{a + x}{2}\int_a^x f(t)\mathrm{d}t$.

2. 设 $f'(x)$ 在 $[0,a]$ 上连续,且 $f(0) = 0$,证明:

$$\left|\int_0^a f(x)\mathrm{d}x\right| \leqslant \frac{Ma^2}{2}, \text{这里 } M = \max\{|f'(x)| \mid 0 \leqslant x \leqslant a\}.$$

提示:$|f(x)| = |f(x) - f(0)| = |(x - 0)f'(\xi)| = x|f'(\xi)| \leqslant xM$.

3. 设 $f(x)$ 在 $[a,b]$ 上具有二阶连续导数，且 $f(a)=f(b)=0$，$M=\max\{|f''(x)| \mid a<x<b\}$,证明:$\left|\int_a^b f(x)\mathrm{d}x\right| \leqslant \dfrac{M(b-a)^3}{12}$.

提示:仿例 8.

4. 设 $f(x)$, $g(x)$在$[a,b]$上连续，且满足$\int_a^x f(t)\mathrm{d}t \geqslant \int_a^x g(t)\mathrm{d}t$,这里 $x\in[a,b]$,又$\int_a^b f(t)\mathrm{d}t=\int_a^b g(t)\mathrm{d}t$,证明:$\int_a^b xf(x)\mathrm{d}x \leqslant \int_a^b xg(x)\mathrm{d}x$.

提示:令 $F(x)=f(x)-g(x)$, $G(x)=\int_a^x F(t)\mathrm{d}t$. 由题设知 $G(x)\geqslant 0$ $(x\in[a,b])$，且 $G(a)=G(b)=0$. 欲证结论成立,事实上只需证明:$\int_a^b xF(x)\mathrm{d}x \leqslant 0$ 即可.

注意到 $\int_a^b xF(x)\mathrm{d}x = \int_a^b x\mathrm{d}G(x) = xG(x)\Big|_a^b - \int_a^b G(x)\mathrm{d}x = -\int_a^b G(x)\mathrm{d}x$，而 $G(x)\geqslant 0$ $(x\in[a,b])$，从而 $-\int_a^b G(x)\mathrm{d}x \leqslant 0$,即$\int_a^b xF(x)\mathrm{d}x \leqslant 0$.

讲座五　方阵的三种一元运算

对于一个方阵 $\boldsymbol{A}$ 而言,求转置 $\boldsymbol{A}^{\mathrm{T}}$,求逆 $\boldsymbol{A}^{-1}$及求伴随阵 $\boldsymbol{A}^*$ 是矩阵 $\boldsymbol{A}$ 的三种一元运算,它们之间既有区别,又有联系,正确处理它们之间的关系在解决某些问题时是十分有益的.

一、三种一元运算各自性质的对照

转置	逆矩阵	伴随阵
$(\boldsymbol{A}^{\mathrm{T}})^{\mathrm{T}}=\boldsymbol{A}$	$(\boldsymbol{A}^{-1})^{-1}=\boldsymbol{A}$	$(\boldsymbol{A}^*)^*=\lvert\boldsymbol{A}\rvert^{n-2}\boldsymbol{A}$
$(\boldsymbol{AB})^{\mathrm{T}}=\boldsymbol{B}^{\mathrm{T}}\boldsymbol{A}^{\mathrm{T}}$	$(\boldsymbol{AB})^{-1}=\boldsymbol{B}^{-1}\boldsymbol{A}^{-1}$	$(\boldsymbol{AB})^*=\boldsymbol{B}^*\boldsymbol{A}^*$
$(\lambda\boldsymbol{A})^{\mathrm{T}}=\lambda\boldsymbol{A}^{\mathrm{T}}$	$(\lambda\boldsymbol{A})^{-1}=\dfrac{1}{\lambda}\boldsymbol{A}^{-1}$	$(\lambda\boldsymbol{A})^*=\lambda^{n-1}\boldsymbol{A}^*$

(1) 转置是与矩阵的对称性、反对称性密切相关的,在涉及矩阵的对称与反对称的命题时,需要根据定义结合转置的性质讨论.

例 1　设 $\boldsymbol{P}$ 是$m\times n$ 矩阵, $\boldsymbol{PP}^{\mathrm{T}}$ 是可逆阵, 而 $\boldsymbol{A}=\boldsymbol{E}-\boldsymbol{P}^{\mathrm{T}}(\boldsymbol{PP}^{\mathrm{T}})^{-1}\boldsymbol{P}$, 证明:$\boldsymbol{A}$ 是对称矩阵.

证明　欲证明 $\boldsymbol{A}$ 是对称矩阵,证 $\boldsymbol{A}^{\mathrm{T}}=\boldsymbol{A}$ 即可.

$$\begin{aligned}\boldsymbol{A}^{\mathrm{T}}&=[\boldsymbol{E}-\boldsymbol{P}^{\mathrm{T}}(\boldsymbol{PP}^{\mathrm{T}})^{-1}\boldsymbol{P}]^{\mathrm{T}}=\boldsymbol{E}-[\boldsymbol{P}^{\mathrm{T}}(\boldsymbol{PP}^{\mathrm{T}})^{-1}\boldsymbol{P}]^{\mathrm{T}}=\boldsymbol{E}-\boldsymbol{P}^{\mathrm{T}}[(\boldsymbol{PP}^{\mathrm{T}})^{-1}]^{\mathrm{T}}\boldsymbol{P}\\&=\boldsymbol{E}-\boldsymbol{P}^{\mathrm{T}}[(\boldsymbol{PP}^{\mathrm{T}})^{\mathrm{T}}]^{-1}\boldsymbol{P}=\boldsymbol{E}-\boldsymbol{P}^{\mathrm{T}}(\boldsymbol{PP}^{\mathrm{T}})^{-1}\boldsymbol{P}=\boldsymbol{A}.\end{aligned}$$

注　若 $\boldsymbol{\alpha},\boldsymbol{\beta}$ 是n 维行向量,$\boldsymbol{A}=\boldsymbol{\alpha}^{\mathrm{T}}\boldsymbol{\beta}$,在求 $\boldsymbol{A}^m$ 时,应考虑到矩阵的结合性及 $\boldsymbol{\beta\alpha}^{\mathrm{T}}$ 是一个数,从而

$$\begin{aligned}\boldsymbol{A}^m&=(\boldsymbol{\alpha}^{\mathrm{T}}\boldsymbol{\beta})(\boldsymbol{\alpha}^{\mathrm{T}}\boldsymbol{\beta})\cdot\cdots\cdot(\boldsymbol{\alpha}^{\mathrm{T}}\boldsymbol{\beta})=\boldsymbol{\alpha}^{\mathrm{T}}(\boldsymbol{\beta\alpha}^{\mathrm{T}})\cdot\cdots\cdot(\boldsymbol{\beta\alpha}^{\mathrm{T}})\boldsymbol{\beta}=(\boldsymbol{\beta\alpha}^{\mathrm{T}})^{m-1}(\boldsymbol{\alpha}^{\mathrm{T}}\boldsymbol{\beta})\\&=(\boldsymbol{\beta\alpha}^{\mathrm{T}})^{m-1}\boldsymbol{A}.\end{aligned}$$

反之,若 $R(\boldsymbol{A})=1$,则 $\boldsymbol{A}=\boldsymbol{\alpha}^{T}\boldsymbol{\beta}$,在求 $\boldsymbol{A}^{m}$ 时,同样使计算简化.

例 2 设 $\boldsymbol{A}=\boldsymbol{E}-\boldsymbol{\alpha}\boldsymbol{\alpha}^{T}$,其中 E 为 n 阶单位阵,$\boldsymbol{\alpha}$ 为 n 维非零列向量,求 $\boldsymbol{A}^{2}=\boldsymbol{A}$ 成立的条件.

解 首先计算 $\boldsymbol{A}^{2}$, 有

$$\begin{aligned}\boldsymbol{A}^{2}&=(\boldsymbol{E}-\boldsymbol{\alpha}\boldsymbol{\alpha}^{T})(\boldsymbol{E}-\boldsymbol{\alpha}\boldsymbol{\alpha}^{T})=\boldsymbol{E}-\boldsymbol{\alpha}\boldsymbol{\alpha}^{T}\quad\boldsymbol{\alpha}\boldsymbol{\alpha}^{T}+\boldsymbol{\alpha}\boldsymbol{\alpha}^{T}\cdot\boldsymbol{\alpha}\boldsymbol{\alpha}^{T}\\&=\boldsymbol{E}-2\boldsymbol{\alpha}\boldsymbol{\alpha}^{T}+\boldsymbol{\alpha}\boldsymbol{\alpha}^{T}\cdot\boldsymbol{\alpha}\boldsymbol{\alpha}^{T}=\boldsymbol{E}-(2-\boldsymbol{\alpha}^{T}\boldsymbol{\alpha})\cdot\boldsymbol{\alpha}\boldsymbol{\alpha}^{T},\end{aligned}$$

由题设 $\boldsymbol{A}^{2}=\boldsymbol{A}$,则

$$\boldsymbol{E}-(2-\boldsymbol{\alpha}^{T}\boldsymbol{\alpha})\cdot\boldsymbol{\alpha}\boldsymbol{\alpha}^{T}=\boldsymbol{E}-\boldsymbol{\alpha}\boldsymbol{\alpha}^{T},$$

从而 $2-\boldsymbol{\alpha}^{T}\boldsymbol{\alpha}=1$,即 $\boldsymbol{\alpha}^{T}\boldsymbol{\alpha}=1$.

反之,当 $\alpha^{T}\alpha=1$ 时,依据上面的计算有 $\boldsymbol{A}^{2}=\boldsymbol{A}$.即 $\boldsymbol{A}^{2}=\boldsymbol{A}$ 成立的充要条件是 $\boldsymbol{\alpha}^{T}\boldsymbol{\alpha}=1$.

(2) 可逆的判定及在可逆条件下求逆是矩阵的一种非常重要的运算.

如果 $\boldsymbol{A}$ 是一个具体矩阵,求其逆的方法有:①公式法 $\boldsymbol{A}^{-1}=\frac{1}{|\boldsymbol{A}|}\boldsymbol{A}^{*}$(3 阶或 3 阶以下的矩阵);②$(\boldsymbol{A}|\boldsymbol{E})$经过初等变换变成$(\boldsymbol{E}|\boldsymbol{A}^{-1})$(3 阶或 3 阶以上的矩阵);③分块矩阵法(4 阶以上的矩阵).

如果 $\boldsymbol{A}$ 是一个抽象矩阵,判断它是否可逆的方法一般有四种:①定义 (既能判定,又可求逆);②$|\boldsymbol{A}|\neq 0$ (只能判定);③$\boldsymbol{A}$ 的特征值是否为零 (只能判定);④齐次线性方程组 $\boldsymbol{AX}=0$ 只有零解 (只能判定).

例 3 设 $\boldsymbol{A},\boldsymbol{B}$ 均为 n 阶方阵,若 $\boldsymbol{E}+\boldsymbol{AB}$ 可逆,则 $\boldsymbol{E}+\boldsymbol{BA}$ 必可逆,并求其逆.

证明 由题设 $\boldsymbol{E}+\boldsymbol{AB}$ 可逆,必存在逆阵 $\boldsymbol{C}$ 使得$(\boldsymbol{E}+\boldsymbol{AB})\boldsymbol{C}=\boldsymbol{E}$,即 $\boldsymbol{ABC}=\boldsymbol{E}-\boldsymbol{C}$,从而 $\boldsymbol{B}(\boldsymbol{ABC})\boldsymbol{A}=\boldsymbol{B}(\boldsymbol{E}-\boldsymbol{C})\boldsymbol{A}=\boldsymbol{BA}-\boldsymbol{BCA}$,即 $\boldsymbol{E}+\boldsymbol{BA}-\boldsymbol{BCA}-\boldsymbol{BABCA}=\boldsymbol{E}$,也即$(\boldsymbol{E}+\boldsymbol{BA})(\boldsymbol{E}-\boldsymbol{BCA})=\boldsymbol{E}$,故 $\boldsymbol{E}+\boldsymbol{BA}$ 可逆,且$(\boldsymbol{E}+\boldsymbol{BA})^{-1}=\boldsymbol{E}-\boldsymbol{BCA}$.

例 4 如果一个 n 阶方阵 $\boldsymbol{A}$ 满足 $\boldsymbol{A}^{2}+\boldsymbol{A}+\boldsymbol{E}=0$,则对于任意实数 λ, $\boldsymbol{A}+\lambda\boldsymbol{E}$ 均是可逆的.

证明 欲证对于任意实数 λ, $\boldsymbol{A}+\lambda\boldsymbol{E}$ 均是可逆的,只需证明:对于任意实数 λ, $\boldsymbol{A}+\lambda\boldsymbol{E}$ 的特征值均不为零即可.

现令 a 是 $\boldsymbol{A}$ 的任一个特征值,由特征值的性质,对于任意实数 λ, $a+\lambda$ 必是矩阵 $\boldsymbol{A}+\lambda\boldsymbol{E}$ 的特征值.因为 $\boldsymbol{A}$ 满足关系式: $\boldsymbol{A}^{2}+\boldsymbol{A}+\boldsymbol{E}=0$,根据特征值的定义,易知 a 必满足关系式:$a^{2}+a+1=0$,从而 a 不可能是实数.故 $a+\lambda$ 不可能是实数,这表明 $\boldsymbol{A}+\lambda\boldsymbol{E}$ 的任意特征值不可能为零.故对于任意实数 λ, $\boldsymbol{A}+\lambda\boldsymbol{E}$ 均是可逆的.

3. 伴随阵是一个矩阵与其逆阵联系的桥梁.通常在涉及到 $\boldsymbol{A},\boldsymbol{A}^{*}$与 $\boldsymbol{A}^{-1}$之间的关系或相应的行列式之间的关系时会用到如下一个重要公式:$\boldsymbol{AA}^{*}=\boldsymbol{A}^{*}\boldsymbol{A}=|\boldsymbol{A}|\boldsymbol{E}$.

例 5 设 $\boldsymbol{A}$ 为 n 阶方阵,证明: $|\boldsymbol{A}^{*}|=|\boldsymbol{A}|^{n-1}$.

证明 分两种情况考虑:

(1) 先证若$|\boldsymbol{A}|=0$,则$|\boldsymbol{A}^{*}|=0$.若 $\boldsymbol{A}=0$,显然 $\boldsymbol{A}^{*}=0$,此时$|\boldsymbol{A}^{*}|=0$,结论自然成立;若 $\boldsymbol{A}\neq 0$,现假定$|\boldsymbol{A}^{*}|\neq 0$,则 $\boldsymbol{A}^{*}$必可逆,令其逆阵为 $\boldsymbol{B}$,则 $\boldsymbol{A}=\boldsymbol{AE}=\boldsymbol{A}(\boldsymbol{A}^{*}\boldsymbol{B})=(\boldsymbol{AA}^{*})\boldsymbol{B}=|\boldsymbol{A}|\boldsymbol{B}=\boldsymbol{0}\cdot\boldsymbol{B}=\boldsymbol{0}$,这显然是一个矛盾,此时必有$|\boldsymbol{A}^{*}|=0$.

(2) 若$|\boldsymbol{A}|\neq 0$,由 $\boldsymbol{AA}^{*}=|\boldsymbol{A}|\boldsymbol{E}$,则$|\boldsymbol{A}||\boldsymbol{A}^{*}|=|\boldsymbol{AA}^{*}|=||\boldsymbol{A}|\boldsymbol{E}|=|\boldsymbol{A}|^{n}$.注意到

$|\boldsymbol{A}|\neq 0$,故$|\boldsymbol{A}^*|=|\boldsymbol{A}|^{n-1}$.

二、三种一元运算之间的相互关系

三种一元运算在各自有意义的前提下是两两可换的,即

$$(\boldsymbol{A}^{\mathrm{T}})^* = (\boldsymbol{A}^*)^{\mathrm{T}},\quad (\boldsymbol{A}^{-1})^* = (\boldsymbol{A}^*)^{-1},\quad (\boldsymbol{A}^{\mathrm{T}})^{-1} = (\boldsymbol{A}^{-1})^{\mathrm{T}}.$$

熟记三种一元运算的上述关系是非常重要的,在解决某些问题时会带来方便.

例6 设$\boldsymbol{A}=(a_{ij})_{n\times n}$,$\boldsymbol{B}=(A_{ij})$,且$\boldsymbol{A}^2=\boldsymbol{E}$,证明:$\boldsymbol{B}^2=\boldsymbol{E}$.

证明 由题设易知$\boldsymbol{A}$是可逆的,因此,

$$\begin{aligned}\boldsymbol{B}^2 &=[(\boldsymbol{A}^*)^{\mathrm{T}}]^2=[(|\boldsymbol{A}|\boldsymbol{A}^{-1})^{\mathrm{T}}]^2=[|\boldsymbol{A}|(\boldsymbol{A}^{-1})^{\mathrm{T}}]^2=|\boldsymbol{A}|^2[(\boldsymbol{A}^2)^{\mathrm{T}}]]^{-1}\\ &=|\boldsymbol{A}^2|(E)^{\mathrm{T}}])^{-1}=|\boldsymbol{A}|^2\boldsymbol{E}=\boldsymbol{E}.\end{aligned}$$

注 在对一个矩阵先后同时施行这三种运算时,应利用上述性质优先计算

$$(\boldsymbol{A}^*)^{-1}=(|\boldsymbol{A}|\boldsymbol{A}^{-1})^{-1}=\frac{1}{|\boldsymbol{A}|}\boldsymbol{A}.$$

例7 已知$\boldsymbol{A}=\begin{bmatrix}1&2&0&0\\3&4&0&0\\0&0&5&6\\0&0&7&8\end{bmatrix}$,求$[(\boldsymbol{A}^*)^{\mathrm{T}}]^{-1}$.

解 因为

$$|\boldsymbol{A}|=\begin{vmatrix}1&2&0&0\\3&4&0&0\\0&0&5&6\\0&0&7&8\end{vmatrix}=\begin{vmatrix}1&2\\3&4\end{vmatrix}\cdot\begin{vmatrix}5&6\\7&8\end{vmatrix}=(-2)\cdot(-2)=4,$$

故$\boldsymbol{A}$逆,且

$$[(\boldsymbol{A}^*)^{\mathrm{T}}]^{-1}=[(\boldsymbol{A}^*)^{-1}]^{\mathrm{T}}=[(|\boldsymbol{A}|\boldsymbol{A}^{-1})^{-1}]^{\mathrm{T}}=\left(\frac{1}{|\boldsymbol{A}|}\boldsymbol{A}\right)^{\mathrm{T}}=\frac{1}{|\boldsymbol{A}|}\boldsymbol{A}^{\mathrm{T}},$$

进而有

$$[(\boldsymbol{A}^*)^{\mathrm{T}}]^{-1}=\frac{1}{|\boldsymbol{A}|}\boldsymbol{A}^{\mathrm{T}}=\frac{1}{4}\begin{bmatrix}1&3&0&0\\2&4&0&0\\0&0&5&7\\0&0&6&8\end{bmatrix}.$$

三、三种一元运算的统一性

设$\boldsymbol{A}$是n阶方阵,易证如下结果:

(1) $\boldsymbol{A}^{\mathrm{T}}=\boldsymbol{A}^{-1}\Longleftrightarrow$ $\boldsymbol{A}$是正交阵,$\boldsymbol{A}\boldsymbol{A}^{\mathrm{T}}=\boldsymbol{A}^{\mathrm{T}}\boldsymbol{A}=\boldsymbol{E}$;

(2) $\boldsymbol{A}^*=\boldsymbol{A}^{-1}\Longleftrightarrow$ $|\boldsymbol{A}|=1$;

(3) $\boldsymbol{A}^{\mathrm{T}}=\boldsymbol{A}^*\Longleftrightarrow$ $A_{ij}=a_{ij}$.

例8 设$\boldsymbol{A}$为3阶非零实方阵,且$A_{ij}=-2a_{ij}$,求$\mathrm{R}(\boldsymbol{A})$及$|\boldsymbol{A}|$.

解 由题设不妨令$a_{11}\neq 0$,由行列式展开式定理得

$$|\boldsymbol{A}|=a_{11}A_{11}+a_{12}A_{12}+a_{13}A_{13}=-2(a_{11}^2+a_{12}^2+a_{13}^2)\neq 0.$$

故 $R(\boldsymbol{A})=3$. 又由题设 $A_{ij}=-2a_{ij}$,则 $\boldsymbol{A}^*=-2\boldsymbol{A}^{\mathrm{T}}$.注意到 $\boldsymbol{A}$ 是三阶方阵,于是

$$|\boldsymbol{A}|^2=|\boldsymbol{A}^*|=|-2\boldsymbol{A}^{\mathrm{T}}|=(-2)^3|\boldsymbol{A}^{\mathrm{T}}|=-8|\boldsymbol{A}|,$$

从而 $|\boldsymbol{A}|=-8$.

四、练习

1. 设 $\boldsymbol{A}=\begin{bmatrix}1&2&3&4\\2&3&4&1\\3&4&1&2\\4&1&2&3\end{bmatrix}$,求$(\boldsymbol{A}^*)^{-1}$.

提示:$(\boldsymbol{A}^*)^{-1}=\frac{1}{|\boldsymbol{A}|}\boldsymbol{A}$.

2. 设 $\boldsymbol{B}=\begin{bmatrix}1&-1&0&0\\0&1&-1&0\\0&0&1&-1\\0&0&0&1\end{bmatrix}$,$\boldsymbol{C}=\begin{bmatrix}2&1&3&4\\0&2&1&3\\0&0&2&1\\0&0&0&2\end{bmatrix}$,

且满足关系式 $\boldsymbol{A}(\boldsymbol{E}-\boldsymbol{B}^{\mathrm{T}}\boldsymbol{C}^{-1})\boldsymbol{C}=\boldsymbol{E}$, 求 $\boldsymbol{A}$.

提示: 利用三种一元运算的关系可以得 $\boldsymbol{A}=[(\boldsymbol{C}-\boldsymbol{B}^{\mathrm{T}})]^{-1}$.

3. 设 $\boldsymbol{A},\boldsymbol{B}$ 为 n 阶对称矩阵,证明:

(1) $\boldsymbol{A}\boldsymbol{B}^{\mathrm{T}}+\boldsymbol{B}\boldsymbol{A}^{\mathrm{T}}$ 为对称矩阵;

(2) $\boldsymbol{A}\boldsymbol{B}^{\mathrm{T}}-\boldsymbol{B}\boldsymbol{A}^{\mathrm{T}}$ 为反对称矩阵.

提示: 根据定义直接验证即可.

4. 已知 $\boldsymbol{A},\boldsymbol{B}$ 与 $\boldsymbol{A}+\boldsymbol{B}$ 均可逆, 证明:$\boldsymbol{A}^{-1}+\boldsymbol{B}^{-1}$也可逆,并求其逆.

提示: $\boldsymbol{A}^{-1}+\boldsymbol{B}^{-1}=\boldsymbol{A}^{-1}(\boldsymbol{A}+\boldsymbol{B})\boldsymbol{B}^{-1}$, $(\boldsymbol{A}^{-1}+\boldsymbol{B}^{-1})^{-1}=\boldsymbol{B}(\boldsymbol{A}+\boldsymbol{B})^{-1}\boldsymbol{A}$.

5. 设 $\boldsymbol{A},\boldsymbol{B}$ 为 n 阶方阵, 证明:若 $\boldsymbol{E}-\boldsymbol{A}\boldsymbol{B}$ 可逆, 则 $\boldsymbol{E}-\boldsymbol{B}\boldsymbol{A}$ 必可逆.

提示: 类似于例 3 的验证.

讲座六　方阵的相似对角化问题

设 $\boldsymbol{A}$ 是一个 n 阶方阵, 若存在一个 n 阶可逆阵 $\boldsymbol{P}$, 使得 $\boldsymbol{P}^{-1}\boldsymbol{A}\boldsymbol{P}$ 是一个对角阵, 即 $\boldsymbol{P}^{-1}\boldsymbol{A}\boldsymbol{P}=\boldsymbol{\Lambda}$,则称 $\boldsymbol{A}$ 可相似对角化,简称可对角化.这里说明判别一个矩阵能否对角化的基本方法.

一、充分条件

如果一个 n 阶方阵 $\boldsymbol{A}$ 有 n 个不同的特征值,则 $\boldsymbol{A}$ 可相似对角化.

注　上述条件只是判别一个方阵能否相似对角化的充分条件,未必必要.换言之,如果一个 n 阶方阵 $\boldsymbol{A}$ 有 n 个不同的特征值,则 $\boldsymbol{A}$ 可相似对角化.但是,如果一个 n 阶方阵 $\boldsymbol{A}$ 的 n 个特征值不是互异的,则 $\boldsymbol{A}$ 能否相似对角化需另寻求其他方法进一步判别.特别地,若 $\boldsymbol{A}$ 能相似对角化, 则 $\boldsymbol{\Lambda}$ 是其所有特征值构成的对角阵, 而相似变换阵 $\boldsymbol{P}$ 是其特征值对应的

特征向量构成的可逆阵.

例1 设0,1,2是三阶奇异矩阵 $\boldsymbol{A}$ 的特征值，$\boldsymbol{B}=\boldsymbol{A}^2+2\boldsymbol{A}+3\boldsymbol{E}$，问 $\boldsymbol{B}$ 能否相似对角化？

解 由题设，$|\boldsymbol{A}|=0$，于是，0是 $\boldsymbol{A}$ 的一个特征值，即 $\boldsymbol{A}$ 有三个特征值：0,1,2. 又 $\boldsymbol{B}=\boldsymbol{A}^2+2\boldsymbol{A}+3\boldsymbol{E}$，从而 $\boldsymbol{B}$ 相应有三个特征值：$0^2+2\cdot0+3=3$，$1^2+2\cdot1+3=6$，$2^2+2\cdot2+3=11$. 因 $\boldsymbol{B}$ 的这三个特征值是互异的，故 $\boldsymbol{B}$ 能相似对角化.

例2 设1,3,5,7是一个四阶方阵 $\boldsymbol{A}$ 的特征值，求 $|\boldsymbol{A}^2-2\boldsymbol{E}|$.

解 由题设，$\boldsymbol{A}$ 有四个互异的特征值，从而可相似对角化，即存在可逆阵 $\boldsymbol{P}$，使得

$$\boldsymbol{P}^{-1}\boldsymbol{A}\boldsymbol{P}=\boldsymbol{\Lambda}=\begin{bmatrix}1&0&0&0\\0&3&0&0\\0&0&5&0\\0&0&0&7\end{bmatrix},$$

于是，$\boldsymbol{A}=\boldsymbol{P}\boldsymbol{\Lambda}\boldsymbol{P}^{-1}$，由此，$\boldsymbol{A}^2=\boldsymbol{P}\boldsymbol{\Lambda}^2\boldsymbol{P}^{-1}$，进而有

$$\begin{aligned}|\boldsymbol{A}^2-2\boldsymbol{E}|&=|\boldsymbol{P}\boldsymbol{\Lambda}^2\boldsymbol{P}^{-1}-2\boldsymbol{E}|=|\boldsymbol{P}\boldsymbol{\Lambda}^2\boldsymbol{P}^{-1}-2\boldsymbol{P}\boldsymbol{P}^{-1}|\\&=|\boldsymbol{P}||\boldsymbol{\Lambda}^2-2\boldsymbol{E}||\boldsymbol{P}^{-1}|\\&=|\boldsymbol{\Lambda}^2-2\boldsymbol{E}|=(1-2)(3^2-2)(5^2-2)(7^2-2)=-7567.\end{aligned}$$

注 上述解法主要是借助于矩阵的相似对角化性质求解.当然此题也可通过如下方法求：先求出 $\boldsymbol{A}^2-2\boldsymbol{E}$ 的全部特征值，则 $|\boldsymbol{A}^2-2\boldsymbol{E}|=$ 所求全部特征值之积.

二、充要条件

设 $\boldsymbol{A}$ 是一个 n 阶方阵，则 $\boldsymbol{A}$ 可相似对角化的充要条件是 $\boldsymbol{A}$ 有 n 个线性无关的特征向量.

注 上述条件是判别一个方阵能否相似对角化的充要条件.因此，借助于该条件，对于一个 n 阶方阵 $\boldsymbol{A}$ 能否相似对角化可作一个全面判别.

例3 设 $\boldsymbol{A}$ 是一个 n 阶方阵，如果对于任意互异的实数 a,b，$\boldsymbol{A}$ 满足关系式：$\boldsymbol{A}^2-(a+b)\boldsymbol{A}+ab\boldsymbol{E}=0$，则 $\boldsymbol{A}$ 必可相似对角化.

证明 由题设，$\boldsymbol{A}$ 满足：$\boldsymbol{A}^2-(a+b)\boldsymbol{A}+ab\boldsymbol{E}=0$，即 $(\boldsymbol{A}-a\boldsymbol{E})(\boldsymbol{A}-b\boldsymbol{E})=0$，进而 $|\boldsymbol{A}-a\boldsymbol{E}|=0$ 或 $|\boldsymbol{A}-b\boldsymbol{E}|=0$. 以下分三种情况进行讨论：

(1) 若 $|\boldsymbol{A}-a\boldsymbol{E}|=0$，但 $|\boldsymbol{A}-b\boldsymbol{E}|\neq0$，此时，$\boldsymbol{A}-b\boldsymbol{E}$ 可逆，从而 $\boldsymbol{A}=a\boldsymbol{E}$，故 $\boldsymbol{A}$ 必可相似对角化；

(2) 若 $|\boldsymbol{A}-a\boldsymbol{E}|\neq0$，但 $|\boldsymbol{A}-b\boldsymbol{E}|=0$，此时，$\boldsymbol{A}-a\boldsymbol{E}$ 可逆，从而 $\boldsymbol{A}=b\boldsymbol{E}$，故 $\boldsymbol{A}$ 必可相似对角化；

(3) 若 $|\boldsymbol{A}-a\boldsymbol{E}|=0$，且 $|\boldsymbol{A}-b\boldsymbol{E}|=0$，欲证 $\boldsymbol{A}$ 可相似对角化，只需证 $\boldsymbol{A}$ 有 n 个线性无关的特征向量，即证

$$[n-\mathrm{R}(a\boldsymbol{E}-\boldsymbol{A})]+[n-\mathrm{R}(b\boldsymbol{E}-\boldsymbol{A})]=n,\text{即 }\mathrm{R}(a\boldsymbol{E}-\boldsymbol{A})+\mathrm{R}(b\boldsymbol{E}-\boldsymbol{A})=n.$$

注意到
$$(\boldsymbol{A}-a\boldsymbol{E})(\boldsymbol{A}-b\boldsymbol{E})=0,$$
显然
$$\mathrm{R}(a\boldsymbol{E}-\boldsymbol{A})+\mathrm{R}(b\boldsymbol{E}-\boldsymbol{A})\leqslant n.$$
又因为
$$\mathrm{R}(a\boldsymbol{E}-\boldsymbol{A})+\mathrm{R}(b\boldsymbol{E}-\boldsymbol{A})=\mathrm{R}(a\boldsymbol{E}-\boldsymbol{A})+\mathrm{R}(\boldsymbol{A}-b\boldsymbol{E})$$

$$\geqslant R(a\boldsymbol{E}-\boldsymbol{A}+\boldsymbol{A}-b\boldsymbol{E})=R[(a-b)\boldsymbol{E}]=n,$$

故
$$R(a\boldsymbol{E}-\boldsymbol{A})+R(b\boldsymbol{E}-\boldsymbol{A})=n.$$

综上所述,$\boldsymbol{A}$ 必可相似对角化.

例 4 已知 $\xi=\begin{bmatrix}1\\1\\-1\end{bmatrix}$ 是矩阵 $\boldsymbol{A}=\begin{bmatrix}2&-1&2\\5&a&3\\-1&b&-2\end{bmatrix}$ 的一个特征向量,问 $\boldsymbol{A}$ 能否相似对角化?

解 先求参数 a,b.令 λ 是 ξ 所对应的 $\boldsymbol{A}$ 的特征值,则

$$(\lambda\boldsymbol{E}-\boldsymbol{A})\xi=\begin{bmatrix}\lambda-2&1&-2\\-5&\lambda-a&-3\\1&-b&\lambda+2\end{bmatrix}\begin{bmatrix}1\\1\\-1\end{bmatrix}=\begin{bmatrix}0\\0\\0\end{bmatrix}$$

即有下列方程组

$$\begin{cases}\lambda-2+1+2=0\\-5+\lambda-a+3=0,\\1-b-\lambda-2=0\end{cases}$$

故 $\lambda=-1,\ a=-3,\ b=0$. 进而

$$|\lambda\boldsymbol{E}-\boldsymbol{A}|=\begin{vmatrix}\lambda-2&1&-2\\-5&\lambda+3&-3\\1&0&\lambda+2\end{vmatrix}=(\lambda+1)^3=0,$$

故 $\lambda=-1$ 是三重特征值.现考察 $\boldsymbol{A}$ 的线性无关的特征向量.对于方程组 $(-\boldsymbol{E}-\boldsymbol{A})X=0$,因为

$$-\boldsymbol{E}-\boldsymbol{A}=\begin{bmatrix}-3&1&-2\\-5&2&-3\\1&0&1\end{bmatrix}\longrightarrow\begin{bmatrix}1&0&1\\0&1&1\\0&0&0\end{bmatrix}$$

故 $R(-\boldsymbol{E}-\boldsymbol{A})=2$, 即 $\boldsymbol{A}$ 只有一个线性无关的特征向量, 从而 $\boldsymbol{A}$ 不能相似对角化.

三、实对称矩阵

任意一个 n 阶实对称矩阵 $\boldsymbol{A}$ 不仅可以相似对角化,而且还能正交对角化,即存在一个正交矩阵 $\boldsymbol{P}(\boldsymbol{P}\boldsymbol{P}'=\boldsymbol{E})$,使得 $\boldsymbol{P}'\boldsymbol{A}\boldsymbol{P}=\boldsymbol{\Lambda}$.

例 5 设 $\boldsymbol{\beta}=\begin{bmatrix}1\\1\\-2\end{bmatrix},\boldsymbol{A}=\begin{bmatrix}1&1&a\\1&a&1\\a&1&1\end{bmatrix}$.如果方程组 $\boldsymbol{A}X=\boldsymbol{\beta}$ 有解但不唯一,试求:

(1) 参数 a 的值;

(2) 正交矩阵 $\boldsymbol{P}$ 与对角阵 $\boldsymbol{\Lambda}$,使得 $\boldsymbol{P}^{\mathrm{T}}\boldsymbol{A}\boldsymbol{P}=\boldsymbol{\Lambda}$.

解 (1) 由题设知方程组 $\boldsymbol{A}X=\boldsymbol{\beta}$ 有无穷多个解, 于是 $R(\boldsymbol{A})=R(\boldsymbol{A},\boldsymbol{\beta})<3$. 直接计算易得

$$|\boldsymbol{A}|=-(a-1)^2(a+2)=0,$$

于是 $a=1$ 或 $a=-2$. 当 $a=1$ 时, $R(\boldsymbol{A})\neq R(\boldsymbol{A},\boldsymbol{\beta})$, 此时方程组 $\boldsymbol{A}X=\boldsymbol{\beta}$ 无解,与题设矛盾;当 $a=-2$ 时,$R(\boldsymbol{A})=R(\boldsymbol{A},\boldsymbol{\beta})<3$,此时方程组 $\boldsymbol{A}X=\boldsymbol{\beta}$ 有无穷多个解,于是 $a=-2$.

(2) 先求特征值,由

$$|\lambda \boldsymbol{E}-\boldsymbol{A}|=-\lambda(\lambda-3)(\lambda+3),$$

故特征值为 $\lambda_1=3,\lambda_2=-3,\lambda_3=0$. 直接计算得 $\lambda_1,\lambda_2,\lambda_3$ 对应的特征向量分别为: $\boldsymbol{\alpha}_1=(1,0,-1)^{\mathrm{T}},\boldsymbol{\alpha}_2=(1,-2,1)^{\mathrm{T}},\boldsymbol{\alpha}_3=(1,1,1)^{\mathrm{T}}$. 因为 $\boldsymbol{A}$ 有三个互异的特征值,且 $\boldsymbol{A}$ 是实对称阵,从而对应的三个特征向量必正交. 为求正交阵 P,只需将 $\boldsymbol{\alpha}_1,\boldsymbol{\alpha}_2,\boldsymbol{\alpha}_3$ 各自单位化即可. 简单计算有

$$\boldsymbol{\eta}_1=\left(\frac{1}{\sqrt{2}},0,-\frac{1}{\sqrt{2}}\right)^{\mathrm{T}},\quad \boldsymbol{\eta}_2=\left(\frac{1}{\sqrt{6}},-\frac{2}{\sqrt{6}},\frac{1}{\sqrt{6}}\right)^{\mathrm{T}},\quad \boldsymbol{\eta}_3=\left(\frac{1}{\sqrt{3}},\frac{1}{\sqrt{3}},\frac{1}{\sqrt{3}}\right)^{\mathrm{T}}.$$

故所求的正交阵为 $\boldsymbol{P}=[\eta_1,\eta_2,\eta_3]$,使得

$$\boldsymbol{P}^{\mathrm{T}}\boldsymbol{A}\boldsymbol{P}=\boldsymbol{\Lambda}=\begin{bmatrix}3&0&0\\0&-3&0\\0&0&0\end{bmatrix}.$$

四、练习

1. 设 1, 2, 3 是三阶矩阵 $\boldsymbol{A}$ 的特征值,证明:对于任意不同时为零的实数 a、b, $a\boldsymbol{A}^*+b\boldsymbol{E}$ 必可对角化.

提示: $|\boldsymbol{A}|=6$, $\boldsymbol{A}$ 可逆,于是 $a\boldsymbol{A}^*+b\boldsymbol{E}=\frac{a}{|\boldsymbol{A}|}\boldsymbol{A}^{-1}+b\boldsymbol{E}$,它有三个特征值: $\frac{a}{6}+b$, $\frac{a}{12}+b$, $\frac{a}{18}+b$. 显然,对于任意不同时为零的实数 a、b,这三个实数是互异的.

2. 设 $\boldsymbol{\xi}=\begin{bmatrix}1\\1\\2\end{bmatrix}$ 是 $\boldsymbol{A}=\begin{bmatrix}a&-1&a\\-1&0&1\\1&1&b\end{bmatrix}$ 的特征向量,求:

(1) 参数 a 的值;

(2) 可逆矩阵 $\boldsymbol{P}$ 与对角阵 $\boldsymbol{\Lambda}$,使得 $\boldsymbol{P}^{\mathrm{T}}\boldsymbol{A}\boldsymbol{P}=\boldsymbol{\Lambda}$.

提示: 令 λ 是 $\boldsymbol{\xi}$ 对应于 A 的特征值,则 $\boldsymbol{A}\boldsymbol{\xi}=\lambda\boldsymbol{\xi}$,即 $\begin{bmatrix}a&-1&a\\-1&0&1\\1&1&b\end{bmatrix}\begin{bmatrix}1\\1\\2\end{bmatrix}=\lambda\begin{bmatrix}1\\1\\2\end{bmatrix}$,借助于此关系式可以求出 a. 求 $\boldsymbol{P}$,事实上只需求 $\boldsymbol{A}$ 的特征值及相应的特征向量即可.

3. 设矩阵 $\boldsymbol{A}=\begin{bmatrix}3&2&-2\\-k&-1&k\\4&2&-3\end{bmatrix}$,问:当 k 为何值时,存在可逆矩阵 $\boldsymbol{P}$ 使得 $\boldsymbol{P}^{-1}\boldsymbol{A}\boldsymbol{P}$ 是对角阵?

提示: $k=0$, $\boldsymbol{P}=[\boldsymbol{\alpha}_1,\boldsymbol{\alpha}_2,\boldsymbol{\alpha}_3]$, $\boldsymbol{\alpha}_1=\left(\frac{1}{2},0,1\right)^{\mathrm{T}}$, $\boldsymbol{\alpha}_2=(-\frac{1}{2},1,0)^{\mathrm{T}}$, $\boldsymbol{\alpha}_3=(1,0,1)^{\mathrm{T}}$, $\boldsymbol{\Lambda}=\mathrm{diag}(-1,-1,1)$.

4. 设 $\boldsymbol{A}$ 为 5 阶实对称矩阵, $\boldsymbol{A}^2=\boldsymbol{A}$, $\mathrm{R}(\boldsymbol{A})=3$,求 $|4\boldsymbol{E}-\boldsymbol{A}^4|$.

提示: $\boldsymbol{A}$ 为实对称矩阵,必可对角化. 又 $\boldsymbol{A}^2=\boldsymbol{A}$,其特征值只能是 0 或 1,由 $\mathrm{R}(\boldsymbol{A})=3$ 可知,存在正交矩阵 $\boldsymbol{P}$,使得 $\boldsymbol{P}^{\mathrm{T}}\boldsymbol{A}\boldsymbol{P}=\begin{bmatrix}\boldsymbol{E}_3&0\\0&0\end{bmatrix}$,仿例 2.

讲座七 独立性及其判定

独立性主要包括两个方面:事件的独立性以及随机变量的独立性.

一、事件的独立性

事件的独立性的定义:设 A 与 B 是两个随机事件,如果 $P(AB)=P(A)P(B)$,则称 A 与 B 是独立的.

注 直接利用上述定义易知:

(1) A 与 B 独立 $\Longleftrightarrow A$ 与 $\overline{B}$ 独立 $\Longleftrightarrow \overline{A}$ 与 B 独立 $\Longleftrightarrow \overline{A}$ 与 $\overline{B}$ 独立;

(2) 若 $0<P(A)<1$, 则 A 与 B 独立 $\Longleftrightarrow P(B|A)=P(B|\overline{A})=P(B)$;

(3) 若 $0<P(A),P(B)<1$, 则 A 与 B 独立 $\Longleftrightarrow P(A|\overline{B})+P(\overline{A}|\overline{B})=1$.

例 1 设 A, B, C 三个事件相互独立,证明:$A\cup B$ 与 C 也是独立的.

证明

$$\begin{aligned} P[(A\cup B)C] &= P(AC\cup BC)=P(AC)+P(BC)-P(ABC) \\ &= P(A)P(C)+P(B)P(C)-P(A)P(B)P(C) \\ &= [P(A)+P(B)-P(A)P(B)]P(C)=P(A\cup B)P(C). \end{aligned}$$

由定义知,$A\cup B$ 与 C 必是独立的.

例 2 描述两个随机事件互斥与独立之间的关系.

解 设 A 与 B 是两个随机事件,互斥($AB=\varnothing$)与独立之间具有如下关系:

(1) 若 $P(A)>0$, $P(B)>0$,则当 A 与 B 互斥时,A 与 B 一定不独立;若 A 与 B 独立,则 A 与 B 一定不互斥;

(2) 一般情况,若 A 与 B 互斥,则 A 与 B 独立 $\Longleftrightarrow P(A)=0$ 或 $P(B)=0$.

二、随机变量的独立性

设 X 与 Y 是两个随机变量,则 X 与 Y 的独立性的判别方法主要包括以下三种:

(1) 分布函数法(不论是离散型随机变量还是连续型随机变量均适用)

如果已知二维随机变量 (X,Y) 的联合分布函数 $F(x,y)$,可通过如下公式计算其边缘分布:

$$F_X(x)=F(x,+\infty),\ F_Y(y)=F(+\infty,y).$$

进而借助于关系式 $F(x,y)=F_X(x)F_Y(y)$,很容易判别 X 与 Y 的独立性.

例 3 设二维随机变量 (X,Y) 的联合分布函数为

$$F(x,y)=\begin{cases}1-\mathrm{e}^{-0.5x}-\mathrm{e}^{-0.5y}+\mathrm{e}^{-0.5(x+y)} & x\geqslant 0,\ y\geqslant 0 \\ 0 & \text{其他}\end{cases}.$$

问 X 与 Y 是否相互独立?

解 设 X 与 Y 的边缘分布分别为 $F_X(x)$、$F_Y(y)$,则

$$F_X(x)=F(x,+\infty)=\begin{cases}1-\mathrm{e}^{-0.5y} & y\geqslant 0 \\ 0 & \text{其他}\end{cases},$$

$$F_Y(y)=F(+\infty,y)=\begin{cases}1-e^{-0.5x} & x\geqslant 0\\ 0 & 其他\end{cases}.$$

故对于任意 x,y,均有 $F(x,y)=F_X(x)F_Y(y)$,从而 X 与 Y 是相互独立的.

(2) 密度函数法(仅对连续型随机变量适用)

如果已知二维随机变量(X,Y)的联合密度函数 $f(x,y)$,可通过如下公式计算其边缘分布:

$$f_X(x)=\int_{-\infty}^{+\infty}f(x,y)\mathrm{d}y,\quad f_Y(y)=\int_{-\infty}^{+\infty}f(x,y)\mathrm{d}x.$$

进而借助于关系式 $f(x,y)=f_X(x)f_Y(y)$,很容易判别 X 与 Y 的独立性.

例 4 设二维随机变量(X,Y)的联合密度函数为

$$f(x,y)=\begin{cases}1 & 0<x<1,\ |y|<x\\ 0 & 其他\end{cases},$$

问 X、Y 是否相互独立?

解 先求出边缘密度函数 $f_X(x)$, $f_Y(y)$.

当 $0<x<1$ 时, $f_X(x)=\int_{-\infty}^{+\infty}f(x,y)\mathrm{d}y=\int_{-x}^{x}\mathrm{d}y=2x$,

当 $-1<y<0$ 时, $f_Y(y)=\int_{-\infty}^{+\infty}f(x,y)\mathrm{d}x=\int_{-y}^{1}\mathrm{d}x=1+y$,

当 $0<y<1$ 时, $f_Y(y)=\int_{-\infty}^{+\infty}f(x,y)\mathrm{d}x=\int_{y}^{1}\mathrm{d}x=1-y$.

综上所述,我们有

$$f_X(x)=\begin{cases}2x & 0<x<1\\ 0 & 其他\end{cases},\quad f_Y(y)=\begin{cases}1-|y| & |y|<1\\ 0 & 其他\end{cases}.$$

故 $f(x,y)\neq f_X(x)f_Y(y)$, 从而 X 与 Y 不相互独立.

(3) 分布律法(仅对离散型随机变量适用)

如果已知二维随机变量(X,Y)的联合分布律为 p_{ij},可通过如下公式计算其边缘分布:

$$p_{i\cdot}=\sum_{j=1}^{\infty}p_{ij},\quad p_{\cdot j}=\sum_{i=1}^{\infty}p_{ij}.$$

进而借助于关系式 $p_{ij}=p_{i}.\cdot p_{j}$,很容易判别 X 与 Y 的独立性.

例 5 设二维随机变量的联合分布律为

$$(X,Y)\sim\begin{pmatrix}(1,1) & (1,2) & (1,3) & (2,1) & (2,2) & (2,3)\\ \frac{1}{6} & \frac{1}{9} & \frac{1}{18} & \frac{1}{3} & \alpha & \beta\end{pmatrix},$$

问 α,β 取何值时, X 与 Y 是相互独立的?

解 先求边缘分布律为

$$X\sim\begin{pmatrix}1 & 2\\ \frac{1}{3} & \alpha+\beta+\frac{1}{3}\end{pmatrix},\quad Y\sim\begin{pmatrix}1 & 2 & 3\\ \frac{1}{2} & \frac{1}{9}+\alpha & \frac{1}{18}+\beta\end{pmatrix}.$$

由题设,X 与 Y 是相互独立的,则有

$$\begin{cases} p_{12}=p_{1\cdot}\cdot p_{\cdot 2} \\ p_{13}=p_{1\cdot}\cdot p_{\cdot 3} \end{cases}, \quad 即 \quad \begin{cases} \dfrac{1}{9}=\dfrac{1}{3}\left(\dfrac{1}{9}+\alpha\right) \\ \dfrac{1}{18}=\dfrac{1}{3}\left(\beta+\dfrac{1}{18}\right) \end{cases}.$$

由此可得 $\alpha=\frac{2}{9}$，$\beta=\frac{1}{9}$.

三、练习

1. 设 A, B, C 三个事件相互独立，证明：$A-B$ 与 C 也是独立的.

提示：利用事件独立性的定义直接验证.

2. 设随机变量 X 的密度函数为 $f(x)=\frac{1}{2}e^{-|x|}(-\infty<x<\infty)$，问 X 与 $|X|$ 是否相互独立?

提示：对于给定的正数 a，显然，由密度函数的性质有

$$0<P\{X<a\}=\int_{-\infty}^{a}f(x)dx>P\{|X|<a\}$$
$$=P\{-a<X<a\}=\int_{-a}^{a}f(x)dx<1.$$

于是

$$P\{|X|<a\}=P\{X<a,\ |X|<a\}\neq P\{|X|<a\}\cdot P\{X<a\},$$

故 X 与 $|X|$ 是不独立的.

3. 设二维随机变量 (X,Y) 的联合密度函数为

$$f(x,y)=\begin{cases} \dfrac{1}{2x^2y} & 1\leqslant x<+\infty,\ \dfrac{1}{x}<y<x, \\ 0 & 其他 \end{cases}$$

问 X 与 Y 是否相互独立?

提示：用密度函数法判别.

4. 设随机变量 X_1, X_2 独立同分布，且 $P\{X_i=1\}=\frac{1}{2}$, $P\{X_i=-1\}=\frac{1}{2}$ $(i=1,2)$，若 $X_3=X_1X_2$，证明：X_1,X_2,X_3 是两两相互独立的.

提示：先写出 X_3 的分布律，然后列表写出 X_1 与 X_3 及 X_2 与 X_3 的联合分布律，由此可证明.

5. 设随机变量 X 与 Y 在圆域 $X^2+Y^2\leqslant R^2$ 上服从联合均匀分布，问：X 与 Y 是否相互独立?

提示：用密度函数法判别.

讲座八　随机变量函数的分布

随机变量函数的分布分两种情形讨论：一维情形和二维情形. 不论哪一种情形，都是与其分布函数密切相关的. 因此，掌握分布函数的定义是解决随机变量函数的分布之关键

所在.

一、一维情形

1. 离散情形

设随机变量 X 的分布律为 $P\{X=x_i\}=p_i\ (i=1,2,\cdots)$，$Y=g(X)$，求 Y 的分布律的一般方法：

(1) 确定 Y 的全部取值. 即由 $X=x_i\ (i=1,2,\cdots)$，求出 $y_i=g(x_i)$.

(2) 由 $X=x_i$ 的概率 p_i 确定 $Y=y_i$ 的概率. 如果 $Y=y_i$ 两两互异，则 $Y=y_i$ 的概率即为 $X=x_i$ 的概率 p_i；如果 $Y=y_i$ 不是互异，应将相等的值分别合并，并将相应的概率相加.

例 1 设随机变量 X 的分布率为

$$X\sim\begin{pmatrix}-2 & -1 & 0 & 1 & 2\\ \frac{1}{5} & \frac{1}{10} & \frac{1}{10} & \frac{3}{10} & \frac{3}{10}\end{pmatrix}.$$

求 $Y=|X|-X+1$ 的分布率.

解 下面将使用同一表格法求之，列表如下：

X	-2	-1	0	1	2
$Y=\lvert X\rvert-X+1$	5	3	1	1	1
P	$\frac{1}{5}$	$\frac{1}{10}$	$\frac{1}{10}$	$\frac{3}{10}$	$\frac{3}{10}$

即 Y 的所有可能取值为 1,3,5，且 $P\{Y=1\}=P\{X=0\}+P\{X=1\}+P\{X=2\}=\frac{7}{10}$.

于是随机变量 Y 的分布率为

$$Y\sim\begin{pmatrix}1 & 3 & 5\\ \frac{7}{10} & \frac{1}{10} & \frac{1}{5}\end{pmatrix}.$$

2. 连续情形

设随机变量 X 的密度函数为 $f(x)$，$Y=g(X)$，求 Y 的密度函数的一般方法：

(1) 先求 Y 的分布函数 $F_Y(y)$：

$$F_Y(y)=P\{Y\leqslant y\}=P\{g(X)\leqslant y\}=\int_{g(x)\leqslant y}f(x)\mathrm{d}x.$$

特别地，如果 $g(X)\leqslant y\Longrightarrow X\leqslant g^{-1}(y)$，那么 $F_Y(y)=\int_{-\infty}^{g^{-1}(y)}f(x)\mathrm{d}x$.

(2) 再求 $f_Y(y)$：$f_Y(y)=F'_Y(y)$.

例 2 设随机变量 X 在区间 $[1,2]$ 上服从均匀分布，试求随机变量 $Y=\mathrm{e}^{2X}$ 的概率密度 $f_Y(y)$.

解 由题设，X 的概率密度为

$$f(x)=\begin{cases}1 & 1\leqslant x\leqslant 2\\ 0 & \text{其他}\end{cases},$$

当 $1\leqslant x\leqslant 2$ 时，$y=\mathrm{e}^{2x}$ 的取值范围是 $\mathrm{e}^2\leqslant y\leqslant \mathrm{e}^4$. 于是 Y 的分布函数为：

(1) 当 $y\leqslant \mathrm{e}^2$ 时，$F_Y(y)=0$；

(2) 当 $e^2 < y < e^4$ 时，$F_Y(y) = P\{Y \leqslant y\} = P\{e^{2X} \leqslant y\} = P\{X \leqslant \frac{1}{2}\ln y\} = \int_1^{\frac{1}{2}\ln y} dx$；

(3) 当 $y \geqslant e^4$ 时，$F_Y(y) = 1$.

即有

$$F_Y(y) = \begin{cases} 0 & y \leqslant e^2 \\ \int_1^{\frac{1}{2}\ln y} dx & e^2 < y < e^4 \\ 1 & y \geqslant e^4 \end{cases}.$$

两端关于 y 求导，得所求的密度函数为

$$f_Y(y) = F'_Y(y) = \begin{cases} \frac{1}{2y} & e^2 < y < e^4 \\ 0 & \text{其他} \end{cases}.$$

3. 正态分布情形

设 X 与 Y 是两个独立的，且各自服从正态分布 $N(\mu_1, \sigma_1^2)$ 与 $N(\mu_2, \sigma_2^2)$ 的随机变量，则 $Z = aX + bY + C$ 也服从正态分布. 欲求 Z 的概率密度函数，事实上，只需求两个数字特征 $E(Z)$, $D(Z)$ 即可，此时，只需借助于期望与方差的性质计算.

例 3 设随机变量 X 与 Y 独立，且 $X \sim N(1,2)$, $Y \sim N(0,1)$，试求随机变量 $Z = 2X - Y + 3$ 的概率密度.

解 根据期望与方差的性质，有

$$E(Z) = E(2X - Y + 3) = 2E(X) - E(Y) + E(3) = 2 \cdot 1 - 0 + 3 = 5,$$

$$D(Z) = D(2X - Y + 3) = 4D(X) + D(Y) = 4 \cdot 2 + 1 = 9.$$

于是 $Z \sim N(5,9)$，即 Z 的概率密度函数为

$$f_Z(z) = \frac{1}{\sqrt{2\pi} \cdot 3} e^{-\frac{(z-5)^2}{2 \cdot 3^2}} = \frac{1}{3\sqrt{2\pi}} e^{-\frac{(z-5)^2}{18}}.$$

二、二维情形

1. 离散情形

设二维随机变量 (X, Y) 的分布律为 $P\{X = x_i, Y = y_j\} = p_{ij}$ $(i, j = 1, 2, \cdots)$，$Z = g(X, Y)$，求 Z 的分布律的一般方法：

(1) 确定 Z 的全部取值，即由 $(X, Y) = (x_i, y_j)$ $(i, j = 1, 2, \cdots)$，求出 $z_k = g(x_i, y_j)$.

(2) 由 $(X, Y) = (x_i, y_j)$ 的概率 p_{ij} 确定 $Z = g(x_i, y_j)$ 的概率. 如果 (x_i, y_j) 两两互异，则 $Z = g(x_i, y_j)$ 的概率即为 $(X, Y) = (x_i, y_j)$ 的概率 p_{ij}；如果 $(X, Y) = (x_i, y_j)$ 不是互异，应将相等的值分别合并，并将相应的概率相加.

例 4 已知随机变量 X 与 Y 的联合分布律为

$$(X, Y) \sim \begin{pmatrix} (0,0) & (0,1) & (1,0) & (1,1) & (2,0) & (2,1) \\ 0.10 & 0.15 & 0.25 & 0.20 & 0.15 & 0.15 \end{pmatrix},$$

试求随机变量 $Z = \sin\frac{\pi(X+Y)}{2}$ 的分布律.

解 下面使用同一表格法求之，列表如下：

$$
\left|\begin{array}{ccccccc}
(X,Y) & (0,0) & (0,1) & (1,0) & (1,1) & (2,0) & (2,1) \\
Z=\sin\dfrac{\pi(X+Y)}{2} & 0 & 1 & 1 & 0 & 0 & -1 \\
P & 0.10 & 0.15 & 0.25 & 0.20 & 0.15 & 0.15
\end{array}\right|.
$$

于是 Z 的所有可能的取值为 $0,1,-1$，故 Z 的分布律为

$$Z \sim \begin{pmatrix} 0 & 1 & -1 \\ 0.45 & 0.4 & 0.15 \end{pmatrix}.$$

2. 连续情形

设随机变量 (X,Y) 的密度函数为 $f(x,y)$，$Z=g(X,Y)$，求 Z 的密度函数的一般方法:

(1) 先求 Z 的分布函数 $F_Z(z)$:

$$F_Z(z)=P\{Z\leqslant z\}=P\{g(X,Y)\leqslant z\}=\iint_{g(x,y)\leqslant z} f(x,y)\mathrm{d}x\mathrm{d}y.$$

注 求上述二重积分是一个难点，可按下列方法考虑:

当 $f(x,y)$ 分区域给出时，要根据 $f(x,y)$ 取正值的区域 D 划分确定的 Z 分段取值，再根据 Z 的分段分别求出 $F_Z(z)$；如有可能，先由区域 D 推出 $z=g(x,y)$ 所满足的单向或双向不等式将 Z 分段；如区域 D 的边界线的交点坐标为有限实数，也可用下述方法求 Z 的分段点:

先画出区域 D 的图形，求出其边界线的所有交点(其坐标均为有限实数)，不妨设为 $(x_1,y_1),(x_2,y_2),(x_3,y_3),(x_4,y_4)$. 将求出的交点坐标分别代入 $z=g(x,y)$ 中，将其值按从小到大排列 $z_1<z_2<z_3<z_4$，于是就可对 z 进行如下分段: $z<z_1$, $z_1\leqslant z<z_2$, $z_2\leqslant z<z_3$, $z_3\leqslant z<z_4$, $z\geqslant z_4$，分别求出积分 $\iint_{g(x,y)\leqslant z} f(x,y)\mathrm{d}x\mathrm{d}y$，从而求出分段函数 $F_Z(z)$；如果 D 的边界线没有坐标为有限实数的交点，或即使有，但将其坐标代入 $z=g(x,y)$ 求不出 z 的值，这时需用其他方法求之，如可根据 $G\cap D$ (G: $g(x,y)\leqslant z$) 的图形，观察求出 z 取何值时，G 与 D 相交、不相交或 G 完全覆盖 D，从而找到 z 的分段，有时甚至可以对 z 不分段，直接计算 $G\cap D$ 上的二重积分求出 $F_Z(z)$.

(2) 求密度函数 $f_Z(z)$: 通过公式 $f_Z(z)=F'_Z(z)$.

例 5 设随机变量 X 与 Y 独立，其概率密度函数分别为

$$f_X(x)=\begin{cases}1 & 0\leqslant x\leqslant 1\\ 0 & \text{其他}\end{cases},\quad f_Y(y)=\begin{cases}\mathrm{e}^{-y} & y>0\\ 0 & \text{其他}\end{cases},$$

求随机变量 $Z=2X+Y$ 的密度函数.

解 因为 X 与 Y 是独立的，所以 (X,Y) 的联合概率密度函数为

$$f(x,y)=f_X(x)f_Y(y)=\begin{cases}\mathrm{e}^{-y} & 0\leqslant x\leqslant 1,\ y>0\\ 0 & \text{其他}\end{cases},$$

注意到这里 $D=\{(x,y)\mid f(x,y)>0\}$，$G=\{(x,y)\mid 2x+y\leqslant z\}$. 于是 Z 的分布函数

$$F_Z(z)=P\{2X+Y\leqslant z\}=\iint_{2x+y\leqslant z} f(x,y)\mathrm{d}x\mathrm{d}y,$$

因 D 的边界线交点有两个 $O(0,0)$, $A(1,0)$，将其代入 $z=g(x,y)=2x+y$ 得 $z_1=0$, $z_2=2$. 因此将 z 分成如下三段: $z\leqslant 0$, $0<z\leqslant 2$, $z>2$. 现分别在每段上计算上述积分:

(1) 当 $z \leqslant 0$ 时，$D \cap G = \varnothing$. 因此，$F_Z(z) = 0$;

(2) 当 $0 < z \leqslant 2$ 时，$D \cap G$ 是一个三角形区域，于是

$$F_Z(z) = \int_0^{\frac{z}{2}} \mathrm{d}x \int_0^{z-2x} \mathrm{e}^{-y} \mathrm{d}y = \frac{z}{2} - \frac{1}{2}(1 - \mathrm{e}^{-z});$$

(3) 当 $z > 2$ 时，$D \cap G$ 是一个梯形区域，此时，

$$F_Z(z) = \int_0^1 \mathrm{d}x \int_0^{z-2x} \mathrm{e}^{-y} \mathrm{d}y = 1 - \frac{1}{2}(\mathrm{e}^2 - 1)\mathrm{e}^{-z},$$

故所求随机变量 Z 的密度函数为

$$f_Z(z) = F'_Z(z) = \begin{cases} 0 & z \leqslant 0 \\ \dfrac{1 - \mathrm{e}^{-z}}{2} & 0 < z \leqslant 2 \\ \dfrac{(\mathrm{e}^2 - 1)\mathrm{e}^{-z}}{2} & \text{其他} \end{cases}.$$

3. $\max(X, Y)$与$\min(X, Y)$情形

设 X, Y 是两个相互独立的随机变量，它们的分布函数分别为 $F_X(x)$和 $F_Y(y)$，则

(1) $Z = \max(X, Y)$的分布函数为：$F_Z(z) = F_X(z)F_Y(z)$;

(2) $Z = \min(X, Y)$的分布函数为：$F_Z(z) = 1 - [1 - F_X(z)][1 - F_Y(z)]$;

由此可进一步求出它们各自的密度函数.

例6 设系统 L 由两个相互独立的子系统 L_1, L_2 连接而成，连接方式分别为：(1)并联，(2)串联，(3)备用（当 L_1 损坏时，L_2 开始工作）. 已知 L_1, L_2 的寿命分别为 X 和 Y，其概率密度函数分别为

$$f_X(x) = \begin{cases} a\mathrm{e}^{-ax} & x > 0 \\ 0 & x \leqslant 0 \end{cases}, \quad f_Y(y) = \begin{cases} b\mathrm{e}^{-by} & y > 0 \\ 0 & y \leqslant 0 \end{cases},$$

其中 $a > 0$, $b > 0$，且 $a \neq b$，试分别就这三种连接方式求系统 L 的寿命Z 的概率密度函数.

解 (1) 串联时，$Z = \min(X, Y)$，于是分布函数为

$$F_Z(z) = 1 - [1 - F_X(z)][1 - F_Y(z)] = F_X(z) + F_Y(z) - F_X(z)F_Y(z),$$

而由于 X 和 Y 是相互独立的，所以它们各自的分布函数为

$$F_X(z) = \int_{-\infty}^{z} f_X(x)\mathrm{d}x = \begin{cases} 1 - \mathrm{e}^{-az} & z > 0 \\ 0 & z \leqslant 0 \end{cases},$$

$$F_Y(z) = \int_{-\infty}^{z} f_Y(y)\mathrm{d}x = \begin{cases} 1 - \mathrm{e}^{-bz} & z > 0 \\ 0 & z \leqslant 0 \end{cases}.$$

当 $z \leqslant 0$ 时，$F_Z(z) = 0$;

当 $z > 0$ 时，$F_Z(z) = [1 - \mathrm{e}^{-az}] + [1 - \mathrm{e}^{-bz}] - [1 - \mathrm{e}^{-az}][1 - \mathrm{e}^{-bz}] = 1 - \mathrm{e}^{-(a+b)z}$.

对 $F_Z(z)$求导，得所求的密度函数为

$$f_Z(z) = \begin{cases} (a+b)\mathrm{e}^{-(a+b)z} & z > 0 \\ 0 & z \leqslant 0 \end{cases}.$$

(2) 并联时，$Z = \max(X, Y)$，此时分布函数为

$$F_Z(z)=F_X(z)F_Y(z)=\begin{cases}(1-e^{-az})(1-e^{-bz}) & z>0\\ 0 & z\leqslant 0\end{cases};$$

对 $F_Z(z)$ 求导，得所求的密度函数为

$$f_Z(z)=\begin{cases}ae^{-az}+be^{-bz}-(a+b)e^{-(a+b)z} & z>0\\ 0 & z\leqslant 0\end{cases}.$$

(3) 备用时，$Z=X+Y$.

当 $z>0$ 时，由于 X 与 Y 是相互独立的，故 Z 的密度函数为

$$f_Z(z)=\int_{-\infty}^{+\infty}f_X(x)f_Y(z-x)\mathrm{d}x=\int_0^z ae^{-ax}\cdot be^{-b(z-x)}\mathrm{d}x=\frac{ab}{b-a}(e^{-az}-e^{-bz});$$

当 $z\leqslant 0$ 时，$f_Z(z)=0$.

故所求的密度函数为

$$f_Z(z)=\begin{cases}\dfrac{ab}{b-a}(e^{-az}-e^{-bz}) & z>0\\ 0 & z\leqslant 0\end{cases}.$$

三、练习

1. 设随机变量 X 和 Y 的联合分布是正方形 $G=\{(x,y)|\ 1\leqslant x\leqslant 3,\ 1\leqslant y\leqslant 3\}$ 上的均匀分布，求随机变量 $Z=|X-Y|$ 的概率密度 $f_Z(z)$.

提示：$f_Z(z)=\begin{cases}\dfrac{2-z}{2} & 0<z<2\\ 0 & 其他\end{cases}$.

2. 随机变量 X 与 Y 相互独立，且都服从参数为 1 的指数分布，求 $Z=\dfrac{X}{Y}$ 的概率密度 .

提示：$f_Z(z)=\begin{cases}\dfrac{1}{(1+z)^2} & z>0\\ 0, & z\leqslant 0\end{cases}$.

3. 随机变量 X 与 Y 相互独立，且 $X\sim N(1,5)$，$Y\sim N(2,9)$，求 $Z=X+5Y-3$ 的概率密度.

提示：注意到 $Z\sim N(\mu,\sigma^2)$，只需求两个数字特征即可.

4. 设随机变量 (X,Y) 的概率密度为

$$f(x,y)=\begin{cases}x+y & 0\leqslant x\leqslant 1,\ 0\leqslant y\leqslant 1\\ 0 & 其他\end{cases},$$

求 $Z=\max(X,Y)$ 的概率密度.

提示：$f_Z(z)=\begin{cases}3z^2 & 0<z\leqslant 1\\ 0 & 其他\end{cases}$.

5. 设随机变量 (X,Y) 的概率密度为

$$f(x,y)=\begin{cases}xe^{-x(1+y)} & x>0,y>0\\ 0 & 其他\end{cases},$$

求 $Z=XY$ 的概率密度.

提示：$f_Z(z)=\begin{cases}e^{-z} & z>0\\ 0 & 其他\end{cases}$.

第三部分

全 真 模 拟

这一部分的试题是依据考研大纲内容的要求以及历年来考研的标准化试题汇编而成.命题的形式包括三种:一是选择题;二是填空题;三是综合题.

试题不论是从形式上,还是难易程度上,都力争做到精益求精,即使是小题目,也尽可能地涉及多个基本知识点,且均给出了提示与参考答案,综合题还给出了详细的解答与说明.该部分的目的是在最大程度上保持与考研真题一致,且以最小的篇幅覆盖考研大纲要求.通过这一部分的专项训练,能够使考生在形式上熟悉考研的基本模式,更为重要地是达到对考研整体内容全面把握的目的.

一、选择题

1. 数列极限 $\lim\limits_{n\to\infty}a_n=a$ 的几何意义是(　　).

A. 在点 a 的某一个邻域的内部含有 $\{a_n\}$ 中的无穷多个点

B. 在点 a 的任一个邻域的内部含有 $\{a_n\}$ 中的无穷多个点

C. 在点 a 的某一个邻域的外部只含有 $\{a_n\}$ 中的有限多个点

D. 在点 a 的任一个邻域的外部只含有 $\{a_n\}$ 中的有限多个点

提示:根据数列极限的定义,对于任意 $\varepsilon>0$,存在 $N>0$,使得当 $n\geqslant N$ 时,$|a_n-a|<\varepsilon$,即 $a-\varepsilon<a_n<a+\varepsilon$.这表明在点 a 的 ε(任意)邻域之外至多只有前 N 项.

2. 设 $f(x)=\begin{cases}1 & \frac{1}{\mathrm{e}}<x<1\\ 2x & 1\leqslant x<\mathrm{e}\end{cases}$,$g(x)=\mathrm{e}^x$,则复合函数 $f[g(x)]$ 的连续区间为(　　).

A. $\left(\frac{1}{\mathrm{e}},1\right)\cup(1,\mathrm{e})$　　B. $(-1,0)\cup(0,1)$　　C. $(-1,1)$　　D. $(-\infty,+\infty)$

提示:先求复合函数 $f[g(x)]$,再讨论其连续性.也可根据复合函数的连续性性质分别讨论 $f(x)$ 与 $g(x)$ 的连续性.

3. 已知 $\lim\limits_{x\to0}\dfrac{f(x)}{\sqrt{1+x^2}-1}=2$,且 $\lim\limits_{x\to0}[1+f(x)]^{g(x)}=\mathrm{e}$,则 $g(x)$ 可取为(　　).

A. $\sin^2x$　　B. $\cos^2x$　　C. $\tan^2x$　　D. $\cot^2x$

提示:借助于重要极限,从第一个关系式可以推断:当 $x\to0$ 时,$f(x)\sim x^2$,再由第二个关系式可以推断出 $g(x)\to\infty$,故应该选 D.

4. 设 $a,b\in\mathbb{R}$,$f(x)=\dfrac{1}{a+\mathrm{e}^{bx}}$ 在 $\mathbb{R}$ 上连续,且 $\lim\limits_{x\to-\infty}f(x)=0$,则 a,b 应满足(　　).

A. $a\geqslant0,\ b>0$　　B. $a\geqslant0,\ b<0$　　C. $a\leqslant0,\ b>0$　　D. $a\leqslant0,\ b<0$

提示:因为函数 $f(x)$ 在 $\mathbb{R}$ 上连续,故 $a+\mathrm{e}^{bx}>0$,而 $\mathrm{e}^{bx}>0$,所以 $a\geqslant0$.又因为 $\lim\limits_{x\to-\infty}\dfrac{x}{a+\mathrm{e}^{bx}}=0$,故只需当 $x\to-\infty$ 时 $\mathrm{e}^{bx}\to+\infty$,即 $b<0$.

5. 设 $f(x)=\begin{cases}x^{\lambda}\sin\frac{1}{|x|} & x\neq0\\ 0 & x=0\end{cases}$ 在 $x=0$ 处连续但不可导,则 λ 应满足(　　).

A. $0<\lambda<1$　　B. $0\leqslant\lambda<1$　　C. $0<\lambda\leqslant1$　　D. $0\leqslant\lambda\leqslant1$

提示:根据函数在一点处连续与可导的定义进行计算即可.

6. 设函数 $f(x)$ 对任何 x 均满足 $f(1+x)=\alpha f(x)$,且 $f'(0)=\beta$,则 $f'(2)=$(　　).

A. $\alpha\beta$　　B. $\alpha^2\beta$　　C. $\alpha\beta^2$　　D. $\alpha^2\beta^2$

提示:根据导数的定义 $f'(2)=\lim\limits_{x\to0}\dfrac{f(2+x)-f(2)}{x}=\lim\limits_{x\to0}\alpha^2\dfrac{f(0+x)-f(0)}{x}=\alpha^2\beta$.

7. 已知函数 $y=f(x)$ 对一切 x 均满足:$xf''(x)+3x[f'(x)]^2=1-\mathrm{e}^x$,且 $f'(x_0)=0$,则 $y=f(x)$ 在 x_0 处(　　)($x_0\neq0$).

A. 必取极大值　　B. 必取极小值

C. 可取极大值,也可取极小值　　D. 不取极大值提示:由题设,有 $f''(x_0)=\dfrac{1-e^{x_0}}{x_0}<0$.

8. 函数 $f(x)=\sqrt[3]{x^4}|x-2|$ 在 $x=0$ 处(　　).

A. 不连续　　B. 连续但不可导

C. 可导但导函数不连续　　D. 导函数连续但二阶不可导

提示:根据函数在一点处连续与可导的定义进行计算即可.

9. 曲线 $\begin{cases}x=t\cos t\\ y=t\sin t\end{cases}$ 在 $t=\dfrac{\pi}{2}$ 处的法线方程为(　　).

A. $y=\dfrac{\pi}{2}+\dfrac{\pi}{2}x$　　B. $y=\dfrac{\pi}{2}+\dfrac{2}{\pi}x$　　C. $y=\dfrac{\pi}{2}-\dfrac{\pi}{2}x$　　D. $y=\dfrac{\pi}{2}-\dfrac{2}{\pi}x$

提示:利用参数方程的求导法则求出 $\left.\dfrac{dy}{dx}\right|_{t=\frac{\pi}{2}}$ 即可.

10. 设函数 $f(x)$ 与 $g(x)$ 在 $(-\infty,+\infty)$ 内可微,且 $f(x)<g(x)$,则有(　　).

A. $|f(x)|<|g(x)|$　　B. $f'(x)<g'(x)$

C. $\int_0^x f(t)dt<\int_0^x g(t)dt$　　D. $\lim\limits_{x\to x_0}f(x)<\lim\limits_{x\to x_0}g(x)$

提示:利用极限的保号性可得.

11. 设 $F(x)=\begin{cases}\int_0^1 f(t\sin x)dt & x\neq 0\\ a & x=0\end{cases}$ 在 $x=0$ 处连续,且 $f(x)$ 在 $x=0$ 处连续,则 $a=$(　　).

A. 0　　B. 1　　C. $f(0)$　　D. $-f(0)$

提示:由 $F(x)$ 在 $x=0$ 处连续,知 $a=F(0)=\lim\limits_{x\to 0}\lim\limits_{x\to 0}\int_0^1 f(t\sin x)dt$ $=\lim\limits_{x\to 0}\dfrac{\int_0^{\sin x}f(u)du}{\sin x}$,再用罗必塔法则结合 $f(x)$ 在 $x=0$ 处连续可得.

12. 设 $f'(e^x)=e^x+x$,则 $f(x)=$(　　).

A. $\dfrac{1}{2}x^2+e^x+C$　　B. $x+\ln x+C$　　C. $x+e^x+C$　　D. $\dfrac{1}{2}x^2+x\ln x-x+C$

提示:$f'(x)=x+\ln x$.

13. 设函数 $f(x)$ 在区间 $[0,l^2]$ 上连续,则函数 $F(x)=\int_0^x \sin t f(t^2)dt$ 在 $[-l,l]$ 上是(　　).

A. 奇函数　　B. 偶函数　　C. 单调增加的函数　　D. 单调减少的函数

提示:首先比较 $F(-x)$ 与 $F(x)$ 的关系,若不行,再进一步求 $F'(x)$ 来考查其单调性.

14. 设连续函数 $f(x)$ 满足 $f(x)=\int_0^{2x}f\left(\dfrac{t}{2}\right)dt+\ln 2$,则 $f(x)=$(　　).

A. $e^x\ln 2$　　B. $e^{2x}\ln 2$　　C. $e^x+\ln 2$　　D. $e^{2x}+\ln 2$

提示:注意到 $\int_0^{2x}f\left(\dfrac{t}{2}\right)dt=2\int_0^x f(u)du$,即 $f(x)=2\int_0^x f(u)du+\ln 2$,两端再求导可得一个微分方程,解之即得.

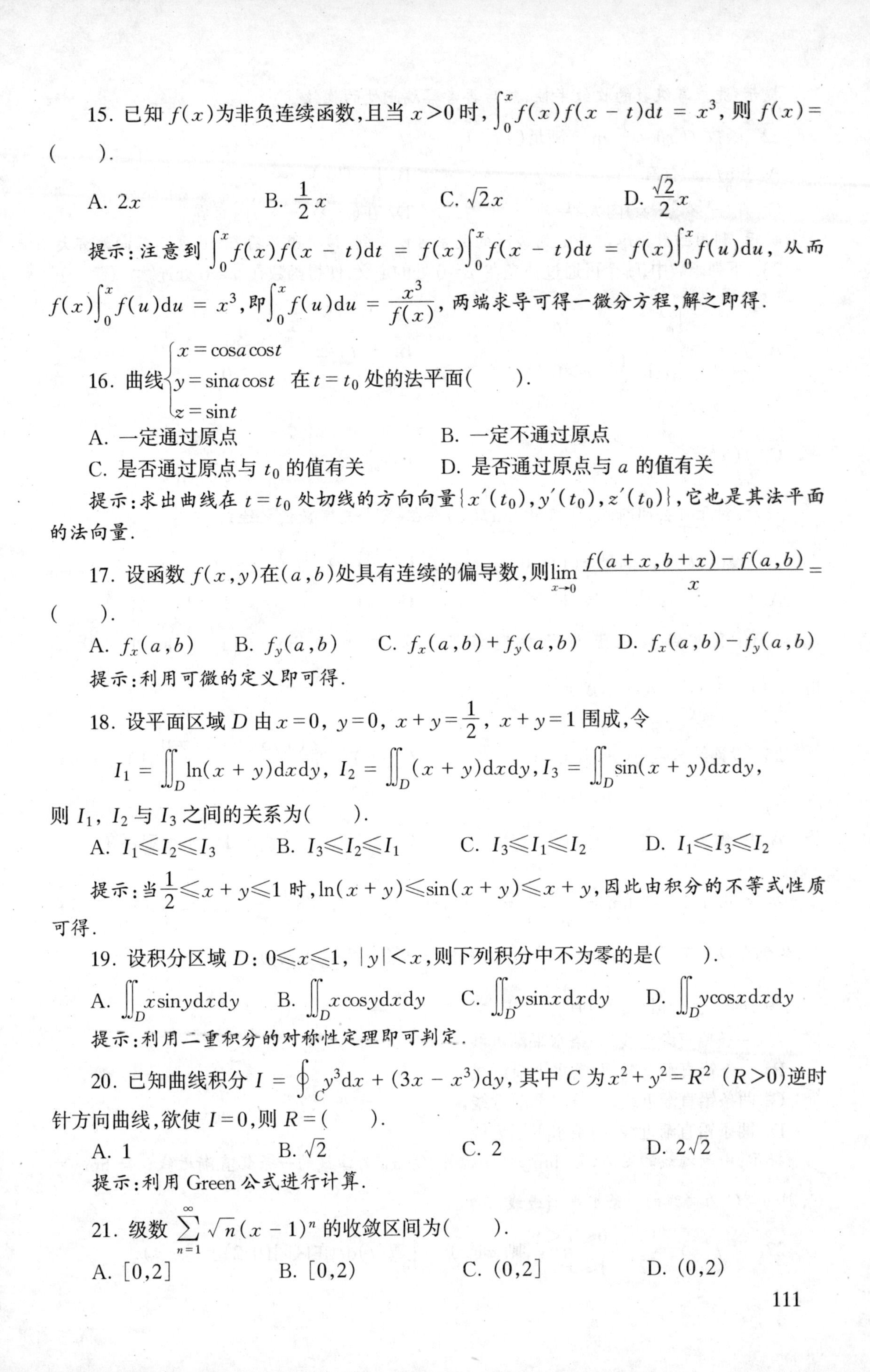

15. 已知 $f(x)$ 为非负连续函数,且当 $x>0$ 时,$\int_0^x f(x)f(x-t)\mathrm{d}t = x^3$,则 $f(x)=$ (　　).

A. $2x$　　B. $\frac{1}{2}x$　　C. $\sqrt{2}x$　　D. $\frac{\sqrt{2}}{2}x$

提示:注意到 $\int_0^x f(x)f(x-t)\mathrm{d}t = f(x)\int_0^x f(x-t)\mathrm{d}t = f(x)\int_0^x f(u)\mathrm{d}u$,从而 $f(x)\int_0^x f(u)\mathrm{d}u = x^3$,即 $\int_0^x f(u)\mathrm{d}u = \frac{x^3}{f(x)}$,两端求导可得一微分方程,解之即得.

16. 曲线 $\begin{cases} x=\cos a\cos t \\ y=\sin a\cos t \\ z=\sin t \end{cases}$ 在 $t=t_0$ 处的法平面(　　).

A. 一定通过原点　　B. 一定不通过原点

C. 是否通过原点与 t_0 的值有关　　D. 是否通过原点与 a 的值有关

提示:求出曲线在 $t=t_0$ 处切线的方向向量 $\{x'(t_0), y'(t_0), z'(t_0)\}$,它也是其法平面的法向量.

17. 设函数 $f(x,y)$ 在 (a,b) 处具有连续的偏导数,则 $\lim\limits_{x\to 0}\frac{f(a+x,b+x)-f(a,b)}{x}=$ (　　).

A. $f_x(a,b)$　　B. $f_y(a,b)$　　C. $f_x(a,b)+f_y(a,b)$　　D. $f_x(a,b)-f_y(a,b)$

提示:利用可微的定义即可得.

18. 设平面区域 D 由 $x=0$, $y=0$, $x+y=\frac{1}{2}$, $x+y=1$ 围成,令

$$I_1 = \iint_D \ln(x+y)\mathrm{d}x\mathrm{d}y,\ I_2 = \iint_D (x+y)\mathrm{d}x\mathrm{d}y, I_3 = \iint_D \sin(x+y)\mathrm{d}x\mathrm{d}y,$$

则 I_1, I_2 与 I_3 之间的关系为(　　).

A. $I_1\leqslant I_2\leqslant I_3$　　B. $I_3\leqslant I_2\leqslant I_1$　　C. $I_3\leqslant I_1\leqslant I_2$　　D. $I_1\leqslant I_3\leqslant I_2$

提示:当 $\frac{1}{2}\leqslant x+y\leqslant 1$ 时,$\ln(x+y)\leqslant\sin(x+y)\leqslant x+y$,因此由积分的不等式性质可得.

19. 设积分区域 D: $0\leqslant x\leqslant 1$, $|y|<x$,则下列积分中不为零的是(　　).

A. $\iint_D x\sin y\mathrm{d}x\mathrm{d}y$　　B. $\iint_D x\cos y\mathrm{d}x\mathrm{d}y$　　C. $\iint_D y\sin x\mathrm{d}x\mathrm{d}y$　　D. $\iint_D y\cos x\mathrm{d}x\mathrm{d}y$

提示:利用二重积分的对称性定理即可判定.

20. 已知曲线积分 $I = \oint_C y^3\mathrm{d}x + (3x - x^3)\mathrm{d}y$,其中 C 为 $x^2+y^2=R^2$ $(R>0)$ 逆时针方向曲线,欲使 $I=0$,则 $R=$ (　　).

A. 1　　B. $\sqrt{2}$　　C. 2　　D. $2\sqrt{2}$

提示:利用 Green 公式进行计算.

21. 级数 $\sum\limits_{n=1}^{\infty}\sqrt{n}(x-1)^n$ 的收敛区间为(　　).

A. $[0,2]$　　B. $[0,2)$　　C. $(0,2]$　　D. $(0,2)$

提示：先求幂级数的收敛半径，然后再考察端点处的收敛性.

22. 函数 $f(x)=\frac{1}{x}\sin\frac{1}{x}$ 满足(　　).

A. $\lim\limits_{x\to 0}f(x)$ 存在　　B. $\lim\limits_{x\to 0}f(x)=\infty$

C. 在 $(-\infty,+\infty)$ 内无界　　D. 在 $(-\infty,+\infty)$ 内有界

提示：利用函数极限与函数列极限的关系可以得到，该极限不存在，且也不趋向无穷大.

23. 下列函数中，哪个可通过补充在 $x=0$ 处的定义，使得函数在 $x=0$ 处连续？(　　)

A. $f(x)=\begin{cases} e^{\frac{1}{x}} & x<0 \\ x\sin\frac{1}{x} & x>0 \end{cases}$　　B. $f(x)=\begin{cases} e^{\frac{1}{x}} & x<0 \\ 1 & x>0 \end{cases}$

C. $f(x)=\begin{cases} e^{\frac{1}{x}} & x<0 \\ \frac{\sin x}{x} & x>0 \end{cases}$.　　D. $f(x)=\begin{cases} e^{\frac{1}{x}} & x<0 \\ \frac{1}{x}\sin\frac{1}{x} & x>0 \end{cases}$

提示：对于可去间断点，即极限 $\lim\limits_{x\to 0}f(x)$ 存在，可补充定义使之连续.

24. 设函数 $f(x)$ 满足 $f(1)=0$，且 $\lim\limits_{n\to\infty}nf\left(1-\frac{1}{n}\right)=1$，则 $f'(1)=$(　　).

A. 0　　B. 1　　C. -1　　D. 不一定存在

提示：利用函数极限与函数列极限的关系知，由 $\lim\limits_{x\to\infty}xf\left(1-\frac{1}{x}\right)=1$ 能导出 $\lim\limits_{n\to\infty}nf\left(1-\frac{1}{n}\right)=1$，反之不成立.

25. 设连续函数 $g(x)$ 满足 $\lim\limits_{x\to 0}\frac{g(x)}{x}=1$，又 $f(x)=\begin{cases} g(x)\cos\frac{1}{x} & x\neq 0 \\ 0 & x=0 \end{cases}$，则 $f'(0)=$(　　).

A. 0　　B. 1　　C. 不存在　　D. 不一定存在

提示：由 $f'(0)=\lim\limits_{x\to 0}\frac{f(x)-f(0)}{x-1}=\lim\limits_{x\to 0}\frac{g(x)\cos\frac{1}{x}}{x}$，$\lim\limits_{x\to 0}\frac{g(x)}{x}=1$，但 $\lim\limits_{x\to 0}\cos\frac{1}{x}$ 不存在，故整个极限不存在. 若 $\lim\limits_{x\to 0}\frac{g(x)}{x}=0$，则极限 $f'(0)$ 存在，且为0.

26. 曲线 $y=\ln\left(e-\frac{1}{x}\right)$ 有(　　).

A. 一条铅直渐近线，一条水平渐近线

B. 一条铅直渐近线，两条水平渐近线

C. 两条铅直渐近线，一条水平渐近线

D. 两条铅直渐近线，两条水平渐近线

提示：由渐近线的定义，若 $\lim\limits_{x\to x_0}y=\infty$，则 $x=x_0$ 为曲线的一条铅直渐近线；若 $\lim\limits_{x\to\infty}y=C$，则 $y=C$ 为曲线的一条水平渐进线.

27. 设 $f(x)=\begin{cases} x^2 & 0\leqslant x<1 \\ 2 & 1\leqslant x\leqslant 2 \end{cases}$，则 $\varphi(x)=\int_0^x f(t)\mathrm{d}t$ 在区间 $(0,2)$ 上(　　).

A. 仅有第一类间断点　　B. 仅有第二类间断点

C. 两类间断点都有　　D. 是连续的

提示:先求 $\varphi(x)$在$(0,2)$内的表达式,然后再按连续的定义进行考查.

28. 设 D: $x^2+y^2\leqslant 1$,则 $\iint_D |xy|\,\mathrm{d}x\mathrm{d}y=($　　).

A. 0　　B. $\frac{1}{2}$　　C. 1　　D. π

提示:设 D_1 是 D 在第一象限的部分,由对称性定理,$\iint_D |xy|\,\mathrm{d}x\mathrm{d}y = 4\iint_{D_1} xy\mathrm{d}x\mathrm{d}y$,再由二重积分的极坐标法计算可得.

29. 下列级数中收敛的是(　　).

A. $\sum_{n=1}^{\infty}\left(\frac{n}{n+1}\right)^n$　　B. $\sum_{n=1}^{\infty}\sin\left(n\pi+\frac{\ln n}{n}\right)$　　C. $\sum_{n=1}^{\infty}\frac{4n-1}{n^2+n}$　　D. $\sum_{n=1}^{\infty}\arctan\frac{\pi}{n}$

提示: $\lim_{n\to\infty}\left(\frac{n}{n+1}\right)^n\neq 0$,且当 $n\to\infty$时,$\frac{4n-1}{n^2+n}\sim\frac{4}{n}$,$\arctan\frac{\pi}{n}\sim\frac{\pi}{n}$.

30. 下列方程中,由 y_1,y_2 是它的解,可以推知 y_1+y_2 也是它的解的方程是(　　).

A. $y''+p(x)y'+q(x)=0$　　B. $y''+p(x)y'+q(x)=1$

C. $y''+p(x)y'+q(x)y=0$　　D. $y''+p(x)y'+q(x)y=1$

提示:利用齐次线性方程解的性质判定.

31. 设 $u=u(x,y)$可微,$\frac{\partial u}{\partial x}=x$,且满足 $y=x^2$ 时,$u(x,y)=1$,此时$\frac{\partial u}{\partial y}=($　　).

A. 1　　B. -1　　C. $\frac{1}{2}$　　D. $-\frac{1}{2}$

提示:关系式$\frac{\partial u}{\partial x}=x$ 两端对x 求积分,得 $u(x,y)=\frac{1}{2}x^2+\varphi(y)$. 又由题设, $u(x,x^2)=\frac{1}{2}x^2+\varphi(x^2)=1$,进而 $\varphi(x^2)=-\frac{1}{2}x^2+1$, 即 $\varphi(y)=-\frac{1}{2}y+1$,于是有

$$u(x,y)=\frac{1}{2}x^2-\frac{1}{2}y+1.$$

32. 设 $\varphi(x)$是连续函数,且 $\varphi(x)=\mathrm{e}^x-\int_0^x(x-u)\varphi(u)\mathrm{d}u$, 则 $\varphi(x)=($　　).

A. $C_1\cos x+C_2\sin x+\frac{1}{2}\mathrm{e}^x$　　B. $\frac{1}{2}(\cos x+\sin x+\mathrm{e}^x)$

C. $C_1\cos x+C_2\sin x-\frac{1}{2}\mathrm{e}^x$　　D. $\frac{1}{2}(\cos x+\sin x-\mathrm{e}^x)$

提示:注意到$\int_0^x(x-u)\varphi(u)\mathrm{d}u = x\int_0^x\varphi(u)\mathrm{d}u-\int_0^x u\varphi(u)\mathrm{d}u$, 则

$$\varphi(x)=\mathrm{e}^x-\left[x\int_0^x\varphi(u)\mathrm{d}u-\int_0^x u\varphi(u)\mathrm{d}u\right],$$

两端连续两次对 x 求导可得一微分方程,解之即得.

33. 已知 $xy''+y'=4x$ 的一个特解为$y=x^2$,又对应齐次方程 $xy''+y'=0$ 有一个特解为 $y=\ln x$,则原方程的通解为(　　).

A. $C_1\ln x+C_2+x^2$　　B. $C_1\ln x+C_2x+x^2$

C. $C_1\ln x+C_2\mathrm{e}^x+x^2$　　D. $C_1+C_2\mathrm{e}^{-x}+x^2$

提示:易知 $y=1$ 是方程 $xy''+y'=0$ 的一个特解,由此可得原方程的通解.

34. 当 $x\neq 0$ 时,下列不等式成立的是(　　).

A. $e^x<1+x$

B. $e^x>1+x$

C. 当 $x>0$ 时,$e^x<1+x$;当 $x<0$ 时,$e^x>1+x$

D. 当 $x<0$ 时,$e^x<1+x$;当 $x>0$ 时,$e^x>1+x$

提示:考察辅助函数 $f(x)=e^x-x-1$ 的导函数的符号.

35. 设函数 $f(x)$满足 $f(x+y)=f(x)f(y)$,且 $f(x)=1+xg(x)$,其中 $g(x)$满足条件$\lim\limits_{x\to 0}g(x)=1$,则 $f(x)=$(　　).

A. x　　B. $\ln x$　　C. e^x　　D. $\sin x$

提示:该题最简单的方法是通过关系式 $f(x+y)=f(x)f(y)$直接判断.

36. 设函数 $f(x)$在(a,b)内可导,且对于(a,b)内任何 x_1,x_2,恒有$|f(x_1)-f(x_2)|\leqslant(x_1-x_2)^2$,则必有(　　).

A. $f'(x)\neq 0$　B. $f'(x)=x$　C. $f(x)=C$ (C 为常数)　D. $f(x)=x$

提示:利用导数的定义结合关系式$|f(x_1)-f(x_2)|\leqslant(x_1-x_2)^2$,易推导出 $f'(x)=0$.

37. 若对于一切 $n\in\mathbb{N}$,有 $a_n\leqslant b_n\leqslant c_n$,则(　　).

A. 如果$\sum\limits_{n=1}^{\infty}a_n$,$\sum\limits_{n=1}^{\infty}c_n$ 均发散,则$\sum\limits_{n=1}^{\infty}b_n$ 必发散

B. 如果$\sum\limits_{n=1}^{\infty}a_n$,$\sum\limits_{n=1}^{\infty}c_n$ 均收敛,则$\sum\limits_{n=1}^{\infty}b_n$ 必收敛

C. 如果 $\lim\limits_{n\to\infty}a_n$, $\lim\limits_{n\to\infty}c_n$ 均发散,则 $\lim\limits_{n\to\infty}b_n$ 必发散

D. 当且仅当 $\lim\limits_{n\to\infty}a_n$ 与 $\lim\limits_{n\to\infty}c_n$ 存在且相等时, $\lim\limits_{n\to\infty}b_n$ 存在

提示:利用关系式 $a_n\leqslant b_n\leqslant c_n$ 易得$0\leqslant b_n-a_n\leqslant c_n-a_n$. 因此,如果$\sum\limits_{n=1}^{\infty}a_n$,$\sum\limits_{n=1}^{\infty}c_n$ 均收敛,则由收敛级数的性质易知$\sum\limits_{n=1}^{\infty}b_n$ 必收敛.

38. 若函数 $f(x,y)$在点(x_0,y_0)处取得极大值,则(　　).

A. $f'_x(x_0,y_0)=0$, $f'_y(x_0,y_0)=0$

B. 若(x_0,y_0)是 D 的唯一极值点,则必为最大值点

C. $f_{xx}''(x_0,y_0)\cdot f_{yy}''(x_0,y_0)-[f_{xy}''(x_0,y_0)]^2>0$, 且 $f_{xx}''(x_0,y_0)<0$

D. 以上结论都不对

提示:极值点可以在不可导的点上取得.

39. 以 2π 为周期的函数 $f(x)$在$[-\pi,\pi)$的表达式为 $f(x)=x^2-1$,它的傅里叶级数是$\frac{\pi^2}{3}-1+4\sum\limits_{n=1}^{\infty}(-1)^n\frac{\cos n\pi}{n^2}$,则该级数的和函数 $S(x)=$(　　).

A. $f(x)$, $x\in(-\infty,+\infty)$

B. $\begin{cases} f(x) & x\neq k\pi \\ \frac{\pi^2-1}{2} & x=k\pi \end{cases}$ $(k=\pm 1,\pm 2,\cdots)$

C. $\begin{cases} f(x) & x \neq k\pi \\ \dfrac{\pi+1}{2} & x = k\pi \end{cases} \quad (k = \pm 1, \pm 2, \cdots)$

D. $\begin{cases} f(x) & x \neq k\pi \\ \dfrac{1}{2} & x = k\pi \end{cases} \quad (k = \pm 1, \pm 2, \cdots)$

提示：利用 Dirichlet 充分性定理进行判定.

40. 幂级数 $\sum_{n=1}^{\infty}\left(1+\dfrac{1}{n}\right)^{n^2}(x-1)^n$ 的收敛区间为(　　).

A. 仅在 $x=1$ 处收敛　B. $(1-e,1+e)$　C. $\left(1-\dfrac{1}{e},1+\dfrac{1}{e}\right)$　D. $(-\infty,+\infty)$

提示：先由幂级数的半径公式 $R=\dfrac{1}{\lim\limits_{n\to\infty}\sqrt[n]{a_n}}$ 求收敛半径，然后再考察其端点处的收敛性.

41. 设函数 $f(x)$ 在 $(-\infty,+\infty)$ 上连续，$\int_{-\arctan\pi}^{a\ln x} f(t^2)\mathrm{d}t = \sin x - \dfrac{\sqrt{2}}{2}$，且 $f(0)=1$，则 $a=$ (　　).

A. -1　B. 1　C. $\sin 1$　D. $\cos 1$

提示：利用变限函数的求导公式对等式两端求导即可.

42. 下列命题正确的是(　　).

A. 若 $f(x,y)$ 在区域 D 内具有二阶偏导数，则必在 D 内连续

B. 若 $f(x,y)$ 在区域 D 内具有二阶偏导数，则必在 D 内可微

C. 若 $f(x,y)$ 在区域 D 内连续，则必在 D 内偏导数存在

D. 若 $f(x,y)$ 在区域 D 内可微，则必在 D 内偏导数存在

提示：根据连续、偏导数存在、可微、二阶偏导数存在之间的关系判断.

43. 下列各曲线中，绕 y 轴旋转能成椭球面 $3x^2+2y^2+3z^2=1$ 的曲线是(　　).

A. $\begin{cases} 2x^2+3y^2=1 \\ y=0 \end{cases}$　B. $\begin{cases} 3y^2+2z^2=1 \\ x=0 \end{cases}$

C. $\begin{cases} 3x^2+2y^2=1 \\ z=0 \end{cases}$　D. $\begin{cases} 3x^2+3z^2=1 \\ y=0 \end{cases}$

提示：利用旋转曲面构成的方式.

44. 设 $\boldsymbol{A},\boldsymbol{B}$ 均为 4 阶方阵，$|\boldsymbol{A}|=|\boldsymbol{B}|=1$，$\boldsymbol{A}=(\boldsymbol{\gamma}_1,\boldsymbol{\gamma}_2,\boldsymbol{\gamma}_3,\boldsymbol{\alpha})$，$\boldsymbol{B}=(\boldsymbol{\gamma}_1,\boldsymbol{\gamma}_2,\boldsymbol{\gamma}_3,\boldsymbol{\beta})$，则 $|2\boldsymbol{\gamma}_1,\ \boldsymbol{\gamma}_3-\boldsymbol{\gamma}_2,\ \boldsymbol{\gamma}_3,\boldsymbol{\alpha}+\boldsymbol{\beta}|=$ (　　).

A. 4　B. -4　C. 8　D. -8

提示：利用行列式的性质.

45. 下列条件中能保证非零实方阵 $\boldsymbol{A}$ 可逆的是(　　).

A. $\boldsymbol{A}^2=\boldsymbol{A}$　B. $\boldsymbol{A}^{\mathrm{T}}=\boldsymbol{A}$　C. $\boldsymbol{A}^*=\boldsymbol{A}$　D. $\boldsymbol{A}^*=\boldsymbol{A}^{\mathrm{T}}$

提示：利用关系式：$\mathrm{tr}(\boldsymbol{A}\boldsymbol{A}^{\mathrm{T}}) = \sum_{i,j} a_{ij}^2$，$\boldsymbol{A}\boldsymbol{A}^* = |\boldsymbol{A}|\boldsymbol{E}$ 易推得：若 $\boldsymbol{A}^*=\boldsymbol{A}^{\mathrm{T}}$，则 $\boldsymbol{A}$ 必可逆.

46. 矩阵 $\boldsymbol{A}$ 可逆的一个充要条件是(　　).

A. 对于任意自然数 n，$\boldsymbol{A}^n \neq 0$　B. $\boldsymbol{A}\boldsymbol{A}^{\mathrm{T}}=\boldsymbol{E}$

C. $AA^* = |A|E$ D. 由 $AB = AC$ 必有 $B = C$

提示:若 A 可逆,则由 $AB = AC$,必有 $B = C$;若 A 不可逆,则由 $AB = AC$ 不能推出 $B = C$. 事实上只要取 $A = 0$, 此时 B, C 可以随意选取, $AB = AC$ 均成立,但 $B \neq C$.

47. 已知向量组 $\boldsymbol{\alpha}_1, \boldsymbol{\alpha}_2, \boldsymbol{\alpha}_3$ 线性无关,欲使向量组 $\boldsymbol{\alpha}_1 + \lambda\boldsymbol{\alpha}_2, \boldsymbol{\alpha}_2 + \lambda\boldsymbol{\alpha}_3, \boldsymbol{\alpha}_3 + \lambda\boldsymbol{\alpha}_1$ 线性相关,则 λ 应满足(　　).

A. $\lambda = -1$ B. $\lambda \neq 1$ C. $\lambda = 1$ D. $\lambda \neq -1$

提示:令 $k_1(\boldsymbol{\alpha}_1 + \lambda\boldsymbol{\alpha}_2) + k_2(\boldsymbol{\alpha}_2 + \lambda\boldsymbol{\alpha}_3) + k_3(\boldsymbol{\alpha}_3 + \lambda\boldsymbol{\alpha}_1) = 0$, 即

$$(k_1 + \lambda k_3)\boldsymbol{\alpha}_1 + (\lambda k_1 + k_2)\boldsymbol{\alpha}_2 + (\lambda k_2 + k_3)\boldsymbol{\alpha}_3 = 0,$$

因 $\boldsymbol{\alpha}_1, \boldsymbol{\alpha}_2, \boldsymbol{\alpha}_3$ 线性无关,则 $\begin{cases} k_1 + \lambda k_3 = 0 \\ \lambda k_1 + k_2 = 0 \\ \lambda k_2 + k_3 = 0 \end{cases}$. 现欲使该方程组有非零解,则系数行列式必为零.

48. 下列命题中正确的是(　　).

A. 在 n 维向量组 $\boldsymbol{\alpha}_1, \boldsymbol{\alpha}_2, \cdots, \boldsymbol{\alpha}_m$ 中添加一个 n 维向量 $\boldsymbol{\beta}$ 后必线性相关

B. 一个向量组线性无关,则它的部分组未必都是线性无关的

C. 令 $\boldsymbol{\beta} = k_1\boldsymbol{\alpha}_1 + k_2\boldsymbol{\alpha}_2 + \cdots + k_m\boldsymbol{\alpha}_m$,若 $\boldsymbol{\alpha}_1, \boldsymbol{\alpha}_2, \cdots, \boldsymbol{\alpha}_m$ 线性无关,则 $k_1, k_2, \cdots, k_m$ 必是唯一的

D. 相关组添加分量后仍相关

提示:根据向量组线性无关的定义易判断出答案 C 是正确的.

49. 设 $R(A_{(n-1)\times n}) = n - 1$,则非齐次线性方程组 $AX = b$(　　).

A. 无解 B. 有唯一解 C. 有无穷多个解 D. A, B, C 均有可能

提示:显然, $R(A, b) = R(A) = n - 1 < n$ (未知数的个数),利用方程组通解的结构可知.

50. 已知方程组 $\begin{cases} x_1 - \lambda x_2 - x_3 = 0 \\ x_1 + x_2 + \lambda x_3 = 0 \end{cases}$ 与方程 $x_1 - \lambda x_2 + x_3 = 1$ 具有唯一的公共解,则 λ 应满足(　　).

A. $\lambda = -1$ B. $\lambda \neq -1$ C. $\lambda = 1$ D. $\lambda \neq 1$

提示:由题设,方程组 $\begin{cases} x_1 - \lambda x_2 - x_3 = 0 \\ x_1 + x_2 + \lambda x_3 = 0 \\ x_1 - \lambda x_2 + x_3 = 1 \end{cases}$ 具有唯一解,利用该方程组具有唯一解的条件可求出 λ.

51. 已知 3 阶方阵 A 满足 $|A + E| = |A + 2E| = |A + 3E| = 0$,则 $|A + 4E| =$(　　).

A. 0 B. -6 C. 6 D. 4

提示:关系式 $|A + E| = |A + 2E| = |A + 3E| = 0$ 蕴涵矩阵 A 有三个特征值: $-1, -2, -3$. 于是可得 $A + 4E$ 的三个特征值: 3,2,1. 故 $|A + 4E| = 3 \cdot 2 \cdot 1 = 6$.

52. 设 A 是正交阵, $|A| = -1$,则下列结论不正确的是(　　).

A. $|A + E| = 0$ B. $|A^{\mathrm{T}} + E| = 0$ C. $|A^* + E| = 0$ D. $|A^{-1} + E| = 0$

提示:注意到 $AA^* = |A|E$, 则 $A^* = |A|A^{-1} = -A^{-1}$. 因此,若 -1 是 A 的特征值,则 -1 必是 A^{T}, A^{-1} 的特征值,作为单项选择题而言,只能是 C 不满足.

53. 设矩阵 B 是由 n 阶方阵 A 经过一系列初等变换后得到的矩阵,则(　　).

A. $|\boldsymbol{A}|=|\boldsymbol{B}|$ B. 若$|\boldsymbol{A}|>0$,则$|\boldsymbol{B}|>0$

C. 若$|\boldsymbol{A}|<0$,则$|\boldsymbol{B}|<0$ D. 若$|\boldsymbol{A}|=0$,则$|\boldsymbol{B}|=0$

提示:由题设,$R(\boldsymbol{A})=R(\boldsymbol{B})$,这蕴涵着若$|\boldsymbol{A}|=0$,则$|\boldsymbol{B}|=0$.

54. 对任何实数λ,能保证$\boldsymbol{A}+\lambda\boldsymbol{E}$可逆的等式是( ).

A. $\boldsymbol{A}^2+\boldsymbol{A}+\boldsymbol{E}=0$ B. $\boldsymbol{A}^2+2\boldsymbol{A}+\boldsymbol{E}=0$

C. $\boldsymbol{A}^2+3\boldsymbol{A}+\boldsymbol{E}=0$ D. $\boldsymbol{A}^2+4\boldsymbol{A}+\boldsymbol{E}=0$

提示:$\boldsymbol{A}+\lambda\boldsymbol{E}$可逆蕴涵$|\boldsymbol{A}+\lambda\boldsymbol{E}|\neq0$,即任何实数$\lambda$都不是方程$\lambda^2+k\lambda+1=0$的根,这里$k$为某个实数,对应到该题提供的答案,易知只有答案A是满足条件的.

55. 设$\boldsymbol{P}$为3阶非零矩阵,$\boldsymbol{Q}=\begin{bmatrix}1&2&3\\2&4&t\\3&6&9\end{bmatrix}$,且$\boldsymbol{PQ}=0$,则$R(\boldsymbol{P})=$( ).

A. $t=6$时,$\boldsymbol{P}$的秩必为1 B. $t=6$时,$\boldsymbol{P}$的秩必为2

C. $t\neq6$时,$\boldsymbol{P}$的秩必为1 D. $t\neq6$时,$\boldsymbol{P}$的秩必为2

提示:当$t=6$时,$R(\boldsymbol{Q})=1$,由$\boldsymbol{PQ}=0$,得$R(\boldsymbol{P})+R(\boldsymbol{Q})\leqslant3$,注意到$\boldsymbol{P}$非零,则$1\leqslant R(\boldsymbol{P})\leqslant3-R(\boldsymbol{Q})\leqslant2$,由此可以排除A与B;当$t\neq6$时,$R(\boldsymbol{Q})=2$,此时$1\leqslant R(\boldsymbol{P})\leqslant3-R(\boldsymbol{Q})\leqslant1$,故$R(\boldsymbol{P})=1$.

56. 设$\boldsymbol{A},\boldsymbol{B}$均为$n$阶正定阵,则$\boldsymbol{AB}$必是( ).

A. 正定阵 B. 对称阵 C. 可逆阵 D. 正交阵

提示:$|\boldsymbol{A}|=\pm1$,$|\boldsymbol{B}|=\pm1\Longrightarrow|\boldsymbol{AB}|=\pm1$.

57. 设矩阵$\boldsymbol{A}$满足$\boldsymbol{A}^3=\boldsymbol{E}$,则$\boldsymbol{A}^{-1}+\boldsymbol{A}+\boldsymbol{E}$必有特征值( ).

A. 1 B. 2 C. 3 D. 4

提示:由$\boldsymbol{A}^3=\boldsymbol{E}$,知$\boldsymbol{A}$必有特征值1,从而$\boldsymbol{A}^{-1}+\boldsymbol{A}+\boldsymbol{E}$必有特征值3.

58. 下列结论正确的是( ).

A. 若$\boldsymbol{A}\sim\boldsymbol{B}$,则存在正交矩阵$\boldsymbol{P}$,使得$\boldsymbol{B}=\boldsymbol{P}^{-1}\boldsymbol{AP}$

B. 若$\boldsymbol{A}\sim\boldsymbol{B}$,则$\boldsymbol{A}$与$\boldsymbol{B}$都相似于同一个对角阵

C. 若$|\boldsymbol{A}|=0$,则$\boldsymbol{A}$至少有一个特征值为0

D. 若$|\boldsymbol{A}|=1$,则$\boldsymbol{A}$至少有一个特征值为1

提示:对于一个n阶方阵$\boldsymbol{A}$,若$\lambda_1,\lambda_2,\cdots,\lambda_n$是$A$的$n$个特征值,则$|\boldsymbol{A}|=\lambda_1\lambda_2\cdot\cdots\cdot\lambda_n$.

59. 设矩阵$\boldsymbol{A}$满足$\boldsymbol{A}^3=\boldsymbol{E}$,则有( ).

A. 若$\boldsymbol{A}-\boldsymbol{E}$可逆,则$\boldsymbol{A}+\boldsymbol{E}$必可逆 B. 若$\boldsymbol{A}-\boldsymbol{E}$可逆,则$\boldsymbol{A}+\boldsymbol{E}$必不可逆

C. 若$\boldsymbol{A}+\boldsymbol{E}$可逆,则$\boldsymbol{A}-\boldsymbol{E}$必可逆 D. 若$\boldsymbol{A}+\boldsymbol{E}$可逆,则$\boldsymbol{A}-\boldsymbol{E}$必不可逆

提示:若$\boldsymbol{A}-\boldsymbol{E}$可逆,由条件$\boldsymbol{A}^3=\boldsymbol{E}$知,$\boldsymbol{A}^2+\boldsymbol{A}+\boldsymbol{E}=0$.现再次使用前面54题的结论,知此时$\boldsymbol{A}+\boldsymbol{E}$必是可逆的.

60. 设有向量组

$$\boldsymbol{A}:\boldsymbol{\alpha}_1=\begin{bmatrix}a_{11}\\a_{21}\\a_{31}\end{bmatrix},\quad\boldsymbol{\alpha}_2=\begin{bmatrix}a_{12}\\a_{22}\\a_{32}\end{bmatrix},\quad\boldsymbol{\alpha}_3=\begin{bmatrix}a_{13}\\a_{23}\\a_{33}\end{bmatrix};$$

$$\boldsymbol{B}:\beta_1=\begin{bmatrix}a_{11}\\a_{21}\\a_{31}\\a_{41}\end{bmatrix},\quad \boldsymbol{\beta}_2=\begin{bmatrix}a_{12}\\a_{22}\\a_{32}\\a_{42}\end{bmatrix},\quad \boldsymbol{\beta}_3=\begin{bmatrix}a_{13}\\a_{23}\\a_{33}\\a_{43}\end{bmatrix}.$$

则有结论(　　).

A. 若 $\boldsymbol{A}$ 相关,则 $\boldsymbol{B}$ 相关　　B. 若 $\boldsymbol{A}$ 不相关,则 $\boldsymbol{B}$ 不相关

C. $R(\boldsymbol{A})<R(\boldsymbol{B})$　　D. $R(\boldsymbol{A})=R(\boldsymbol{B})$

提示:相关组减少分量仍相关,无关组添加分量仍无关.

61. 设 $\boldsymbol{A},\boldsymbol{B}$ 均为 4 阶方阵,$\boldsymbol{A}=\begin{bmatrix}1&0&-1&2\\2&1&-2&5\\-1&2&\lambda&1\\1&-1&-1&\lambda+1\end{bmatrix}$,$|\boldsymbol{B}|=-\frac{1}{2}$,且 $R(\boldsymbol{AB})=3$,则 λ 应满足 (　　).

A. $\lambda=0$　　B. $\lambda=1$　　C. $\lambda=0$ 或 1　　D. λ 为任何实数

提示:条件 $|\boldsymbol{B}|=-\frac{1}{2}$ 蕴涵 $R(\boldsymbol{B})=4$,而满秩矩阵无论左乘还是右乘其他矩阵,乘积的秩都与另一个矩阵的秩相同,所以 $R(\boldsymbol{AB})=3$ 蕴涵 $R(\boldsymbol{A})=3$.

62. 设 $R(\boldsymbol{A}_{n\times n})=n-3$,$\boldsymbol{\alpha}_1,\boldsymbol{\alpha}_2,\boldsymbol{\alpha}_3$ 是 $\boldsymbol{AX}=0$ 的三个线性无关的解向量,则 $\boldsymbol{AX}=0$ 的基础解系为(　　).

A. $\boldsymbol{\alpha}_1-\boldsymbol{\alpha}_2,\boldsymbol{\alpha}_2-\boldsymbol{\alpha}_3,\boldsymbol{\alpha}_3-\boldsymbol{\alpha}_1$　　B. $\boldsymbol{\alpha}_1+\boldsymbol{\alpha}_2,\boldsymbol{\alpha}_2-\boldsymbol{\alpha}_3,\boldsymbol{\alpha}_3-\boldsymbol{\alpha}_1$

C. $\boldsymbol{\alpha}_1+\boldsymbol{\alpha}_2+\boldsymbol{\alpha}_3,\boldsymbol{\alpha}_3-\boldsymbol{\alpha}_2,-\boldsymbol{\alpha}_1-2\boldsymbol{\alpha}_3$　　D. $\boldsymbol{\alpha}_1+2\boldsymbol{\alpha}_2,\boldsymbol{\alpha}_2+2\boldsymbol{\alpha}_3,4\boldsymbol{\alpha}_3-\boldsymbol{\alpha}_1$

提示:与齐次线性方程组解的基础解系等价的向量组均为基础解系.

63. 若事件 A 与 B 满足 $P(A)=P(B)$,则下列式子中正确的是(　　).

A. $P(\overline{A}+B)=P(A+\overline{B})$　　B. $P(\overline{A}B)=P(A\overline{B})$

C. $P(A|B)=P(B|A)$　　D. $P(A|\overline{B})=P(\overline{A}|B)$

提示:由条件概率的定义易知 C 是正确的.

64. 下列函数中,哪个可以作为随机变量的分布函数?(　　).

A. $F(x)=\begin{cases}0 & x<0\\1-e^{-x} & x\geqslant 0\end{cases}$　　B. $F(x)=\begin{cases}0 & x<0\\\dfrac{\ln(1+x)}{1+x} & |x|>1\end{cases}$

C. $F(x)=\begin{cases}0 & x<0\\\sin x & 0\leqslant x<\pi\\1 & x\geqslant\pi\end{cases}$　　D. $F(x)=\begin{cases}0 & x<0\\x+\frac{1}{3} & 0\leqslant x\leqslant\frac{1}{2}\\1 & x>\frac{1}{2}\end{cases}$

提示:利用分布函数的性质判定.

65. 设随机变量 X 的分布函数为

$$F(x)=\begin{cases}0 & x<-1\\0.3 & -1\leqslant x<1\\\lambda & 1\leqslant x<3\\1 & x\geqslant 3\end{cases},$$

且 $P\{X=3\}=0.2$,则 $P\{X=1\}=($　　$)$.

A. 0.2　　B. 0.3　　C. 0.4　　D. 0.5

提示:注意到分布函数本身所表示的就是一个随机事件的概率,利用这一点易求所需的概率.

66. 设随机变量 X 的概率密度为 $f_X(x)=\dfrac{1}{\pi(1+x^2)}$ $(-\infty<x<+\infty)$,则随机变量 $Y=|X|$ 的概率密度为(　　).

A. $f_Y(y)=\dfrac{1}{\pi(1+y^2)}$ $(-\infty<y<\infty)$　　B. $f_Y(y)=\dfrac{2}{\pi(1+y^2)}$ $(-\infty<y<\infty)$

C. $f_Y(y)=\begin{cases}0 & y<0\\ \dfrac{1}{\pi(1+y^2)} & y\geqslant 0\end{cases}$　　D. $f_Y(y)=\begin{cases}0 & y<0\\ \dfrac{2}{\pi(1+y^2)} & y\geqslant 0\end{cases}$

提示:先求随机变量 Y 的分布函数,再通过求导求其概率密度.

67. 设 X 与 Y 相互独立,具有同一分布律,且 X 的分布律为:$P\{X=0\}=\dfrac{1}{3}$,$P\{X=1\}=\dfrac{1}{3}$,$P\{X=2\}=\dfrac{1}{3}$.则 $P\{\max(X,Y)=2\}=($　　$)$.

A. $\dfrac{1}{9}$　　B. $\dfrac{3}{9}$　　C. $\dfrac{5}{9}$　　D. $\dfrac{7}{9}$

提示:由相互独立且同分布易得　$P\{X=i,Y=j\}=P\{X=i\}P\{Y=j\}=\dfrac{1}{9}$,

进而　$P\{\max(X,Y)=2\}=P\{X=0,Y=2\}+P\{X=1,Y=2\}+P\{X=2,Y=0\}+$

$$P\{X=2,Y=1\}+P\{X=2,Y=2\}=\frac{5}{9}.$$

68. 已知 X 与 Y 独立且同分布,且 X 的分布律为

$$P\{X=-1\}=\frac{1}{3},P\{X=0\}=\frac{1}{3},P\{X=1\}=\frac{1}{3},$$

则下列式子正确的是(　　).

A. $P\{X=Y\}=1$　　B. $P\{X=Y\}=0$　　C. $P\{X=Y\}=\dfrac{1}{2}$　　D. $P\{X=Y\}=\dfrac{1}{3}$

提示:$P\{X=Y\}=P\{X=-1,Y=-1\}+P\{X=0,Y=0\}+P\{X=1,Y=1\}$.

69. 已知 $X\sim N\left(1,\dfrac{1}{2}\right)$, $Y\sim N\left(0,\dfrac{1}{2}\right)$,且相互独立,则与 $Z=X-Y$ 同分布的随机变量是(　　).

A. $X+Y$　　B. $X+2Y$　　C. $2X+Y$　　D. $2(X-Y)$

提示:相互独立的正态分布的随机变量的线性组合也是服从正态分布的,因此只需要计算各自的期望与方差即可.

70. 设随机变量 X 与 Y 独立且同分布,则 $U=X-Y,V=X+Y$ 必然(　　).

A. 独立　　B. 不独立　　C. $\rho_{UV}=0$　　D. $\rho_{UV}\neq 0$

提示:依据相关系数的性质可直接计算得 $\rho_{UV}=0$.

71. 设随机变量 X 与 Y 满足 $\rho_{XY}=0$,则(　　).

A. $D(XY)=D(X)D(Y)$　　B. $D(X+Y)=D(X)+D(Y)$

C. X 与 Y 相互独立　　D. X 与 Y 相互不独立

提示:注意到 $\rho_{UV}=0$ 蕴涵 $\mathrm{Cov}(U,V)=0$,进而这一条件又蕴涵着

$$D(X+Y)=D(X)+D(Y).$$

72. 设随机变量 X 的分布律为:$P\{X=0\}=a$,$P\{X=1\}=1-a$;随机变量 Y 的分布律为:$P\{Y=0\}=\frac{1}{2}$,$P\{Y=1\}=\frac{1}{2}$.如果 X 与 Y 相互独立,欲使 $P\{X=Y\}=\frac{1}{2}$,则 $a=($　　).

A. 0　　B. $\frac{1}{2}$　　C. 1　　D. $[0,1]$上的任意实数

提示:依据条件 $P\{X=Y\}=\frac{1}{2}$ 可得关于 a 的一个关系式,由此可求出.

二、填空题

1. 设 $f(x)=\begin{cases}\frac{2}{5-x^2} & |x|\leqslant 2\\ 0 & |x|>2\end{cases}$,$g(x)=\begin{cases}1 & |x|\leqslant 1\\ 0 & |x|>1\end{cases}$,则 $f[g(x)]=$________.

2. 设连续函数 $f(x)$满足 $\lim\limits_{x\to -2}\frac{f(x)}{x^3+8}=-2$,则曲线 $y=f(x)$在 $x=-2$ 处的切线方程为________.

3. 已知函数 $y=g(x)$是函数 $f(x)=\mathrm{e}^x+\sin x$ 的反函数,则曲线 $y=g(x)$在$(1,0)$处的切线方程为________.

4. 曲线 $r=6\cos\theta-2$ 在$(1,\frac{5}{3}\pi)$的切线方程为________.

5. $\lim\limits_{x\to 0}\frac{2^{\frac{1}{x}}-1}{2^{\frac{1}{x}}+1}=$________.

6. 已知 $f'(x_0)$存在,且 $\lim\limits_{x\to 0}\frac{f(x_0-3x)-f(x_0+2x)}{4x}=\frac{1}{2}$,则 $\mathrm{d}y\Big|_{x=x_0}=$________.

7. 设$\begin{cases}x=2t+|t|\\ y=5t^2+4t|t|\end{cases}$,则$\frac{\mathrm{d}y}{\mathrm{d}x}\Big|_{t=0}=$________.

8. 设 $f(x)=\frac{x^3}{x^2-1}$,则 $f^{(n)}(0)=$________.

9. $\int_0^{2a}x\sqrt{2ax-x^2}\,\mathrm{d}x=$________.

10. 已知 $\lim\limits_{x\to+\infty}\left(\frac{x+a}{x-a}\right)^x=\int_{-\infty}^{a}t\mathrm{e}^{2t}\mathrm{d}t$,则 $a=$________.

11. 已知 $x\to 0$, $F(x)=\int_0^x(x^2-t^2)f''(t)\mathrm{d}t$ 的导数与 x^2 是等价无穷小,则 $f''(0)=$________.

12. 设函数 $f(x)$的二阶导数 $f''(x)$连续,$x=1$ 及 2 是方程 $f(x)=0$ 的两个根,曲线 $y=f(x)$在 $x=1$ 处的切线与 x 轴成角$\frac{\pi}{4}$,在 $x=2$ 处的切线与 x 轴成角$\frac{\pi}{3}$,则$\int_1^2 xf''(x)\mathrm{d}x=$________.

13. 当 $c=$________时，函数 $f(x)=\begin{cases}\dfrac{\int_0^x (1+x)^{\frac{1}{x}}\sin t^2\mathrm{d}t}{x^3} & x\neq 0\\ c & x=0\end{cases}$ 在 $x=0$ 处连续.

14. 设 $f(x)=\begin{cases}x\sin x & x>0\\ -1 & x\leqslant 0\end{cases}$，则 $\int_0^{2\pi} f(x-\pi)\mathrm{d}x=$________.

15. 已知 $|\boldsymbol{\alpha}|=3$，$|\boldsymbol{\beta}|=2$，$\langle\boldsymbol{\alpha},\boldsymbol{\beta}\rangle=\dfrac{\pi}{3}$，则 $|\boldsymbol{\alpha}+\boldsymbol{\beta}|=$________.

16. 已知 $\dfrac{x-1}{\lambda}=\dfrac{y+4}{5}=\dfrac{z-3}{-3}$ 与 $\dfrac{x+3}{3}=\dfrac{y-9}{-4}=\dfrac{z+14}{7}$ 相交，则 $\lambda=$________.

17. 设 $\boldsymbol{A}=2\boldsymbol{a}+\boldsymbol{b}$，$\boldsymbol{B}=\lambda\boldsymbol{a}+\boldsymbol{b}$，其中 $|\boldsymbol{a}|=1$，$|\boldsymbol{b}|=2$，且 $\boldsymbol{a}\perp\boldsymbol{b}$，当 $\lambda=$________时，以 $\boldsymbol{A}$ 和 $\boldsymbol{B}$ 为邻边的平行四边形的面积为 6.

18. 已知四面体的顶点 $A(2,1,-1)$，$B(3,0,1)$，$C(2,-1,3)$，D 在 y 轴上，其体积为 5，则 D 的坐标为________.

19. 设柱面的母线平行于直线 $x=y=z$，其准线是曲线 Γ：$\begin{cases}x^2+y^2+z^2=1\\ x+y+z=0\end{cases}$，则柱面的方程为________.

20. 曲面 $x^2-y\mathrm{e}^z-\ln(z+1)=0$ 在 $(1,1,0)$ 处的法线方程为________.

21. 曲线 $\begin{cases}x^2+y^2+z^2=6\\ x+y+z=0\end{cases}$ 在 $(1,-2,1)$ 处的法平面的方程为________.

22. 曲面 $u=xyz$ 在点 $M(1,1,1)$ 处沿曲线 $x=t$，$y=t^2$，$z=t^3$ 在此点的切线方向上的方向导数为________.

23. 设 f，g 具有一阶连续偏导数，$z=f(x,y)$，$y=g(x^2-z,y)$，则 $\dfrac{\mathrm{d}z}{\mathrm{d}x}=$________.

24. 已知方程 $F(x,y)=0$ 确立了一个可导函数 $y=y(x)$，且曲线积分 $\int_C F(x,y)(y\mathrm{d}x+x\mathrm{d}y)$ 与路径无关，则 $y=$________.

25. 已知 $z=z(x,y)$ 是由方程 $F(x-az,y-bz)=0$ 定义的隐函数，其中 a，b 为常数，则 $a\dfrac{\partial z}{\partial x}+b\dfrac{\partial z}{\partial y}=$________.

26. 函数 $u=2xy-z^2$ 在点 $(2,-1,1)$ 处方向导数的最大值为________.

27. 将极坐标系下的二次积分 $\int_{-\frac{\pi}{4}}^{\frac{\pi}{4}}\mathrm{d}\theta\int_0^{2a\cos\theta} f(r\cos\theta,r\sin\theta)r\mathrm{d}r$ 转化为直角坐标系下先对 x 后对 y 的二次积分为________.

28. 交换积分 $\int_{-6}^{2}\mathrm{d}x\int_{\frac{x^2}{4}-1}^{2-x} f(x,y)\mathrm{d}y$ 的积分次序后为________.

29. 设 $f(x,y)$ 为连续函数，且 $f(x,y)=\mathrm{e}^x+\iint_D xyf(u,v)\mathrm{d}u\mathrm{d}v$，其中 D 是由 $y=x$，$y=0$ 及 $x=1$ 所围区域，则 $f(x,y)=$________.

30. 将直角坐标系下的三次积分 $\int_{-1}^{1}\mathrm{d}x\int_0^{\sqrt{1-x^2}}\mathrm{d}y\int_1^{1+\sqrt{1-x^2-y^2}} f(x^2+y^2+z^2)\mathrm{d}z$ 转化为

球坐标系下的三次积分为________.

31. 三重积分 $\iiint_V f(x,y,z)\mathrm{d}x\mathrm{d}y\mathrm{d}z$，其中 V：$x^2+y^2+z^2\leqslant 4$，$z\geqslant\sqrt{3(x^2+y^2)}$，用柱面坐标系下的三次积分表示为________.

32. 设曲线上任一点的线密度与该点至原点一段曲线的弧长成正比$\left(\text{比例系数为}\frac{1}{2}\right)$，则曲线 $y=x$ 从点(0,0)到点(1,1)之间的一段弧的质量为________.

33. 已知 C 是沿曲线 $x^2+2y^2=1$ 正向一周，则 $\oint_C \dfrac{x\mathrm{d}y-y\mathrm{d}x}{x^2+2y^2}=$________.

34. 已知曲线积分 $I=\oint_C y^3\mathrm{d}x+(3x-x^3)\mathrm{d}y$，其中 C 为 $x^2+y^2=R^2$ $(R>0)$逆时针方向曲线，则 $R=$________时使 I 取最大值.

35. 设 $f(x)$是以 2 为周期的周期函数，它在$(-1,1]$的表达式为

$$f(x)=\begin{cases}x-1 & -1<x\leqslant 0\\ x^3 & 0<x\leqslant 1\end{cases},$$

则 $f(x)$的 Fourier 级数在 $x=1$ 处收敛于________.

36. 幂级数 $\sum\limits_{n=1}^{\infty}(-1)^n\dfrac{x^{3n-1}}{n8^n}$ 的收敛区间为________.

37. 已知幂级数 $\sum\limits_{n=1}^{\infty}a_nx^n$ 的和函数为 $S(x)$，则幂级数 $\sum\limits_{n=1}^{\infty}\dfrac{a_nx^n}{n2^{n+1}}$ 的和函数为________.

38. 不必具体求解，直接写出非齐次线性微分方程 $y''-4y'+4y=x\mathrm{e}^{2x}+\sin 4x$ 的特解形式为________.

39. 设 $y=y(x)$满足微分方程 $y''-3y'+2y=2\mathrm{e}^x$，且曲线在点(0,1)处的切线与抛物线 $y=x^2-x+1$ 在该点处的切线重合，则 $y=$________.

40. 若曲线积分 $\int_C \dfrac{x}{y}r^\lambda\mathrm{d}x-\dfrac{x^2}{y^2}r^\lambda\mathrm{d}y$（其中 $r=\sqrt{x^2+y^2}$）与路径无关，则参数 $\lambda=$________.

41. $\int_1^{+\infty}\dfrac{1}{\sqrt{x(1+x)}}\mathrm{d}x=$________.

42. 微分方程 $y''-4y'+4y=\sin x\cos x$ 的通解为________.

43. 设可微函数 $u=u(x,y)$满足 $\mathrm{d}u=(y^2-3x^2)\mathrm{d}x+2xy\mathrm{d}y$，则 $u=$________.

44. $\int_0^\pi \dfrac{x\sin x}{1+\cos^2 x}\mathrm{d}x=$________.

45. 设 $u=yf\left(\dfrac{x}{y}\right)+xg\left(\dfrac{y}{x}\right)$，其中 f,g 具有二阶连续导数，则 $x\dfrac{\partial^2 u}{\partial x^2}+y\dfrac{\partial^2 u}{\partial y^2}=$________.

46. 设 $x^2+y^2+z^2=f[x,f(x,y)]$，其中 f 具有连续偏导数，则 $\mathrm{d}z=$________.

47. $\lim\limits_{x\to 0}\dfrac{\sqrt{1+\tan x}-\sqrt{1-\sin x}}{\mathrm{e}^x-1}=$________.

48. 设 $f(x)=\begin{cases}\dfrac{x}{1-\mathrm{e}^{\frac{1}{x}}} & x\neq 0\\ 0 & x=0\end{cases}$，则 $f'(x)=$________.

49. 已知 $\boldsymbol{A}$ 是3阶方阵，$\boldsymbol{B}$ 是4阶方阵，$|\boldsymbol{A}|=2$，$|\boldsymbol{B}|=-\dfrac{1}{2}$，则 $\left|(-2)\begin{pmatrix}2\boldsymbol{A}^{\mathrm{T}} & 0\\ 0 & \frac{1}{2}\boldsymbol{B}^{-1}\end{pmatrix}\right|$ $=$________.

50. 已知 $\boldsymbol{A}=\begin{pmatrix}1 & 0 & 0\\ 0 & \frac{1}{2} & \frac{3}{2}\\ 0 & 1 & \frac{5}{2}\end{pmatrix}$，则 $[(\boldsymbol{A}^{*})^{\mathrm{T}}]^{-1}=$________.

51. 设4维向量 $\boldsymbol{\alpha}=(1,2,3,4)$，$\boldsymbol{\beta}=\left(1,\dfrac{1}{2},\dfrac{1}{3},\dfrac{1}{4}\right)$，$\boldsymbol{A}=\boldsymbol{\alpha}^{\mathrm{T}}\boldsymbol{\beta}$，则 $\boldsymbol{A}^{n}=$________.

52. 设 n 阶方阵 $\boldsymbol{A}$ 满足 $\boldsymbol{A}^2+a\boldsymbol{A}+b\boldsymbol{E}=0$，则对于任意实数 λ，$\boldsymbol{A}+\lambda\boldsymbol{E}$ 可逆的充要条件是________.

53. 若向量 $\boldsymbol{\beta}=(1,k,k^2)$ 能由向量 $\boldsymbol{\alpha}_1=(1-k,1,1)$，$\boldsymbol{\alpha}_2=(1,1+k,1)$ 及 $\boldsymbol{\alpha}_3=(1,1,k)$ 唯一线性表出，则 k 应满足________.

54. 已知 $\boldsymbol{A}$ 是 5×6 矩阵，$\boldsymbol{B}$ 是6阶方阵，而线性方程组 $\boldsymbol{AX}=0$ 的基础解系所含解向量的个数为2个，线性方程组 $\boldsymbol{BX}=0$ 只有零解，则 $\mathrm{R}(\boldsymbol{AB})=$________.

55. 设 $\boldsymbol{A}$ 为行向量，且线性方程组 $\boldsymbol{AX}=0$ 以 $\boldsymbol{\xi}_1=(1,0,1)^{\mathrm{T}}$，$\boldsymbol{\xi}_2=(0,1,-1)^{\mathrm{T}}$ 为基础解系，则 $\boldsymbol{A}=$________.

56. 设 $\boldsymbol{A}$ 是2阶可逆矩阵，且 $|\boldsymbol{A}|=|a\boldsymbol{A}^{-1}-\boldsymbol{A}^{*}|=a^2$，则 $a=$________.

57. 线性方程组 $\begin{cases}x_1+ax_2+a^2x_3=a^3\\ x_1+bx_2+b^2x_3=b^3\\ x_1+cx_2+c^2x_3=c^3\\ x_1+\mathrm{d}x_2+d^2x_3=d^3\end{cases}$ 有唯一解的充要条件为________.

58. 设 n 阶实对称矩阵 $\boldsymbol{A}$ 满足 $\boldsymbol{A}^3-\boldsymbol{A}^2-\boldsymbol{A}=2\boldsymbol{E}$，则 $\boldsymbol{A}^{-1}$ 必有特征值________.

59. 已知二次型 $f(x_1,x_2,x_3)=5x_1^2+5x_2^2+ax_3^2-2x_1x_2+6x_1x_3-6x_2x_3$ 的秩为2，则 $a=$________.

60. 设 $\boldsymbol{\xi}=(1,-2,3)^{\mathrm{T}}$ 是矩阵 $\boldsymbol{A}=\begin{pmatrix}3 & 2 & -1\\ a & -2 & 2\\ 3 & b & -1\end{pmatrix}$ 的属于 λ 的一个特征向量，则 $\lambda=$ ________.

61. 已知矩阵 $\boldsymbol{A}=\begin{pmatrix}2 & 0 & 0\\ 0 & 0 & 1\\ 0 & 1 & x\end{pmatrix}$ 与 $\boldsymbol{B}=\begin{pmatrix}2 & 0 & 0\\ 0 & 3 & 4\\ 0 & -2 & y\end{pmatrix}$ 相似，则 x,y 应满足的条件是 ________.

62. 设4阶方阵 $\boldsymbol{A}$ 不可逆，且 $\boldsymbol{A}_{ij}=1\ (i,j=1,2,3,4)$，则线性方程组 $\boldsymbol{AX}=0$ 的通解为 ________.

63. 设 $\boldsymbol{A}$ 为 $n\times n$ 矩阵，$\boldsymbol{B}$ 为 $n\times m$ 矩阵，且 $\mathrm{R}(\boldsymbol{A})=n$，则 $\mathrm{R}(\boldsymbol{AB})=$________.

64. 设3阶实对称阵 $\boldsymbol{A}$ 的特征值为 $-2,1,3$，欲使 $t\boldsymbol{E}+\boldsymbol{A}-\boldsymbol{A}^2$ 为正定阵，t 应满足的条件为________.

65. 设 $\boldsymbol{A}=\boldsymbol{E}+\boldsymbol{\alpha\alpha}^{\mathrm{T}}$,其中 $\boldsymbol{\alpha}=(a_1,a_2,a_3)^{\mathrm{T}}$,且 $\boldsymbol{\alpha}^{\mathrm{T}}\boldsymbol{\alpha}=1$,则$|\boldsymbol{A}|=$________.

66. 设 $\boldsymbol{A}$ 为 3 阶方阵,其特征值分别为 $\lambda_1=1,\lambda_2=2,\lambda_3=3$,其对应的特征向量分别为 $x_1,\ x_2,\ x_3$. 记 $\boldsymbol{P}=[x_3,x_2,x_1]$,则 $\boldsymbol{P}^{-1}\boldsymbol{AP}=$________.

67. 设二次型 $f(x_1,x_2,x_3)=x_1^2+4x_2^2+2x_3^2+2tx_1x_2+2x_1x_3$ 是正定的,则 t 应满足的条件为________.

68. 设 A,B 是两事件,且 $P(A)=\dfrac{2b}{2a+b},P(B)=\dfrac{2a}{a+2b}\ (a,b>0)$,则当 $P(AB)$取到最小值时,$P(AB|A)=$________.

69. 某射手在 4 次射击中至少命中一次的概率与一次都未命中的概率相等,则该射手在一次射击中命中的概率为________.

70.设随机变量 X 的密度函数为$f(x)=\begin{cases}\dfrac{3}{8}x^2 & 0<x<2\\ 0 & \text{其他}\end{cases}$,又随机变量 Y 与 X 同分布,且 $A=\{X>a\}$与 $B=\{Y>a\}$相互独立,$P(A\cup B)=\dfrac{3}{4}$,则 $a=$________.

71. 设随机变量 X 的密度函数为 $f(x)=\begin{cases}\dfrac{2x}{\pi^2} & 0<x<\pi\\ 0 & \text{其他}\end{cases}$,而 $Y=\sin X$,则 $P\left\{|Y|\leqslant\dfrac{1}{2}\right\}=$________.

72. 设 $X\sim N(\mu,1)$,且 $P\{X>5\}=P\{X<5\}$,$Y=3X-2$,则 $Y\sim$________.

73. 设 $X\sim\pi(2)$,则 $E[(X-1)(X-2)]=$________.

74. 设随机变量 X 的概率密度为$f(x)=\begin{cases}\dfrac{2}{\pi}\sqrt{1-x^2} & |x|\leqslant1\\ 0 & \text{其他}\end{cases}$,则随机变量 X 与$|X|$的相关系数 $\rho=$________.

75. 设 $X\sim B(n,p)$,欲通过契比雪夫不等式估计随机变量 X 介于a 与b 之间的概率,则 a 与b 应满足的条件为________.

76. 设随机变量 X 的概率密度为 $f(x)=\dfrac{1}{\pi(1+x^2)}\ (-\infty<x<+\infty)$,则 $E[\min(|X|,1)]=$________.

77. 设 $X\sim N(1,9)$,$Y\sim\mathrm{EXP}\left(\dfrac{1}{4}\right)$,$\rho_{XY}=-\dfrac{1}{2}$,$Z=\dfrac{1}{3}X+\dfrac{1}{2}Y$,则 $\rho_{XZ}=$________.

78. 设随机变量 X 的分布律为:$P\{X=0\}=a$, $P\{X=1\}=1-a$;而随机变量 Y 的分布律为:$P\{Y=0\}=\dfrac{1}{3}$,$P\{Y=1\}=\dfrac{2}{3}$.已知 X 与 Y 是相互独立的,且 $P\{X=Y\}=\dfrac{1}{3}$,则 $a=$________.

79. 设总体 X 的概率密度为$f(x)=\begin{cases}|x| & |x|\leqslant1\\ 0 & \text{其他}\end{cases}$, $X_1,X_2,\cdots,X_{100}$是来自总体 X 的一个样本,则 $D(\overline{X})=$________.

80. 设 X 与 Y 相互独立且均服从$[0,1]$上的均匀分布,$Z=X^2+Y^2$,则 $P\{Z\leqslant1\}=$________.

81. 设 X 与 Y 相互独立且均服从$[0,1]$上的均匀分布，则 $Z=\min(X,Y)$的概率密度为________.

82. 已知随机变量 X 的分布律为：$P\{X=0\}=\frac{1}{2}, P\{X=1\}=\frac{1}{2}$；而随机变量 Y 的分布率为：$P\{Y=0\}=\frac{1}{2}, P\{Y=1\}=\frac{1}{2}$. 已知 $P\{XY=0\}=1$，则 X 与 Y 的联合分布律为________.

83. 设随机变量(X, Y)的联合分布律为 $P\{(X, Y)=(0,-1)\}=\frac{1}{5}$, $P\{(X,Y)=(0,0)\}=\frac{1}{5}$, $P\{(X,Y)=(1,-1)\}=\frac{2}{5}$, $P\{(X,Y)=(1,0)\}=\frac{1}{5}$，则 X 与 Y 的相关系数 $\rho_{XY}=$________.

84. 设 X 与 Y 是相互独立同分布的随机变量，且 X 的分布律为 $P\{X=0\}=\frac{1}{3}$, $P\{X=1\}=\frac{2}{3}$，则 $E[\max(X,Y)]=$________.

三、综合题

1. 设 $f(x)$ 在 $x=0$ 处可微，$f(0)=0$, $f'(0)=1$，又 $\varphi(x)=\begin{cases} x+\frac{1}{2} & x<0 \\ \frac{1}{x}\sin\frac{x}{2} & x>0 \end{cases}$，求

$$\lim_{x\to 0}\frac{f(x)(1+x)^{\frac{1+x}{x}}+\varphi(x)\int_0^{2x}\cos t^2\mathrm{d}t}{x\varphi(x)}.$$

2. 设 $f(x)=\begin{cases} \sqrt[3]{x^4}\sin\frac{1}{x} & x\neq 0 \\ 0 & x=0 \end{cases}$，又 $\varphi(x)$在 $x=0$ 处可导，$g(x)=\varphi[f(x)]$，判断函数 $g(x)$在 $x=0$ 处的可导性.

3. 求曲线 $r=\theta$ 在 $\theta=\frac{\pi}{4}$处的切线与极径之间的夹角.

4. 设 $f(x)$在$[a,+\infty)$上连续，在$(a,+\infty)$内可导，且 $f'(x)>k>0$. 若 $f(a)<0$，试证：方程 $f(x)=0$ 在$(a,+\infty)$内有唯一实根.

5. 设 $f(x)$在$[a,b]$上二阶导数存在，且 $f''(x)>0$, $f(a)=f(b)=0$. 试证：在(a,b)内，$f(x)<0$.

6. 设在$(-\infty,+\infty)$内，$f''(x)>0$, $A(a,f(a))$与 $B(b,f(b))$是曲线 $y=f(x)$上任意两点.

(1) 设 $a<x_0<b$，写出 $f(x)$在 x_0 处的 Taylor 展开式；

(2) 证明：对于任意 $x\in(a,b)$, $f(x)<\frac{b-x}{b-a}f(a)+\frac{x-a}{b-a}f(b)$.

7. 设 $f(x)$在$[0,+\infty)$上可导，且 $0\leqslant f(x)\leqslant\frac{x}{1+x^2}$，证明：存在 $\xi>0$，使得

$$f'(\xi)=\frac{1-\xi^2}{(1+\xi^2)^2}.$$

8. 设 $f(x)$在$(-\infty,+\infty)$内有定义,且对于任意实数 x,y,有

$$f(x+y)=f(x)\varphi(y)+f(y)\varphi(x),$$

其中 $\varphi(x)=\cos x+x^2\mathrm{e}^x$,又知 $f'(0)=1$,求 $f(x)$.

9. 若在$[a,b]$上,$|f'(x)|\geqslant|g'(x)|$,且 $f'(x)\neq0$,则$|\Delta f(x)|\geqslant|\Delta g(x)|$.由此证明:在$\left[\frac{1}{2},1\right]$上,$\arctan x-\ln(1+x^2)\geqslant\frac{\pi}{4}-\ln2$.

10. 设 $f(x)$在 $x=a$ 处具有连续的三阶导数,且 $f'''(a)=0$,又令

$$f(a+h)=f(a)+hf'(a)+\frac{h^2}{2}f''(a+\theta h),$$

求$\lim\limits_{h\to0}\theta$.

11. 设 $f(x)$在$[a,b]$上连续,在(a,b)内二阶可导,且 $f(a)=0,f(b)>0$,又知它在 $x=a$ 处的右导数$f'_+(a)<0$,证明:

(1) 在(a,b)内至少存在一点 ξ,使 $f(\xi)=0$;

(2) 在(a,b)内至少存在一点 η,使 $f''(\eta)>0$.

12. 设 $u(x),v(x),u'(x),v'(x)$在任何区间上连续,且 $uv'-u'v\neq0$,证明方程 $u(x)=0$ 与 $v(x)=0$ 的根彼此互相不同.

13. 设曲线 $y=\sin x\ \left(0\leqslant x\leqslant\frac{\pi}{2}\right)$,直线 $y=a\,(0\leqslant a\leqslant1)$与 $x=0$ 所围面积为 A_1,$y=\sin x\ \left(0\leqslant x\leqslant\frac{\pi}{2}\right)$,$y=a$,$x=\frac{\pi}{2}$所围面积为 A_2,求 $A=A_1+A_2$ 的最小值.

14. 设 $f(x)$在$[a,b]$上连续可导,且 $f'(x)>0$,证明:对于任何正整数 k,在(a,b)内存在唯一的点 ξ,使得曲线 $y=f(x)$与两直线 $y=f(\xi)$,$x=a$ 所围成的平面图形的面积S_1是 $y=f(x)$与两直线 $y=f(\xi)$,$x=b$ 所成的平面图形的面积S_2 的 k 倍.

15. 已知直线$\frac{x-1}{k}=\frac{y+1}{5}=\frac{z+3}{-2}$与曲面 $z=x^2+y^2$ 在点$(1,1,2)$处的法线相交,试确定参数 k 的值.

16. 设 $y=f(\sin x,\ln t)$,而 t 是由方程$F(x^2+y^2,t)=0$所确定的 x,y 的函数,其中 f,F 均具有一阶连续偏导数,求$\frac{\mathrm{d}y}{\mathrm{d}x}$.

17. 设有一容器,它的内壁是由曲线 $z=y^2$ 绕 z 轴旋转而成的曲面,容器内原来盛有 $8\pi\mathrm{m}^3$ 的水,后来又给容器注入了水,使水面比原来升高了 8m,问后来注入了多少水?.

18. 设 $f(x)$三阶可导,且 $f'''(x)>0$. 若 $\lim\limits_{x\to0}\frac{f(x)}{1-\cos x}=1$,则当 $x\geqslant0$ 时,必有

$$f(x)\geqslant\frac{1}{2}x^2.$$

19. 设 $f(x)$在$[a,b]$上可微,且 $f'(a)<f'(b)$,证明:对于适合 $f'(a)<c<f'(b)$的一切 c,均存在 $\xi\in(a,b)$,使得 $f'(\xi)=c$.

20. 设 $a_1=k,a_{n+1}=\frac{p}{a_n+1}$,这里 $p>0,k>0$,证明:数列$\{a_n\}$收敛于方程 $x^2+x-p=0$ 的正解.

21. 设 $f(x)$在$[0,1]$上有二阶连续导函数,$f(0)=f(1)=0$,且当 $x\in(0,1)$时,$|f''(x)|\leqslant1$,

证明：当$0\leqslant x\leqslant 1$时，$|f'(x)|\leqslant\dfrac{1}{2}$.

22. 设$f(x)$在$(0,+\infty)$内有定义，$f'(1)=4$，且对于所有的$x>0,y>0$，有$f(xy)=yf(x)+xf(y)$，证明：$f(x)$在$(0,+\infty)$内可微.

23. 求$\displaystyle\int_0^{\pi}\frac{x\sin x}{1+\cos^2 x}\mathrm{d}x$.

24. 设$f(x)$为奇函数，在$[-a,a]$上连续，在$(-a,a)$内可导，且$f(-a)=f(a)$，求证：对于任意常数k，均存在满足$|\xi|<a$的ξ，使得$f'(\xi)+kf(\xi)=0$.

25. 设R为抛物线$y=x^2$上任意一点$M(x,y)$处的曲率半径，s为该曲线上某一定点M_0到点M的弧长，求$3R\dfrac{\mathrm{d}^2R}{\mathrm{d}s^2}-\left(\dfrac{\mathrm{d}R}{\mathrm{d}s}\right)^2$.

26. 设单位正方形$OABC$各顶点的坐标分别为$O(0,0)$，$A(1,0)$，$B(1,1)$及$C(0,1)$，另有一直线簇的方程为$x+y=t\ (-\infty<t<+\infty)$，试写出正方形内部与平面区域$x+y\leqslant t$的公共部分面积$S(t)$的表达式，并讨论$S(t)$的连续性与可微性.

27. 设有方程$(1+x)y=\displaystyle\int_0^x[2y+(1+x)^2y'']\mathrm{d}x-\ln(1+x)\ (x\geqslant 0)$，$y'(0)=0$，

(1) 求由此方程确定的函数$y(x)$；

(2) 将$y(x)$展开成麦克劳林级数.

28. 设函数$f(x)$在$(-\infty,+\infty)$有界且导数连续，又对于任意实数x，有$|f(x)+f'(x)|\leqslant 1$，证明：$|f(x)|\leqslant 1$.

29. 设有一质点在力场$\boldsymbol{F}=6xy\boldsymbol{i}+x^6y^2\boldsymbol{j}$的作用下，沿曲线$y=ax^k\ (k>0,\ a>0)$从原点移动到点$(1,a)$，

(1) 求此力场对该质点所作的功W；

(2) 问a为何值时，W与k无关？

30. 设函数$f(x)$在$[0,1]$上可导，且$f(0)=0$，$f(1)=1$，证明：在$[0,1]$上存在x_1,x_2，使得$\dfrac{1}{f'(x_1)}+\dfrac{1}{f'(x_2)}=2$.

31. 用铁锤将一铁钉击入木板，设木板对铁钉之阻力与铁钉击入木板之深度成正比，在铁锤击第一次时能将铁钉击入木板1cm，如果铁锤每次打击铁钉所作的功相等，问铁锤击第二次时能将把铁钉再击入多深？

32. 已知曲线Γ_n: $y=f_n(x)$, $n=1,2,\cdots$，当$x>0$时，$f_n(x)>0$，当$x<0$时，$f_n(x)<0$，且$f_n(0)=0$. 令Γ_n上的动点$P_n(x,f_n(x))$处的法线与x轴相交于点$Q(q_n(x),0)$，其中$q_n(x)=x-\dfrac{n^2x(nx^2-1)}{(nx^2+1)^3}$.

(1) 求$f_n(x)$的表达式；

(2) 讨论$\sum\limits_{n=1}^{\infty}f_n(x)$的敛散性.

33. 设$f(x,y)=\begin{cases}1 & (x,y)\in D\\ 0 & 其他\end{cases}$，其中$D$是由$y=x^2$，$x+y=2$及$x=0$所围成的区域位于第一象限的部分. 讨论$\varphi(y)=\displaystyle\int_{-\infty}^{+\infty}f(x,y)\mathrm{d}x$的连续性与可微性.

34. 一直圆柱形水桶直立放置，桶底高出水面50m，圆柱长10m，半径5m，今从桶底部

用管子把水吸入桶内,设水的比重为 $1\,\mathrm{t/m^3}$,求:

(1) 吸满一桶水至少需做多少功?

(2) 吸多少水所做的功恰好是吸满一桶水所做的功的一半?

35. 判断级数 $\sum\limits_{n=1}^{\infty} n^2\left(-\dfrac{1}{3}\right)^n$ 是否收敛?若收敛,求其和;若不收敛,请说明理由.

36. 设 $|f(x)|\leqslant 1$, $|f''(x)|\leqslant 1$,其中 $x\in[0,2]$,证明:$|f'(x)|\leqslant 2$.

37. 试求由曲面 $x=u\cos v$, $y=u\sin v$, $z=-u+a\cos v$ $(u\geqslant 0, a>0)$ 及平面 $x=0$, $z=0$ 所围成的空间区域的体积.

38. 设曲线积分 $\int_C F(x,y)(y\mathrm{d}x+x\mathrm{d}y)$ 与路径无关,由方程 $F(x,y)=0$ 所确定的隐函数的图形过点(1,2),求方程 $F(x,y)=0$ 所确定的曲线.

39. 利用变换 $\begin{cases}\xi=x+\alpha y\\ \eta=x+\beta y\end{cases}$ 变换方程 $\dfrac{\partial^2 u}{\partial x^2}+3\dfrac{\partial^2 u}{\partial x\partial y}+\dfrac{\partial^2 u}{\partial y^2}=0$. 试问:当 α,β 为何值时,原方程可以化为方程 $\dfrac{\partial^2 u}{\partial\xi\partial\eta}=0$.

40. 设 $\boldsymbol{B}=\begin{bmatrix}0&-1&0&0\\0&0&-1&0\\0&0&0&-1\\0&0&0&0\end{bmatrix}$, $\boldsymbol{C}=\begin{bmatrix}2&1&3&4\\0&2&1&3\\0&0&2&1\\0&0&0&2\end{bmatrix}$,且 $\boldsymbol{A}$ 满足 $\boldsymbol{A}(\boldsymbol{E}-\boldsymbol{C}^{-1}\boldsymbol{B})^{\mathrm{T}}\boldsymbol{C}^{\mathrm{T}}=\boldsymbol{E}+\boldsymbol{A}$,求 $\boldsymbol{A}$.

41. 已知三阶矩阵 $\boldsymbol{A}$ 的特征值为1,2,3,设 $\boldsymbol{B}=\boldsymbol{A}^*-\boldsymbol{A}^2+4\boldsymbol{E}$,

(1) 问 $\boldsymbol{B}$ 是否与对角矩阵相似?为什么?

(2) 求 $|\boldsymbol{B}|$ 与 $|\boldsymbol{A}+3\boldsymbol{E}|$.

42. 设 $\boldsymbol{A},\boldsymbol{B}$ 均是 n 阶方阵,且 $\boldsymbol{AB}=\boldsymbol{E}$,

(1) 证明:若 $\boldsymbol{E}-\boldsymbol{A}$ 可逆,则 $\boldsymbol{E}-\boldsymbol{B}$ 必可逆;

(2) 若 -2 是 $\boldsymbol{E}-\boldsymbol{A}$ 的一个特征值,求 $|\boldsymbol{E}+\boldsymbol{B}|$.

43. 设三阶矩阵 $\boldsymbol{A}$ 的特征值为 $\lambda_1=\lambda_2=1$, $\lambda_3=2$,其对应的特征向量分别为

$$\boldsymbol{\eta}_1=\begin{pmatrix}1\\1\\1\end{pmatrix},\ \boldsymbol{\eta}_2=\begin{pmatrix}1\\2\\4\end{pmatrix},\ \boldsymbol{\eta}_3=\begin{pmatrix}1\\3\\9\end{pmatrix},$$

(1) 问 $\boldsymbol{A}$ 是否相似于对角阵?若能,请写出可逆阵 $\boldsymbol{P}$ 及对角阵 $\boldsymbol{\Lambda}$,使得 $\boldsymbol{P}^{-1}\boldsymbol{AP}=\boldsymbol{\Lambda}$;

(2) 令 $\boldsymbol{\beta}=\begin{pmatrix}1\\1\\3\end{pmatrix}$,求 $\boldsymbol{A}^n\boldsymbol{\beta}$.

44. 设 $\boldsymbol{\eta}_1,\boldsymbol{\eta}_2$ 是非齐次线性方程组 $\boldsymbol{Ax}=\boldsymbol{b}$ $(\boldsymbol{A}_{m\times n})$ 的两个不同的解,而 $\boldsymbol{\xi}$ 是对应齐次线性方程组 $\boldsymbol{Ax}=0$ 的一个非零解,

(1) 证明:向量组 $\boldsymbol{\eta}_1,\boldsymbol{\eta}_1-\boldsymbol{\eta}_2$ 线性无关;

(2) 若 $\mathrm{R}(\boldsymbol{A})=n-1$,则 $\boldsymbol{\xi}$ 可由 $\boldsymbol{\eta}_1,\boldsymbol{\eta}_2$ 线性表示.

45. 设 $\boldsymbol{A}$ 为 n 阶方阵,且 $\mathrm{R}(\boldsymbol{A})=n-1$,

(1) 证明:存在常数 k,使得 $(\boldsymbol{A}^*)^2=k\boldsymbol{A}^*$;

(2) 求 A^* 的特征值.

46. 设 $A=\begin{bmatrix}1&0&-1&2\\2&1&-2&5\\-1&2&\lambda&1\\1&-1&-1&\lambda+1\end{bmatrix}$,求使 A 的秩取最小值时 λ 的值,及方程组 $Ax=0$ 的基础解系.

47. 设 A 是 $n\times m$ 矩阵, B 是 $m\times n$ 矩阵, $n<m$, 且 $AB=E$,证明: B 的列向量组是线性无关的.

48. 设 $A^{\mathrm{T}}=(a_1,a_2,\cdots,a_n)$(其中每个 a_i 均为非零实数), $B=AA^{\mathrm{T}}$,

(1) 证明:对于任意自然数 k,均存在数 l,使得 $B^k=lB$,并求 l;

(2) 求可逆阵 P,使得 $P^{-1}BP$ 为对角阵.

49. 已知 $A=\begin{bmatrix}3&2&-1\\a&-2&2\\3&b&-1\end{bmatrix}$有一个特征向量 $\xi=\begin{pmatrix}1\\-2\\3\end{pmatrix}$,

(1) 求参数 a,b 及 ξ 所对应的特征值 λ;

(2) 问 A 能否相似于对角阵?若不能,请说明理由;若能,求逆阵 P,使 $P^{-1}AP=\Lambda$,其中 Λ 是对角阵.

50. 设 A 是 n 阶方阵, $\alpha_1,\alpha_2,\alpha_3$ 是 n 维列向量,且 $\alpha_1\neq 0$,若 $A\alpha_1=\alpha_1$, $A\alpha_2=\alpha_1+\alpha_2$, $A\alpha_3=\alpha_2+\alpha_3$,则 $\alpha_1,\alpha_2,\alpha_3$ 必线性无关.

51. 设 A 为 n 阶可逆阵, Z 为 n 维列向量, a 是常数, 又 $B=\begin{bmatrix}A&Z\\Z'&a\end{bmatrix}$, $C=\begin{bmatrix}E&0\\-Z'A^*&|A|\end{bmatrix}$,证明: B 可逆的充要条件是 $Z'A^{-1}Z\neq a$.

52. 设二次型 $f=x_1^2+x_2^2+x_3^2+2\alpha x_1x_2+2\beta x_2x_3+2x_1x_3$ 经过正交变换 $x=Py$ 化成 $f=y_2^2+2y_3^2$,求参数 α,β.

53. 设 $1,1,-2$ 是三阶实对称矩阵 A 的特征值, -2 所对应的特征向量是 $\xi=(1,-1,-1)^{\mathrm{T}}$,求 A^{10} 及 $|A^{2000}|$.

54. 设线性方程组

$$\begin{cases}x_1+a_1x_2+a_1^2x_3=a_1^3\\x_1+a_2x_2+a_2^2x_3=a_2^3\\x_1+a_3x_2+a_3^2x_3=a_3^3\\x_1+a_4x_2+a_4^2x_3=a_4^3\end{cases},$$

(1) 若 a_1,a_2,a_3,a_4 两两不等,证明:该方程组无解;

(2) 令 $a_1=a_3=b$, $a_2=a_4=-b(b\neq 0)$,且已知方程组的两个解为 $\xi_1=(1,1,-1)^{\mathrm{T}}$, $\varsigma_2=(-1,1,1)^{\mathrm{T}}$,试求其通解.

55. 设随机变量 X_1 与 X_2 相互独立, $X_i\sim B(i,p)(i=1,2)$,又令

$$Y_1=\begin{cases}0 & X_1+X_2=1\\1 & X_1+X_2\neq 1\end{cases},\quad Y_2=\begin{cases}0 & X_2-X_1=2\\1 & X_2-X_1\neq 2\end{cases},$$

(1) 求 $\mathrm{Cov}(Y_1,Y_2)$；

(2) 确定 p，使得 $\mathrm{Cov}(Y_1,Y_2)$达到最小值.

56. 设总体 X 是连续型随机变量，其概率密度为

$$f(x)=\begin{cases}2x & 0<x<1\\0 & 其他\end{cases},$$

$X_1,X_2,\cdots,X_n$ 是来自总体X 的一个样本，统计量 $Y_n=n[1-\max(X_1,X_2,\cdots,X_n)]$的分布函数为 $F_n(x)$，

(1) 求 $F_n(x)$；

(2) 证明：$\lim\limits_{n\to\infty}F_n(x)$是参数为 2 的指数分布的分布函数.

57. 假设一部机器一天内发生故障的概率为 0.2，机器发生故障时全天停止工作. 若一周 5 个工作日里无故障可获利润 10 万元，若发生一次故障仍可获利润 5 万元，发生二次故障所获利润为 0 元，发生三次或三次以上故障就要亏损 2 万元，求一周内期望利润是多少？

58. 设 $X\sim N(1,3^2)$，$Y\sim N(0,4^2)$，$\rho_{XY}=-\dfrac{1}{2}$，又设 $Z=\dfrac{X}{3}+\dfrac{Y}{2}$，求

(1) $E(Z)$及 $D(Z)$；

(2) ρ_{XZ}；

(3) 问 X 与Z 是否相互独立？为什么？

59. 设(X,Y)的联合密度函数为

$$f(x,y)=\begin{cases}2\mathrm{e}^{-(x+2y)} & x>0,y>0\\0 & 其他\end{cases},$$

令 $Z=X+2Y$，求：

(1) Z 的密度函数$f_Z(z)$；

(2) $D(Z)$.

60. 设总体 X 的概率密度为$f(x)=\begin{cases}|x| & |x|<1\\0 & 其他\end{cases}$，$X_1,X_2,\cdots,X_{50}$为总体 X 的样本，求 $E(\overline{X})$，$D(\overline{X})$，$E(S^2)$及 $P\{|\overline{X}|>0.02\}$.

61. 设随机变量 X 与 Y 均服从$N(0,1)$分布，$Z=2X-Y$，且 $D(Z)=5$，

(1) X 与 Y 是否相互独立？为什么？

(2) 求 $P\{X^2+Y^2\leqslant 1\}$.

62. 从一正态总体中抽取容量为 10 的样本，假定有 2% 的样本均值与总体之差的绝对值在 4 以上，求总体的标准差.（$\Phi(2.33)=0.99$）

63. 设随机变量 X 的密度函数为

$$f(x)=\frac{A}{\mathrm{e}^x+\mathrm{e}^{-x}}\quad(-\infty<x<+\infty),$$

对 X 作两次独立观察，其具体值分别为 X_1,X_2，令

$$Y_i=\begin{cases}1 & X_i\leqslant 1\\0 & X_i>1\end{cases}\quad(i=1,2).$$

(1) 求常数 A 及概率$P\{X_1<0,X_2<1\}$；

(2) 求随机变量 Y_1 与 Y_2 的联合分布.

64. 设总体 $X\sim U(0,\theta)$，θ 未知（$\theta>0$），X_1,X_2,X_3 是总体 X 的一个样本，

(1) 证明：$\hat{\theta}_1=\frac{4}{3}\max X_i$ 及 $\hat{\theta}_2=4\min X_i$ 均是 θ 的无偏估计；

(2) 比较 $D(\hat{\theta}_1)$ 与 $D(\hat{\theta}_2)$ 的大小.

65. 向平面区域 G：$0\leqslant y\leqslant 4-x^2$，$x\geqslant 0$ 内随机等可能地投掷一点，

(1) 求该点到 y 轴距离的概率密度函数；

(2) 求过该点所作 y 轴的平行线与 x 轴、y 轴及曲线 $y=4-x^2$ 所围成的曲边梯形面积的数学期望与方差.

66. 设总体 $X\sim N(0,\sigma^2)$，$\sigma^2>0$，$X_1,X_2,\cdots,X_n$ 是总体 X 的一个样本，

(1) 求参数 σ^2 的最大似然估计量；

(2) 确定常数 C，使得 $\sigma_0^2=\frac{C}{\sqrt{2\pi}\ n}\sum\limits_{i=1}^{n}X_i^2$ 为 σ^2 的无偏估计量.

67. 设二维随机变量 (X,Y) 在区域 D：$0<x<1$，$|y|<x$ 内服从均匀分布，

(1) 问 X 与 Y 是否相互独立?

(2) 求 $D(2|X|-1)$.

68. 设 X,Y 相互独立，分别有密度函数

$$f(x)=\begin{cases}a\mathrm{e}^{-ax} & x>0\\0 & x\leqslant 0\end{cases},\quad g(y)=\begin{cases}b\mathrm{e}^{-by} & y>0\\0 & y\leqslant 0\end{cases},$$

其中 a,b 为正实数. 又令

$$Z=\begin{cases}1 & X\leqslant Y\\0 & X>Y\end{cases},$$

(1) 求 Z 的分布律；

(2) 求 $E(Z^2)$.

参考答案

一、选择题：

1. D； 2. B； 3. D； 4. B； 5. C； 6. B； 7. A； 8. D； 9. A； 10. D.
11. C； 12. D； 13. B； 14. B； 15. C； 16. A； 17. C； 18. D； 19. B； 20. B.
21. D； 22. C； 23. A； 24. D. 25. C； 26. C； 27. D； 28. B； 29. B； 30. C.
31. D； 32. B. 33. A； 34. B； 35. C； 36. C； 37. B； 38. D； 39. A； 40. C.
41. D； 42. D； 43. C； 44. B； 45. D； 46. D； 47. A； 48. C； 49. C； 50. B.
51. C； 52. C； 53. D； 54. A； 55. C； 56. C； 57. C； 58. C； 59. A； 60. B.
61. C； 62. B； 63. D； 64. A. 65. D； 66. D； 67. C； 68. D； 69. A； 70. C.
71. B； 72. D.

二、填空题：

1. $f(g(x))=\begin{cases}\frac{1}{2} & |x|\leqslant 1\\ \frac{2}{5} & |x|>1\end{cases}$. 提示：分段讨论.

2. $y=-24(x+2)$. 提示：$f(-2)=0$，$f'(-2)=-24$.

3. $y=\frac{1}{2}(x-1)$. 提示：$g'(-1)=\frac{1}{f'(0)}=\frac{1}{2}$.

4. $y+\frac{\sqrt{3}}{2}=-\frac{2\sqrt{3}}{3}\left(x-\frac{1}{2}\right)$. 提示：$\frac{dy}{dx}$必须通过参数方程求导得到.

5. 不存在. 提示：注意到当 $x\to 0$，$\frac{1}{x}\to\pm\infty$，此时，必须通过单侧极限判定，$f(0+0)=1$，$f(0-0)=-1$.

6. $-\frac{2}{5}dx$. 提示：$dy\Big|_{x=x_0}=f'(x_0)dx$，$f'(x_0)=-\frac{2}{5}$.

7. 0. 提示：不能由参数方程的求导法则求，必须用导数的定义求.

8. $\begin{cases}0 & n=2k\\ -n! & n=2k+1\end{cases}(n\geqslant 2)$. 提示：$\frac{x^3}{x^2-1}=x+\frac{1}{2}\left[\frac{1}{x-1}+\frac{1}{x+1}\right]$.

9. $\frac{\pi}{2}a^3(a>0)$. 提示：原式 $=-\frac{1}{2}\int_0^{2a}\sqrt{2ax-x^2}\,d(2ax-x^2)+a\int_0^{2a}\sqrt{2ax-x^2}\,dx=\frac{\pi}{2}a^3$.

10. $\frac{5}{2}$. 提示：左右两端分别计算可得一个关于 a 的关系式，由此可得 a 的值.

11. $\frac{1}{2}$. 提示：注意到 $F(x)=x^2\int_0^x f'''(t)dt-\int_0^x t^2 f'''(t)dt$，结合题设$\lim\limits_{x\to 0}\frac{F(x)}{x^2}=1$，再用罗必塔法则即可求出.

12. $2\sqrt{3}-1$. 提示：$f'(1)=\tan\frac{\pi}{4}$，$f'(2)=\tan\frac{\pi}{3}$.

13. $\frac{e}{3}$. 提示：$c=\lim\limits_{x\to 0}f(x)$.

14. 0. 提示：令 $t=x-\pi$，则原式 $=\int_{-\pi}^{\pi}f(t)dt$.

15. $\sqrt{19}$. 提示：$|\boldsymbol{\alpha}+\boldsymbol{\beta}|^2=(\boldsymbol{\alpha}+\boldsymbol{\beta})\cdot(\boldsymbol{\alpha}+\boldsymbol{\beta})=|\boldsymbol{\alpha}|^2+2\boldsymbol{\alpha}\cdot\boldsymbol{\beta}+|\boldsymbol{\beta}|^2$.

16. 2. 提示：两直线相交，则 $\begin{vmatrix}-3-1 & 9+4 & -14-3\\ \lambda & 5 & -3\\ 3 & -4 & 7\end{vmatrix}=0$.

17. -1 或 5. 提示：$|\boldsymbol{A}\times\boldsymbol{B}|=6$.

18. $(0,-7,0)$或$(0,8,0)$. 提示：令 $D(0,y,0)$，$\boldsymbol{AD}=\{-2,y-1,1\}$，$\boldsymbol{AC}=\{0,-2,4\}$，$\boldsymbol{AB}=\{1,-1,2\}$，先计算$(\boldsymbol{AB}\times\boldsymbol{AC})\cdot\boldsymbol{AD}$，再由混合积的几何意义，进而可得.

19. $x^2+y^2+z^2-xy-yz-zx=\frac{3}{2}$. 提示：设柱面上动点为 $M(x,y,z)$，该点所在母线与曲线 Γ 相交于点 $M_1(\xi,\zeta,\eta)$. 因 $\boldsymbol{M_1M}$ 平行于已知直线，则$\frac{x-\xi}{1}=\frac{y-\zeta}{1}=\frac{z-\eta}{1}$. 又 M_1 在 Γ 上，则 $\xi^2+\zeta^2+\eta^2=1$，$\xi+\zeta+\eta=0$，联立消去 ξ,ζ,η 即可.

20. $\frac{x-1}{2}=\frac{y-1}{-1}=\frac{z}{-2}$. 提示：令 $F(x,y,z)=x^2-ye^z-\ln(z+1)$，则所求法线的方向向量为

$$\{F'_x|_{(1,1,0)},F'_y|_{(1,1,0)},F'_z|_{(1,1,0)}\}.$$

21. $x-z=0$. 提示：所求法平面的法向量为$\left(\frac{dx}{dz}\Big|_{(1,-2,1)},\frac{dy}{dz}\Big|_{(1,-2,1)},1\right)$.

22. $\frac{6}{\sqrt{14}}$. 提示：曲线过点 $M(1,1,1)$，当 $t_0=1$ 时，$x'(t_0)=1,y'(t_0)=2,z'(t_0)=3$，于是切线的方向余弦为$\frac{1}{\sqrt{14}},\frac{2}{\sqrt{14}},\frac{3}{\sqrt{14}}$，又 $u_x(1,1,1)=u_y(1,1,1)=u_z(1,1,1)=1$，故

$$\frac{\partial u}{\partial \boldsymbol{l}}=\frac{1}{\sqrt{14}}\times 1+\frac{2}{\sqrt{14}}\times 1+\frac{3}{\sqrt{14}}\times 1=\frac{6}{\sqrt{14}}.$$

23. $\frac{f_1-f_1g_2+2xf_2g_1}{1-g_2+f_2g_1}$. 提示：一阶全微分形式的不变性.

24. $\frac{C}{x}$. 提示：与路径无关，则$\frac{F_x}{F_y}=\frac{y}{x}$，由隐函数求导法则，$\frac{dy}{dx}=-\frac{F_x}{F_y}=-\frac{y}{x}$，解方程得.

25. 1. 提示:一阶全微分形式的不变性.

26. $2\sqrt{6}$. 提示:最大值即为点$(2,-1,1)$处所给梯度的模.

27. $\int_{-a}^{0}\mathrm{d}y\int_{-y}^{a+\sqrt{a^2-y^2}}f(x,y)\mathrm{d}x+\int_{0}^{a}\mathrm{d}y\int_{y}^{a+\sqrt{a^2-y^2}}f(x,y)\mathrm{d}x$. 提示:先根据原积分画出积分区域,然后再按要求转化.

28. $\int_{-1}^{0}\mathrm{d}y\int_{-2\sqrt{y+1}}^{2\sqrt{y+1}}f(x,y)\mathrm{d}x+\int_{0}^{8}\mathrm{d}y\int_{-2\sqrt{y+1}}^{2\sqrt{y+1}}f(x,y)\mathrm{d}x$. 提示:先根据原积分画出积分区域,然后再交换积分次序.

29. $\mathrm{e}^x+\frac{8}{7}xy$. 提示:令 $A=\iint_D f(u,v)\mathrm{d}u\mathrm{d}v$,则 $f(x,y)=\mathrm{e}^x+Axy$,两端在 D 上二重积分,得

$$A=\iint_D \mathrm{e}^x\mathrm{d}x\mathrm{d}y+A\iint_D xy\mathrm{d}x\mathrm{d}y=1+\frac{1}{8}A.$$

30. $\int_0^{\pi}\mathrm{d}\theta\int_0^{\frac{\pi}{4}}\mathrm{d}\varphi\int_{\frac{1}{\cos\varphi}}^{2\cos\varphi}f(r^2)r^2\sin\varphi\mathrm{d}r$. 提示:同 28 题.

31. $\int_0^{2\pi}\mathrm{d}\theta\int_0^1\mathrm{d}r\int_{\sqrt{3}r}^{\sqrt{4-r^2}}f(r\cos\theta,r\sin\theta,z)r\mathrm{d}z$. 提示:同 28 题.

32. $\frac{1}{2}$. 提示:原点到点(x,y)的弧长为 $s=\int_0^x\sqrt{1+y'^2}\mathrm{d}x=\sqrt{2}x$,由条件 $\mu(x,y)=\frac{\sqrt{2}}{2}x$,于是所求质量为 $m=\int_0^1\frac{\sqrt{2}}{2}x\cdot\sqrt{2}\mathrm{d}x$.

33. $\sqrt{2}\pi$. 提示:$\int_C\frac{x\mathrm{d}y-y\mathrm{d}x}{x^2+2y^2}=\int_C x\mathrm{d}y-y\mathrm{d}x$,再由 Green 公式易得.

34. 1. 提示:Green 公式.

35. $-\frac{1}{2}$. 提示:Dirichlet 充分性定理.

36. $(-2,2]$. 提示:先由比值审敛法求收敛半径,再考查端点的敛散性.

37. $\int_0^x\frac{S\left(\frac{t}{2}\right)}{2t}\mathrm{d}t$. 提示:利用已知条件结合幂级数的分析运算可得.

38. $y^*=x^2(Ax+B)\mathrm{e}^{2x}+C\cos4x+D\sin4x$. 提示:根据二阶常系数线性非齐次方程特解的形式.

39. $(1-2x)\mathrm{e}^x$. 提示:即求微分方程在满足初始条件 $y'(0)=-1$, $y(0)=1$ 下的特解.

40. -1. 提示:利用与路经无关的条件可以得到一个关于 λ 的关系式,由此求出 λ.

41. 发散. 提示:利用无穷限广义积分敛散性的定义进行判别.

42. $y=(C_1+C_2x)\mathrm{e}^{2x}+\frac{1}{16}\cos2x$. 提示:先求对应齐次方程的通解,再求其一个特解即可.

43. xy^2-x^3+C. 提示:由题设知:$(y^2-3x^2)\mathrm{d}x+2xy\mathrm{d}y=0$ 是一个全微分方程,依据全微分方程的求法求出.

44. $\frac{\pi^2}{4}$. 提示:令 $t=\cos x$,则

$$原式=[-x\arctan(\cos x)]\Big|_0^{\pi}+\int_0^{\pi}\arctan(\cos x)\mathrm{d}x=\frac{\pi^2}{4}+\int_0^{\pi}\arctan(\cos x)\mathrm{d}x,$$

而

$$\int_0^{\pi}\arctan(\cos x)\mathrm{d}x=\int_{-1}^{1}\frac{\arctan t}{\sqrt{1-t^2}}\mathrm{d}t=0.$$

45. $\left(\frac{x}{y}+\frac{x^2}{y^2}\right)f''+\left(\frac{y}{x}+\frac{y^2}{x^2}\right)g''$. 提示:分别求出$\frac{\partial^2u}{\partial x^2},\frac{\partial^2u}{\partial y^2}$,然后再代入即可.

46. $\frac{1}{2z}[(f_1+f_2f_x-2x)\mathrm{d}x+(f_2f_y-2y)\mathrm{d}y]$. 提示:利用一阶全微分形式的不变性求较为简单.

47. 2. 提示:利用等价无穷小替换法则求. 原式$=\lim\limits_{x\to 0}\dfrac{\tan x+\sin x}{x}$.

48. $\begin{cases}\dfrac{1-e^{\frac{1}{x}}-\frac{1}{x}e^{\frac{1}{x}}}{(1-e^{\frac{1}{x}})^2} & x\neq 0\\ \text{不存在} & x=0\end{cases}$. 提示:$f'(0)$需借助于定义求.

49. 2^8. 提示:$\left|(-2)\begin{bmatrix}2\boldsymbol{A}^{\mathrm{T}} & 0\\ 0 & \frac{1}{2}\boldsymbol{B}^{-1}\end{bmatrix}\right|=(-2)^7\left|\begin{bmatrix}2\boldsymbol{A}^{\mathrm{T}} & 0\\ 0 & \frac{1}{2}\boldsymbol{B}^{-1}\end{bmatrix}\right|=(-2)^7\cdot 2^3\cdot\left(\frac{1}{2}\right)^4|\boldsymbol{A}||\boldsymbol{B}|^{-1}$.

50. $\begin{bmatrix}-4 & 0 & 0\\ 0 & -2 & -4\\ 0 & -6 & -10\end{bmatrix}$. 提示:利用三种一元运算两两互换,于是

$$[(\boldsymbol{A}^*)^{\mathrm{T}}]^{-1}=[(\boldsymbol{A}^*)^{-1}]^{\mathrm{T}}=[(|\boldsymbol{A}|\boldsymbol{A}^{-1})^{-1}]^{\mathrm{T}}=\left[\frac{1}{|\boldsymbol{A}|}\boldsymbol{A}\right]^{\mathrm{T}}=\frac{1}{|\boldsymbol{A}|}\boldsymbol{A}^{\mathrm{T}}.$$

51. $4^{n-1}\begin{bmatrix}1 & \frac{1}{2} & \frac{1}{3} & \frac{1}{4}\\ 2 & 1 & \frac{2}{3} & \frac{1}{2}\\ 3 & \frac{3}{2} & 1 & \frac{3}{4}\\ 4 & 2 & \frac{4}{3} & 1\end{bmatrix}$. 提示:注意到 $\boldsymbol{\beta\alpha}^{\mathrm{T}}=4$.

52. $a^2-4b<0$. 提示:$\boldsymbol{A}+\lambda\boldsymbol{E}$ 可逆蕴涵$|\boldsymbol{A}+\lambda\boldsymbol{E}|\neq 0$,即方程 $x^2+ax+b=0$ 无实数根.

53. $k\in\mathbb{R}$ 但 $k\neq 0$. 提示:向量方程 $\boldsymbol{\beta}=x_1\boldsymbol{\alpha}_1+x_2\boldsymbol{\alpha}_2+x_3\boldsymbol{\alpha}_3$ 有唯一解.

54. 4. 提示:由题设 $\mathrm{R}(\boldsymbol{A})=6-2=4$, 且 $\mathrm{R}(\boldsymbol{B})=6$, 于是 $\mathrm{R}(\boldsymbol{AB})=4$.

55. $(-1,1,1)$. 提示:因 $\mathrm{R}(\boldsymbol{A})=3-2=1$,令 $\boldsymbol{A}=(a,b,c)$,则$\begin{cases}a+c=0\\ b-c=0\end{cases}$,于是 $a:b:c=-1:1:1$.

56. $\frac{1}{2}$. 提示:$|\boldsymbol{A}|^2=|a\boldsymbol{E}-\boldsymbol{AA}^*|=|a\boldsymbol{E}-|\boldsymbol{A}|\boldsymbol{E}|=(a-|\boldsymbol{A}|)^2$, 则 $a^2-2a|\boldsymbol{A}|=0$, 现将$|\boldsymbol{A}|=a^2$ 代入得 $a^2-2a^3=0$, 注意到 $a\neq 0$, 故 $a=\frac{1}{2}$.

57. a,b,c,d 中有且仅有两个数相等. 提示:$\mathrm{R}(\boldsymbol{A})=\mathrm{R}(\boldsymbol{A},b)=3$.

58. $\frac{1}{2}$. 提示:因为 $\boldsymbol{A}^3-\boldsymbol{A}^2-\boldsymbol{A}-2\boldsymbol{E}=0$,所以 $\boldsymbol{A}$ 的特征多项式有因子$\lambda^3-\lambda^2-\lambda-2$,从而 $\boldsymbol{A}$ 有一个特征值2.

59. 3. 提示:二次型的秩即为它所对应的实对称矩阵的秩.

60. -4. 提示:由题设,$\boldsymbol{A\xi}=\lambda\boldsymbol{\xi}$,借助于此关系式可以求出 λ.

61. $x=0,y=-3$. 提示:因 $\boldsymbol{A}\sim\boldsymbol{B}$,则$|\boldsymbol{A}-\lambda\boldsymbol{E}|=|\boldsymbol{B}-\lambda\boldsymbol{E}|$.

62. $k(1,1,1,1)^{\mathrm{T}}$. 提示:因$|\boldsymbol{A}|=0$,由展开式定理有:

$$a_{i1}A_{j1}+a_{i2}A_{j2}+a_{i3}A_{j3}+a_{i4}A_{j4}=\begin{cases}|A|=0 & i=j\\ 0 & i\neq j\end{cases},$$

即$(A_{j1},A_{j2},A_{j3},A_{j4})^{\mathrm{T}}$ 是线性方程组 $\boldsymbol{AX}=0$ 的一个非零解,又 $\mathrm{R}(\boldsymbol{A})=3$,故该方程组的基础解系所含解向量的个数是1.

63. $\mathrm{R}(\boldsymbol{B})$. 提示:与一个满秩矩阵相乘不改变该矩阵的秩.

64. $t>6$. 提示:显然 $t\boldsymbol{E}+\boldsymbol{A}-\boldsymbol{A}^2$ 为实对称阵,它的特征值依次为 $t-2-(-2)^2=t-6,t+1-1^2=t$, $t+3-3^2=t-6$,欲使其正定,其充要条件是它的所有特征值均大于零.

65. 2. 提示:结合题设条件 $\boldsymbol{\alpha}^{\mathrm{T}}\boldsymbol{\alpha}=1$ 计算易得.

66. $\begin{bmatrix}3&0&0\\0&2&0\\0&0&1\end{bmatrix}$. 提示:由题设知 $\boldsymbol{A}$ 有三个不同的特征值,必可对角化,且 $\boldsymbol{P}$ 为相应的对角变换矩阵.

67. $-\sqrt{2}<x<\sqrt{2}$. 提示:依据霍尔维次定理即可求出.

68. $\dfrac{2a^2+2b^2-ab}{2b(a+2b)}$. 提示:当 $P(A\cup B)$ 取到最大值 1 时,$P(AB)$ 取到最小值.

69. $1-2^{-\frac{1}{4}}$. 提示:Bernoulli 概型.

70. $\sqrt[3]{4}$. 提示: 由题设 $P(AB)=P(A)P(B)$, 且 $P(A)=P(B)$. 于是由 $P(A\cup B)=\dfrac{3}{4}$ 知 $2P(A)-P^2(A)=\dfrac{3}{4}$, 这里 $P(A)=\int_a^2\dfrac{3}{8}x^2\mathrm{d}x$.

71. $\dfrac{1}{3}$. 提示:$P\left\{|Y|\leqslant\dfrac{1}{2}\right\}=P\left\{-\dfrac{1}{2}\leqslant Y\leqslant\dfrac{1}{2}\right\}=P\left\{0\leqslant Y\leqslant\dfrac{1}{2}\right\}$

$$=\int_0^{\frac{\pi}{6}}\frac{2x}{\pi^2}\mathrm{d}x+\int_{\frac{5\pi}{6}}^{\pi}\frac{2x}{\pi^2}\mathrm{d}x.$$

72. $N(13,9)$. 提示:从第一个关系式可得 $\mu=5$. 注意到正态分布的线性组合还是服从正态分布的,于是只需相对于随机变量 Y 而言求出 μ,σ 即可.

73. 2. 提示:利用泊松分布的概率特性结合期望即可求出.

74. 0. 提示:注意到若 $f(x)$ 为偶函数,则 $\mathrm{Cov}(X,|X|)=E(X|X|)-E(X)E(|X|)=0$.

75. $a+b=2np$. 提示:利用契比雪夫不等式估计一个随机变量的概率必须满足的条件是区间是一个关于期望对称的区间.

76. $\dfrac{1}{\pi}\ln2+\dfrac{1}{2}$. 提示:$E[\min(|X|,1)]=\int_{-\infty}^{+\infty}\min(|x|,1)f(x)\mathrm{d}x$.

77. 0. 提示:$\mathrm{Cov}(X,Z)=\dfrac{1}{3}D(X)+\dfrac{1}{2}\rho_{XY}\sqrt{D(X)}\sqrt{D(Y)}=0$.

78. 1. 提示:注意到

$$P\{X=Y\}=P\{X=0,Y=0\}+P\{X=1,Y=1\}=P\{X=0\}P\{Y=0\}+P\{X=1\}P\{Y=1\},$$

借助于此关系式可以求出 a.

79. $\dfrac{1}{200}$. 提示:利用方差的性质.

80. $\dfrac{\pi}{4}$. 提示:$f(x,y)=\begin{cases}1 & 0<x,y<1\\0 & 其他\end{cases}$, $P\{Z\leqslant1\}=P\{X^2+Y^2\leqslant1\}=\iint_{x^2+y^2\leqslant1}f(x,y)\mathrm{d}x\mathrm{d}y$.

81. $f_Z(z)=\begin{cases}2-2z & 0\leqslant z\leqslant1\\0 & 其他\end{cases}$. 提示:对等式 $F_Z(z)=1-[1-F_X(z)][1-F_Y(z)]$ 两端求导即可.

82. $P\{(X,Y)=(0,0)\}=0$, $P\{(X,Y)=(0,1)\}=\dfrac{1}{2}$, $P\{(X,Y)=(1,0)\}=\dfrac{1}{2}$, $P\{(X,Y)=(1,1)\}=0$. 提示:由 $1=P\{XY=0\}$, 可得 $1=P\{X=0$ 或 $Y=0\}=P\{X=0\}+P\{Y=0\}-P\{X=Y=0\}$,即 $P\{X=Y=0)\}=0$.

83. $-\dfrac{1}{6}$. 提示:$E(X)=\dfrac{3}{5}$, $E(Y)=-\dfrac{3}{5}$, $E(X^2)=\dfrac{3}{5}$, $E(Y^2)=\dfrac{3}{5}$, $D(X)=\dfrac{6}{25}$, $D(Y)=\dfrac{6}{25}$, $E(XY)=-\dfrac{2}{5}$,由相关系数公式得.

84. $\dfrac{8}{9}$. 提示:先求 $\max(X,Y)$ 的分布律.

三、综合题

1. 显然 $\lim\limits_{x\to0^-}\varphi(x)=\lim\limits_{x\to0^+}\varphi(x)=\dfrac{1}{2}$,于是 $\lim\limits_{x\to0}\varphi(x)=\dfrac{1}{2}$,故

$$原式 = \lim_{x\to0}\frac{f(x)(1+x)^{\frac{1+x}{x}}}{x\varphi(x)} + \lim_{x\to0}\frac{\int_0^{2x}\cos t^2\mathrm{d}t}{x}$$

$$= 2\mathrm{e}\lim_{x\to0}\frac{f(x)-f(0)}{x} + \lim_{x\to0}\frac{\int_0^{2x}\cos t^2\mathrm{d}t}{x} = 2\mathrm{e}f'(0)+2 = 2\mathrm{e}+2.$$

2. 由定义有 $f'(0)=\lim\limits_{x\to0}\dfrac{f(x)-f(0)}{x}=\lim\limits_{x\to0}\sqrt[3]{x}\sin\dfrac{1}{x}=0$,于是

$$g'(0)=\lim_{x\to0}\frac{\varphi[f(x)]-\varphi[f(0)]}{x}$$

$$=\lim_{x\to0}\frac{\varphi[f(x)]-\varphi(0)}{f(x)}\cdot\frac{f(x)-f(0)}{x}=\varphi'(0)f'(0)=0.$$

故 $g(x)$ 在 $x=0$ 处可导,且 $g'(0)=0$.

3. 设夹角为 α,切线倾角为 β,则 $\alpha=\beta-\dfrac{\pi}{4}$,进而

$$\tan\alpha=\frac{\tan\beta-1}{1+\tan\beta},$$

又曲线的参数方程为 $\begin{cases}x=\theta\cos\theta\\ y=\theta\sin\theta\end{cases}$,于是

$$\tan\beta\Big|_{\theta=\frac{\pi}{4}}=\frac{\mathrm{d}y}{\mathrm{d}x}\Big|_{\theta=\frac{\pi}{4}}=\frac{\sin\theta+\theta\cos\theta}{\cos\theta-\theta\sin\theta}\Big|_{\theta=\frac{\pi}{4}}=\frac{4+\pi}{4-\pi},$$

将其代入上式得 $\tan\alpha=\dfrac{\pi}{4}$,故 $\alpha=\arctan\dfrac{\pi}{4}$.

4. 先证方程 $f(x)=0$ 有实根.因为 $f(a)<0$,只要证明对于充分大的 x_2,$f(x_2)>0$ 即可.取 $x_1>a$,不妨设 $f(x_1)<0$,由 Lagrange 中值定理,欲使

$$f(x_2)=f(x_1)+f'(\xi)(x_2-x_1)>f(x_1)+k(x_2-x_1)>0,x_1<\xi<x_2,$$

只要 $x_2>x_1-\dfrac{f(x_1)}{k}$ 即可.

再证方程 $f(x)=0$ 的实根是唯一的.假定方程有两个不同的实根 ξ_1, ξ_2,即 $f(\xi_1)=f(\xi_2)=0$,由 Rolle 定理,存在 $\xi_1<\xi<\xi_2$,使 $f'(\xi)=0$,这显然与 $f'(x)>k>0$ 是矛盾的.

5. 由题设 $f''(x)>0$,则 $f'(x)$ 单调递增,又 $f(a)=f(b)$,由 Rolle 定理,存在 $\xi\in(a,b)$,使得 $f'(\xi)=0$.

当 $a<x<\xi$ 时,$f'(x)<f'(\xi)=0$,则 $f(x)$ 单调递减,所以 $f(x)<f(a)=0$;

当 $\xi<x<b$ 时,$f'(x)>f'(\xi)=0$,则 $f(x)$ 单调递增,所以 $f(x)<f(b)=0$.

又由 $f(x)$ 在 ξ 的连续性,得 $f(\xi)\leqslant0$. 假定 $f(\xi)=0$,则必存在 $\eta\in(a,\xi)$,使得 $f'(\eta)=0$ 矛盾,故在 (a,b) 内 $f(x)<0$.

6. (1) $f(x)$ 在 x_0 处的 Taylor 展开式为

$f(x)=f(x_0)+f'(x_0)(x-x_0)+\dfrac{1}{2}f''(\xi)(x-x_0)^2$,其中 ξ 介于 x 与 x_0 之间.

(2) 由 Lagrange 中值定理,有

$$f(x)=f(a)+f'(\xi_1)(x-a)(a<\xi_1<x),$$

于是
$$f(x)(b-x)=f(a)(b-x)+f'(\xi_1)(x-a)(b-x) \tag{Ⅰ}$$

同样地,$f(x)=f(b)-f'(\xi_2)(b-x)(x<\xi_2<b)$,也有

$$f(x)(x-a)=f(b)(x-a)-f'(\xi_2)(x-a)(b-x) \tag{Ⅱ}$$

从而,只要(Ⅰ)+(Ⅱ),进一步得

$$(b-a)f(x)=f(a)(b-x)+f(b)(x-a)-(b-x)(x-a)[f'(\xi_2)-f'(\xi_1)]$$

$$= f(a)(b-x) + f(b)(x-a) - (b-x)(x-a)(\xi_2 - \xi_1)f''(\xi)$$
$$< f(a)(b-x) + f(b)(x-a).$$

故 $$f(x) < \frac{b-x}{b-a}f(a) + \frac{x-a}{b-a}f(b).$$

7. 作辅助函数 $F(x)=\frac{x}{1+x^2}-f(x)$,显然 $F(0)=-f(0)$. 由题设 $0\leqslant f(x)\leqslant\frac{x}{1+x^2}$,易知 $f(0)=0$,即 $F(0)=0$. 由夹逼准则,$\lim\limits_{x\to+\infty} f(x)=0$,从而 $\lim\limits_{x\to+\infty} F(x)=0$. 于是对于充分大的 X,$F(x)$在$[0,X]$上连续,在$(0,X)$内可导,于是必在$(0,X)$内的点 ξ 取到最大值,从而 $F'(\xi)=0$,即 $f'(\xi)=\frac{1-\xi^2}{(1+\xi^2)^2}$.

8. 令 $x=y=0$,得 $f(0)=0$,注意到 $\varphi(0)=1$,于是有

$$f'(x) = \lim_{\Delta x\to 0}\frac{f(x+\Delta x)-f(x)}{\Delta x} = \lim_{\Delta x\to 0}\frac{f(x)\varphi(\Delta x)+f(\Delta x)\varphi(x)-f(x)}{\Delta x}$$
$$= f(x)\lim_{\Delta x\to 0}\frac{\varphi(0+\Delta x)-\varphi(0)}{\Delta x} + \varphi(x)\lim_{\Delta x\to 0}\frac{f(0+\Delta x)-f(0)}{\Delta x}$$
$$= f(x)\varphi'(0)+\varphi(x)f'(0) = \varphi(x) = \cos x + x^2\mathrm{e}^x.$$

故有 $$f(x) = \int(\cos x + x^2\mathrm{e}^x)\mathrm{d}x = \sin x + x^2\mathrm{e}^x - 2x\mathrm{e}^x + 2\mathrm{e}^x + C,$$

因 $f(0)=0$,得 $C=-2$,于是

$$f(x) = \int(\cos x + x^2\mathrm{e}^x)\mathrm{d}x = \sin x + x^2\mathrm{e}^x - 2x\mathrm{e}^x + 2\mathrm{e}^x - 2.$$

9. 由 Cauchy 中值定理,存在 $\xi\in(a,b)$,使得

$$\left|\frac{\Delta g(x)}{\Delta f(x)}\right| = \left|\frac{g'(\xi)}{f'(\xi)}\right| \leqslant 1, \quad 即 \quad |\Delta f(x)| \geqslant |\Delta g(x)|.$$

当 $x\geqslant\frac{1}{2}$时,因$|(\arctan x)'|=\frac{1}{1+x^2}\leqslant\frac{2x}{1+x^2}=|(\ln(1+x^2))'|$,从而$|\Delta\arctan x|\leqslant|\Delta\ln(1+x^2)|$.

因 $\arctan x$ 与 $\ln(1+x^2)$在$\left[\frac{1}{2},1\right]$上单调增加,上式即为 $\Delta\arctan x\leqslant\Delta\ln(1+x^2)$. 取 $x\in\left[\frac{1}{2},1\right]$,则 $\arctan 1-\arctan x\leqslant\ln 2-\ln(1+x^2)$,即

$$\arctan x - \ln(1+x^2) \geqslant \frac{\pi}{4} - \ln 2 .$$

10. 对等式两端关于 h 求导,得

$$f'(a+h) = f'(a) + hf''(a+\theta h) + \frac{h^2}{2}f'''(a+\theta h)(\theta' h+\theta),$$

与已知等式联立消去 f'',得

$$\theta f'''(a+\theta h) + h\theta' f'''(a+\theta h) = \frac{2}{h^3}[hf'(a+h)+hf'(a)-2f(a+h)+2f(a)].$$

令 $h\to 0$ 时,利用罗必达法则,有

$$右边极限 = 2\lim_{h\to 0}\frac{f'(a+h)+hf''(a+h)+f'(a)-2f'(a+h)}{3h^2}$$
$$= 2\lim_{h\to 0}\frac{f''(a+h)+hf'''(a+h)-f''(a+h)}{6h} = \frac{1}{3}f'''(a);$$
$$左边极限 = \lim_{h\to 0}[\theta f'''(a+\theta h)+h\theta' f'''(a+\theta h)] = f'''(a)\lim_{h\to 0}\theta.$$

故 $\lim\limits_{h\to 0}\theta=\frac{1}{3}$.

11. (1) 由定义,有

$$f'_+(a) = \lim_{x\to a^+}\frac{f(x)-f(a)}{x-a} = \lim_{x\to a^+}\frac{f(x)}{x-a} < 0,$$

由保号性知存在 $x_0\in(a,b)$,使得$\dfrac{f(x_0)}{x_0-a}<0$,即 $f(x_0)<0$,而 $f(b)>0$,由零点定理,存在 $\xi\in(x_0,b)\subset(a,b)$,使得 $f(\xi)=0$.

(2) 由 Lagrange 中值定理,存在 $x_1\in(a,x_0)$及 $x_2\in(x_0,b)$,使得

$$f'(x_1)=\frac{f(x_0)-f(a)}{x_0-a}<0,\ f'(x_2)=\frac{f(b)-f(x_0)}{b-x_0}>0.$$

再对 $f'(x)$在$[x_1,x_2]$上应用 Lagrange 中值定理,存在 $\eta\in(x_1,x_2)\subset(a,b)$,使得

$$f''(\eta)=\frac{f'(x_2)-f'(x_1)}{x_2-x_1}>0.$$

12. 由题设 $uv'-u'v\neq0$,故方程 $u(x)=0$ 与 $v(x)=0$ 不可能有相同的根.

现令 x_1,x_2 是方程 $u(x)=0$ 的两个相邻的根,下证:在(x_1,x_2)内有且仅有 $v(x)=0$ 的一个根.反证法:假定在(x_1,x_2)内,$v(x)\neq0$. 令 $\varphi(x)=\dfrac{u}{v}\Longrightarrow\varphi'(x)=\dfrac{u'v-uv'}{v^2}\neq0$,

但 $\varphi(x_1)=\varphi(x_2)=0$,由 Rolle 定理,存在 $\xi\in(x_1,x_2)$,使得 $\varphi'(\xi)=0$ 矛盾.

同样地,假定在(x_1,x_2)内,方程 $v(x)=0$ 有两个根 ξ,η,类似地可推出在(ξ,η)之间必有方程 $u(x)=0$ 的一个根,这与 x_1,x_2 是方程 $u(x)=0$ 的相邻的根矛盾.

综上所述,结论成立.

13. 显然满足 $\sin x=a\left(0\leqslant x\leqslant\dfrac{\pi}{2}\right)$的 x 值只有一个,记为 t,则

$$A_1=\int_0^t(a-\sin x)\mathrm{d}x=at+\cos t-1,\quad A_2=\int_t^{\frac{\pi}{2}}(\sin x-a)\mathrm{d}x=-\frac{\pi a}{2}+\cos t+at,$$

于是

$$A=2(t\sin t+\cos t)-(1+\frac{\pi}{2}\sin t),\quad 则\quad A'(t)=2\left(t-\frac{\pi}{4}\right)\cos t,$$

现令 $A'(t)=0$,得 $t=\dfrac{\pi}{4}$或 $t=\dfrac{\pi}{2}$.

当$0<t<\dfrac{\pi}{4}$时,$A'(t)<0$; 当$\dfrac{\pi}{4}<t<\dfrac{\pi}{2}$时,$A'(t)>0$.

于是在$\left(0,\dfrac{\pi}{2}\right)$内,$A(t)$只有一个极小值,即为最小值,故 $\min A=\sqrt{2}-1$.

14. 对于任意的 $x\in(a,b)$,有

$$S_1(x)=f(x)(x-a)-\int_a^x f(t)\mathrm{d}t,\quad S_2(x)=\int_x^b f(t)\mathrm{d}t-f(x)(b-x).$$

现构作辅助函数 $F(x)=S_1(x)-kS_2(x)$,则

$$F(a)=-k[\int_a^b f(t)\mathrm{d}t-f(a)(b-a)]=-k(f(\xi_1)-f(a))(b-a)<0,\xi_1\in[a,b],$$

$$F(b)=f(b)(b-a)-\int_a^b f(t)\mathrm{d}t=(f(b)-f(\xi_2))(b-a)>0,\ \xi_2\in[a,b].$$

由介值定理,在(a,b)内至少存在一点 ξ,使得 $F(\xi)=0$. 又因为

$$F'(x)=f'(x)(x-a)+kf'(x)(b-x)=f'(x)[(x-a)+k(b-x)]>0,$$

即 $F(x)$在(a,b)内单调增加,于是在(a,b)内存在唯一的 ξ,使得 $S_1(\xi)=kS_2(\xi)$.

15. 令 $F(x,y,z)=x^2+y^2-z$,曲面在点$(1,1,2)$处的法线的方向向量为

$$\boldsymbol{m}=\{F_x(1,1,2),F_y(1,1,2),F_z(1,1,2)\}=\{2,2,-1\},$$

于是法线方程为$\dfrac{x-1}{2}=\dfrac{y-1}{2}=\dfrac{z-2}{-1}$.已知直线与法线相交,则 $\boldsymbol{m},\boldsymbol{n}=\{k,5,-2\}$与 $\boldsymbol{p}=\{1-1,-1-1,-3-2\}$是共面的,则 $\begin{vmatrix}2&2&-1\\k&5&-2\\0&-2&-5\end{vmatrix}=0$,由此即得 $k=\dfrac{29}{6}$.

16. 利用一阶全微分形式的不变性,有

$$\mathrm{d}y = f_1 \cdot \cos x \cdot \mathrm{d}x + f_2 \cdot \frac{1}{t} \cdot \mathrm{d}t \tag{Ⅰ}$$

$$F_1 \cdot (2x\mathrm{d}x + 2y\mathrm{d}y) + F_2\mathrm{d}t = 0 \tag{Ⅱ}$$

现从(Ⅰ)与(Ⅱ)中消去 $\mathrm{d}t$,并整理可得

$$\frac{\mathrm{d}y}{\mathrm{d}x} = \frac{t \cdot \cos x \cdot f_1F_2 - 2xf_2F_1}{2yf_2F_1 + tF_2}.$$

17. 过 z 轴上的点 z 作垂直于 z 轴的截面,其面积为 $A(z)=\pi y^2=\pi z$. 当水面高为 h 时,此时容器内所盛水的体积为

$$V = \int_0^h A(z)\mathrm{d}z = \frac{1}{2}\pi h^2.$$

当 $V_1=8\pi\mathrm{m}^3$ 时,$h_1=4\mathrm{m}$,当 $h=4\mathrm{m}+8\mathrm{m}=12\mathrm{m}$ 时,$V=72\pi\mathrm{m}^3$. 因而后来又注入了 $72\pi-8\pi=64\pi(\mathrm{m}^3)$.

18. 由题设 $f(0)=0$,又

$$\lim_{x\to0}\frac{f(x)}{1-\cos x} = \lim_{x\to0}\frac{f(x)}{\frac{x^2}{2}} = \lim_{x\to0}\frac{f'(x)}{x} = 1,$$

从而 $f'(0)=0$,继续使用罗必达法则知 $f''(0)=1$. $f(x)$在 $x=0$ 处的 Taylor 展开式为

$$f(x) = f(0) + f'(0)x + \frac{1}{2}f''(0)x^2 + \frac{1}{3!}f'''(\xi)x^3 = \frac{1}{2}x^2 + \frac{1}{6}f'''(\xi)x^3.$$

因 $f'''(x)>0$,故当 $x>0$ 时,有 $f(x)\geqslant\frac{1}{2}x^2$.

19. 作辅助函数 $F(x)=f(x)-[f(a)+c(x-a)]$,则 $F'(x)=f'(x)-c$,由题设 $f'(a)<c<f'(b)$,得 $F'(a)<0<F'(b)$,显然 $F(a)$与 $F(b)$均不可能是 $F(x)$在$[a,b]$上的最小值,故必存在 $\xi\in(a,b)$,使得 $F(\xi)$为最小值,于是 $F'(\xi)=0$,即 $f'(\xi)=c$.

20. 显然 $0<a_n<p$,即数列$\{a_n\}$有界. 以下先用数学归纳法证明$\{a_{2n}\}$单调. 首先易知 $a_4-a_2>0$,现假定 $a_{2n}-a_{2n-2}>0$,则

$$a_{2n+2} - a_{2n} = \frac{p}{1+\frac{p}{1+a_{2n}}} - \frac{p}{1+\frac{p}{1+a_{2n-2}}} = \frac{p^2(a_{2n}-a_{2n-2})}{(1+a_{2n}+p)(1+a_{2n-2}+p)} > 0,$$

由单调有界法则,数列极限必存在,$\lim\limits_{n\to\infty}a_{2n}=a$ 必存在. 又 $a_{2n}=\dfrac{p}{1+\dfrac{p}{1+a_{2n-2}}}$,令 $n\to\infty$取极限,得 a 满足方程 $a^2+a-p=0$,且 $a>0$.

类似可得$\{a_{2n+1}\}$也单调,故 $\lim\limits_{n\to\infty}a_{2n+1}=b$ 存在,b 满足 $b^2+b-p=0$,且 $b>0$.

故 $\lim\limits_{n\to\infty}a_{2n}=\lim\limits_{n\to\infty}a_{2n+1}$,即 $\lim\limits_{n\to\infty}a_n=x$ 存在,且 x 是满足方程 $x^2+x-p=0$ 的正解.

21. $f(x)$在任意点 $x\in(0,1)$的 Taylor 展开式为

$$f(t) - f(x) + f'(x)(t-x) + \frac{1}{2}f''(\xi)(t-x)^2, \xi \text{介于} x \text{与} t \text{之间}.$$

将 $t=0$ 与 $t=1$ 分别代入上式,得

$$f(0) = f(x) + f'(x)(0-x) + \frac{1}{2}f''(\xi_1)(0-x)^2,$$

$$f(1) = f(x) + f'(x)(1-x) + \frac{1}{2}f''(\xi_2)(1-x)^2.$$

上两式相减,消去 $f(x)$,得

$$f'(x) = \frac{1}{2}f''(\xi_1)x^2 - \frac{1}{2}f''(\xi_2)(1-x)^2,$$

进而有

$$|f'(x)| \leqslant \frac{1}{2}|f''(\xi_1)|x^2 + \frac{1}{2}|f''(\xi_2)|(1-x)^2 \leqslant \frac{1}{2}[x^2 + (1-x^2)] = \frac{1}{2}.$$

22. 令 $x=y=1$,得 $f(1)=0$,对于任意的 $x\in(0,+\infty)$,有

$$f(x+\Delta x) = f\left[x\left(1+\frac{\Delta x}{x}\right)\right] = xf\left(1+\frac{\Delta x}{x}\right) + \left(1+\frac{\Delta x}{x}\right)f(x),$$

注意到 $\lim\limits_{\Delta x\to 0}\dfrac{\Delta x}{x}=0$,进而有

$$f'(x) = \lim_{\Delta x\to 0}\frac{f(x+\Delta x)-f(x)}{\Delta x} = \lim_{\Delta x\to 0}\frac{xf\left(1+\frac{\Delta x}{x}\right)+\left(1+\frac{\Delta x}{x}\right)f(x)-f(x)}{\Delta x}$$

$$= \lim_{\Delta x\to 0}\left[\frac{f\left(1+\frac{\Delta x}{x}\right)-f(1)}{\frac{\Delta x}{x}} + \frac{f(x)}{x}\right] = f'(1) + \frac{f(x)}{x} = 4 + \frac{f(x)}{x},$$

故函数 $f(x)$在$(0,+\infty)$内可微.

23. 由分部积分法有

$$\text{原式} = -\int_0^{\pi} x\mathrm{d}\arctan(\cos x) = -x\arctan(\cos x)\Big|_0^{\pi} + \int_0^{\pi}\arctan(\cos x)\mathrm{d}x$$

$$= \frac{\pi^2}{4} + \int_0^{\pi}\arctan(\cos x)\mathrm{d}x,$$

令 $t=\cos x$,则 $\int_0^{\pi}\arctan(\cos x)\mathrm{d}x = \int_{-1}^{1}\dfrac{\arctan t}{\sqrt{1-t^2}}\mathrm{d}t = 0$,故原式 $= \dfrac{\pi^2}{4}$.

24. 令 $F(x) = f(x) + k\int_{-a}^{x} f(t)\mathrm{d}t$,则 $F(x)$满足:在$[-a,a]$上连续,在$(-a,a)$内可导,且

$$F(-a) = f(-a) + k\int_{-a}^{-a} f(t)\mathrm{d}t = f(-a),$$

$$F(a) = f(a) + k\int_{-a}^{a} f(t)\mathrm{d}t = f(a).$$

由题设有 $F(a)=F(-a)$,于是由 Rolle 定理,在$(-a,a)$内必存在 ξ,使得 $F'(\xi)=0$,即 $f'(\xi)+kf(\xi)=0$.

25. 注意到 $R=\dfrac{(1+y'^2)^{\frac{3}{2}}}{|y''|}$,$\mathrm{d}s=\sqrt{1+y'^2}\mathrm{d}x$,及 $y'=2x$,$y''=2$,于是

$$R = \frac{1}{2}(1+4x^2)^{\frac{3}{2}},\quad \mathrm{d}s = \sqrt{1+4x^2}\mathrm{d}x,$$

有

$$\frac{\mathrm{d}R}{\mathrm{d}s} = \frac{\mathrm{d}R}{\mathrm{d}x}\cdot\frac{1}{\frac{\mathrm{d}s}{\mathrm{d}x}} = 6x(1+4x^2)^{\frac{1}{2}}\cdot(1+4x^2)^{-\frac{1}{2}} = 6x.$$

从而

$$\frac{\mathrm{d}^2R}{\mathrm{d}s^2} = \frac{\mathrm{d}}{\mathrm{d}s}\left(\frac{\mathrm{d}R}{\mathrm{d}s}\right) = \frac{\mathrm{d}}{\mathrm{d}x}\left(\frac{\mathrm{d}R}{\mathrm{d}s}\right)\frac{1}{\frac{\mathrm{d}s}{\mathrm{d}x}} = 6(1+4x^2)^{-\frac{1}{2}}.$$

故

$$3R\frac{\mathrm{d}^2R}{\mathrm{d}s^2} - \left(\frac{\mathrm{d}R}{\mathrm{d}s}\right)^2 = \frac{3}{2}(1+4x^2)^{\frac{3}{2}}\cdot 6(1+4x^2)^{-\frac{1}{2}} - (6x)^2 = 9.$$

26. 如图所示,易得

$$S(t)=\begin{cases}0 & t\leqslant 0\\ \dfrac{t^2}{2} & 0<t\leqslant 1\\ 1-\dfrac{1}{2}(2-t)^2 & 1<t\leqslant 2\\ 1 & t>2\end{cases},$$

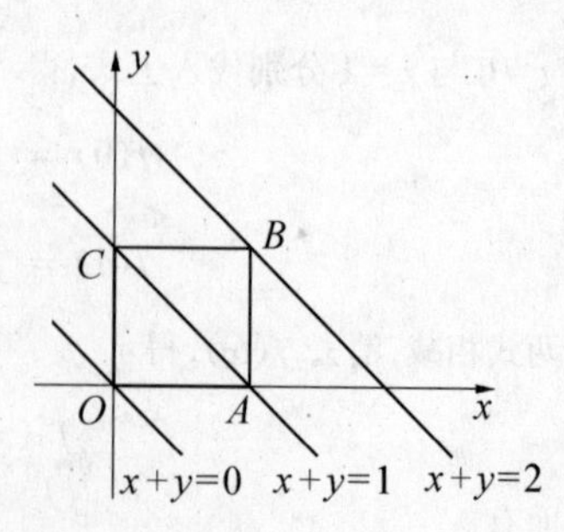

依据定义直接验证：$S(t)$在 $t=0,1,2$ 处不仅连续，而且可微. 于是 $S(t)$在$(-\infty,+\infty)$上处处连续且可微.

27. (1) 将方程两边对 x 求导，得

$$(1+x)^2y''-(1+x)y'+y=\frac{1}{1+x},$$

这是 Euler 方程. 令 $1+x=e^t$，即 $t=\ln(1+x)$，方程化为

$$\frac{d^2y}{dt^2}-2\frac{dy}{dt}+y=e^{-t},$$

其通解为

$$y=[C_1+C_2t]e^t+\frac{1}{4}e^{-t},\text{即 } y=[C_1+C_2\ln(1+x)](1+x)+\frac{1}{4(1+x)}.$$

由 $y(0)=y'(0)=0$，得 $C_1=-\frac{1}{4}$，$C_2=\frac{1}{2}$，于是

$$y=\left[-\frac{1}{4}+\frac{1}{2}\ln(1+x)\right](1+x)+\frac{1}{4(1+x)}.$$

(2) 利用 $\ln(1+x)=\sum_{n=0}^{\infty}(-1)^n\frac{x^{n+1}}{n+1}$，及$\frac{1}{1+x}=\sum_{n=0}^{\infty}(-1)^nx^n$，易得

$$y=\frac{1}{2}\sum_{n=1}^{\infty}\left[\frac{1}{2}+\frac{1}{n(n+1)}\right]x^{n+1}\quad(-1<x<1).$$

28. 考虑辅助函数

$$F(x)=e^xf(x),\text{则 } F'(x)=e^x[f(x)+f'(x)].$$

由题设$|f(x)+f'(x)|\leqslant1$，于是$|F'(x)|\leqslant e^x$，即$-e^x\leqslant F'(x)\leqslant e^x$. 两端积分得

$$-\int_{-\infty}^{x}e^xdx\leqslant\int_{-\infty}^{x}F'(x)dx\leqslant\int_{-\infty}^{x}e^xdx,\text{ 即 }-e^x\leqslant e^xf(x)-\lim_{x\to-\infty}e^xf(x)\leqslant e^x.$$

因为 $f(x)$在$(-\infty,+\infty)$内有界，则 $\lim_{x\to-\infty}e^xf(x)=0$，从而$-e^x\leqslant e^xf(x)\leqslant e^x$，即$-1\leqslant f(x)\leqslant1$，故

$$|f(x)|\leqslant1.$$

29. (1) 此力场对该质点所作的功为

$$W=\int_L 6xydx+x^6y^2dy,$$

其中 L：$y=ax^k$，而 $x\in[0,1]$. 于是

$$W=\int_0^1(6x\cdot ax^k+x^6a^2x^{2k}\cdot akx^{k-1})dx=\frac{18a+a^3k}{3(k+2)}.$$

(2) W 与 k 无关的充要条件是：$\frac{\partial W}{\partial k}=0$，于是由$\frac{\partial W}{\partial k}=\frac{2a^3-18a}{3(k+2)^2}=0$，得 $a=3$.

30. $f(x)$在$[0,1]$上连续，$f(0)=0$，$f(1)=1$，由介值定理，存在 $\xi\in(0,1)$使得 $f(\xi)=\frac{1}{2}$. 由题设，$f(x)$在$[0,\xi]$及$[\xi,1]$上均满足 Lagrange 中值定理，即存在 $x_1\in(0,\xi)$及 $x_2\in(\xi,1)$使得

$$f(\xi)-f(0)=f'(x_1)(\xi-0),\quad\text{即}\quad f'(x_1)=\frac{1}{2\xi},$$

$$f(1)-f(\xi)=f'(x_2)(1-\xi),\quad\text{即}\quad f'(x_2)=\frac{1}{2-2\xi}.$$

故

$$\frac{1}{f'(x_1)}+\frac{1}{f'(x_2)}=2\xi+2-2\xi=2.$$

31. 设击入深度为 x cm，则 $F=kx$(k 为比例系数). 击第一次作功为

$$W_1=\int_0^1Fdx=\frac{k}{2}.$$

设第二次锤击后，铁钉进入的总深度为 H，击第二次作功为

$$W_2 = \int_1^H F\mathrm{d}x = \frac{k}{2}(H^2-1).$$

由题设，$\frac{k}{2}(H^2-1)=\frac{k}{2}$，于是 $H=\sqrt{2}$ (cm)，故第二次击入的深度为 $(\sqrt{2}-1)$ cm.

32. (1) Γ_n 在点 $P_n(x,f_n(x))$ 处的法线方程为

$$Y - f_n(x) = -\frac{1}{f'_n(x)}(X-x),$$

令 $Y=0$，得法线与 x 轴交点的横坐标 $=f_n(x)f'_n(x)+x$. 由题设得

$$f_n(x)f'_n(x) = -\frac{n^2x(nx^2-1)}{(nx^2+1)^3} = \frac{2n^2x}{(nx^2+1)^3} - \frac{n^2x}{(nx^2+1)^2}$$

$$= -\frac{n}{2}\frac{\mathrm{d}}{\mathrm{d}x}\left[\frac{1}{(nx^2+1)^2}\right] + \frac{n}{2}\frac{\mathrm{d}}{\mathrm{d}x}\left[\frac{1}{(nx^2+1)^2}\right],$$

即

$$\frac{\mathrm{d}}{\mathrm{d}x}[f_n^2(x)] = \frac{\mathrm{d}}{\mathrm{d}x}\left[\frac{n}{nx^2+1} - \frac{n}{(nx^2+1)^2}\right] = \frac{\mathrm{d}}{\mathrm{d}x}\left[\frac{n^2x^2}{(nx^2+1)^2}\right],$$

则 $f_n^2(x) = \frac{n^2x^2}{(nx^2+1)^2}+C$，由 $f_n(0)=0$，得 $C=0$，故 $f_n(x)=\frac{nx}{nx^2+1}$.

(2) 当 $x=0$ 时，级数 $\sum\limits_{n=1}^{\infty} f_n(x)$ 显然收敛，当 $x\neq 0$ 时，$\lim\limits_{n\to\infty} f_n(x) = \frac{1}{x}\neq 0$，由级数收敛的必要条件易知，$\sum\limits_{n=1}^{\infty} f_n(x)$ 发散.

33. 如图所示，有

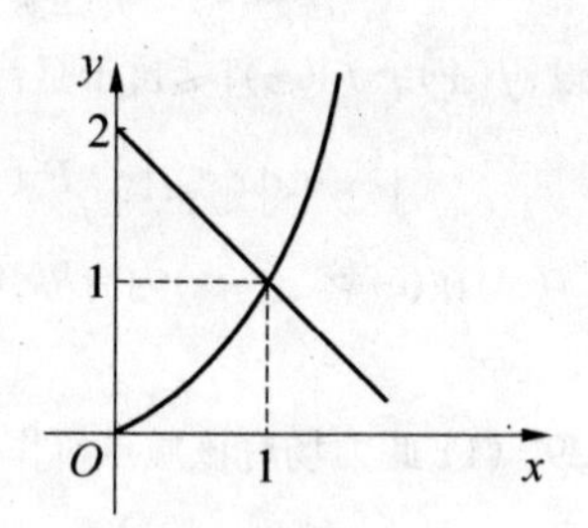

当 $1\leqslant y\leqslant 2$ 时，$\varphi(y) = \int_0^{2-y}\mathrm{d}x = 2-y$;

当 $0\leqslant y<1$ 时，$\varphi(y) = \int_0^{\sqrt{y}}\mathrm{d}x = \sqrt{y}$.

于是
$$\varphi(y) = \begin{cases} 2-y & 0\leqslant y<1 \\ \sqrt{y} & 1\leqslant y\leqslant 2. \\ 0 & 其他 \end{cases}$$

$\varphi(y)$ 定义在 $(-\infty,+\infty)$ 上，在 $y=1$ 处连续，在 $y=0$ 处不连续，在 $y=2$ 处也不连续，从而在 $(-\infty,+\infty)$ 上除去 $y=0$，$y=2$ 外均连续. 在 $y=0$，$y=1$，$y=2$ 处，显然函数 $\varphi(y)$ 不可导，除此以外，在 $(-\infty,+\infty)$ 上均可导.

34. (1) 建立坐标系如图所示，以 z 为积分变量，$z\in[0,10]$. 在 z 处取厚度为 $\mathrm{d}z$ 的微元为 $\mathrm{d}V=25\pi\mathrm{d}z$,

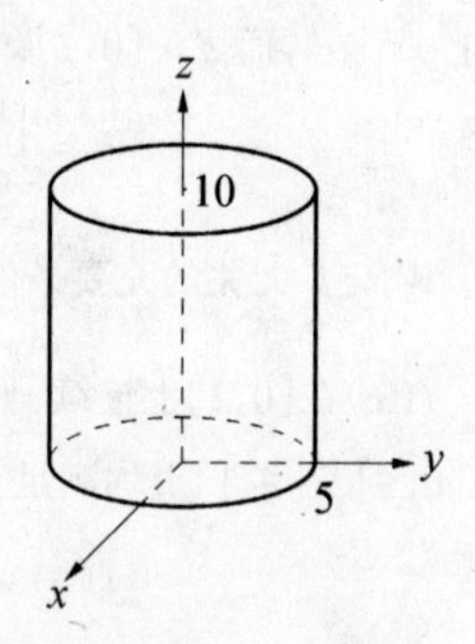

该微元从水面移到 z 处所做的功为 $\mathrm{d}W=25\pi\ (z+50)\mathrm{d}z$，于是

$$W = \int_0^{10} 25\pi(z+50)\mathrm{d}z = 13\,750\pi\ (\mathrm{t}\cdot\mathrm{m}).$$

(2) 由题意，

$$\frac{1}{2}\int_0^{10} 25\pi(z+50)\mathrm{d}z = \int_0^a 25\pi(z+50)\mathrm{d}z,$$

则 $a^2+100a-550=0$，于是 $a=-50+\sqrt{3050}\approx 5.23$ (m).

35. 因
$$\lim_{n\to\infty}\left|\frac{(n+1)^2\left(-\frac{1}{3}\right)^{n+1}}{n^2\left(-\frac{1}{3}\right)^n}\right| = \frac{1}{3},$$

由比值判别法,该级数收敛,且绝对收敛.现令 $S(x)=\sum\limits_{n=1}^{\infty}n^2x^n$,其收敛域为$(-1,1)$,则

$$S(x)=x\sum_{n=1}^{\infty}n^2x^{n-1}=x\left(\sum_{n=1}^{\infty}n\int_0^x nx^{n-1}\mathrm{d}x\right)'=x\left(\sum_{n=1}^{\infty}nx^n\right)'$$

$$=x\left[x\left(\sum_{n=1}^{\infty}\int_0^x nx^{n-1}\mathrm{d}x\right)'\right]'=x\left[x\left(\sum_{n=1}^{\infty}x^n\right)'\right]'=x\left[x\left(\frac{x}{1-x}\right)'\right]'=\frac{x(1+x)}{(1-x)^3},$$

故
$$\sum_{n=1}^{\infty}n^2\left(-\frac{1}{3}\right)^n=S\left(-\frac{1}{3}\right)=-\frac{3}{32}.$$

36. 将 $f(x)$展开成 Taylor 公式,得

$$f(x_0)=f(x)+f'(x)(x_0-x)+\frac{1}{2}f''(\xi)(x_0-x)^2,\xi\text{ 介于 }x\text{ 与 }x_0\text{ 之间}.$$

令 $x_0=2$,有

$$f(2)=f(x)+f'(x)(2-x)+\frac{1}{2}f''(\xi_1)(2-x)^2,\quad \xi_1\in(x,2),$$

又令 $x_0=0$,有

$$f(0)=f(x)+f'(x)(0-x)+\frac{1}{2}f''(\xi_2)(0-x)^2,\quad \xi_2\in(0,x).$$

则
$$f(2)-f(0)=2f'(x)+\frac{1}{2}f''(\xi_1)(2-x)^2-\frac{1}{2}f''(\xi_2)x^2.$$

故
$$2|f'(x)|\leqslant|f(2)|+|f(0)|+\frac{1}{2}|f''(\xi_1)|(2-x)^2+\frac{1}{2}|f''(\xi_2)|x^2$$

$$\leqslant 2+\frac{1}{2}(2-x)^2+\frac{1}{2}x^2=x^2-2x+4=(x-1)^2+3\leqslant 4,$$

即 $|f'(x)|\leqslant 2$.

37. $u^2=x^2+y^2,u\geqslant 0$,则 $u=\sqrt{x^2+y^2}$,从而给定曲面在直角坐标系下的方程为 $z=-\sqrt{x^2+y^2}+\dfrac{ax}{\sqrt{x^2+y^2}}$,由它与 xOy 面坐标面的交线方程,易得 xOy 面的投影区域D 为

$$\begin{cases}-\sqrt{ax-x^2}\leqslant y\leqslant\sqrt{ax-x^2},\\ 0\leqslant x\leqslant a\end{cases}$$

故所求的体积为
$$V=\iint_D z\mathrm{d}x\mathrm{d}y=\int_{-\frac{\pi}{2}}^{\frac{\pi}{2}}\mathrm{d}\theta\int_0^{a\cos\theta}\frac{ar\cos\theta-r^2}{r}r\mathrm{d}r=\frac{2a^3}{9}.$$

38. 令 $P=yF(x,y),Q=xF(x,y)$,依据与路径无关的条件,有$\dfrac{\partial P}{\partial y}=\dfrac{\partial Q}{\partial x}$,又

$$\frac{\partial P}{\partial y}=F+y\frac{\partial F}{\partial y},\quad \frac{\partial Q}{\partial x}=F+x\frac{\partial F}{\partial x},$$

于是 $y\dfrac{\partial F}{\partial y}=x\dfrac{\partial F}{\partial x}$,即$\dfrac{F_x}{F_y}=\dfrac{y}{x}$.又方程 $F(x,y)=0$ 确立了一个 $y=y(x)$的隐函数,由隐函数的求导法则,$\dfrac{\mathrm{d}y}{\mathrm{d}x}=-\dfrac{F_x}{F_y}=-\dfrac{y}{x}$,从而 $\ln y=-\ln x+\ln C$,即 $xy=C$,利用条件 $y\Big|_{x=1}=2$,得 $C=2$,故所求的曲线为 $xy=2$.

39. 先计算偏导数:

$$\frac{\partial u}{\partial x}=\frac{\partial u}{\partial \xi}+\frac{\partial u}{\partial \eta},\quad \frac{\partial u}{\partial y}=\frac{\partial u}{\partial \xi}\alpha+\frac{\partial u}{\partial \eta}\beta,$$

$$\frac{\partial^2 u}{\partial x^2}=\frac{\partial^2 u}{\partial \xi^2}+2\frac{\partial^2 u}{\partial \xi\partial \eta}+\frac{\partial^2 u}{\partial \eta^2},\quad \frac{\partial^2 u}{\partial x\,\partial y}=\alpha\frac{\partial^2 u}{\partial \xi^2}+(\alpha+\beta)\frac{\partial^2 u}{\partial \xi\partial \eta}+\beta\frac{\partial^2 u}{\partial \eta^2},$$

$$\frac{\partial^2 u}{\partial y^2}=\alpha^2\frac{\partial^2 u}{\partial \xi^2}+2\alpha\beta\frac{\partial^2 u}{\partial \xi\partial \eta}+\beta^2\frac{\partial^2 u}{\partial \eta^2},$$

代入原方程可知,α,β 应满足方程 $r^2+3r+1=0$,且 $2+2\alpha\beta+3\alpha+3\beta\neq 0$,这表明 $\alpha\neq\beta$,从而

$$\alpha=\frac{-3+\sqrt{5}}{2},\beta=\frac{-3-\sqrt{5}}{2}.$$

40. 先化简关系式：因$(\boldsymbol{E}-\boldsymbol{C}^{-1}\boldsymbol{B})^{\mathrm{T}}\boldsymbol{C}^{\mathrm{T}}=[\boldsymbol{C}(\boldsymbol{E}-\boldsymbol{C}^{-1}\boldsymbol{B})]^{\mathrm{T}}=(\boldsymbol{C}-\boldsymbol{B})^{\mathrm{T}}$，所以$\boldsymbol{A}(\boldsymbol{C}-\boldsymbol{B})^{\mathrm{T}}=\boldsymbol{E}+\boldsymbol{A}$，从而$\boldsymbol{A}(\boldsymbol{C}-\boldsymbol{B})^{\mathrm{T}}-\boldsymbol{A}=\boldsymbol{E}$，即$\boldsymbol{A}(\boldsymbol{C}-\boldsymbol{B}-\boldsymbol{E})^{\mathrm{T}}=\boldsymbol{E}$，于是有

$$\boldsymbol{A}=[(\boldsymbol{C}-\boldsymbol{B}-\boldsymbol{E})^{\mathrm{T}}]^{-1}=\begin{bmatrix}1&0&0&0\\2&1&0&0\\3&2&1&0\\4&3&2&1\end{bmatrix}^{-1}=\begin{bmatrix}1&0&0&0\\-2&1&0&0\\1&-2&1&0\\0&1&-2&1\end{bmatrix}.$$

41. (1) 显然$|\boldsymbol{A}|=1\times2\times3=6$，又$\boldsymbol{B}=\boldsymbol{A}^{*}-\boldsymbol{A}^{2}+4\boldsymbol{E}=|\boldsymbol{A}|\boldsymbol{A}^{-1}-\boldsymbol{A}^{2}+4\boldsymbol{E}=6\boldsymbol{A}^{-1}-\boldsymbol{A}^{2}+4\boldsymbol{E}$，从而$\boldsymbol{B}$的三个特征值分别为：$6\times1-1^{2}+4=9$，$6\times\frac{1}{2}-2^{2}+4=3$，$6\times\frac{1}{3}-3^{2}+4=-3$，即$\boldsymbol{B}$有三个互异的特征值$9,3,-3$，故与对角阵相似.

(2) $|\boldsymbol{B}|=9\times3\times(-3)=-81$. 注意到$\boldsymbol{A}+3\boldsymbol{E}$的三个特征值分别为$4,5,6$，故

$$|\boldsymbol{A}+3\boldsymbol{E}|=4\times5\times6=120.$$

42. (1) 反证：若$\boldsymbol{E}-\boldsymbol{B}$不可逆，则必存在非零的$n$维向量$\boldsymbol{x}$，使得$(\boldsymbol{E}-\boldsymbol{B})\boldsymbol{x}=0$，即$\boldsymbol{x}=\boldsymbol{B}\boldsymbol{x}$，两端左乘$\boldsymbol{A}$得$\boldsymbol{A}\boldsymbol{x}=\boldsymbol{A}\boldsymbol{B}\boldsymbol{x}=\boldsymbol{E}\boldsymbol{x}=\boldsymbol{x}$，即$(\boldsymbol{E}-\boldsymbol{A})\boldsymbol{x}=0$，这说明齐次线性方程组$(\boldsymbol{E}-\boldsymbol{A})\boldsymbol{x}=0$有非零解，从而$|\boldsymbol{E}-\boldsymbol{A}|=0$，与$\boldsymbol{E}-\boldsymbol{A}$可逆矛盾.

(2) 由题设$0=|\boldsymbol{E}-\boldsymbol{A}+(-2)\boldsymbol{E}|=(-1)^{n}|\boldsymbol{E}+\boldsymbol{A}|=(-1)^{n}|\boldsymbol{A}||\boldsymbol{B}+\boldsymbol{E}|$，因$(-1)^{n}\neq0$，且$|\boldsymbol{A}|\neq0$，故$|\boldsymbol{B}+\boldsymbol{E}|=0$，即$|\boldsymbol{E}+\boldsymbol{B}|=0$.

43. (1) 先化简

$$\begin{bmatrix}1&1&1\\1&2&4\\1&3&9\end{bmatrix}\sim\begin{bmatrix}1&1&1\\0&1&3\\0&2&8\end{bmatrix}\sim\begin{bmatrix}1&1&1\\0&1&3\\0&0&2\end{bmatrix},$$

故$\boldsymbol{\eta}_1,\boldsymbol{\eta}_2,\boldsymbol{\eta}_3$线性无关，$\boldsymbol{A}$必相似于对角阵，且

$$\boldsymbol{P}=\begin{bmatrix}1&1&1\\1&2&3\\1&4&9\end{bmatrix},\boldsymbol{\Lambda}=\begin{bmatrix}1&0&0\\0&1&0\\0&0&2\end{bmatrix},$$

使得$\boldsymbol{P}^{-1}\boldsymbol{A}\boldsymbol{P}=\boldsymbol{\Lambda}$

(2) 易知$\boldsymbol{\beta}=2\boldsymbol{\eta}_1-2\boldsymbol{\eta}_2+\boldsymbol{\eta}_3$，故

$$\begin{aligned}\boldsymbol{A}^{n}\boldsymbol{\beta}&=\boldsymbol{A}^{n}(2\boldsymbol{\eta}_1-2\boldsymbol{\eta}_2+\boldsymbol{\eta}_3)=2\lambda_1^{n}\boldsymbol{\eta}_1-2\lambda_2^{n}\boldsymbol{\eta}_2+\lambda_3^{n}\boldsymbol{\eta}_3\\&=2\boldsymbol{\eta}_1-2\boldsymbol{\eta}_2+2^{n}\boldsymbol{\eta}_3=\begin{pmatrix}2^{n}\\-2+3\cdot2^{n}\\-6+9\cdot2^{n}\end{pmatrix}.\end{aligned}$$

44. (1) 令$k_1\boldsymbol{\eta}_1+k_2(\boldsymbol{\eta}_1-\boldsymbol{\eta}_2)=0$，两端左乘A得，$k_1\boldsymbol{A}\boldsymbol{\eta}_1+k_2(\boldsymbol{A}\boldsymbol{\eta}_1-\boldsymbol{A}\boldsymbol{\eta}_2)=0$，即$k_1b=0$. 因$b\neq0$，所以$k_1=0$，进而又有$k_2(\eta_1-\eta_2)=0$，注意到$\eta_1\neq\eta_2$，则$k_2=0$，故$\boldsymbol{\eta}_1,\boldsymbol{\eta}_1-\boldsymbol{\eta}_2$线性无关.

(2) 显然$\boldsymbol{\xi}$与$\boldsymbol{\eta}_1-\boldsymbol{\eta}_2$均是$\boldsymbol{A}\boldsymbol{x}=0$的非零解，又$\mathrm{R}(\boldsymbol{A})=n-1$，故$\boldsymbol{\xi}$与$\boldsymbol{\eta}_1-\boldsymbol{\eta}_2$必线性相关，即$\boldsymbol{\xi}$可由$\boldsymbol{\eta}_1,\boldsymbol{\eta}_2$线性表示.

45. (1) 因$\mathrm{R}(\boldsymbol{A})=n-1$，则$|\boldsymbol{A}|=0$，进而$\boldsymbol{A}\boldsymbol{A}^{*}=|\boldsymbol{A}|\boldsymbol{E}=0$. 令$\boldsymbol{A}^{*}=(\boldsymbol{\beta}_1,\boldsymbol{\beta}_2,\cdots,\boldsymbol{\beta}_n)$，其中$\boldsymbol{\beta}_i(i=1,2,\cdots,n)$为$\boldsymbol{A}^{*}$的第$i$个列向量，则$\boldsymbol{A}\boldsymbol{\beta}_i=0$，即$\boldsymbol{\beta}_i$均为$\boldsymbol{A}\boldsymbol{x}=0$的解，但$\boldsymbol{A}\boldsymbol{x}=0$的基础解系所含解向量的个数为$n-\mathrm{R}(\boldsymbol{A})=1$个，所以$\mathrm{R}(\boldsymbol{\beta}_1,\boldsymbol{\beta}_2,\cdots,\boldsymbol{\beta}_n)\leqslant1$，即$\mathrm{R}(\boldsymbol{A}^{*})\leqslant1$. 由题设$\mathrm{R}(\boldsymbol{A})=n-1$，$\boldsymbol{A}^{*}\neq0$，则$\mathrm{R}(\boldsymbol{A}^{*})\geqslant1$，故$\mathrm{R}(\boldsymbol{A}^{*})=1$. 现设

$$A^* = \begin{bmatrix} a_1 \\ a_2 \\ \vdots \\ a_n \end{bmatrix} (c_1, c_2, \cdots, c_n),$$

从而$(\boldsymbol{A}^*)^2 = (a_1c_1 + a_2c_2 + \cdots + a_nc_n)\boldsymbol{A}^* = k\boldsymbol{A}^*$,其中 $k = a_1c_1 + a_2c_2 + \cdots + a_nc_n$.

(2) 设 $\boldsymbol{A}^*\boldsymbol{\xi} = \lambda\boldsymbol{\xi}, \boldsymbol{\xi} \neq 0$,则$(\boldsymbol{A}^*)^2\boldsymbol{\xi} = \lambda^2\boldsymbol{\xi}$,即 $k\lambda\boldsymbol{\xi} = \lambda^2\boldsymbol{\xi}$,得 $(\lambda^2 - k\lambda)\boldsymbol{\xi} = 0$,进而 $\lambda^2 - k\lambda = 0$,故 $\lambda = 0$ 或 $\lambda = k$.

46. $$\boldsymbol{A} \sim \begin{bmatrix} 1 & 0 & -1 & 2 \\ 0 & 1 & 0 & 1 \\ 0 & 2 & \lambda-1 & 3 \\ 0 & -1 & 0 & \lambda-1 \end{bmatrix} \sim \begin{bmatrix} 1 & 0 & -1 & 2 \\ 0 & 1 & 0 & 1 \\ 0 & 0 & \lambda-1 & 1 \\ 0 & 0 & 0 & \lambda \end{bmatrix}$$

由此知 $\min R(\boldsymbol{A}) = 3$,此时 $\lambda = 0$ 或 $\lambda = 1$.

当 $\lambda = 0$ 时,与方程组 $\boldsymbol{Ax} = 0$ 等价的方程组为

$$\begin{cases} x_1 - x_3 + 2x_4 = 0 \\ x_2 + x_4 = 0 \\ x_3 - x_4 = 0 \end{cases}.$$

令 $x_4 = 1$,得 $\boldsymbol{\xi} = \begin{pmatrix} -1 \\ -1 \\ 1 \\ 1 \end{pmatrix}$,方程组的通解为 $\boldsymbol{x} = k_1\boldsymbol{\xi}$ $(k_1 \in \mathbb{R})$.

当 $\lambda = 1$ 时,与方程组 $\boldsymbol{Ax} = 0$ 等价的方程组为

$$\begin{cases} x_1 - x_3 + 2x_4 = 0 \\ x_2 + x_4 = 0 \\ x_4 = 0 \end{cases}.$$

令 $x_3 = 1$,得 $\boldsymbol{\eta} = \begin{pmatrix} 1 \\ 0 \\ 1 \\ 0 \end{pmatrix}$,方程组的通解为 $\boldsymbol{x} = k_2\boldsymbol{\eta}$ $(k_2 \in \mathbb{R})$.

47. 记 $\boldsymbol{B} = (\boldsymbol{\beta}_1, \boldsymbol{\beta}_2, \cdots, \boldsymbol{\beta}_n)$,其中 $\boldsymbol{\beta}_i (i = 1, 2, \cdots, n)$是 $\boldsymbol{B}$ 的第 i 个列向量,令 $k_1\boldsymbol{\beta}_1 + k_2\boldsymbol{\beta}_2 + \cdots + k_n\boldsymbol{\beta}_n = 0$,

即 $$(\boldsymbol{\beta}_1, \boldsymbol{\beta}_2, \cdots, \boldsymbol{\beta}_n) \begin{pmatrix} k_1 \\ k_2 \\ \vdots \\ k_n \end{pmatrix} = 0, \quad 记\ \boldsymbol{K} = \begin{pmatrix} k_1 \\ k_2 \\ \vdots \\ k_n \end{pmatrix},$$

则 $\boldsymbol{BK} = 0$,两端左乘 $\boldsymbol{A}$,得 $\boldsymbol{ABK} = 0$,则 $\boldsymbol{EK} = 0$,进而 $\boldsymbol{K} = 0$,即 $k_i = 0$,故 $\boldsymbol{\beta}_1, \boldsymbol{\beta}_2, \cdots, \boldsymbol{\beta}_n$ 必线性无关.

48. (1) 注意到

$$\begin{aligned} \boldsymbol{B}^k &= \boldsymbol{AA}^{\mathrm{T}} \cdot \boldsymbol{AA}^{\mathrm{T}} \cdot \cdots \cdot \boldsymbol{AA}^{\mathrm{T}} = \boldsymbol{A}(\boldsymbol{A}^{\mathrm{T}}\boldsymbol{A})(\boldsymbol{A}^{\mathrm{T}}\boldsymbol{A}) \cdot \cdots \cdot (\boldsymbol{A}^{\mathrm{T}}\boldsymbol{A})\boldsymbol{A}^{\mathrm{T}} = (\boldsymbol{A}^{\mathrm{T}}\boldsymbol{A})^{k-1}\boldsymbol{AA}^{\mathrm{T}} \\ &= (\sum_{i=1}^{n} a_i^2)^{k-1}\boldsymbol{B}, \end{aligned}$$

令 $l = (\sum_{i=1}^{n} a_i^2)^{k-1}$,则 $\boldsymbol{B}^k = l\boldsymbol{B}$.

(2) $\boldsymbol{B}=\begin{bmatrix}a_1\\a_2\\\vdots\\a_n\end{bmatrix}(a_1,a_2,\cdots,a_n)=\begin{bmatrix}a_1^2 & a_1a_2 & \cdots & a_1a_n\\a_2a_1 & a_2^2 & \cdots & a_2a_n\\\vdots & \vdots & & \vdots\\a_na_1 & a_na_2 & \cdots & a_n^2\end{bmatrix}$,

显然 $R(\boldsymbol{B})=1$,则 $\boldsymbol{B}$ 的特征多项式为 $f(\lambda)=\lambda^n-l\lambda^{n-1}$,相应的特征根为 $\lambda_1=l,\lambda_2=\lambda_3=\cdots=\lambda_n=0$.由 $(l\boldsymbol{E}-\boldsymbol{B})\boldsymbol{X}=0$,易得对应于 $\lambda_1=l$ 的特征向量为 $(a_1,a_2,\cdots,a_n)^{\mathrm{T}}$,又由 $(0\boldsymbol{E}-\boldsymbol{B})\boldsymbol{X}=0$,易得对应于 $\lambda_2=\lambda_3=\cdots=\lambda_n=0$ 的 $n-1$ 线性无关的特征向量为:$(-\frac{a_n}{a_1},0,\cdots,1)^{\mathrm{T}},(0,-\frac{a_n}{a_2},\cdots,0,1)^{\mathrm{T}},\cdots,(0,\cdots,0,-\frac{a_n}{a_{n-1}},1)^{\mathrm{T}}$.从而得

$$\boldsymbol{P}=\begin{bmatrix}a_1 & -\frac{a_n}{a_1} & 0 & \cdots & 0\\a_2 & 0 & -\frac{a_n}{a_2} & \cdots & 0\\\vdots & \vdots & \vdots & & \vdots\\a_n & 1 & 1 & \cdots & 1\end{bmatrix},\text{使得 }\boldsymbol{P}^{-1}\boldsymbol{BP}=\begin{bmatrix}l & 0 & \cdots & 0\\0 & 0 & \cdots & 0\\\vdots & \vdots & & \vdots\\0 & 0 & \cdots & 0\end{bmatrix}.$$

49. (1) 由定义,$\boldsymbol{A}\boldsymbol{\xi}=\lambda\boldsymbol{\xi}$,即 $(\boldsymbol{A}-\lambda\boldsymbol{E})\boldsymbol{\xi}=0$,也即

$$\begin{bmatrix}3-\lambda & 2 & -1\\a & -2-\lambda & 2\\3 & b & -1-\lambda\end{bmatrix}\begin{bmatrix}1\\-2\\3\end{bmatrix}=0,$$

于是有

$$\begin{cases}(3-\lambda)-4-3=0\\a+2(2+\lambda)+6=0\\3-2b-3(1+\lambda)=0\end{cases},$$

解之得

$$\begin{cases}a=-2\\b=6\\\lambda=-4\end{cases}.$$

(2) $\boldsymbol{A}$ 能否相似于对角阵,取决于 $\boldsymbol{A}$ 的特征向量,于是

$$|\boldsymbol{A}-\lambda\boldsymbol{E}|=-(2-\lambda)^2(4+\lambda),$$

得特征值

$$\lambda_1=\lambda_2=2,\lambda_3=-4.$$

当 $\lambda_1=\lambda_2=2$ 时,$(\boldsymbol{A}-2\boldsymbol{E})\boldsymbol{x}=0$,于是

$$\boldsymbol{A}-2\boldsymbol{E}\sim\begin{bmatrix}1 & 2 & -1\\-2 & -4 & 2\\3 & 6 & -3\end{bmatrix}\sim\begin{bmatrix}1 & 2 & -1\\0 & 0 & 0\\0 & 0 & 0\end{bmatrix},$$

与之等价的方程组为 $x_1+2x_2-x_3=0$,

取

$$\begin{bmatrix}x_2\\x_3\end{bmatrix}=\begin{pmatrix}1\\0\end{pmatrix},\begin{pmatrix}0\\1\end{pmatrix},$$

得

$$\boldsymbol{\xi}_1=\begin{bmatrix}-2\\1\\0\end{bmatrix}\text{ 及 }\boldsymbol{\xi}_2=\begin{bmatrix}1\\0\\1\end{bmatrix}.$$

$\boldsymbol{A}$ 有三个线性无关的特征向量,故相似于对角阵,且

$$\boldsymbol{P}=\begin{bmatrix}-2 & 1 & 1\\1 & 0 & -2\\0 & 1 & 3\end{bmatrix}\text{使得 }\boldsymbol{P}^{-1}\boldsymbol{AP}=\begin{bmatrix}2 & 0 & 0\\0 & 2 & 0\\0 & 0 & -4\end{bmatrix}.$$

50. 令
$$k_1\boldsymbol{\alpha}_1+k_2\boldsymbol{\alpha}_2+k_3\boldsymbol{\alpha}_3=0, \tag{Ⅰ}$$
由题设有
$$\begin{cases}\boldsymbol{A}\boldsymbol{\alpha}_1=\boldsymbol{\alpha}_1\\ \boldsymbol{A}\boldsymbol{\alpha}_2=\boldsymbol{\alpha}_1+\boldsymbol{\alpha}_2,\\ \boldsymbol{A}\boldsymbol{\alpha}_3=\boldsymbol{\alpha}_2+\boldsymbol{\alpha}_3\end{cases}\quad 从而\begin{cases}(\boldsymbol{A}-\boldsymbol{E})\boldsymbol{\alpha}_1=0\\ (\boldsymbol{A}-\boldsymbol{E})\boldsymbol{\alpha}_2=\boldsymbol{\alpha}_1.\\ (\boldsymbol{A}-\boldsymbol{E})\boldsymbol{\alpha}_3=\boldsymbol{\alpha}_2\end{cases}$$
用$(\boldsymbol{A}-\boldsymbol{E})$左乘式(Ⅰ)得
$$k_1(\boldsymbol{A}-\boldsymbol{E})\boldsymbol{\alpha}_1+k_2(\boldsymbol{A}-\boldsymbol{E})\boldsymbol{\alpha}_2+k_3(\boldsymbol{A}-\boldsymbol{E})\boldsymbol{\alpha}_3=0,$$
于是
$$k_2\boldsymbol{\alpha}_1+k_3\boldsymbol{\alpha}_2=0. \tag{Ⅱ}$$
再用$(\boldsymbol{A}-\boldsymbol{E})$左乘式(Ⅱ)得 $k_2(\boldsymbol{A}-\boldsymbol{E})\boldsymbol{\alpha}_1+k_3(\boldsymbol{A}-\boldsymbol{E})\boldsymbol{\alpha}_2=0$,进而得 $k_3\boldsymbol{\alpha}_1=0$,注意到 $\boldsymbol{\alpha}_1\neq0$,故 $k_3=0$. 依次代入式(Ⅰ)与式(Ⅱ)可得 $k_2=0,k_1=0$,故 $\boldsymbol{\alpha}_1,\boldsymbol{\alpha}_2,\boldsymbol{\alpha}_3$ 线性无关.

51. 因为
$$\boldsymbol{CB}=\begin{pmatrix}\boldsymbol{E} & \boldsymbol{0}\\ -\boldsymbol{Z}^{\mathrm{T}}\boldsymbol{A}^* & |\boldsymbol{A}|\end{pmatrix}\begin{pmatrix}\boldsymbol{A} & \boldsymbol{Z}\\ \boldsymbol{Z}^{\mathrm{T}} & a\end{pmatrix}=\begin{pmatrix}\boldsymbol{A} & \boldsymbol{Z}\\ \boldsymbol{0} & -\boldsymbol{Z}^{\mathrm{T}}\boldsymbol{A}^*\boldsymbol{Z}+|\boldsymbol{A}|a\end{pmatrix},$$
从而$|\boldsymbol{CB}|=|\boldsymbol{A}||-\boldsymbol{Z}^{\mathrm{T}}\boldsymbol{A}^*\boldsymbol{Z}+|\boldsymbol{A}|a|=|\boldsymbol{A}|^2(a-\boldsymbol{Z}^{\mathrm{T}}\boldsymbol{A}^{-1}\boldsymbol{Z})$,又$|\boldsymbol{A}|\neq0$,而$|\boldsymbol{C}|=|\boldsymbol{A}|\neq0$,则$|\boldsymbol{B}|=|\boldsymbol{A}|(a-\boldsymbol{Z}^{\mathrm{T}}\boldsymbol{A}^{-1}\boldsymbol{Z})$. 由此 $|\boldsymbol{B}|\neq0$ 当且仅当 $\boldsymbol{Z}^{\mathrm{T}}\boldsymbol{A}^{-1}\boldsymbol{Z}\neq a$.

52. 由题设,变换前后二次型的矩阵分别为
$$\boldsymbol{A}=\begin{bmatrix}1 & \alpha & 1\\ \alpha & 1 & \beta\\ 1 & \beta & 1\end{bmatrix},\quad \boldsymbol{B}=\begin{bmatrix}0 & 0 & 0\\ 0 & 1 & 0\\ 0 & 0 & 2\end{bmatrix}.$$
因 $\boldsymbol{P}^{-1}\boldsymbol{AP}=B$,从而 $|\lambda\boldsymbol{E}-\boldsymbol{A}|=|\lambda\boldsymbol{E}-\boldsymbol{B}|$,即
$$\begin{bmatrix}\lambda-1 & -\alpha & -1\\ -\alpha & \lambda-1 & -\beta\\ -1 & -\beta & \lambda-1\end{bmatrix}=\begin{bmatrix}\lambda & 0 & 0\\ 0 & \lambda-1 & 0\\ 0 & 0 & \lambda-2\end{bmatrix},$$
这也即 $\lambda^3-3\lambda^2+(2-\alpha^2-\beta^2)\lambda+(\alpha-\beta)^2=\lambda^3-3\lambda^2+2\lambda$,由此可得 $\alpha=\beta=0$.

53. 令 $\boldsymbol{\eta}=(x_1,x_2,x_3)^{\mathrm{T}}$ 是对应于 1 的特征向量,由实对称阵的性质,$\boldsymbol{\eta}\cdot\boldsymbol{\xi}=0$,即 $x_1-x_2-x_3=0$,进而得 $\boldsymbol{\xi}_1=(1,1,0)^{\mathrm{T}},\boldsymbol{\xi}_2=(1,-1,2)^{\mathrm{T}}$. 因它们正交,将 $\boldsymbol{\xi}_1,\boldsymbol{\xi}_2$ 及 $\boldsymbol{\eta}$ 各自单位化,得一正交阵
$$\boldsymbol{P}=\begin{bmatrix}\frac{1}{\sqrt2} & \frac{1}{\sqrt6} & \frac{1}{\sqrt3}\\ \frac{1}{\sqrt2} & -\frac{1}{\sqrt6} & -\frac{1}{\sqrt3}\\ 0 & \frac{2}{\sqrt6} & -\frac{1}{\sqrt3}\end{bmatrix},使得\ \boldsymbol{P}'\boldsymbol{AP}=\begin{bmatrix}1 & 0 & 0\\ 0 & 1 & 0\\ 0 & 0 & 2\end{bmatrix}=\boldsymbol{\Lambda}.$$
于是
$$\boldsymbol{A}^{10}=\boldsymbol{P\Lambda}^{10}\boldsymbol{P}'=\frac{1}{6}\begin{bmatrix}2052 & -2046 & -2046\\ -2046 & 2052 & 2046\\ -2046 & 2046 & 2052\end{bmatrix},$$
故
$$|\boldsymbol{A}^{2000}|=|\boldsymbol{P\Lambda}^{2000}\boldsymbol{P}'|=|\boldsymbol{\Lambda}^{2000}|=2^{2000}.$$

54. (1) 显然$|\boldsymbol{A},b|$为范氏行列式,当 a_1,a_2,a_3,a_4 两两不等时,$|\boldsymbol{A},b|\neq0$,此时 $\mathrm{R}(\boldsymbol{A},b)=4$,而 $\mathrm{R}(\boldsymbol{A})=3$,故方程组无解.

(2) 当 $a_1=a_3=b,a_2=a_4=-b$ 时,$\mathrm{R}(\boldsymbol{A},b)=\mathrm{R}(\boldsymbol{A})=2$,方程组对应的齐次线性方程组的基础解系所含解向量的个数仅为 1,由解的性质,$\boldsymbol{\eta}=\boldsymbol{\xi}_1-\boldsymbol{\xi}_2=(2,0,-2)^{\mathrm{T}}$ 必为对应的齐次线性方程组的解,故所求的通解为

$$\begin{bmatrix}1\\1\\-1\end{bmatrix}+k\begin{bmatrix}-1\\0\\1\end{bmatrix}\quad(k\in\mathbb{R}).$$

55. (1) $E(Y_1)=P\{Y_1=1\}=1-P\{Y_1=0\}$

$$=1-P\{X_1+X_2=1\}=1-3pq^2\quad(q=1-p);$$

$$E(Y_2)=P\{Y_2=1\}=1-P\{Y_2=0\}=1-P\{X_2-X_1=2\}$$

$$=1-P\{X_1=0,X_2=2\}=1-P\{X_1=0\}\cdot P\{X_2=2\}=1-p^2q,$$

$$P\{Y_1=0,Y_2=0\}=P\{X_1+X_2=1,X_2-X_1=2\}=P(\varnothing)=0,$$

$$P\{Y_1Y_2=0\}=P\{(Y_1=0)\cup(Y_2=0)\}=P\{Y_1=0\}+P\{Y_2=0\}=3pq^2+p^2q,$$

$$E(Y_1Y_2)=P\{Y_1Y_2=1\}=1-P\{Y_1Y_2=0\}=1-3pq^2-p^2q,$$

于是 $\mathrm{Cov}(Y_1,Y_2)=E(Y_1Y_2)-E(Y_1)E(Y_2)=-3p^3(1-p)^3$.

(2) 令 $g(p)=\mathrm{Cov}(Y_1,Y_2)=-3p^3(1-p)^3$,则 $g'(p)=-9p^2(1-p)^2(1-2p)$.于是在定义域(0,1)内得唯一驻点:$p=\frac{1}{2}$.因当 $p<\frac{1}{2}$ 时,$g'(p)<0$,当 $p>\frac{1}{2}$ 时,$g'(p)>0$,所以 $p=\frac{1}{2}$ 是 $g(p)$ 在(0,1)内的最小值点.

56.(1) 总体 X 的分布函数为

$$G(x)=P\{X\leqslant x\}=\int_{-\infty}^{x}f(t)\mathrm{d}t=\begin{cases}0 & x<0\\ x^2 & 0\leqslant x<1\\ 1 & x\geqslant 1\end{cases},$$

故 Y_n 的分布函数为

$$F_n(x)=P\{Y_n\leqslant x\}=P\{n[1-\max(X_1,X_2,\cdots,X_n)]\leqslant x\}$$

$$=P\left\{\max(X_1,\cdots,X_n)\geqslant 1-\frac{x}{n}\right\}=1-P\left\{\max(X_1,\cdots,X_n)<1-\frac{x}{n}\right\}$$

$$=1-P\left\{X_1<1-\frac{x}{n},\cdots,X_n<1-\frac{x}{n}\right\}=1-\left[P\left\{X<1-\frac{x}{n}\right\}\right]^n$$

$$=\begin{cases}1 & 1-\frac{x}{n}<0\\ 1-\left(1-\frac{x}{n}\right)^{2n} & 0\leqslant 1-\frac{x}{n}<1\\ 0 & 1-\frac{x}{n}\geqslant 1\end{cases}$$

$$=\begin{cases}1 & x>n\\ 1-\left(1-\frac{x}{n}\right)^{2n} & 0<x\leqslant n,\\ 0 & x\leqslant 0\end{cases}$$

故
$$\lim_{n\to\infty}F_n(x)=\begin{cases}0 & x\leqslant 0\\ 1-\mathrm{e}^{-2x} & x>0\end{cases}$$

57. 以 X 表示表示一周内发生机器故障的天数,则 $X\sim B(5,0.2)$,从而

$$P\{X=k\}=C_5^k0.2^k\cdot 0.8^{5-k},0\leqslant k\leqslant 5,$$

进而有

$$P\{X=0\}=0.8^5=0.328,$$

$$P\{X=1\}=C_5^10.2^1\cdot 0.8^{5-1}=0.410,$$

$$P\{X=2\}=C_5^20.2^2\cdot 0.8^{5-2}=0.205,$$

$$P\{X\geqslant 3\}=1-0.328-0.410-0.205=0.057.$$

以 Y 表示所获利润，则

$$Y=\begin{cases}10 & x=0\\ 5 & x=1\\ 0 & x=2\\ -2 & x\geqslant 3\end{cases},$$

故期望利润为 $E(Y)=10\times 0.328+5\times 0.410+0\times 0.205-2\times 0.057=5.216$.

58. (1)
$$E(Z)=\frac{1}{3}E(X)+\frac{1}{2}E(Y)=\frac{1}{3},$$
$$D(Z)=D\left(\frac{X}{3}\right)+D\left(\frac{Y}{2}\right)+\frac{1}{3}\rho_{XY}\sqrt{D(X)}\sqrt{D(Y)}=3.$$

(2) $\mathrm{Cov}(X,Z)=\mathrm{Cov}\left(X,\frac{X}{3}+\frac{Y}{2}\right)=\frac{1}{3}D(X)+\frac{1}{2}\mathrm{Cov}(X,Y)$
$$=\frac{1}{3}D(X)+\frac{1}{2}\rho_{XY}\sqrt{D(X)}\sqrt{D(Y)}=0,$$
由此易得 $\rho_{XZ}=0$.

(3) 正态分布的线性组合仍是正态分布，故 Z 服从正态分布，而两个正态分布的随机变量相互独立与不相关是等价的，由(2)知 $\rho_{XZ}=0$，X 与 Z 不相关，故 X 与 Z 必独立.

59. (1) 根据分布函数的定义，有
$$F_Z(z)=P\{Z\leqslant z\}=P\{X+2Y\leqslant z\}.$$

当 $z\leqslant 0$ 时，$F_Z(z)=0$；

当 $z>0$ 时，$F_Z(z)=\int_0^z \mathrm{d}x\int_0^{\frac{1}{2}(z-x)}2\mathrm{e}^{-(x+2y)}\mathrm{d}y=1-\mathrm{e}^{-z}-z\mathrm{e}^{-z}$.

故所求的密度函数为
$$f_Z(z)=F'_Z(z)=\begin{cases}z\mathrm{e}^{-z} & z>0\\ 0 & \text{其他}\end{cases}.$$

(2) $E(Z)=\int_0^{+\infty}z^2\mathrm{e}^{-z}\mathrm{d}z=2$，$E(Z^2)=\int_0^{+\infty}z^3\mathrm{e}^{-z}\mathrm{d}z=6$，故
$$D(Z)=E(Z^2)-E^2(Z)=2.$$

60. $E(X)=\int_{-\infty}^{+\infty}xf(x)\mathrm{d}x=\int_{-1}^{1}x\,|x|\,\mathrm{d}x=0$,
$$D(X)=E(X^2)-E^2(X)=E(X^2)=\int_{-1}^{1}x^2|x|\,\mathrm{d}x=\frac{1}{2},$$

于是
$$E(\overline{X})=0,D(\overline{X})=E(\overline{X}^2)=\frac{1}{50}D(X)=\frac{1}{100}.$$

又 $E(S^2)=\frac{n-1}{n}D(X)=\frac{50-1}{50}\times\frac{1}{2}=\frac{49}{100}$，由独立同分布的中心极限定理知 $\overline{X}\sim N\left(0,\frac{1}{100}\right)$，有
$$P\{|\overline{X}|>0.02\}=1-P\{|\overline{X}|\leqslant 0.02\}=1-P\left\{\left|\frac{\overline{X}-0}{\frac{1}{10}}\right|\leqslant 0.2\right\}$$
$$=2-2\Phi(0.2)=0.8414.$$

61. (1) 由题设 $D(X)=D(Y)=1$，令 ρ_{XY} 表示 X 与 Y 的相关系数，由方差的性质有
$$5=D(Z)=4D(X)+D(Y)-2\rho_{XY}\sqrt{4D(X)}\sqrt{D(Y)}=5-4\rho_{XY},$$
即 $\rho_{XY}=0$，X 与 Y 不相关. 注意到 (X,Y) 服从二维正态分布，从而 X 与 Y 相互独立.

(2) $f(x,y)=f_X(x)f_Y(y)=\frac{1}{2\pi}\mathrm{e}^{-\frac{x^2}{2}-\frac{y^2}{2}}\quad(-\infty<x,y<+\infty)$

故所求的概率为

$$P\{X^2+Y^2\leqslant 1\}=\iint_D f(x,y)\mathrm{d}x\mathrm{d}y=\frac{1}{2\pi}\int_0^{2\pi}\mathrm{d}\theta\int_0^1 \mathrm{e}^{-\frac{r^2}{2}}r\mathrm{d}r=1-\frac{1}{\sqrt{\mathrm{e}}}.$$

62. 设 $X\sim N(\mu,\sigma^2)$,由抽样分布定理知 $\dfrac{\overline{X}-\mu}{\sigma/\sqrt{n}}\sim N(0,1)$. 于是有

$$P\{|\overline{X}-\mu|>4\}=P\left\{\frac{|\overline{X}-\mu|}{\sigma}\sqrt{10}>\frac{4}{\sigma}\sqrt{10}\right\}=2\left[1-\Phi\left(\frac{4}{\sigma}\sqrt{10}\right)\right]=0.02,$$

即 $\Phi\left(\dfrac{4}{\sigma}\sqrt{10}\right)=0.99$,从而 $\dfrac{4}{\sigma}\sqrt{10}=2.33$,故 $\sigma=5.43$.

63. (1) 由密度函数的性质,有

$$1=\int_{-\infty}^{+\infty}\frac{A}{\mathrm{e}^x+\mathrm{e}^{-x}}\mathrm{d}x=A\int_{-\infty}^{+\infty}\frac{\mathrm{e}^x}{1+\mathrm{e}^{2x}}\mathrm{d}x=A\arctan\mathrm{e}^x\Big|_{-\infty}^{+\infty}=\frac{\pi}{2}A,$$

故 $A=\dfrac{2}{\pi}$.

又因 X_1 与 X_2 独立同分布,因而有

$$\begin{aligned}P\{X_1<0,X_2<1\}&=P\{X_1<0\}\cdot P\{X_2<1\}\\&=\left(\int_{-\infty}^0\frac{2}{\pi\ (\mathrm{e}^x+\mathrm{e}^{-x})}\mathrm{d}x\right)\int_{-\infty}^1\frac{2}{\pi\ (\mathrm{e}^x+\mathrm{e}^{-x})}\mathrm{d}x)=\frac{1}{\pi}\arctan\mathrm{e}\end{aligned}$$

(2) Y_1,Y_2 均为离散型随机变量,且可取值为 1,0,则

$$P\{Y_1=1,Y_2=1\}=P\{X_1\leqslant 1\}\cdot P\{X_2\leqslant 1\}=\left(\frac{2}{\pi}\int_{-\infty}^1\frac{1}{\mathrm{e}^x+\mathrm{e}^{-x}}\mathrm{d}x\right)^2=\frac{4}{\pi^2}(\arctan\mathrm{e})^2$$

$$\begin{aligned}P\{Y_1=1,Y_2=0\}&=P\{Y_1=0,Y_2=1\}=P\{X_1\leqslant 1\}\cdot P\{X_2>1\}\\&=\left(\frac{2}{\pi}\int_{-\infty}^1\frac{1}{\mathrm{e}^x+\mathrm{e}^{-x}}\mathrm{d}x\right)\left(\frac{2}{\pi}\int_1^{+\infty}\frac{1}{\mathrm{e}^x+\mathrm{e}^{-x}}\mathrm{d}x\right)=\frac{2}{\pi}\arctan\mathrm{e}(1-\frac{2}{\pi}\arctan\mathrm{e})\end{aligned}$$

故 $P\{Y_1=0,Y_2=0\}=(1-\dfrac{2}{\pi}\arctan\mathrm{e})^2$.

64. (1) X 的分布函数为 $F(x)=\begin{cases}0 & x<0\\ \dfrac{x}{\theta} & 0\leqslant x<\theta.\\ 1 & x\geqslant\theta\end{cases}$

令 $Y=\max X_i,Z=\min X_i$,则

$$F_Y(x)=[F(x)]^3,\quad f_Y(x)=\begin{cases}3\left(\dfrac{x}{\theta}\right)^2\dfrac{1}{\theta} & 0\leqslant x<\theta,\\ 0 & 其他\end{cases}$$

于是 $E(Y)=\dfrac{3}{\theta^3}\int_0^\theta x^3\mathrm{d}x=\dfrac{3}{4}\theta$,从而 $E\left(\dfrac{4}{3}\max X_i\right)=\dfrac{4}{3}E(Y)=\theta$. 类似地,$E(Z)=\dfrac{1}{4}\theta$,进而 $E(4\min X_i)=\theta$. 故 $\hat{\theta}_1$ 与 $\hat{\theta}_2$ 均是 θ 的无偏估计.

(2) $D(Y)=E(Y^2)-E^2(Y)=\dfrac{3}{\theta^3}\int_0^\theta x^4\mathrm{d}x-\left(\dfrac{3}{4}\theta\right)^2=\dfrac{3}{80}\theta^2$,

所以 $D(\hat{\theta}_1)=D\left(\dfrac{4}{3}Y\right)=\dfrac{16}{9}D(Y)=\dfrac{1}{15}\theta^2$. 类似地, $D(\hat{\theta}_2)=\dfrac{3}{5}\theta^2$,故 $D(\hat{\theta}_1)<D(\hat{\theta}_2)$.

65. G 的面积 $=\int_0^2(4-x^2)\mathrm{d}x=\dfrac{16}{3}$,故二维随机变量 (X,Y) 的联合概率密度为

$$f(x,y)=\begin{cases}\dfrac{3}{16} & (x,y)\in G\\ 0 & 其他\end{cases}.$$

(1) 设随机点 (x,y) 到 y 轴的距离为 X,其概率密度为

$$f_X(x)=\begin{cases}\int_0^{4-x^2}\frac{3}{16}\mathrm{d}y=\frac{3}{16}(4-x^2) & 0\leqslant x\leqslant 2\\ 0 & 其他\end{cases}.$$

(2) 曲边梯形的面积为 $Z=\int_0^X(4-x^2)\mathrm{d}x=4X-\frac{1}{3}X^3$,从而

$$E(Z)=E(4X-\frac{1}{3}X^3)=\int_{-\infty}^{+\infty}(4x-\frac{1}{3}x^3)f_X(x)\mathrm{d}x$$

$$=\int_0^2(4x-\frac{1}{3}x^3)\left[\frac{3}{16}(4-x^2)\right]\mathrm{d}x=\frac{3}{8},$$

进而

$$D(Z)=E(Z^2)-E^2(Z)=\int_0^2(4x-\frac{1}{3}x^3)^2\left[\frac{3}{16}(4-x^2)\right]\mathrm{d}x-\left(\frac{3}{8}\right)^2=\frac{64}{27}.$$

66. (1) $f(x)=\frac{1}{\sqrt{2\pi}\sigma}\mathrm{e}^{-\frac{x^2}{2\sigma^2}}$,似然函数为 $L(\sigma^2)=\left(\frac{1}{\sqrt{2\pi}\sigma}\right)^n\mathrm{e}^{-\frac{1}{2\sigma^2}\sum\limits_{i=1}^{n}x_i^2}$,则

$$\ln L(\sigma^2)=-n\left(\frac{1}{2}\ln 2\pi+\frac{1}{2}\ln\sigma^2\right)-\frac{1}{2\sigma^2}\sum_{i=1}^{n}x_i^2,$$

令 $\frac{\mathrm{d}[\ln L(\sigma^2)]}{\mathrm{d}\sigma^2}=-\frac{n}{2\sigma^2}+\frac{1}{2\sigma^4}\sum\limits_{i=1}^{n}x_i^2=0$,则 σ^2 的最大似然估计量为

$$\hat{\sigma^2}=\frac{1}{n}\sum_{i=1}^{n}X_i^2.$$

(2) 注意到

$$E(\sigma_0^2)=\frac{C}{\sqrt{2\pi}n}E(\sum_{i=1}^{n}X_i^2)=\frac{C}{\sqrt{2\pi}n}\sum_{i=1}^{n}E(X_i^2)$$

$$=\frac{C}{\sqrt{2\pi}n}\sum_{i=1}^{n}[D(X_i)+E^2(X_i)]=\frac{C}{\sqrt{2\pi}n}\cdot n\sigma^2,$$

欲使 σ_0^2 为 σ^2 的无偏估计量,必须满足 $E(\sigma_0^2)=\sigma^2$,即 $\frac{C}{\sqrt{2\pi}n}\cdot n\sigma^2=\sigma^2$,故 $C=\sqrt{2\pi}$.

67. (1) (X,Y)的概率密度为 $f(x,y)=\begin{cases}1 & (x,y)\in D\\ 0 & 其他\end{cases}$. 于是有

$$f_X(x)=\begin{cases}\int_{-x}^{x}\mathrm{d}y & 0<x<1\\ 0 & 其他\end{cases}=\begin{cases}2x & 0<x<1\\ 0 & 其他\end{cases},$$

$$f_Y(y)=\begin{cases}\int_y^1\mathrm{d}x & 0\leqslant y<1\\ \int_y^1\mathrm{d}x & -1<y<0\\ 0 & 其他\end{cases}=\begin{cases}1-y & 0\leqslant y<1\\ 1+y & -1<y<0,\\ 0 & 其他\end{cases}$$

显然 $f(x,y)\neq f_X(x)\cdot f_Y(y)$,故 X 与 Y 不独立.

(2) $D(2|X|-1)=4D(|X|)=4[E(X^2)-(E(|X|))^2]$

$$=4\left[\int_{-\infty}^{+\infty}x^2f_X(x)\mathrm{d}x-\left(\int_{-\infty}^{+\infty}|x|f_X(x)\right)^2\right]$$

$$=4\left[\int_0^1x^2\cdot 2x\mathrm{d}x-\left(\int_0^1x\cdot 2x\mathrm{d}x\right)^2\right]=\frac{2}{9}.$$

68. (1) 根据独立性,知(X,Y)的联合概率密度为

$$\varphi(x,y)=f(x)g(y)=\begin{cases}ab\mathrm{e}^{-ax-by} & x,y>0\\ 0 & 其他\end{cases}.$$

于是有

$$P\{Z=1\}=P\{X\leqslant Y\}=\int_{-\infty}^{+\infty}\int_{-\infty}^{y}\varphi(x,y)\mathrm{d}x\mathrm{d}y=\int_{0}^{+\infty}b\mathrm{e}^{-by}\mathrm{d}y\int_{0}^{y}a\mathrm{e}^{-ax}\mathrm{d}x=\frac{a}{a+b};$$

$$P\{Z=0\}=1-P\{Z=1\}=\frac{b}{a+b}.$$

(2) 由(1),进一步有

$$E(Z^2)=1^2\times\frac{a}{a+b}+0^2\times\frac{b}{a+b}=\frac{a}{a+b}.$$